Heinz-Peter Baecker · In die Falle gehen alle

Heinz-Peter Baecker

In die Falle gehen alle

PV
PANDION

Die Deutsche Bibliothek – CIP-Einheitsaufnahme

Baecker, Heinz-Peter:
In die Falle gehen alle / Heinz-Peter Baecker. -
Simmern : Pandion 2002
(Pandion-Krimi)
ISBN 3-934524-30-3

Gartenstraße 10, 55469 Simmern, Telefon (06761) 7142

info@pandion-verlag.de, www.pandion-verlag.de

Druck/Weiterverarbeitung:
AALEXX Druck GmbH, 30938 Großburgwedel
Printed in Germany

ISBN 3-934524-30-3

1.

Der Funkwecker begann leise zu piepsen. Monika Meyer-Liebrecht hatte die Weckzeit am Vortag um eine Stunde vorgestellt. Sie wollte nach dem Aufstehen ihre heutige Antrittsrede als Ministerin noch einmal durchlesen.

Obwohl sie den Wecker schnell abschaltete, schreckte ihr Mann sofort hoch und blickte sich schlaftrunken im Halbdunkel des Zimmers um.

„Wie spät?“, murmelte er.

„Halb sechs“, flüsterte sie und kuschelte sich an seinen warmen Körper.

Er grummelte zufrieden und nahm sie in den Arm, drückte ihr einen Kuss auf die Stirn und begann zärtlich ihren nackten Körper zu streicheln.

„Immer noch aufgeregt?“, erkundigte er sich leise und spürte ihr Nicken an seiner Schulter. Er fuhr ihr beruhigend mit der Hand durch die blonden Locken und schob ein Knie zwischen ihre Schenkel.

„Nicht“, wehrte sie ab. „Ich muss meine Rede noch mal durchgehen.“

Sie löste sich aus seiner Umarmung, schlüpfte unter der Bettdecke hervor und tastete fröstelnd mit den Füßen nach ihren Hausschuhen. Vergebens. Ach so, ja, gestern Abend ... Sie musste schnell noch die Kleidungsstücke im Wohnzimmer und in der Diele zusammensuchen, bevor Aysha kam, ihr türkisches Hausmädchen! Man wusste ja nie, wie anfällig diese jungen Mädchen waren, wenn neugierige Journalisten geschickt mit Geld lockten, um Informationen aus dem Privatleben von Politikern zu bekommen. Gerade jetzt waren viele Medien scharf auf Intimes aus dem Leben der neu ernannten Ministerin. Da war besondere Vorsicht geboten.

Doch zunächst trieb die Neugier die junge Frau ans Fenster. Erich Meyer-Liebrecht stützte sich auf und betrachtete mit unverhohlenem Stolz den schlanken, hoch gewachsenen Körper seiner Frau in dem spärlichen Licht, das durch die Ritzen der Rollläden fiel. Trotz der Geburt zweier Kinder hatte Monika ihre sportliche, wohl proportionierte Figur behalten. Sie konnte sich wirklich sehen lassen – das jüngste Kabinettsmitglied der rheinland-pfälzischen Landesregierung!

Die Ministerin zog langsam, um möglichst wenig Geräusch zu verursachen, einen Rollladen hoch und spähte hinunter in den Vorgarten. Schon einen Tag nach ihrer Ernennung war dort ein Wachencontainer für den Personenschutz aufgestellt worden. Halb Morbach war seither am Grundstück der Meyer-Liebrechts vorbeispaziert, rein zufällig natürlich. Eine leibhaftige Ministerin in den eigenen Reihen, mit der einige noch zur Schule gegangen waren, und dazu Tag und Nacht Personenschutz – das erregte Aufsehen in der Hunsrückgemeinde.

Im fahlen Morgenlicht erblickte die Ministerin die bullige Gestalt von Karl Gifhard, der für die Nachtschicht eingeteilt war. Als er das Aufziehen des Rollladens oben bemerkte, drückte er seine Zigarette am Fensterrahmen des Containers aus und blickte freundlich lächelnd am Haus empor.

Hastig machte die Ministerin einen Schritt zurück, um nicht entdeckt zu werden. An den ständigen Schatten, wie alle die Leute vom Personenschutz nannten, hatte sie sich noch nicht so recht gewöhnt. Aber Ministerpräsident Beck hatte ihr gleich nach ihrer Ernennung versichert, dass alles halb so schlimm sei und man rasch mit diesen Dingen zu leben lernte.

Sie eilte aus dem Schlafzimmer und gab im Vorbeigehen ihrem Mann, der inzwischen ebenfalls aufgestanden war, einen Klaps auf den nackten Po.

„Aber, aber, Frau Ministerin!“, mahnte er mit gespielter Strenge.

Sie lachte nur leise, hastete die Treppe hinunter in den Wohnbereich, sammelte rasch die überall verstreuten Kleidungsstücke von sich selbst und ihrem Mann ein und räumte auch die leere Sektflasche und die zwei Gläser weg.

„Den Anzug kannst du heute nicht anziehen“, rief sie, wieder die Treppe hinaufgestiegen, in die offen stehende Badezimmertür. „Aysha muss die Hose erst aufbügeln.“

„Wie Sie meinen, Frau Ministerin!“, kam es vergnügt zurück. Dann begann der Rasierapparat im Bad zu surren.

Sie schüttelte den Kopf. An den neuen Titel musste sie sich auch erst noch gewöhnen! Im Vorbeigehen lauschte sie an den Kinderzimmern. Manuela und Robert schienen noch zu schlafen. Zumindest war nichts von drinnen zu hören. Rasch warf sie sich den lachsfarbenen Morgenmantel über, schlüpfte in die Hausschuhe und stieg, je zwei Stufen auf einmal nehmend, die schmale Treppe hinauf in das kleine Arbeitszimmer im ausgebauten Dachgeschoss. Im Schneidersitz nahm sie auf der alten Couch Platz, die noch aus ihrer Studentinnenzeit stammte, und schaltete die Stehlampe ein. Die Blätter ihrer Rede waren vom vielen Lesen schon abgegriffen. Gut, dass sie gestern gleich einen zweiten Ausdruck angefertigt hatte!

„Herr Ministerpräsident, verehrte Kolleginnen und Kollegen, meine Damen und Herren! Rheinland-Pfalz gehörte schon immer zu den Bundesländern, die – lassen Sie mich diese Bildsprache verwenden – die Nase vorn hatten. So ist es mir nicht nur eine große Freude, sondern auch eine große Herausforderung, als jüngstes Kabinettsmitglied ...“

Inzwischen beherrschte sie die Rede schon fast auswendig. Trotzdem hatte sie sich mit kleinen Strichen und Haken Pausen und Betonungen eingezeichnet. Hoffentlich wurde sie nicht zu oft durch Zwischenrufe unterbrochen! Zwar hatte sie bereits als Staatssekretärin in der letzten Legislaturperiode etliche Reden halten müssen, aber ein Ministeramt war doch noch mal etwas anderes. Und als jüngstes Kabinettsmitglied würde sie besonders im Rampenlicht stehen. Auch der Südwestrundfunk hatte sich angemeldet und würde die Sitzung live im Fernsehen übertragen. Das war eine Seltenheit und wurde nur bei besonderen Anlässen und Themen so gehandhabt.

Ein klein wenig hatte sie sich diesmal beim Verfassen der Rede von ihrem Mann helfen lassen. Immerhin hatte er, knapp zehn Jahre älter als sie und ein erfolgreicher Rechtsanwalt, schon etliche brisante Reden und feurige Plädoyers gehalten und wusste, wie man mit sorgfältigen Formulierungen und Wortspielen Effekte erzielte.

Als sie auf der vierten Seite angelangt war, hörte sie von der Treppe her ein leises Geräusch. Sie blickte auf.

Manuela, ihre siebenjährige Tochter, stand barfuß im Nachthemd in der Tür. Schlaftrunken blinzelte sie zu ihr hinüber.

„Mama, darf der Dennis auch zu meiner Geburtstagsfeier kommen?“

Ihre Mutter legte belustigt die Blätter beiseite. „Aber Maus, bis zu deinem Geburtstag ist noch soo lange hin! Jetzt hast du erst mal noch drei Wochen Schule, dann kommen die Sommerferien, und dann erst ist dein Geburtstag!“

Manuela kuschelte sich neben sie auf die Couch und schmiegte sich an ihre Schulter.

„Aber dann darf der Dennis zu meinem Geburtstag kommen?“, beharrte sie.

„Klar, warum nicht?“ Zärtlich strich die Mutter ihrer Kleinen eine blonde Locke aus der Stirn. „Nur solltest du dann noch wenigstens einen anderen Jungen dazu einladen. Sonst fühlt sich der Dennis sicher ziemlich verloren unter all den Frauen!“

Manuelas spitzbübisches Gesicht wurde nachdenklich. „Aber wen soll ich denn noch einladen? Die anderen Jungs sind alle blöd!“

Die Ministerin seufzte. „Hör zu, Mäuschen, das überlegen wir ganz gründlich im Urlaub. Aber jetzt lass die Mama noch ein paar Minuten in Ruhe etwas lesen, einverstanden?“

„Lies mir vor, bitte!“

Ihre Mutter lachte und griff nach ihrem Manuskript. „Damit beweist Rheinland-Pfalz, dass nicht mehr der Begriff notwendiger Generationenwechsel die politische Erneuerung prägt, sondern …“

„Mann, das ist ja ätzend langweilig!“ Maulend tappte Manuela zur Tür. „Ich geh runter zum Papa.“

„Tu das!“, stimmte die Ministerin zu und vertiefte sich wieder in ihre Rede.

Schwungvoll betrat der Handelsvertreter Rolf Meissner mit seinem schwarzen Pilotenkoffer das Büro der Autovermietung Kiefer im Cochemer Stadtteil Brauheck. Zuvor hatte er seinen Voyager in die nahe Chrysler-Werkstatt zur Inspektion gebracht.

„Tach!“

Der junge Mann der Autovermietung erkannte den korpulenten Mittdreißiger sofort wieder, auch an der wulstigen Stirn und der auffallend rosigen Gesichtsfarbe. Vor ein paar Tagen hatte dieser Mann einen Mondeo für heute reserviert. „Ich habe so weit schon alles vorbereitet, Herr …“, er warf einen Blick auf die Vertragsunterlagen, „Meissner! Ich benötige nur noch Ihren Führerschein.“

Etwas umständlich zog Meissner seine pralle Brieftasche aus dem Jackett, nahm eine kleine Plastikkarte heraus und überreichte sie dem jungen Mann.

„Wahrscheinlich bringe ich den Wagen heute bis 17 Uhr wieder zurück“, erklärte er. „Es sei denn, bei der Inspektion wird eine größere Sache entdeckt und die Reparatur dauert länger.“

„Kein Problem, Herr Meissner, nur rufen Sie bitte an, sobald Sie wissen, ob der Mietwagen auch morgen noch benötigt wird.“

Der junge Mann schob Meissner den Vertrag hin. Der Handelsvertreter unterschrieb, sammelte Wagenschlüssel, Fahrzeugpapiere und seinen Führerschein ein und nickte dem jungen Mann zum Abschied freundlich zu.

„Also dann, bis heute Nachmittag oder – ich rufe an!"

Mit der freien Hand packte er seinen Pilotenkoffer und verließ beschwingt das Büro. Den Mietwagen hatte er auf dem Parkplatz der Autovermietung schnell gefunden. Er warf seinen Koffer in den Kofferraum und überzeugte sich durch einen schnellen Rundgang ums Auto davon, dass keine sichtbaren Schäden am Fahrzeug waren. Dann warf er einen Blick auf seine Armbanduhr. Die Übergabe war zügig verlaufen, er lag gut in der Zeit.

Ächzend schob er sich in den Wagen. Gar nicht so leicht bei seiner Körperfülle. Ein Mondeo war eben kein Voyager.

Günter Berger schnappte sich den Trenchcoat von der Garderobe, griff nach seiner abgewetzten Aktentasche und warf noch einen letzten Blick in den Wandspiegel in der Diele. Die schwarzen Haare standen ihm wirklich gut, hätte er gar nicht gedacht! Nervös fuhr er sich erneut durchs Haar. Von Hause aus war er eigentlich ein ruhiger und besonnener Mensch, der sich immer gut im Griff hatte, wenn es wirklich darauf ankam. Aber in den letzten zwei Stunden hatte er nicht verhindern können, dass sich eine gewisse Nervosität bei ihm eingeschlichen hatte. Immerhin hing heute einiges von ihm ab!

Bevor der arbeitslose Elektronikingenieur in den bereits von Rost befallenen Polo, den früheren Wagen seiner geschiedenen Frau, einstieg, warf er einen kurzen Blick hinauf zum Himmel. Reichlich grau verhangen! Aber Hartmut Mühlbauer von der Wetterredaktion des SWR hatte noch vor wenigen Minuten angekündigt, es würde trocken bleiben und sogar im Laufe des Vormittags sonnig werden. Na, hoffentlich! Günter hasste Regen, vor allem, wenn er ohne Schirm unterwegs war. Und heute musste er, komme was wolle, ohne Schirm agieren.

Die Fahrt von seiner Wohnung zur Tankstelle an der Ortsausgangsstraße von Emmelshausen war kurz. Der Tankstelle war eine Autovermietung angeschlossen. Günter stellte den Polo gegenüber der Tankstelle auf dem Parkplatz ab, auf dem sich auch die Miet-Lkw befanden. Einer davon war für ihn reserviert. Die Formalitäten mit Herrn Weinand, dem Tankstellenpächter, hatte er schnell erledigt. Dann schwang er sich in das Fahrerhaus, legte die Fahrtenschreiberscheibe ein und ließ den Dieselmotor vorglühen.

Mit einem leichten Satz setzte sich der Lkw in Bewegung. Verdammt, er hatte die Kupplung zu schnell losgelassen! Wie lange war es her, dass er einen so großen Wagen mit Kofferaufbau gefahren hatte!? Egal. Jetzt musste er erst noch einmal zu seinem Haus zurück und aus der Garage die langen Alu-Rampen einladen, die er eigens hatte anfertigen lassen.

Piotr Szalbowski und Ursula Felten räkelten sich im Wohnschlafzimmer der kleinen Wohnung auf der Bettcouch und rauchten gemeinsam eine Zigarette.

„Ich wünschte, es wäre schon Nachmittag", stöhnte Ursula und blies den Rauch gegen die Decke.

„Hey, Baby, wovor hast du Angst?", amüsierte sich ihr Freund.

Piotr war in Morbach geboren, aber polnischer Abstammung. Seine Eltern waren im Dritten Reich aus Polen geflüchtet und über Frankreich und Spanien schließlich im Hunsrück gelandet. Seit knapp zwei Jahren lebte der 32-Jährige mit seiner vier Jahre älteren Freundin zusammen. Kennen gelernt hatten sie sich beim Tanken, als sie ihren Tankdeckel nicht geöffnet bekam. Es schien für beide so etwas wie Liebe auf den ersten Blick gewesen zu sein, obwohl sie vom Aussehen wenig zueinander passten. Der lebenslustige Piotr war klein und schmächtig, die eher zurückhaltende Ursula hingegen mollig und ein gutes Stück größer als er.

Bereits nach einem Monat waren sie auf sein Drängen zusammengezogen. Kurze Zeit später hatte Piotr seine Anstellung als Werbegrafiker wegen Insolvenz seines Arbeitgebers verloren. Seither lebten sie von Ursulas Sekretärinnengehalt, das hier im tiefen Hunsrück nicht überwältigend hoch ausfiel. Doch Piotr machte zu Ursulas Leidwesen keine großen Anstalten, eine neue Arbeit zu finden. Er schien das Lotterleben zu genießen. Deshalb hatte es in letzter Zeit immer wieder lautstarke Auseinandersetzungen gegeben. Und immer wieder hatte Piotr seine Usch vertröstet und ihr zugesichert, mehrere Eisen im Feuer zu haben – die allerdings jedes Mal schnell wieder verglühten.

„Angst habe ich nicht, aber es wäre mir trotzdem wohler, wenn alles vorbei wäre", meinte Ursula und reichte Piotr die Zigarette. „Und sag nicht immer Baby zu mir!"

Piotr grinste breit. „Nichts ist heute Nachmittag vorbei, dann geht es doch erst richtig los!“ Er machte einen Lungenzug, ließ den Rauch zur Nase entweichen und rollte sich zu seiner Freundin hin. „Es kann gar nichts schief gehen, Baby. Wenn das Timing stimmt, wird alles ablaufen wie im Film. Und du wirst sehen, es wird ein grandioser Film mit Happyend!“

Er richtete sich im Bett auf und griff nach der Fernbedienung des Fernsehers, der auf einem kleinen Tisch gegenüber der Bettcouch stand. Mit einem leisen Zischen schaltete sich das Gerät ein. Piotr zappte durch die Kanäle, bis die Buchstaben RP in der oberen Ecke zu sehen waren. Über den Bildschirm flimmerte ein Aerobic-Programm. Er schaltete den Ton weg, ließ sich wieder zurück in sein Kopfkissen fallen und blickte auf seine protzige Armbanduhr.

„Jetzt werden sich Rolf und Günter wohl gerade in Brodenbach treffen.“

Auch Ursula blickte auf ihre Uhr.

„Noch zwei Stunden“, flüsterte sie und nahm ihrem Freund ungeduldig die Zigarette aus dem Mund.

Tatsächlich wartete Günter bereits auf dem Parkplatz an der Uferstraße in Brodenbach. Er hatte das Seitenfenster heruntergekurbelt und die Augen geschlossen. Der leichte Morgenwind streifte durch seine gefärbten Haare und spielte mit ihnen. Jedes Mal, wenn ein Fahrzeug in der Nähe des Parkplatzes seine Geschwindigkeit verringerte, blickte Günter auf. Doch wieder war es nicht Rolf.

Die ersten Sonnenstrahlen drangen mühsam durch das Grau der Wolken über dem Moseltal. Günter schaltete das Radio ein und schloss die Augen wieder. Steffi Peña zählte gerade die ganze Liste von Verkehrsbehinderungen auf. Günter mochte ihre Art, so wurden die Staus fast schon zum Vergnügen! Doch es war keine Meldung dabei, die ihn aufhorchen ließ. Nach dem Verkehrsfunk kam wieder Hartmut Mühlbauer mit dem Wetter, und dann ertönte Abbas „Money, money“. Günter musste schmunzeln. War dies nicht ein gutes Omen?

Ein Fahrzeug stoppte neben ihm. Rolf Meissner hatte offenbar denselben Sender eingeschaltet – der Abba-Song aus seinem Wagen übertönte noch den aus Günters Lkw-Lautsprechern.

„Startklar?“, schrie Rolf in die Musik hinein.

Günter hob wortlos den Daumen. Dann startete er den Motor und kurbelte das Fenster hoch. Beim Zurücksetzen des Lkw fiel sein Blick auf die Cochemer Zulassung des Mondeo. Wäre es nach ihm gegangen, hätte man einen Wagen mit Mainzer Zulassung angemietet. Aber das war Rolfs Sache, und der hatte gemeint, für den Fall, dass doch etwas schief ging, sei es unglaubwürdig, dass er sich in Mainz einen Leihwagen nehmen würde, wenn er seinen Wagen in Cochem in die Werkstatt brachte. Sicher, für den wirklichen Ernstfall hatte er Recht, musste Günter zugeben. Aber wer rechnete schon mit einem Ernstfall?

Er legte den Vorwärtsgang ein und folgte Rolf, der sich bereits mit seinem Mondeo vor ihn gesetzt hatte. Der Termin im Bundeswehrkrankenhaus in Koblenz war erst um 9 Uhr. Sie konnten sich Zeit lassen.

Aysha hatte wie jeden Morgen frische Brötchen mitgebracht. Sie verbreiteten zusammen mit dem Kaffee einen verführerischen Duft im ganzen Erdgeschoss. Karl Gifhard, den der Hausherr zum Frühstück hereingebeten hatte, stand in dem kleinen Erker und warf immer wieder einen verstohlenen Blick auf die grazile Türkin mit dem hübschen, schmalen Gesicht, den großen dunklen Augen und der aufregenden Figur. Wie attraktiv sie wohl erst ohne ihr Kopftuch wirken würde?

„Na, Karl, sind Sie auch so unausgeschlafen wie ich?“, lächelte sie, während sie geschickt den halben Kühlschrankinhalt auf einem riesigen Tablett hereintrug und auf dem runden Erkertisch verteilte.

„Von wegen unausgeschlafen! Im Dienst ist mit Schlafen überhaupt nichts. Ich kann erst ins Bett gehen, wenn die Ministerin abgeholt und von meinem Kollegen übernommen worden ist.“

Monika Meyer-Liebrecht war die dritte Person im Ministeramt, für die Gifhard als Personenschützer und Chauffeur tätig war. Und jedes Mal war es anders gewesen. Der Vorgänger von Meyer-Liebrecht hätte ihn niemals zum Frühstück gebeten!

Von oben waren Stimmen zu hören. Rasch richtete Gifhard seinen Blick zur Treppe hin. Als Erstes erschien die Ministerin mit ihren etwas herben Gesichtszügen und der modischen Brille. Gifhard sah sofort, dass sie beim Frisör gewesen sein musste, denn ihre Locken lagen im Gegensatz zu sonst fein säuberlich nebeneinander.

Die Ministerin hatte seinen Blick bemerkt. Sie rümpfte die Nase. „Sonst halte ich ja nicht viel von einem Frisör, aber heute, wo auch das Fernsehen da ist …“

Hinter ihr stakste der fünfjährige Robert die Treppe hinunter, seinen Teddy fest unter den Arm geklemmt. Auch er war ein blonder Lockenkopf wie seine Mutter und seine ältere Schwester. Und nun tauchte auch die stupsnasige Manuela, inzwischen angezogen, an der Hand ihres Vaters auf.

„Karl, bringen Sie mich heute in die Schule?", rief sie Gifhard übermütig entgegen und stürzte sich auf ihn.

Er nahm sie spontan auf den Arm. „Natürlich, kleines Fräulein, wenn mein Kollege rechtzeitig kommt, wird es mir ein Vergnügen sein!"

Manuela strahlte. Sie sah schon die neidischen Blicke ihrer Freundinnen vor sich, wenn sie von dem bulligen Gifhard vor der Grundschule abgesetzt wurde.

„Aber nur, wenn die Schule sowieso auf Ihrem Weg liegt, Karl", mischte sich die Ministerin ein. „Ich möchte nicht, dass Sie über Ihre offizielle Dienstzeit hinaus arbeiten müssen, zumal es gar nicht zu Ihren eigentlichen Aufgaben gehört."

„Wir haben die Kinder Ihres Vorgängers, wenn Zeit war, auch immer zum Gymnasium gebracht und abgeholt. Ganz offiziell. Warum sollte das bei Ihnen anders sein?"

Die Ministerin schaute ihn überrascht an. „Ist das denn notwendig?"

Erich legte seiner Frau die Hand auf die Schulter. „Da siehst du, was für eine wichtige Person du jetzt geworden bist!"

Ursula hatte ausgiebig geduscht, sich bereits die dunkle Kurzhaarperücke aufgesetzt und den Frühstückstisch gedeckt. Nun stand sie am Fenster, rauchte und schaute träumend auf die grauen Schieferdächer. Aus den Bögen der Dachziegel wurden kleine Meereswellen, Strand und Sonne kamen hinzu … Alles, alles würde anders werden nach dem heutigen Tag!

Noch einmal ging sie in Gedanken die geplanten Schritte durch. Jedes Wort, sogar jede Handbewegung der nächsten Stunden hatte sie immer und immer wieder geübt. Es hing so viel davon ab. Wenn etwas schief ging, wollte auf keinen Fall sie schuld daran sein!

Sie drückte die halb gerauchte Zigarette im Aschenbecher aus und begann im Zimmer auf und ab zu gehen.

„Setz dich, Baby!" Piotr hatte im bunt gemusterten Bademantel den Raum betreten und sich am Frühstückstisch niedergelassen. „Dein Umherlaufen kann einen richtig nervös machen!"

„Du hast es ja noch am einfachsten!", gab Ursula gereizt zurück. Aber auch sie setzte sich an den Tisch und begann eine Scheibe Brot zu streichen.

„Quatsch!“, knurrte er mit vollen Backen. „Erstens hab ich schon eine Meisterleistung mit euren Ausweisen vollbracht, und dann muss ich heute total überzeugend klingen, sonst gehen wir alle baden, Baby!“

Er warf einen Blick zu dem Fernseher, der immer noch tonlos vor sich hin flimmerte. „Ich hoffe nur, dass es keine Verzögerung bei der Übertragung gibt oder die Reihenfolge der Redner geändert wurde.“

Ursula hörte auf zu kauen. „Passiert so was denn öfter?“

„Eigentlich nicht“, korrigierte sich Piotr schnell. „Das ist ungefähr das Einzige, was wir nicht genau kalkulieren können. Aber selbst dann lässt sich noch alles übers Handy regeln.“

Er blickte zum Sideboard, auf dem zwei Handys lagen. Die Dioden der Netzteile leuchteten nicht mehr, also waren die Akkus randvoll geladen. Zufrieden zog Piotr die Kabel aus der Steckdose.

Günter und Rolf waren mit ihren Fahrzeugen am Bundeswehrkrankenhaus in Koblenz-Metternich vorbeigefahren und nach links in Richtung Polch abgebogen. Rolf lenkte den Mondeo auf den Autohof kurz vor der Auffahrt zur A 61, Günter parkte seinen Lkw hinter ihm, schloss ab und kam zu Fuß auf ihn zu.

„Jetzt wird's eng für dich“, frotzelte er mit einem Blick auf Rolfs Leibesfülle.

„Die Bemerkung hättest du dir sparen können“, entgegnete Rolf. „Äwa watt seijn muss, muss seijn.“

Er stieg schnaubend aus und sah zu, wie Günter den Kofferraumdeckel des Mondeo öffnete. „Fahr nur ja vorsichtig und meide Schlaglöcher. Sonst soll dich der Teufel holen.“

Er blickte sich unauffällig um. Der Vorplatz war menschenleer. Dann schob er seinen Pilotenkoffer beiseite und stieg schwerfällig in den Kofferraum, darauf bedacht, seinen Anzug nicht zu verknittern.

„Hol noch mal tief Luft!“, lachte Günter und ließ vorsichtig den Kofferraumdeckel ins Schloss fallen.

Immer noch war weit und breit niemand zu sehen. Erleichtert stieg Günter auf der Fahrerseite des Mondeo ein, startete und fuhr zurück in Richtung Bundeswehrkrankenhaus.

Martin Markmann war fast zwei Meter groß, auffallend schlank und schlaksig. Er war an diesem Tag für die Frühschicht der Ministerin eingeteilt und fuhr zu ihrer Freude überpünktlich vor. Auch Manuela strahlte. Gifhard konnte sie also in die Schule fahren!

Nachdem sich Rechtsanwalt Dr. Meyer-Liebrecht vor dem Haus von seiner Tochter verabschiedet hatte, gab er seiner Frau einen Kuss auf die Stirn. In Anwesenheit der beiden Sicherheitsbeamten schien ihm das angemessen.

„Ich drück dir die Daumen!“, flüsterte er ihr ins Ohr.

Sie nickte dankbar, nahm tief Luft und ließ sich in den Fond ihres Dienstwagens fallen. Robert, der noch nicht so recht begriff, was sich durch die Berufung seiner Mutter in der Familie geändert hatte, war bei Aysha im Haus geblieben.

Sein Vater winkte den beiden abfahrenden Wagen hinterher, bis sie um die Ecke gebogen waren. Auch er musste jetzt langsam losfahren. Er wollte im Büro noch unbedingt die Post durchsehen, bevor die Antrittsrede seiner Frau im Fernsehen übertragen wurde.

Vor der Schranke zum Bundeswehrkrankenhaus hielt Günter an. Der Wachhabende trat ans Fahrerfenster und grüßte höflich.

„Ich habe um neun einen Termin beim Leiter des Materialeinkaufs!“ Günter reichte dem Mann unaufgefordert den Kraftfahrzeugschein und seine Visitenkarte. „Heute Morgen habe ich meinen eigenen Wagen in die Inspektion gebracht und leider meine Papiere darin vergessen. Ich weiß“, entschuldigte er sich, „so etwas ist unverzeihlich. Aber der Kraftfahrzeugschein des Leihwagens und meine Karte müssten Ihnen doch genügen. Ich komme regelmäßig hierher. Vielleicht rufen Sie kurz oben an. Man erwartet mich sicherlich bereits.“

Der junge Mann nickte. „Das geht schon in Ordnung“, meinte er mit einem Blick ins Wageninnere und begann einen Passierschein auszufüllen. „Sie kennen sich hier aus?“

Günter nickte, nahm dankend den Passierschein und seinen Kfz-Schein entgegen und gab sofort Gas. Im Kofferraum gab es ein dumpfes Geräusch. Erschrocken nahm Günter den Fuß vom Pedal und ließ den Wagen gleichmäßig zum Parkplatz rollen. Er hatte Glück. Am Ende des Parkplatzes neben einem olivgrünen Bundeswehrkrankenwagen war noch eine Lücke frei. Behutsam stellte Günter sich dicht neben den Kastenwagen, so dass der Mondeo zum Krankenhaus hin durch das Nachbarfahrzeug verdeckt war. Er stieg aus und blickte sich auf dem Parkplatz um. Zwei Bundeswehrsoldaten, einer davon mit Krücken, waren gerade dabei, eines der abgestellten Fahrzeuge zwei Reihen weiter zu besteigen. Günter tat, als suche er etwas auf dem

Rücksitz, und wartete, bis die beiden eingestiegen waren und den Parkplatz verlassen hatten. Dann half er Rolf aus dem Kofferraum.

„Wird auch langsam Zeit!“, schimpfte Rolf mit hochrotem Kopf. „Ganz schön heiß hier drin.“

Er richtete seinen Anzug und griff nach dem Pilotenkoffer.

„Jetzt sieh zu, dass du ganz schnell wieder wegkommst“, sagte er leise, nahm ein Handy aus dem Aktenkoffer und schaltete es ein. „Hast du dein Handy auch eingeschaltet?“

„Schon seit heute früh.“ Günter wies auf sein Jackett.

„Nu dann, toi, toi, toi!“

Während Rolf abwartend hinter dem Kastenwagen stehen blieb, fuhr Günter den Mondeo wieder in Richtung Tor.

Aus dem heruntergelassenen Beifahrerfenster rief er dem Wachmann lachend zu: „Ich habe leider was vergessen, komme gleich zurück! Da kann ich doch sicher den Passierschein behalten?“

Der Wachmann nickte zustimmend und ließ den Schlagbaum hoch.

Als Rolf sah, dass der Mondeo das Krankenhausgelände verlassen hatte, machte er sich schnaufend auf den Weg zu seiner Verabredung.

Erleichtert erspähte SWR-Moderator Michael Lueg beim Betreten des Sendegebäudes in Mainz die zufällig offen stehende Aufzugstür. Das kam ihm sehr gelegen! Er war wegen einer Tagesbaustelle auf der Autobahn knapp mit der Zeit. Laut Dienstplan war er verantwortlich für den Vormittagsblock von SWR 1 und musste pünktlich um neun Hanns Lohmann ablösen, der die Morgensendung gefahren hatte.

Im ersten Stock angekommen griff Lueg, die pralle schwarze Aktentasche in der einen Hand, mit der freien Hand die BILD, die ihm Headliner Frank Schanze beim kurzen Guten-Morgen-Blick in die Redaktionstür entgegenhielt.

„Vielleicht findest du was, woraus du was machen kannst“, meinte Schanze missmutig, „heute war bis jetzt noch nicht viel los.“

„Dann wird’s ja Zeit, dass ich komme!“, lachte Lueg, und schon schloss sich hinter ihm die Glastür, die den Flur mit den Studios von den Redaktionsräumen trennte.

Etwa auf der Hälfte des Gangs schwenkte der einsneunzig große Moderator mit Schwung nach rechts in die technische Regie und winkte durch die Scheibe seiner Kollegin Birgit Steinbusch im Studio zu. Gegenüber der Moderatorin hatte bereits Steffi Peña vor ihrem Mikrofon Platz genommen, um die Verkehrsnachrichten zu lesen. Doch noch sortierte sie ihre Manuskripte, blickte von Zeit zu Zeit auf den Monitor vor sich und notierte eifrig die letzten Änderungen.

Lueg trat hinter Johannes Held, den Dienst habenden Studiotechniker, der gerade mit Mühlbauer von der SWR-Wetterredaktion in München telefonierte und die Leitung für die bevorstehende 9-Uhr-Schaltung prüfte.

„Alles klar?“, fragte Lueg und legte Held freundschaftlich die Hand auf die Schulter.

„Am liebsten ja!“, gab Held zurück, der immer drei Dinge gleichzeitig und mit höchster Konzentration machen konnte und dabei nicht aus der Ruhe zu bringen war. Gelassen drückte er die Sprechtaste zum Studio.

„Reichen dir zehn für die Absage, Birgit?“

„Sieben reichen mir!“, kam die Antwort über den Lautsprecher.

Lueg wartete, bis seine Kollegin ihre Absage gemacht hatte, und eilte dann hinüber ins Studio, wo er mit einem zweifachen „Hallo!“ von Birgit und Steffi begrüßt wurde.

Während des Werbeblocks und der Nachrichten zur vollen Stunde, die von einem anderen Studio zugespielt wurden, wechselte Lueg noch ein paar Worte mit Birgit und sortierte die Unterlagen, die er für die bevorstehenden drei Stunden am Mikrofon vorbereitet hatte.

Monika Meyer-Liebrecht saß im Fond ihres Dienstwagens und blätterte in der Frankfurter Allgemeinen. Zuvor hatte sie kurz die Schlagzeilen der Süddeutschen überflogen und zwei oder drei Artikel auch komplett gelesen. Es machte sich immer gut, wenn man in Reden da und dort auf tagesaktuelle Dinge Bezug nahm. Noch hatte sie nichts Passendes gefunden, aber neben ihr lagen noch etliche andere regionale und überregionale Blätter, die Markmann mitgebracht hatte.

Als das Handy zu piepsen anfing, legte sie rasch die Zeitung aus der Hand.

„Ja!“

Längst hatte sie es sich angewöhnt, sich nur so zu melden, denn zu oft waren es Verwähler oder Leute, die ihre Rufnummer erfahren hatten und versuchten, ihre Anliegen, aber auch ihren Frust und Ärger bei ihr abzuladen. Doch diesmal war es ihre Mutter.

„Liebes, ich wünsch dir nochmals alles Gute für die heutige Sitzung und deine Rede! Papa und ich werden natürlich alles im Fernsehen mit verfolgen.“

„Danke, Mama, ich melde mich heute Abend von zu Hause aus!“, sagte sie hastig und legte auf.

„Huuch!“, stieß sie überrascht aus. „Ich glaube, das war das kürzeste Gespräch, das ich je mit meiner Mutter geführt habe. Ich hoffe, es klang nicht allzu unhöflich.“

Im Rückspiegel sah sie, dass Markmann verständnisvoll schmunzelte. Offensichtlich kannte auch er Leute, die am Telefon nie ein Ende fanden.

Die Ministerin nahm sich die nächste Zeitung vor. Doch kaum hatte sie die Titelseite überflogen, piepste das Handy ein zweites Mal. Ihr Amtsvorgänger meldete sich am anderen Ende. Auch er wollte ihr einen guten Start wünschen.

Nach diesem Anruf überlegte die Ministerin, ob sie bis Mainz das Handy abschalten solle, ließ es dann aber doch eingeschaltet, in der Hoffnung, dass man sie für den Rest der Fahrt in Ruhe ließ. Sie warf einen Blick aus dem Fenster. Inzwischen hatten sie die Hunsrückhöhenstraße verlassen und waren auf die B 50 in Richtung A 61 abgebogen.

„Du hast ganz feuchte Hände!“, wehrte Piotr ab, als Ursula ihm zärtlich über die Wange strich. „Das gefällt mir gar nicht, Baby!“

Sie ließ gereizt von ihm ab. „Es ist nur das Warten. Günter könnte inzwischen schon mal angerufen haben.“

„Günter hat gesagt, er ruft erst an, wenn er in Morbach eintrifft. Und dafür ist es noch viel zu früh.“

Zum x-ten Mal blickte Piotr auf seine Uhr. Dann zog er seine Freundin zu sich auf die Couch und begann, die Knöpfe ihrer Bluse zu öffnen.

„Die Zeit reicht noch für eine tolle Nummer, Baby!“

„Dass du jetzt an so was denken kannst!“, stieß sie aufgebracht hervor und rückte von ihm ab.

„Hey, Baby, mach keinen Scheiß!“

Er sprang so rasch auf, dass sein goldenes Amulett aus dem Hemd hüpfte, nahm die beiden Handys vom Sideboard und schaltete sie ein. Eines legte er auf den Couchtisch, das andere reichte er seiner Freundin.

„Wo sind die Walkie-Talkies?“, fragte er.

Ursula erhob sich, froh über die Ablenkung. Die Walkie-Talkies waren in der Küche, wo Ursula sie über Nacht aufgeladen hatte. Piotr stellte unterdessen ein Kofferradio mit Kassettendeck auf den Couchtisch und schloss es an. Vom Band kamen Sprechfunkdurchsagen. Was genau gesprochen wurde, war nicht zu verstehen.

Piotr nahm die beiden Walkie-Talkies entgegen, die Ursula ihm reichte, und klebte über die Sprechtaste des einen ein schmales Gewebeband, so dass die Taste gedrückt blieb. Er stellte das Gerät etwa vierzig Zentimeter vor den Lautsprecher des Kofferradios.

„Wenn ich von draußen rufe, geh mit dem Mund ganz dicht an das Funkgerät und sag irgendetwas, klar?"

Mit dem anderen Gerät ging er in die Diele hinaus und schloss die Tür hinter sich. Dann regulierte er die Empfangslautstärke.

„Jetzt!", rief er laut in Richtung Wohnzimmer.

Deutlich drang Ursulas Stimme aus dem Lautsprecher seines Gerätes. „Ich liebe dich, auch wenn du manchmal ein Scheißkerl bist."

„Alles klar!", rief er. Leise fügte er hinzu: „Warte nur ab, du dumme Gans."

Mit einem zufriedenen Grinsen betrat er wieder das Wohnzimmer.

„Lass den Lautstärkeregler unter allen Umständen auf vier stehen, dann klingt es absolut echt", meinte er und reichte ihr sein Gerät.

Im gleichen Moment klingelte das Telefon. Ursula zuckte zusammen. Vor Aufregung stolperte sie über den schmalen Teppichläufer vor dem Telefontischchen.

„Ja?" Ein befreites Lächeln ging über ihr Gesicht. „Günter! Wo bist du jetzt?"

Günter parkte seinen Wagen in der Schulstraße, unweit der Stelle, an der man vom Fenster des Rektorenzimmers der Grundschule Morbach aus gut gesehen werden konnte. Er hatte die Örtlichkeiten in den letzten Tagen ausgiebig erkundet. Sorgfältig vergewisserte er sich, dass niemand die Straße entlangkam. Dann öffnete er seine Aktentasche und entnahm ihr einen kleinen Ausweis, den er in seine Trenchcoattasche steckte, sowie ein Walkie-Talkie, das denen von Ursula und Piotr zum Verwechseln ähnlich sah. Er schaltete es ein und konnte sofort deutlich den Sprechfunkverkehr von Piotrs Kassette empfangen.

Er nahm das Handy vom Beifahrersitz und wählte erneut die Nummer von Ursula.

„Alles im grünen Bereich. Habe meinen Standort erreicht und kann euch sehr gut empfangen. Ich melde mich wieder, nachdem ich die Polizei angerufen habe."

Er drückte die Trenntaste, legte Funkgerät und Handy zurück auf den Sitz und machte es sich bequem. Von ihm aus konnte es losgehen.

2.

Michael Lueg hatte sich von dem Studiotechniker eine Verbindung zum Handy seiner Kollegin Petra Wagner herstellen lassen, die im Mainzer Landtag mit ihrem DAT-Recorder und Mikrofon auf Stimmen- und Stimmungsfang unterwegs war.

„Für 10.50 Uhr ist ein kurzer Bericht von dir vorgesehen. Weißt du schon ungefähr, was du bringen wirst?“, erkundigte er sich bei ihr.

„Bisher habe ich ein paar Stimmen eingefangen, die aber erst im Studio abgemischt werden müssen. Ich hoffe, dass ich die Ministerin noch kurz vor der Sitzung abfangen kann und ein kurzes Statement von ihr bekomme. Sicher bin ich mir da aber nicht – sie ist noch nirgends aufgetaucht.“

Lueg machte sich rasch ein paar Notizen. „Dann lass uns kurz vor der Einspielung noch mal miteinander telefonieren, damit ich was Konkreteres für die Anmoderation habe. Zwei Sätze von der Meyer-Liebrecht wären allerdings schon prima.“

„Ich versuch es. Ansonsten hat die Redaktion etwas auf Reserve vorliegen, was auch passt. Auf jeden Fall mache ich anschließend ein kurzes Resümee zu ihrer Rede von hier aus“, versprach Petra.

Lueg warf einen Blick auf einen der drei Bildschirme vor sich und drückte die Mikrofontaste zur Technik.

„Johannes, spiel nach den Beatles diesen ‚Hit‘-Drop und dann gehe ich übers Intro rein!“

„Wie heißt das Zauberwort mit den zwei ‚t‘?“, kam es über den Studiolautsprecher zurück.

Lueg schaute den Techniker stirnrunzelnd durch die Scheibe an. Seit wann gab sich Held so förmlich?

„Flott!“, kam es über den Lautsprecher.

Moderator und Techniker lachten sich durch die Scheibe an. Und schon sah Lueg auf seinem Monitor mit den Drops, wie der Pfeil zu der Zeile: „SWR 1 – Und der Vormittag wird zum Hit“ wanderte. Mit dem Ausklingen von „Yesterday“ ging der Drop über den Sender.

„Du bist on air!“, verkündete Held, kurz bevor das Intro begann.

„Das war die erste Stunde ‚SWR 1 – Der Vormittag‘“, sagte Lueg mit gewohnt dynamischer Stimme ins Mikrofon. „Gleich nach den Nachrichten geht's weiter, und um 10.50 Uhr kommt unsere neue Ministerin hier bei uns zu Wort, Monika Meyer-Liebrecht, die heute ihre Antrittsrede in Mainz hält.“

Er schwang den rechten Arm in die Höhe und gab damit Held das Signal, den letzten Musiktitel der Stunde, der bereits seine Abmoderation untermalte, voll einzublenden. Dann verließ er das Studio, um wie immer auf dem Flur eine Zigarette zu rauchen.

Ministerpräsident Kurt Beck legte väterlich den Arm um sein neues Kabinettsmitglied.

„Aufgeregt?“, fragte er die um einen halben Kopf größere Ministerin.

Sie zuckte wortlos mit den Schultern. Etwas Lampenfieber musste sie sich nun doch eingestehen.

An der Tür zum Sitzungssaal wurden sie schon vom Ministerkollegen Mertin erwartet.

„Für jeden von uns hat es ein erstes Mal gegeben!“ Er drückte der neuen Kollegin aufmunternd die Hand. „Nach den ersten zehn Sätzen ist alles normal und Routine, glauben Sie mir.“

Die Ministerin nickte und spürte im Rücken die Hand des Ministerpräsidenten, der sie mit sanftem Druck weiter in den Saal schob. Fast alle Anwesenden hatten bereits ihre Plätze eingenommen. Sie spürte plötzlich ihren Herzschlag am Hals. Merkwürdig, wo sie doch schon oft als Staatssekretärin vor dem Landtag gesprochen hatte! War das neue Amt so viel anders?

Einige Kameraobjektive waren auf sie gerichtet, und kurz hintereinander zuckten Blitzlichter auf. Sie versuchte forsch zu wirken. Saß der figurbetonte, helle Hosenanzug auch wirklich richtig? Hatte Robert ihr nicht noch in letzter Minute mit seinem Nutellamäulchen irgendwo Flecken aufgedrückt?

Ein freundlich lächelndes Frauengesicht tauchte vor ihr auf und ein Mikrofon wurde ihr entgegengehalten.

„Bitte ein ganz kurzes Statement, Frau Ministerin.“ Petra Wagner wusste genau, dass ihr nur wenige Sekunden zur Verfügung stehen würden. Unaufhaltsam rückte der Zeiger der Uhr auf zehn. „Wo sehen Sie Ihre Hauptaufgaben in Ihrem neuen Wirkungskreis?“

Die Ministerin holte tief Luft. Jetzt keinen Patzer machen.

„Die Kontinuität der erfolgreichen Arbeit meines Vorgängers fortzuführen und gleichzeitig neue, zeitgemäße Ideen einzubringen, erachte ich als das oberste Gebot. Ich erwarte von allen, dass man mir die übliche Einarbeitungszeit von hundert Tagen einräumt. Rheinland-Pfalz ist ein Land, das sich hinter keinem anderen Bundesland verstecken muss. So soll es bleiben. Ich werde für alle und alles ein offenes Ohr haben und rechne bei meiner neuen Aufgabe auf die Unterstützung der gesamten Kabinettskollegen."

Hatte sie das Wichtigste gesagt? Genügte es?

Petra Wagner bedankte sich zufrieden. „Alles Gute!"

Monika Meyer-Liebrecht atmete tief durch. Die erste Hürde war genommen. Beck und Mertin hatten während des kurzen SWR-Interviews ihre Plätze eingenommen. Sie war die Einzige des Kabinetts, die noch auf der Regierungsbank fehlte. Rasch stellte sie ihre Aktentasche ab und entnahm ihr die Mappe mit der vorbereiteten Rede. Dabei merkte sie, dass ihre Hände wider ihren Willen leicht zitterten.

„Jetzt schau doch nicht dauernd auf die Uhr!", fuhr Piotr seine Freundin an.

Sie saß rittlings auf dem Stuhl, er räkelte sich mit offenem Hemd auf der Bettcouch. Es war bereits eine Minute über die Zeit. Das SWR-Fernsehen hatte pünktlich in den Landtag geschaltet und fing Bilder von der Regierungsbank ein. Sie waren aber noch überlagert vom Titel der Sendung: „Übertragung aus dem Landtag von Rheinland-Pfalz in Mainz". Oben in der linken Ecke war das Wörtchen live eingeblendet.

Als sich der Ministerpräsident erhob, wurde die Schrift von der Bildregie ausgeblendet, obwohl der Steigtitel mit den Namen der Technikcrew noch nicht zu Ende war. Eine andere Kamera zoomte auf Beck und verfolgte seinen Weg zum Rednerpult.

Ursula deutete erschrocken auf den Bildschirm. „Wieso redet denn der zuerst?"

„Wir haben Zeit, Baby. Rolf ist ein Profi und weiß, wie man Gespräche hinauszögert", zischte Piotr ärgerlich. „Beck wird sich wie immer kurz fassen, du wirst sehen."

Er hatte Recht. Der Ministerpräsident eröffnete kurz die Sitzung, sprach seiner neuen Ministerin noch einmal das volle Vertrauen und die Glückwünsche des Kabinetts aus und überließ ihr dann das Rednerpult.

Kaum hatte sich Monika Meyer-Liebrecht von ihrem Platz erhoben, ging Piotr mit seinem Mund dicht an das Walkie-Talkie.

„Günter, es geht los!"

Günter nickte, obwohl niemand bei ihm im Auto saß. Entschlossen griff er nach seinem Handy und wählte den Polizeinotruf. Sehr schnell wurde am anderen Ende abgehoben.

„Ernst Habermehl", meldete er sich mit verstellter Stimme, „bitte schicken Sie schnell einen Streifenwagen nach Morbach in die Schulstraße. Hier läuft ein handgreiflicher Ehekrach ab. Offenbar wird die Frau auch von dem Mann geschlagen ... Nein, ich kam nur zufällig hier vorbei und rufe vom Handy aus an ... Ja, ist gut, ich bleibe hier, bis Ihre Kollegen kommen!"

Nun musste er nur noch darauf achten, aus welcher Richtung der Streifenwagen kam! Allzu lang war die Straße nicht; er stieg rasch aus, um sie in beide Richtungen überblicken zu können. Dann drückte er die Wahlwiederholung des vorletzten Gesprächs.

„Alles klar. Ich habe die Streife gerufen", sagte er kurz und legte das Handy dicht vor sich auf das Dach seines Wagens, ohne die Verbindung zu unterbrechen.

Ursula hatte bereits den Mantel übergezogen, noch einmal den Sitz ihrer Perücke im Spiegel kontrolliert und sich schließlich vor den Telefonapparat gesetzt.

„Mach den Kassettenrecorder leiser", rief sie Piotr zu, der immer noch vor dem Fernseher saß und sein Handy ans Ohr hielt.

Er warf ihr nur einen abfälligen Blick zu und blieb auf die Telefonverbindung mit Günter konzentriert. Den Ton der Fernsehübertragung hatte er weggeschaltet, um sicher zu gehen, dass er die leiseste Äußerung von Günter hören würde.

Auf dem Bildschirm war Monika Meyer-Liebrecht inzwischen am Rednerpult des Landtages zu sehen. Sie schien eine sehr emotionsgeladene Rede zu halten, denn immer wieder wurde sie vom Applaus der Abgeordneten ihrer Partei unterbrochen.

„Hörst du nicht, mach den Kassettenrecorder leiser!", rief Ursula ein zweites Mal.

„Schnauze!", brüllte Piotr wütend. Er hatte geahnt, dass Usch das schwächste Glied bei der Sache war. Hoffentlich behielt sie nachher die Nerven.

„Sie kommen!"

Günter ließ das Handy geschickt in der Innentasche seines Jacketts verschwinden und eilte über den Bürgersteig dem Streifenwagen entgegen. Das Timing war nun wichtig. Er musste erreichen, dass der langsam heranfahrende Streifenwagen etwa vor dem Haus Nr. 6 anhielt, direkt gegenüber der Grundschule und optimal vom Rektorenzimmer der Schule aus zu sehen. Als er den Punkt erreicht hatte, tat er den Beamten im Streifenwagen durch deutliches Winken kund, dass er der Anrufer war, der sie erwartete.

Der Fahrer hielt dicht neben Günter am Straßenrand an.

Im gleichen Moment läutete im Vorzimmer des Schulleiters das Telefon. Frau Kühne, die hagere Schulsekretärin, rückte ihre Goldrandbrille zurecht und hob ab. Die unüberhörbare Hektik und Nervosität am anderen Ende übertrugen sich augenblicklich auf sie.

„Sofort! Ich verbinde!"

Hastig drückte sie die Ruftaste zum Büro ihres Chefs nebenan. „Das Innenministerium in Mainz, wenn ich recht verstanden habe. Es sei sehr eilig."

Rektor Kleinschmidt, ein kleiner, kahlköpfiger Mann kurz vor der Pensionierung, der gerade damit beschäftigt war, einen Apfel zu schälen, schob Teller und Messer beiseite und nahm den Hörer ab.

„Ministerium des Inneren und Sport in Mainz, ich verbinde Sie mit Herrn Staatssekretär Doktor Theilen", hörte er die Stimme einer jungen Frau.

Es knackte, dann meldete sich eine Männerstimme.

„Theilen hier! Herr Kleinschmidt, ich muss Sie auf eine hochbrisante Situation vorbereiten und rechne mit Ihrer spontanen Unterstützung. Das LKA hat uns vor wenigen Minuten mitgeteilt, dass heute möglicherweise eine Entführung der Tochter von Ministerin Meyer-Liebrecht geplant ist. Wir haben sofort veranlasst, dass das Kind durch Sicherheitsbeamte von der Schule abgeholt wird. Bitte sorgen Sie umgehend dafür, dass das Kind unter ausreichender Begleitung aus dem Klassenzimmer abgeholt und in Ihr Büro gebracht wird. Beeilen Sie sich. Unsere Leute müssen jeden Moment bei Ihnen eintreffen."

Kleinschmidt war blass geworden. Während der letzten Worte des Staatssekretärs hatte er sich unwillkürlich vom Schreibtischsessel erhoben und einen Blick aus dem Fenster geworfen. Tatsächlich erblickte er unten auf der Straße bereits einen Streifenwagen, aus dem zwei

Beamte ausstiegen. Sie unterhielten sich mit einem schwarzhaarigen Mann im Trenchcoat, der aufgeregt gestikulierend Anweisungen zu geben schien.

Der Schulleiter legte hastig den Hörer auf und eilte mit seinen kurzen Beinen zum Vorzimmer.

„Wer unterrichtet in der Zwei a?"

Gisela Kühne sah verwirrt in das bleiche Gesicht ihres Chefs. „Um Gottes willen, was ist passiert?"

„Wer unterrichtet?!", wiederholte der Rektor laut und wippte auf seinen Schuhspitzen auf und ab.

Hilflos suchte die Sekretärin nach dem Unterrichtsplan, der sonst immer griffbereit auf ihrem Schreibtisch lag.

„Egal!", stieß Kleinschmidt unwirsch hervor und schnellte auf seinen Schuhspitzen hoch. „Gehen Sie rasch rüber in die Klasse! Veranlassen Sie, dass man die Kinder für einen Moment irgendwie beschäftigt und dass die kleine Meyer-Liebrecht unverzüglich zu mir gebracht wird. Sie begleiten das Kind und die Lehrerin über den Flur. Sollte Ihnen dabei eine unbekannte Person begegnen, packen Sie schleunigst das Kind und kommen hierher. Kein Risiko eingehen … ach was, nun laufen Sie doch schon!"

Frau Kühne zippelte nervös am Kragen ihrer Bluse und wusste vor Aufregung nichts Rechtes mit sich und dem Auftrag anzufangen.

„Also, was ist?", herrschte sie ihr Chef an und riss auffordernd die Arme in die Höhe.

„Es tut mir Leid, dass Sie umsonst gekommen sind", meinte Günter mit einem verlegenen Lächeln. „Aber ich hätte schwören können, die Hilfeschreie und die Auseinandersetzung waren echt. Erst als anschließend Musik einsetzte, wurde mir klar, dass es ein Radio oder etwas Ähnliches gewesen sein muss. Als ich von da nach dort ging", er gestikulierte erklärend in die betreffenden Richtungen, „war ich noch überzeugt, und als ich hier ankam, war der Spuk vorbei und es war nur Musik zu hören. Ich hoffe, ich habe mich mit meinem voreiligen Handeln nicht irgendwie strafbar gemacht."

Der ältere der beiden Polizisten blickte die Häuserfronten entlang. „Wir können ja mal da oder dort läuten und nachsehen. Vielleicht hat es irgendwo doch …"

„Nein, ich bitte Sie, ich würde mich furchtbar blamieren", unterbrach ihn Günter eilig. „Vielleicht kennen mich die Leute sogar von irgendwo her, und das wäre mir unheimlich peinlich. Ich wüsste nicht einmal genau das Haus … Wenn durch meinen Übereifer Kosten entstanden sind, komme ich natürlich dafür auf."

Der Polizist schüttelte den Kopf. „Besser einmal zu viel als einmal zu wenig." Er gab seinem Kollegen ein Zeichen, ihm zu folgen. „Lass uns trotzdem mal kurz die Straße entlanggehen, wo wir schon hier sind. Wenn sich nichts mehr rührt, hat sich die Sache erledigt."

Die beiden Polizisten wandten sich von Günter ab und gingen die Straße hinunter. Günter beeilte sich, zu seinem Wagen zu kommen. Schnell nahm er das Walkie-Talkie heraus und machte sich im Laufschritt auf dem kürzesten Weg zum Schulgebäude.

„Hepp!" Piotr legte zufrieden den Telefonhörer auf. „Das war's, jetzt beeil dich."

„Puuuh!", jammerte Ursula, „mir haben ganz schön die Knie geschlottert. Ministerium des Innern und …"

„Jetzt quatsch nicht, sondern hau ab!", fuhr Piotr sie an. „Günter wartet auf dich, los, Baby!"

Sie zog eine Grimasse, warf dann aber ihrem Freund einen Kuss zu und rannte aus der Wohnung.

Günter klopfte laut an die Tür und betrat, ohne eine Antwort abzuwarten, das Vorzimmer. Die Verbindungstür zum Rektorenzimmer stand immer noch offen, so dass er ungehindert hineinmarschieren konnte. Rektor Kleinschmidt stand wieder am Fenster und beobachtete, Schweißperlen von der Stirn tupfend, wie die zwei Polizeibeamten umherschauend die Straße heraufkamen.

„Kriminalhauptkommissar Petzold!" Günter hielt dem Rektor einen Polizeiausweis entgegen. Piotr hatte wirklich erstklassige Arbeit geleistet. Der Ausweis war selbst bei intensiver Prüfung kaum von einem echten zu unterscheiden. „Herr Direktor, Sie werden jeden Moment einen Anruf aus dem Innenministerium …"

„Der Anruf ist bereits erfolgt", unterbrach ihn der Schulleiter diensteifrig und wischte sich erneut mit dem Taschentuch die Schweißperlen von der Stirn. „Ich habe auch bereits alles veranlasst. Die kleine Meyer-Liebrecht ist bereits auf dem Weg hierher – hoffentlich." Er ging um seinen Schreibtisch herum und blieb neben Günter stehen. „Wie hat man von der geplanten Entführung Wind bekommen?"

„Tut mir Leid", antwortete Günter knapp. „Ich habe nur über Funk die Anweisung erhalten, zusammen mit einer Kollegin, die noch kommen wird, das Kind sofort in Sicherheit zu bringen. Ein anderer Kollege ist in diesem Moment auf dem Weg zum Haus der Ministerin, um das zweite Kind zu bewachen. Mehr weiß ich nicht."

„Wenigstens gut, dass man die ganze Sache frühzeitig in Erfahrung gebracht hat", stellte Kleinschmidt fest und begann wieder zu wippen. „Kaum auszudenken, wenn die Entführung geklappt hätte ..." Abrupt schwenkte er um. „Ich stelle mir so eine Situation grauenhaft für die Eltern vor. Man ist plötzlich so hilflos. Was sagt denn die Ministerin?"

„Tut mir Leid", wiederholte Günter achselzuckend. „Ich habe nur die Anweisung ..."

„Vielleicht weiß sie es noch nicht einmal", meinte Kleinschmidt nachdenklich und ging zum Fenster zurück. Er konnte gerade noch sehen, wie sich der Streifenwagen in Bewegung setzte.

„Ihre Kollegen fahren ab!", stieß er erstaunt hervor.

„Keine Panik", entgegnete Günter gelassen und lächelte den Rektor beruhigend an. „Das ist alles abgesprochen. Wir wollen so wenig Aufsehen wie möglich erregen. Im Hintergrund stehen schon etliche Kollegen bereit. Um Morbach herum wird zurzeit alles beobachtet, was sich bewegt. Denn wir wissen nicht genau, aus welcher Richtung die Gefahr kommt."

Im Vorzimmer hörte man eine Tür knarren. Günter und Rektor Kleinschmidt drehten sich gleichzeitig um. Die Sekretärin betrat in Begleitung einer jungen Lehrerin das Büro. Sie hatte Manuela an der Hand.

„Sie wissen, worum es geht?", wandte sich der Schulleiter an seine Lehrerkollegin.

„Nein!"

„Lassen wir es dabei!", mischte Günter sich ein. „Es sollten so wenig Leute wie möglich involviert werden." Er ging auf die Lehrerin zu. „Sie können ruhig wieder in Ihre Klasse zurückgehen. Falls ein Mitschüler fragt, sagen Sie einfach, Manuela ist beim Schulleiter. Aber sorgen Sie bitte dafür, dass die Schultasche der Kleinen nach dem Unterricht sichergestellt und weggeschlossen wird."

„Bringen Sie die Tasche zu mir", bot Frau Kühne der Lehrerin sofort an. „Ich werde sie hier in den Schrank einschließen."

Die Lehrerin blieb unentschlossen stehen. Sie konnte sich sichtlich keinen Reim auf die Situation machen.

„Nun gehen Sie schon", forderte Kleinschmidt sie ungeduldig auf.

„Sie haben doch gehört, es ist alles in bester Ordnung."

Zögernd ließ die Lehrerin die kleine Hand von Manuela los, drehte sich um und verließ den Raum.

Günter ging vor der Kleinen in die Hocke. „Kennst du mich noch, kleines Fräulein?", fragte er sanft. „Ich habe dich und deine Mutti doch schon einmal besucht."

Manuela schaute verlegen von einem zum anderen und wurde leicht rot im Gesicht.

„Ich weiß nicht", sagte sie und vergrub ihre Hände tief in den Hosentaschen ihrer Jeans.

Günter strich ihr liebevoll über die blonden Locken. „Ist ja auch schon ein paar Monate her. Aber gleich kommt noch eine ganz liebe Tante, die auf dich aufpassen wird. Und dann fahren wir gemeinsam zu deiner Mutti nach Hause."

„Aber die Mutti ist nicht zu Hause." Mit Stolz über ihr Wissen schaute Manuela den Schulleiter an. „Die hält heute sooo eine lange Rede." Sie breitete ihre Arme weit aus. „Die ist nämlich jetzt Ministerin!"

Günter richtete sich wieder auf. Er hatte ein Klopfen an der Vorzimmertür vernommen.

„Das wird meine Kollegin sein."

Aus der Manteltasche zog er das kleine Funkgerät, das die ganze Zeit über unentwegt unverständliche Gesprächsfetzen von sich gegeben hatte.

„Einsatzleitung, hier Hannes zwei, bitte kommen." Er sprach laut und deutlich und neigte seinen Kopf weit nach unten, damit er mit dem Mund möglichst nahe an das Handy in der Innentasche seines Mantels kam, von dem aus immer noch eine Verbindung zu Piotr bestand.

Sofort ertönte ebenso laut und deutlich Piotrs Stimme aus dem Walkie-Talkie. „Hannes zwei, wir hören."

„Die Kollegin ist soeben eingetroffen. Wir starten jetzt sofort. Sagen Sie bitte den Kollegen unten Bescheid, sie sollen sich bereithalten. Ende."

„Verstanden!"

Dann waren wieder nur Wortfetzen zu hören.

„Hasskerl", stellte sich Ursula kurz vor. Sie ging direkt auf Manuela zu und streckte ihr freundlich lächelnd die Hand entgegen. „Wir kennen uns noch nicht, ich bin die Karin. Deine Mama schickt mich, ich soll dich zu ihr bringen. Freust du dich?"

„Die Mama ist aber nicht zu Hause", ereiferte sich das Kind. „Sie ist heute Morgen nach Mainz gefahren und der Papa ist im Büro. Nur Aysha und mein Bruder sind zu Hause."

Ursula drehte den Kopf zum Schulleiter hoch und zwinkerte ihm zu. „Sie können Manuela doch sicher bestätigen, dass sie nach Hause kommen soll."

Der Rektor verstand das Zwinkern sofort. Er trat einen Schritt vor und beugte sich zu der kleinen Manuela hinunter.

„Du kannst ruhig mit den beiden gehen. Deine Mama wartet zu Hause auf dich."

„Beeilung!", raunte Günter leise. „Die Zeit arbeitet gegen uns."

Ursula nahm Manuela auf den Arm. „Na, dann wollen wir mal."

„Ich begleite Sie, wenn es recht ist", bot die Sekretärin mit einem fragenden Blick zu ihrem Chef an.

„Das ist nicht nötig!", wehrte Günter ab.

Doch der Rektor nickte zustimmend. „Machen Sie nur. Und zeigen Sie den Beamten den schnellsten Weg."

Prompt drehte sich Frau Kühne um und eilte voraus.

Günter bedankte sich bei dem Rektor für seine schnelle Unterstützung. „Das Ministerium oder das Präsidium wird sich sicherlich gleich noch einmal bei Ihnen melden. Und die Ministerin natürlich auch."

Er reichte Kleinschmidt flüchtig die Hand und eilte der Schulsekretärin und Ursula mit dem Kind hinterher.

Piotr wurde kreidebleich. Das Display seines Handys zeigte plötzlich Netzsuche an. Rasch sprang er auf und wanderte durch den Raum. Vergebens. Der Kontakt zu Günter blieb unterbrochen, wahrscheinlich ohne dass Günter etwas davon ahnte. Zwar hatte Piotr noch mitbekommen, dass man im Begriff war, das Büro des Schulleiters zu verlassen, aber seither war die Leitung tot. Ihm blieb nichts anderes übrig, als zu warten, bis sich Günter über Funk meldete. Doch wie weit reichte der Funk? Das hatten sie nicht ausprobiert.

Er ging in die Küche, nahm aus dem Kühlschrank eine Pikkoloflasche Champagner und wartete ungeduldig auf ein Lebenszeichen von Günter. Auf dem Bildschirm lief immer noch die SWR-Liveübertragung der Rede von Monika Meyer-Liebrecht. Hoffentlich hatte Usch nicht versagt. Aber Günter würde Gott sei Dank kaltschnäuzig genug sein, auch bei einer kritischen Situation die Sache durchzuziehen. Da hatte er keine Bedenken.

Er nahm erneut das Handy, das immer noch auf Netzsuche war. Wenn Günter doch nur endlich merken würde, dass die Verbindung gekippt war, und sich über Funk melden würde, bevor auch hier der Kontakt abriss! Jetzt begann selbst er nervös zu werden. Er starrte auf die Uhr. Er musste Rolf bald Bericht erstatten, ob alles planmäßig verlaufen war. Das konnte er auch über den Festnetzapparat tun, das war nicht das Problem. Aber was sollte er sagen? Es schien ihm alles viel länger zu dauern als geplant.

Plötzlich ertönte vom Walkie-Talkie her ein Breakruf. Sofort nahm er das Gerät in die Hand.

„Einsatzleitung, ich höre!“ Hastig riss er das Gewebeband herunter und ging auf Empfang.

„Warum gehst du nicht ans Handy? Es ist alles bestens!“, schrie Günter übermütig aus dem kleinen Lautsprecher. „Du kannst Rolf erlösen. Ursula fährt mit dem Kind vor mir her. Es ist alles perfekt abgelaufen. In diesem Moment verlassen wir Morbach.“

„Verstanden, gratuliere! Das Scheiß-Handy war plötzlich auf Netzsuche.“

Erleichtert ließ Piotr das Funkgerät sinken und sich selbst rückwärts in die Couch fallen. Dann stieß er einen lauten Freudenschrei aus.

Mit einem Satz sprang er wieder auf und öffnete die kleine Champagnerflasche. Ohne abzusetzen trank er den Inhalt in einem Zug leer, rülpste laut und wählte übers Festnetz die Nummer seines alten Kumpels Reiner.

Als am anderen Ende abgehoben wurde, sagte er freudestrahlend: „Tutto perfetto, amico!“

Aus dem Hörer drang ein ähnlicher Freudenschrei, wie er selbst ihn kurz zuvor ausgestoßen hatte. Piotr drückte die Unterbrechertaste und wählte Rolfs Handynummer.

„Warum fahren wir nicht zu meiner Mama oder nach Hause?“, jammerte Manuela, blieb aber auf dem Rücksitz liegen, wie Ursula ihr beim Einsteigen befohlen hatte.

„Wir haben eine andere Anweisung bekommen“, versuchte Ursula das Kind zu beruhigen.

Sie merkte plötzlich, dass sie im Umgang mit Kindern nicht geübt war, obwohl sie sich selbst immer einen ganzen Stall voll gewünscht hatte. Dass Piotr hierfür nicht der Richtige war, wusste sie schon seit langem. Dafür hatte sie aber oftmals Günter mit seinen Kindern beobachtet. Er schien ihr ein guter Vater zu sein, auch wenn er als Ehemann oftmals kläglich versagt hatte, wie sie wusste. Er war einfach zu gutmütig und in gewisser Weise auch ein Phlegmatiker.

Sie hatte den Rückspiegel so eingestellt, dass sie immer einen Blick auf Manuela werfen konnte.

„Wir müssen noch ein gutes Stück fahren, bis wir dort sind, wo wir deine Mama treffen."

„Bis Mainz?", wollte Manuela wissen und hörte schlagartig zu quengeln auf.

Ursula lachte. „Nein, so weit müssen wir nicht fahren."

Sie konnte sehen, wie sich daraufhin das Kind zufrieden zusammenrollte.

„Kommt der Papa auch?", erkundigte sich Manuela nach einer Weile.

„Dein Papa wird auch kommen und dein Bruder."

„Und warum müssen wir dann so weit fahren?"

Wieder spürte Ursula, dass die Entführung doch viele Dinge mit sich brachte, mit denen sie nicht gerechnet hatten. Auf eine Unterhaltung mit dem Kind hatte sie sich nicht vorbereitet.

„Ich muss mich jetzt auf das Fahren konzentrieren", wehrte sie ab. „Später, wenn wir angekommen sind, erkläre ich dir alles. Einverstanden?"

Im Rückspiegel konnte sie sehen, wie das Kind zustimmend nickte.

Auf einer lang ansteigenden Geraden kurz vor Kappel überholte Günter Ursulas Wagen und gab dann Vollgas. Er musste so schnell wie möglich wieder nach Metternich zurück, um Rolf im Bundeswehrkrankenhaus abzuholen! Im Spiegel sah er die weißen Umrisse von Ursulas Fahrzeug immer kleiner werden und nach der nächsten Biegung verschwinden.

Bis hierher hatte alles bestens geklappt. Eigentlich konnte jetzt nicht mehr viel schief gehen … In knapp einer halben Stunde würde Usch seine Wohnung erreicht haben, wo sie das Versteck für Manuela vorbereitet hatten. Bis dahin war kaum damit zu rechnen, dass der Bluff aufgefallen war. Auch er würde es sicherlich noch schaffen, bis zum Beginn einer Fahndung wieder in Koblenz zu sein. Erst dann begann Teil zwei des Plans, und der würde ebenso funktionieren wie der erste. Dessen war er sich nach dem bisherigen Erfolg sicher.

Piotr beobachtete immer noch mit einem Auge das Fernsehbild. Zwar hatte er jetzt keine Zweifel mehr, dass auch der Rest ihres Plans perfekt ablaufen würde, trotzdem wollte er sich vergewissern, dass man nicht doch schon während der Rede der Ministerin die Entführung bemerkt hatte und ihr am Rednerpult eine Nachricht zukommen ließ.

Er hatte mit Usch verabredet, dass sie sich alle Viertelstunde zu melden hatte. Inzwischen musste sie irgendwo zwischen Hahn und Kastellaun sein. Er warf einen Blick auf seine Armbanduhr. Warum hielt sich die blöde Kuh nicht an die Verabredungen? Die Rede der Ministerin konnte jeden Moment zu Ende sein.

Rolf spürte deutlich den Vibrationsmelder seines Handys in der Innentasche seiner Jacke. Während er sein Gespräch mit dem hinzugerufenen Stabsarzt der orthopädischen Abteilung fortführte, nahm er nebenbei das Handy aus der Jackentasche und überzeugte sich mit einem kurzen Blick auf das Display davon, dass es tatsächlich der Anruf von Piotr war.

„Gebongt!" Ein kaum sichtbares Lächeln glitt über sein Gesicht. Nun konnte er allmählich sein künstlich hinausgezögertes Beratungsgespräch beenden.

Reichlich genervt bog Ursula von der Hunsrückhöhenstraße in Richtung Emmelshausen ab. Manuela hatte sie auf der ganzen Strecke unablässig mit Fragen bombardiert. Mal wollte sie wissen, wie lange die Fahrt noch dauere; mal erkundigte sie sich, wie schnell Ursula gerade fuhr; mal interessierte sie, was das für Bäume entlang der Bundesstraße waren, von denen sie nur die Wipfel sehen konnte. So hatte sich Ursula die Fahrt wirklich nicht vorgestellt! Ihr Wunsch nach eigenen Kindern hatte in der letzten Dreiviertelstunde einen erheblichen Dämpfer erhalten.

Beim Einbiegen in den Kreisverkehr berührte der rechte Reifen unsanft den Bordstein, was Manuela prompt veranlasste zu fragen, ob sie eine Katze überfahren habe. Beinahe hätte Ursula vor Wut das Verlassen des Kreisverkehrs verpasst und eine Runde drehen müssen. Sie war nur von einem Gedanken besessen: so schnell wie möglich an ihr Ziel zu kommen. Mit quietschenden Reifen bog sie nach gut hundert Metern erneut ab und trat das Gaspedal voll durch. Nach weiteren hundert Metern musste sie scharf abbremsen. Zufrieden stellte sie im Rückspiegel fest, dass ihr flotter Fahrstil Manuela ängstlich gemacht und endlich zum Schweigen bewegt hatte.

„Bleib liegen!", befahl sie, als sie merkte, dass die Kleine sich aufrichten wollte.

Der barsche Ton bewirkte tatsächlich, dass sich Manuela wieder erschrocken zusammenrollte und sogar die Augen schloss. Ursula drosselte kurz vor den ersten Häusern des neuen Wohngebiets ihr Tempo. Nur nicht auffallen, hier war Schritttempo angesagt! Zum Glück waren nur wenige Leute unterwegs.

Mit Schwung fuhr sie in die Auffahrt zu Günters Garage. Im Rückspiegel tauchte das erschrockene Gesicht von Manuela auf.

„Runter!", schrie Ursula und trat voll auf die Bremse. Der Wagen rutschte tief in die Garage und kam erst wenige Zentimeter vor der Rückwand zum Stehen.

Ihr Verhalten in den letzten zehn Minuten hatte wohl nicht unbedingt das Vertrauen des Kindes zu ihr gestärkt ... am Ende machte die Kleine noch Zicken! Lächelnd drehte sich Ursula zum Rücksitz um.

„Geschafft!", sagte sie mit einschmeichelndem Ton. „Gleich bist du außer Gefahr. Dann rufen wir deine Mama an und du darfst ihr sagen, dass wir gut angekommen sind."

Verschüchtert nickte Manuela und rieb sich ihre Stupsnase. Ursula stieg aus. Sie hatten Günters Haus ausgewählt, da man das Grundstück durch die hohen Büsche kaum einsehen konnte. Überdies gab es im Keller einen Zwischenraum, der groß genug als Versteck für Manuela war und keine Fenster besaß.

Ursula schloss das Garagentor von innen und öffnete die seitliche Tür, die direkt ins Haus führte.

„So, jetzt aber mucksmäuschenstill und ganz schnell ins Haus!"

Sie half Manuela beim Aussteigen und eilte mit ihr an der Hand in die Diele. Vorsorglich hatte sie gestern Abend mit Günter vereinbart, dass die Verbindungstür nicht verschlossen sein würde, so dass sie ohne Verzögerung in das Haus gelangten. Man hatte ja nicht im Voraus wissen können, ob das Kind nicht doch beim Verlassen des Fahrzeugs zu schreien beginnen würde.

Aber Manuela verhielt sich ruhig, immer noch in dem Glauben, sie befände sich in Begleitung einer Person ähnlich Gifhard oder einem der anderen Sicherheitsbeamten, die ihrer Mutter zugeteilt worden waren.

Problemlos erreichte Günter wieder den Parkplatz des Bundeswehrkrankenhauses. An der Einfahrt brauchte er nur kurz den alten Passierschein hochzuhalten. Der Wachmann erkannte ihn sofort, grüßte höflich und gab ihm die Einfahrt frei.

Da keine Parklücke außerhalb des Blickfeldes des Krankenhauses frei war, drehte er und blieb mit Blick zum Haupteingang stehen. Dann drückte er die Wahlwiederholung auf seinem Handy, das Zeichen für Rolf, dass er angekommen war und auf dem Parkplatz wartete.

Nur wenige Minuten später sah Günter seinen Kumpel aus dem Haus kommen. Langsam stieg er aus und ging um den Wagen herum, um den Kofferraum zu öffnen. Niemand schien in der Nähe zu sein, außer den Personen zwischen Toreinfahrt und Krankenhauseingang. Die aber nahmen keine Notiz von dem Geschehen auf dem hinteren Teil des Parkplatzes.

„Has ed geschafft?", erkundigte sich Rolf sofort, als er den Mondeo erreicht hatte.

„Ja. Schnell rein!"

Während Rolf seine massige Gestalt erneut in den Kofferraum zwängte, warf Günter einen letzten prüfenden Blick. Die Luft war rein. Auch auf dem rückwärtigen Gelände hinter dem Zaun war niemand zu sehen. Mit einem dumpfen Knall fiel der Kofferraumdeckel ins Schloss. Günter stieg rasch ein, startete und verließ ohne Komplikationen das Gelände des Bundeswehrkrankenhauses.

„Merkwürdig!", meinte die hagere Schulsekretärin, als sie ihrem Chef eine Tasse Tee brachte. „Es hätte mich schon interessiert, ob man das Kind heil in Sicherheit gebracht hat. Der Kommissar hatte doch versprochen, dass sich irgendwer noch einmal bei uns meldet."

Rektor Kleinschmidt betrachtete das sorgenvolle Gesicht seiner Mitarbeiterin. Die Ungewissheit über das Schicksal von Manuela schien ihr wirklich sehr nahe zu gehen.

„Rufen Sie doch einfach zu Hause bei Meyer-Liebrechts an", schlug er vor. „Die Telefonnummer müssten wir doch haben."

„Soll ich?", fragte Frau Kühne mit einer Mischung aus Erstaunen und Erleichterung.

„Wenn Sie dann beruhigt weiterarbeiten können ..."

Die Sekretärin eilte in ihr Büro zurück und zog rasch einen Ordner aus dem Schrank. Sie wusste, dass die private Telefonnummer der Meyer-Liebrechts nicht im öffentlichen Telefonbuch zu finden war. Aber für Ernstfälle hatte man der Schule die Nummer vertraulich mitgeteilt.

Hastig tippte sie die Zahlenfolge ein und wartete ungeduldig, bis am anderen Ende abgehoben wurde. Aysha, das Hausmädchen, meldete sich.

„Ist Manuela gut zu Hause angekommen?“, fragte Gisela Kühne ohne Umschweife – und erstarrte. Kreidebleich ließ sie den Hörer sinken.

„Das darf nicht wahr sein!“, stieß sie fassungslos hervor.

Es schien ihr eine Ewigkeit zu dauern, bis Rektor Kleinschmidt in der offenen Verbindungstür erschien. Sie hielt ihm wortlos den Hörer entgegen.

Knapp zwei Minuten später ging der Anruf des Schulleiters bei der Polizeiinspektion in der Hochwaldstraße ein, die sofort einen Streifenwagen zur Grundschule schickte und das zuständige Polizeipräsidium in Trier verständigte. Zwei weitere Minuten später erreichte die Nachricht von dem merkwürdigen Vorfall fast gleichzeitig das Büro der Ministerin und die Kriminalpolizei in Mainz, welche ihrerseits sofort das Landeskriminalamt verständigte. Mit einem Schlag verbreitete sich die Sensation auf allen Fluren der Verwaltungsgebäude am Mainzer Valenciaplatz, wo Polizeipräsidium und LKA untergebracht sind.

Piotr lag auf dem Sofa, hatte eine zweite Pikkoloflasche Champagner geöffnet und verfolgte immer noch die SWR-Liveübertragung aus dem Mainzer Landtag. Die Rede der Ministerin war inzwischen unter großem Beifall zu Ende gegangen, nun stand Minister Bauckhage am Rednerpult. Den Ton ließ Piotr ausgeschaltet. Er interessierte sich nicht für Politik. Wenn das alles vorbei war, würden ihn ohnehin nur noch Sonne und Strand interessieren. Und davon gab es in Südamerika reichlich. Vielleicht würde sie ja sogar mitkommen, seine Traumfrau … Er musste es nur geschickt anstellen, sie zu überreden!

Zwei Billigflugtickets von Ryanair hatte er schon besorgt. Als Ziel hatte er Mailand gewählt. Dort würden sie endlich wieder seinen alten Kumpel Reiner treffen, der vor einigen Jahren nach Italien ausgewandert war. Er hatte ihm erzählt, dass Rolf, Günter, Usch und er das Ding drehen würden. Reiner war von seiner Idee begeistert gewesen und hatte ihm noch ein paar Tipps gegeben. Er würde sie am Flughafen Bergamo abholen, und dann ging es ab nach Rio, um ihren gemeinsamen Jugendtraum zu verwirklichen. Sie würden irgendwo am Strand eine Kneipe aufmachen. Kein Mensch würde auf die Idee kommen, dass jemand, der gerade Millionen abgesahnt hatte, einen Billigflug vom Hahn aus buchte! Frankfurt, Düsseldorf oder Köln würde man überwachen, die Lufthansa und andere große Fluggesellschaften. Aber Hahn und Ryanair?

Er beugte sich vor, um sich eine Zigarette anzuzünden, da sah er auf dem Bildschirm einen Mann im dunklen Anzug, der hinter den Ministerpräsidenten getreten war und ihm einen Zettel überreichte. Blitzschnell griff Piotr zur Fernbedienung und schaltete den Ton ein. Das musste die Nachricht von der Entführung sein!

Trotz der Totalen war deutlich zu sehen, dass Kurt Beck aufstand und sichtlich erregt ein paar Worte mit dem Saalboten wechselte. Dann machte er eine Handbewegung in den Saal und beugte sich zu seinem Platzmikrofon vor.

„Herr Minister Bauckhage", übertönte er die Rede des Ministers, „meine Damen und Herren, leider muss ich die Sitzung aus einem wichtigen Grund unterbrechen. Ich bitte um Ihr Verständnis."

Sofort kam Unruhe im Saal auf. Die Kamera verfolgte den Ministerpräsidenten, der sich kurz zu einigen Kabinettsmitgliedern herabbeugte und dann bei Ministerin Meyer-Liebrecht stehen blieb. Bauckhage hatte das Rednerpult verlassen und stieß zu den beiden. Im gleichen Moment ertönte die Off-Stimme eines SWR-Kommentators, der den Zuschauern jedoch auch nur mitteilen konnte, dass er nicht wisse, warum die Sitzung unterbrochen worden sei. Er bat die Regie um Anweisungen. Statt dieser aber wurde Musik eingeblendet und auf dem Bildschirm erschien das SWR-Emblem von Rheinland-Pfalz.

Piotr zündete seine Zigarette an, nahm einen tiefen Zug und blies genüsslich den Rauch aus. Er konnte sich leicht ausmalen, was in diesen Minuten im Landtag und in der Fernsehanstalt vor sich ging.

Na endlich! Rolf wischte sich erschöpft den Schweiß von der Stirn. Dass es so schwer sein würde, den Mondeo über die Rampen in den Kofferaufbau des Lkw zu fahren, hätte er nicht gedacht. Immerhin hatten sie eigens ein Gelände gewählt, das hinter dem Lkw anstieg. Aber sie hatten sich vor allem mit der Bodenfreiheit gründlich verschätzt. Der Mondeo hatte kurzzeitig leicht aufgesetzt.

Eilig schoben er und Günter die Alurampen, die gerade eben in den Kastenaufbau passten, auf die Ladefläche, schlossen die Ladetüren und bestiegen den Lkw.

„Nichts wie weg", feuerte er Günter an. „Wir haben Zeit verloren!"

Günter startete den Motor und gab Gas.

„Langsam!", schrie Rolf entsetzt. „Der Waldweg ist doch keine Autobahn. Denk daran, wie wenig Spiel zwischen den Außenspiegeln des

Pkw und der Kofferwand des Lkw ist. Oder willst du Lackspuren hinterlassen?"

Als sie das Autobahnkreuz Koblenz erreicht hatten, schaltete Günter das Radio ein. Vielleicht würde schon etwas in den Nachrichten kommen? Doch das SWR-Programm schien noch planmäßig zu laufen. Rasch ging er in Gedanken noch mal ihre gemeinsame Strategie durch: Die Fahrt bis Saarburg würde etwa zwei Stunden dauern. Dort hatten sie einen Platz ausfindig gemacht, an dem sie den Pkw unbehelligt wieder abladen konnten. Dabei würde der Tacho des Mondeo eine Kilometerleistung anzeigen, als wäre er die Strecke von Cochem über Metternich nach Saarburg gefahren. Das hatten sie vorher genau ausgemessen: Günters vorangehende Fahrten mit dem Mondeo zum Bundeswehrkrankenhaus sowie nach Morbach und zurück entsprachen zusammengenommen genau der Strecke nach Saarburg, die der Mondeo jetzt huckepack im Lkw zurücklegte.

Kurz vor dem Autobahnparkplatz bei Wittlich sahen sie zum ersten Mal zwei Polizisten. Sie standen seitlich der Autobahn auf einer leichten Erhebung und beobachteten mit Ferngläsern den entgegenkommenden Verkehr. Wenige hundert Meter später kündeten Schilder an, dass nach einem Kilometer eine einspurige Verkehrsführung eingerichtet worden war. Schon von weitem konnten die beiden von ihrem erhöhten Lkw-Sitz aus sehen, dass sich hinter der Absperrung einige Mannschaftswagen der Bereitschaftspolizei befanden. Die Polizeibeamten rechts und links der Einfädelspur waren mit Helmen, Sicherheitswesten und Maschinengewehren ausgerüstet.

„Nerve bahalle!", zischte Rolf und lehnte sich mit gespielter Lässigkeit gegen das Seitenfenster auf der Beifahrerseite.

Vor ihnen wurden zwei Pkw kontrolliert. Günter kurbelte das Fahrerfenster hinunter und streckte seinen Kopf hinaus.

„Was ist los?", rief er einem der bewaffneten Polizisten zu.

Der Angesprochene reagierte nicht, sondern fixierte unentwegt weiter die ankommenden Fahrzeuge. Nachdem die beiden Wagen vor ihnen ergebnislos kontrolliert waren, rückte Günter vor.

„Führerschein, Wagenpapiere, Fahrtenschreiberscheibe", verlangte der Polizist. „Wo kommen Sie her?"

„Koblenz", antwortete Günter wahrheitsgemäß.

Der Beamte warf einen kurzen Blick auf die Fahrtenschreiberscheibe und dann auf den Kraftfahrzeugschein. „Mietfahrzeug? Wohin fahren Sie?"

„Mein Bruder zieht von Trier nach Koblenz. Ich fahre die Möbel holen."

Der Polizist reichte Günter die Scheibe und die Papiere zurück. „Gute Fahrt!"

Günter legte in aller Ruhe die Scheibe wieder in den Fahrtenschreiber, warf die Fahrzeugpapiere in die Frontablage und startete den Motor. Kaum hatten sie die einspurige Verkehrsführung verlassen, als Rolf zu jubeln begann. Günter stimmte ein.

„Eich kan et kaum gläwe, mer han et geschafft!", schrie er und seine Stimme überschlug sich.

Während ihrer Verkehrsdurchsage sah Steffi Peña plötzlich ein Blinken vor sich auf dem Monitor. Rasch überflog sie die Eilmeldung. Dann gab sie ohne aufzublicken ihrem Techniker-Kollegen Held hinter der Scheibe mit einem Handzeichen zu verstehen, dass sich die Durchsage verlängern würde.

„Soeben erreicht uns noch ein Fahndungsaufruf der Polizei. Gesucht wird ein dunkelfarbiger Ford oder Opel mit Cochemer Kennzeichen. Wahrscheinlich ist die letzte Ziffer der Zulassungsnummer eine Fünf. Das Fahrzeug ist voraussichtlich im Hunsrück oder den angrenzenden Gebieten unterwegs. Wenn Sie ein Fahrzeug sehen, auf das die Beschreibung passt, melden Sie es bitte umgehend der nächsten Polizeidienststelle oder über den Notruf 110. Vorsicht, der oder die Insassen sind möglicherweise bewaffnet! Ich wiederhole noch einmal …"

Während sie den Fahndungsaufruf wiederholte, wurde leise die Tür geöffnet und Frank Schanze kam ins Studio geschlichen. Er wartete, bis die rote Lampe über dem Studiotisch erloschen war, dann wandte er sich an Lueg.

„Du, Michael, stell dir vor, man hat heute Vormittag die Tochter der Meyer-Liebrecht entführt! Du bekommst gleich von uns eine Sondermeldung rüber."

„Deshalb der Fahndungsaufruf!", entfuhr es Steffi.

„Aber die ist doch gerade bei ihrer Antrittsrede?", meinte Lueg verwundert.

„Eben!", antwortete Headliner Schanze deutlich angespannt. „Die Fernsehübertragung ist gerade unterbrochen worden. Wir wissen auch noch nichts Genaues."

In Lueg begann sofort das Reporterblut zu kochen. Hastig griff er nach seiner Computermaus und suchte auf dem Bildschirm die aktuellen Agenturmeldungen ab. Doch noch war keine Eilmeldung eingegangen.

„Weiß man schon, wie die Entführung abgelaufen ist?“, fragte er neugierig.

Schanze hatte sich bereits zum Gehen gewandt. „Die Kollegen sind schon unterwegs. Ich werde mal sehen, dass ich dir einen ersten Telefonbericht oder irgendetwas vermitteln kann.“

„Petra Wagner ist drüben!“, rief Lueg dem Redakteur noch hinterher. Aber der hatte bereits mit Steffi zusammen das Studio verlassen und die schalldichte Tür geschlossen.

Lueg drückte die interne Mikrofontaste. „Johannes, lass den nächsten Jingle weg, wir bekommen gleich eine Sondermeldung rein und geraten aus den Fugen, so wie ich das sehe. Außerdem werde ich nach der Musik den Fahndungsaufruf nochmals wiederholen.“

Wieder warf er einen Blick auf den Agenturenmonitor. Just in diesem Moment erschien darauf die erste Eilmeldung von dpa.

Der herbeigerufene Notarzt lief, so schnell wie er mit seinem Metallkoffer konnte, hinter dem Pförtner her zu dem Raum, in den man die Ministerin gebracht hatte. Ein Rettungssanitäter ebenfalls mit Koffer, folgte ihnen.

„Dort die dritte Tür rechts!“, keuchte der Pförtner. Die letzten zehn Jahre war er nicht mehr so schnell gelaufen!

Auf dem Flur hatten sich einige Mitarbeiter des Landtages versammelt und diskutierten aufgeregt über die Entführung und den Gesundheitszustand der Ministerin.

„Bitte, machen Sie doch Platz!“, herrschte sie der Notarzt an und bahnte sich einen Weg durch die offen stehende Tür in den Raum.

Monika Meyer-Liebrecht saß zusammengesunken auf einem Stuhl, ihr Gesicht war schneeweiß, und sie zitterte am ganzen Körper.

„Hinlegen!“, befahl der Notarzt und griff ihr von hinten unter die Achselhöhlen, während der Rettungssanitäter die Beine packte. „Das haben wir gleich …“

Der Notarzt legte die Manschette um den Oberarm der Ministerin und stellte den Blutdruck fest, dann begann er mit einer kleinen Taschenlampe die Reaktion ihrer Pupillen zu überprüfen.

„500 ml Ringer“, befahl er dem Sanitäter, der sofort daran ging, die Infusion vorzubereiten.

„Ich will nicht ins Krankenhaus“, flüsterte die Ministerin. „Haben Sie verstanden? Bitte!“

Der Notarzt lächelte sie beruhigend an und nahm den Schmetterling entgegen, den ihm der Sanitäter reichte. „Es gibt jetzt einen kleinen Piekser!“

Die Ministerin nickte ergeben und schloss die Augen. Ein leichtes Zucken ging durch ihren Körper, dann schlug sie die Augen wieder auf.

„Ich glaube, es geht schon wieder …“

„Na, na, jetzt übertreiben Sie aber kräftig“, wehrte der Notarzt ab. Er wandte sich den Umherstehenden zu: „Gibt es hier irgendwo einen Raum mit einer Couch oder einer Liege? Die Patientin muss während der Infusion ruhig liegen bleiben!“

Mit Heißhunger hatte Manuela die Ravioli aufgegessen.

„Wann kommt denn meine Mama?“, fragte sie zum hundertsten Mal und rutschte ungeduldig auf dem Stuhl hin und her. „Du hast mir doch versprochen, dass die Mama kommt!“

Karin, wie sich Ursula ihr vorgestellt hatte, versuchte zu lächeln, doch es fiel ihr schwer. In diesem fensterlosen Raum musste sie auf das Rauchen verzichten, außerdem begann es unter der Perücke zu jucken. Und diese ewigen Fragen konnte sie kaum noch ertragen. Am liebsten hätte sie der Kleinen den Mund zugeklebt. Hoffentlich kam Piotr bald und löste sie ab!

„Die Mama ist sicherlich schon unterwegs“, sagte sie so freundlich wie möglich. „Du weißt doch, sie musste heute Morgen eine Rede halten, und das dauert eben.“

„Gibt es hier keinen Fernseher?“

Dieses ständige Fragen! Natürlich gab es oben einen Fernseher. Aber auf keinen Fall für die Kleine. Wahrscheinlich wurden inzwischen schon in allen Nachrichtensendungen Berichte über die Entführung gebracht.

„Nein, aber wir haben hier im Regal eine Sammlung von ganz tollen Spielen. Wollen wir uns damit die Zeit vertreiben, bis deine Mama kommt?“

Manuela sprang auf und nahm den Kasten mit den Spielen aus dem Regal. „Kannst du Mensch ärgere dich nicht?“

Ursula seufzte. Ihr blieb auch nichts erspart. Ausgerechnet das Spiel, das sie am meisten hasste! Als Kind hatte sie es immer mit ihrer Schwester und ihrer Mutter spielen müssen.

„Ach, lass uns doch Domino oder Halma spielen“, schlug sie vor.
„Nein, Mensch ärgere dich nicht!“, beharrte Manuela trotzig. „Sonst schreie ich ganz laut!“
Alles, nur das nicht! Seufzend ergab sich Ursula in ihr Schicksal und begann das verhasste Spiel aufzubauen.
„Ich bekomme rot!“, forderte Manuela.
„Dann nehme ich gelb.“

3.

Günter und Rolf hatten den kleinen Abhang nahe Saarburg erreicht, an dem sie den Mondeo problemlos abladen konnten. Aber bis zu Rolfs nächstem Termin im Krankenhaus Saarburg war noch genügend Zeit und sie wollten nicht unnötig früh das Fahrzeug auf die Straße bringen. Man konnte ja nie wissen …

„Was machst du, wenn alles klappt?", fragte Rolf und räkelte sich im Fahrerhaus.

„Nichts Besonderes. Ich werde weiterleben wie bisher. Ins Ausland will ich nicht, dann bekomme ich meine Kinder nie zu sehen. Plötzlich reich werden kann ich nicht, dann sahnt meine Ex alles ab. Also warte ich auf einen neuen Job und lasse es mir nur hinter den Kulissen gut gehen. Aber das braucht keiner zu wissen."

„Nicht viel, wenn man das Risiko bedenkt", meinte Rolf nachdenklich. „Das wäre für mich keine Perspektive."

„Soll es auch nicht sein. Aber eine gewisse Beruhigung fürs Alter. Vielleicht werde ich auch mal wieder heiraten, wer weiß?"

„Hert, hert. Dann war meine Beobachtung gar nicht so falsch", schmunzelte Rolf.

„Welche Beobachtung?" Günter fuhr erschrocken hoch. „Was meinst du damit?"

Aus Rolfs Schmunzeln wurde ein breites Grinsen. „Ich bin doch nicht blind. Du und Usch, meine ich …"

„Quatsch!", brummte Günter nur.

Rolf schaute seinen Kumpel von der Seite an. „Eich kann et Maul halle."

„Dann tu es auch und red nicht so blöd daher!"

„Ist doch nichts dabei. Piotr ist doch nur ein kleiner Schmarotzer, der Usch auf der Tasche liegt und sie ausnutzt. Der könnte längst einen neuen Job gefunden haben. Natürlich nicht in Morbach. Aber da lebt es sich ja billig auf Kosten anderer."

„Wenn du Piotr so einschätzt, warum bist du dann auf seinen Plan eingegangen und machst mit?"

Rolf zuckte die Achseln. „Wir brauchen doch alle Geld. Du und Usch ebenso wie ich. Da ist es mir egal, wer eine gute Idee hat. Und dumm ist der Piotr ja nicht."

Beide schwiegen eine Weile. Wenn Rolf gemerkt hatte, dass sich zwischen ihm und Ursula etwas angebahnt hatte, überlegte Günter, was hatte Piotr dann möglicherweise selbst schon gemerkt? Er beschloss in Zukunft vorsichtiger zu sein. Aber für die nächsten Wochen war sowieso Abstinenz angesagt. Alle hatten vereinbart, sich untereinander bis zum Abschluss der Aktion so wenig wie möglich zu treffen. Und abgesehen von seinen Aufgaben bei dieser Entführung hatte er ohnehin nicht vor, an seinem Tagesablauf etwas zu ändern. Am kommenden Wochenende würde er seine Kinder abholen. Er hatte ihnen versprochen, in den Freizeitpark Bell zu fahren, denn zu sich nach Hause konnte er sie wegen Manuela nicht holen. An diesen beiden Tagen würde Usch auf die Kleine aufpassen müssen, immerhin, dabei würde er sie kurz sehen.

Auch Rolf hing seinen Gedanken nach. Er hatte sich vorgenommen, nach erfolgreichem Abschluss der Entführung erst einmal Gras über die Sache wachsen zu lassen. Wer oder was drängte ihn schon? Er hatte sein Auskommen, war unverheiratet und lebte eher bescheiden. In ein oder zwei Jahren würde er sich an einer kleinen Firma für medizinische Geräte in Ingelheim beteiligen, die über kurz oder lang aus Altersgründen zum Verkauf anstand. Vielleicht würde er die Firma übernehmen. Außerdem hatte der jetzige Inhaber eine bezaubernde Enkelin, vielleicht war sie zu knacken. Nun ja – er sah unbewusst an sich hinunter –, vielleicht musste er bis dahin noch etwas abspecken? Jedenfalls wusste er den Großvater und derzeitigen Firmeninhaber heute schon auf seiner Seite. Dem alten Herrn würde es mehr als recht sein, wenn ein Familienmitglied in der Firma blieb, die er einmal aufgebaut hatte.

„Wir müssen!"

Rolf schreckte auf. Günter hatte gleichzeitig mit dem Ausruf die Tür aufgestoßen und sprang bereits aus dem Lkw. Die Rampen waren schnell gelegt. Geschickt ließ Günter den Mondeo rückwärts hinausrollen. Es ging wesentlich besser und schneller als das Aufladen, da die Rampe diesmal fast waagerecht zu liegen kam. Zufrieden übergab er den Wagen an Rolf.

„Also nou, vill Gleck!" Rolf zwängte sich ächzend hinters Steuer des Mondeo und stellte erst einmal den Fahrersitz auf seine Körpermaße ein. „Und vergiss nicht, dir die Farbe aus den Haaren zu waschen!"

„Keine Bange, spätestens heute Abend, wenn ich in den Spiegel schaue, werde ich daran erinnert."

Die rote Lampe über dem Studiotisch leuchtete auf. Michael Lueg hatte sich einige Stichworte notiert. Als über Kopfhörer die letzten Takte von „Lady in red" seine Ohren erreichten, rückte er näher ans Mikrofon.

„Sie haben es bereits in den Verkehrsnachrichten und durch einen Fahndungsaufruf gehört: Ein dunkler Mondeo wird im Hunsrück oder der näheren Umgebung gesucht. Dahinter verbirgt sich eine Nachricht, die uns alle hier in der Redaktion tief betroffen gemacht hat. Die Tochter der neuen rheinland-pfälzischen Ministerin Monika Meyer-Liebrecht wurde heute Vormittag aus ihrer Schule in Morbach entführt, während ihre Mutter ihre Antrittsrede vor dem Mainzer Landtag hielt. Dort befindet sich aktuell meine Kollegin Petra Wagner, mit der ich jetzt verbunden bin. – Petra, wie hat die Ministerin die Nachricht von der Entführung aufgenommen?"

„Ja, Michael, neben mir begrüße ich Frau Katharina Niebutte, die Pressesprecherin des Ministeriums. Ich gebe gleich die Frage an sie weiter. Wie geht es der Ministerin, wie hat sie die Nachricht aufgenommen?"

Frau Niebutte hatte sich auf einem Zettel eilig ein paar Stichworte zusammengeschrieben. Ihr Gespräch mit der Ministerin war nur sehr kurz gewesen, aber Dr. Hechter, der persönliche Referent von Monika Meyer-Liebrecht, und Staatssekretär Armin von Rösch hatten ihr einige verwertbare Informationen geben können.

„Der Ministerin geht es den Umständen entsprechend gut. Sie befindet sich derzeit noch in ärztlicher Betreuung hier im Landtag. Ihr Mann ist bereits auf dem Weg hierher. Die Ministerin hat sich dahin gehend geäußert, dass sie nach seinem Eintreffen zusammen mit ihm in ihr Büro fahren und von dort aus den weiteren Verlauf der Fahndung verfolgen will."

„Hat man bereits erste Erkenntnisse, wie es zu der Entführung kommen konnte und wo sich die Entführer mit dem Kind zurzeit möglicherweise aufhalten?"

„Wie es genau zu der Entführung kommen konnte, wird derzeit noch untersucht. Nur so viel ist bekannt, dass die siebenjährige Manuela gegen 10.30 Uhr von einem Mann und einer Frau, die angeblich im Auftrag der Ministerin auftauchten, in der Schule abgeholt wurde."

„Hat die Fahndung nach den Kidnappern schon begonnen?" Petra

Wagner schaute vorsorglich auf die Uhr. Michael Lueg hatte ihr drei Minuten vorgegeben und sie wollte seine Sendung, die sowieso durch die Entführung aus den Fugen geraten war, nicht noch mehr in Schwierigkeiten bringen.

„Die Fahndung läuft natürlich bereits auf Hochtouren. Das LKA hat sofort eine Sonderkommission gebildet, und im Innenministerium tagt seit einer guten halben Stunde ein Krisenstab, an dem auch Minister Zuber persönlich teilnimmt. Ministerpräsident Kurt Beck hat Anweisung gegeben, ihn stündlich über den Verlauf der Fahndung zu informieren."

„Was weiß man denn noch von den Entführern?", warf Lueg vom Studio aus ein. „Wir haben in den Verkehrsmeldungen den Fahndungsaufruf nach einem dunkelfarbenen Ford mit Cochemer Zulassung. Hat man den Wagen schon irgendwo gefunden?"

Petra Wagner wiederholte die Frage, da Frau Niebutte keinen Kopfhörer aufhatte.

„Man weiß nur so viel, dass das Kind offensichtlich in einem dunklen Mittelklassewagen mit Cochemer Zulassung, wahrscheinlich einem Opel oder einem Ford, entführt wurde. Die Polizei hat unmittelbar nach Bekanntwerden der Entführung eine Ringfahndung eingeleitet, die in diesem Moment auch auf die angrenzenden Bundesländer und Luxemburg ausgedehnt wird. Auch Hubschrauber der Polizei beobachten die Gegend rund um Morbach aus der Luft. Aber bisher ist mir nichts von einem ersten Fahndungserfolg bekannt."

Lueg gab Peter Hefner, der für kurze Zeit seinen Kollegen Held hinter der großen Glasscheibe ablöste, ein Zeichen.

„So weit ein erster Bericht von meiner Kollegin Petra Wagner vor Ort", sagte er ins Mikrofon. „Wer sich erst jetzt eingeschaltet hat: Es geht um die heute Morgen entführte siebenjährige Tochter der rheinland-pfälzischen Ministerin Monika Meyer-Liebrecht. SWR 1 hält Sie natürlich auf dem Laufenden."

Musik setzte ein. Lueg griff zum Wasserglas, das neben ihm auf dem Tisch stand, und nahm einen großen Schluck. Dann beugte er sich vor und drückte die interne Mikrofontaste. „Haben wir die Petra noch in der Leitung?"

Noch bevor Hefner antworten konnte, meldete sich die Journalistin aus Mainz. „Ich kann dich hören, Michael."

„Sieh mal zu, dass du auch noch jemanden vom LKA erwischst, und gib ihn mir rüber."

„Mach ich!"

Günter fühlte sich rundum wohl am Steuer des Lkw, ihm war nach pfeifen zu Mute. Am so genannten Verteilerkreis bei der nördlichen Ausfahrt aus Trier war er erneut in eine Kontrolle geraten, aber von den Polizisten nach einer kurzen Gesichtskontrolle durchgewinkt worden. Offenbar konzentrierte man sich nunmehr ausschließlich auf dunkle Pkw. Inzwischen hatte er wieder die A 1 Richtung Koblenz erreicht. Er rief übers Handy Piotr an, der sich auch sofort meldete.

Piotr war zwischen Morbach und Kastellaun bereits durch zwei Kontrollen gefahren. Als der Anruf ihn erreichte, befand er sich an der Ortsausfahrt von Kastellaun.

„Ich weiß gar nicht, wo die so schnell all die Polizisten herhaben! Dauernd rast mir einer entgegen oder überholt mich einer", schimpfte er. „Usch wird sicher schon nervös sein. Blödsinnigerweise hat sie ihr Handy abgeschaltet. Oder bekommt man bei dir im Keller keine Netzverbindung?"

„Bei uns ist alles planmäßig verlaufen", berichtete Günter vergnügt, ohne auf die Frage einzugehen. „Ich bringe jetzt die Karre zurück und melde mich bei dir, sobald ich bei der Autovermietung starte."

Instinktiv trat Piotr auf die Bremse. Er traute seinen Augen nicht. In Höhe der Raiffeisentankstelle zwischen Kastellaun und Gödenroth hatte die Polizei neben der Fahrbahn eine Videokamera aufgebaut und zeichnete ganz offiziell jedes Fahrzeug auf, das vorbeifuhr. Verdammt, mit so etwas hatten sie nicht gerechnet!

Er musste sich also etwas einfallen lassen, falls man ihn später einmal befragen würde, wohin die Fahrt gegangen sei. Immerhin war er nun mit dieser Aufzeichnung bei der Polizei registriert. Aber Usch und den anderen würde er nichts davon sagen. Sie würden sich nur wieder unnütz aufregen.

Erich Meyer-Liebrecht beugte sich besorgt über seine Frau. Immer noch blass und mit geschlossenen Augen ruhte sie auf der schmalen Liege in einem kleinen Raum, der sonst als Teeküche diente. Der Arzt hatte inzwischen die Infusion entfernt. Zurückgeblieben war nur ein kleines Pflaster in der Armbeuge.

Die Ministerin schien die Körperwärme ihres Mannes oder seinen Atem zu spüren. Sie öffnete die Augen. Unter Anstrengung gelang es ihr, den Kopf und Oberkörper anzuheben. Wortlos umarmte sie ihren Mann. Dabei kullerten ihr dicke Tränen über die Wangen.

„Es wird alles wieder gut“, versuchte Erich Meyer-Liebrecht sie zu trösten. Aber er wusste zu genau, wie labil die Situation und wie unsicher der Ausgang einer jeden Entführung war, solange man sich im Unklaren war, was die Kidnapper eigentlich bezweckten.

Monika wischte sich die Tränen vom Gesicht. „Lass uns rüber in mein Büro fahren. Ich brauche dringend eine andere Umgebung ... Hast du schon mit Aysha telefoniert?“

„In Morbach ist alles klar. An Robert kommt keiner ran. Die Polizeiinspektion hat sofort zwei Leute abgestellt. Außerdem ist deine Mutter nach Morbach unterwegs und inzwischen wahrscheinlich sogar schon da.“

Monika atmete erleichtert durch und hängte sich kraftlos an seinen Hals. „Komm, hilf mir!“

Von ihrem Mann gestützt stand sie auf. Sie lächelte dem Notarzt und dem Rettungssanitäter zu und streckte den beiden zum Abschied ihre leicht zitternden Hände entgegen. „Danke für alles.“

„Nehmen Sie noch diese Kapseln mit. Alle zwei Stunden eine, bis Sie schlafen gehen“, riet der Arzt. „Und wenn Sie sich schwach fühlen, sofort wieder hinlegen und erneut einen Arzt rufen.“

„Mach' ich!“, versprach die Ministerin mit belegter Stimme.

Draußen wartete bereits Martin Markmann. Als er die Ministerin am Arm ihres Mannes erblickte, eilte er herbei. Er wollte etwas sagen, doch die Ministerin winkte müde ab.

„Es ist alles in Ordnung, Martin. Keiner hätte es verhindern können. Weder Sie noch Gifhard oder Jensch.“

Markmann ergriff ihren anderen Arm und stützte sie beim Gehen. Einige Mitarbeiter des Landtags hatten absichtlich ihre Bürotüren offen stehen lassen, um nichts von dem zu versäumen, was sich hier abspielte. Mitfühlende und neugierige Blicke folgten der Ministerin.

Kurz vor dem Aufzug kam ihnen ein dienstbeflissener, kahlköpfiger Mann entgegen.

„Benutzen Sie bitte den hinteren Ausgang“, empfahl er. „Ich werde Ihren Wagen unauffällig dorthin bringen lassen. Vorne warten mindestens dreißig Journalisten, Fotografen und verschiedene Fernsehteams, die ganze Meute halt.“

Die Ministerin lächelte dankbar und nickte nur.

„Vielleicht sollten wir einen anderen Wagen nehmen?“, überlegte Markmann. „Irgendjemand wird möglicherweise den Wagen von Frau Meyer-Liebrecht beobachten und nur darauf warten, dass man ihn abholt.“

„Sie haben Recht. Ich werde bei der Fahrbereitschaft einen anderen Wagen anfordern."

Der eifrige Mann überließ den dreien den Aufzug und eilte zu Fuß die Treppe hinunter.

Was war das? Ursula unterbrach das Spiel. Hatte sie da nicht oben in der Wohnung ein Geräusch gehört?

„Vielleicht ist es deine Mama. Ich werde mal nachschauen."

Sofort sprang Manuela juchzend auf und klatschte in die Hände.

„Du bleibst hier!", entfuhr es Ursula viel zu streng und viel zu laut. Sie zwang sich zu einem sanfteren Ton: „Oben ist es noch zu gefährlich für dich. Ich werde nachsehen. Du kannst inzwischen für mich spielen."

„Aber das ist doch blöd", antwortete die Kleine mit weinerlicher Stimme. „Allein spiele ich nicht."

„Dann musst du eben warten."

Ursula hatte keine Lust, sich jetzt mit dem Kind auf eine Diskussion einzulassen. Mit einem strafenden Blick zu Manuela verließ sie den Raum, schloss die Tür hinter sich ab und stieg die schmale Treppe hinauf.

Oben in der Diele stand Piotr und starrte vor sich auf den Boden.

„Mensch, wo bleibst du denn?", fuhr sie ihn an. „Ich spiele mir unten mit der Kleinen die Finger wund. Ist etwas schief gegangen?"

Zögernd schaute ihr Freund auf und sie sah in ein todernstes, ja fast ängstliches Gesicht.

„Scheiße, Scheiße, Scheiße!", schrie Ursula auf. „Was ist schief gegangen?"

Piotr ließ den Schock noch ein wenig wirken, dann begann er ausgelassen zu lachen. Ursula begriff langsam.

„Du Dreckskerl", schrie sie ihn an und donnerte mit ihren Fäusten auf die schmächtige Brust des kleinen Mannes. „Mich so zu erschrecken! Was fällt dir ein? Meine Nerven liegen blank. Also, was ist jetzt?"

„Nichts, Baby, alles paletti!" Piotr bog sich vor Lachen. „Günter ist auf dem Weg nach Koblenz, und Rolf …", er warf einen Blick auf seine Armbanduhr, „wahrscheinlich bereits verhaftet."

„Der Ministerpräsident hat sich gerade nach Ihnen erkundigt", begrüßte Beate Amon ihre Chefin und lächelte unsicher. Ihr war anzusehen, dass auch sie Tränen vergossen hatte.

Erich Meyer-Liebrecht und Martin Markmann geleiteten die Ministerin in ihr Büro, wo sie sich erschöpft in ihren Sessel fallen ließ.

„Willst du nicht doch lieber nach Hause fahren, Liebes?“, erkundigte sich ihr Mann und strich ihr über die in Unordnung gekommenen Locken.

Monika schüttelte nur den Kopf. Wie in Trance griff sie zum Telefon und wählte ihre Morbacher Nummer. Sie hatte das Bedürfnis, die Stimme ihres Sohnes Robert zu hören. Stattdessen meldete sich eine fremde Männerstimme, die sie aufschrecken ließ. Doch dann wurde ihr klar, dass sich inzwischen zwei Polizeibeamte in ihrem Haus befanden.

„Geben Sie mir bitte meinen Sohn und dann unser Hausmädchen.“

Robert riss dem Kriminalbeamten fast den Hörer aus der Hand, als er mitbekam, wer am anderen Ende war.

„Hallo, Mama, wo bist du, wann kommst du? Hier sind so viele Leute, und keiner will mit mir spielen.“

„So was!“, antwortete seine Mutter entrüstet. „Da werde ich wohl gleich mal mit Aysha reden müssen.“

„Warte, ich geb sie dir!“, schrie Robert so laut und ausgelassen, dass seine Mutter den Hörer von ihrem Ohr weghielt. Wenig später hörte sie ihren Jungen sagen: „Die Mami will dich sprechen.“

„Hallo, Aysha!“

Statt einer Antwort vernahm sie nur das leise Schluchzen ihres Hausmädchens. Das war etwas, was sie jetzt unter keinen Umständen gebrauchen konnte! Hilfe suchend reichte sie den Hörer an ihren Mann weiter.

„Sprich du mit Aysha. Und sie soll Robert ein wenig beschäftigen oder mit ihm spielen.“

Erich Meyer-Liebrecht nahm den Hörer in die Hand. „Aysha?“

Es dauerte eine ganze Weile, bis das Hausmädchen aufnahmefähig für das Anliegen der Ministerin und ihres Mannes war.

Wie geplant war Rolf über Wiltingen die schmale Straße durch die Weinberge nach Konz gefahren und dann oberhalb der Eisenbahnstrecke in Richtung Trier. Entlang der Mosel quälte sich der Verkehr und schob sich schleppend von einer Ampel zur nächsten. Der Berufsverkehr schien heute recht früh eingesetzt zu haben. Oder befand sich auf der Strecke zur Autobahn eine Polizeikontrolle? Merkwürdig erschien Rolf, dass plötzlich hinter der Kreuzung zur Neuen Brücke der Gegenverkehr wie abgerissen war.

Doch bald schon konnte er den Grund dafür in der Ferne erkennen: Der stadteinwärts fließende Verkehr wurde offenbar vor dem Eintracht-05-Stadion umgeleitet, um eine schnellere Fahrzeugkontrolle über die volle Breite der vierspurigen Fahrbahn durchführen zu können. Rolf spürte, wie seine Herzfrequenz sich erhöhte. Am liebsten hätte er schnell angehalten, um sich nochmals zu überzeugen, dass nichts Verdächtiges im Fahrzeug zurückgeblieben war. Systematisch ging er in Gedanken jedes Detail durch. Nein, es war alles in Ordnung. Es konnte gar nichts schief gehen!

Von gleich zwei Polizisten wurde er in die äußerste linke Spur gewinkt. Sofort umzingelten junge, bewaffnete Polizeibeamte in kugelsicheren Westen den Wagen und richteten ihre Maschinengewehrmündung auf ihn. Die Cochemer Zulassung und die Endziffer Fünf schienen eine magische Anziehung auf sie zu auszuüben.

„Bitte lassen Sie die Hände am Lenkrad", forderte ihn ein Polizist über Megaphon auf. Einer seiner Kollegen riss die Fahrertür auf.

„Steigen Sie aus und halten Sie die Hände gut sichtbar nach vorne, die Arme ausgestreckt", plärrte es aus dem Megaphon.

Das war leichter gesagt als getan. Schon unter normalen Umständen hatte Rolf Schwierigkeiten, seinen Körper aus dem Wagen zu heben. Das hatte offenbar auch der Polizist an der Wagentür bemerkt. Mit einem kräftigen Griff fasste er Rolf unter den Arm.

„Was ist denn los?", fragte Rolf erstaunt. „Sind wir etwa in Palästina oder Afghanistan?"

Der Polizist begann ihn systematisch abzutasten. Als er an den Knöcheln angelangt war, erhob er sich wieder. „Ihren Ausweis, Führerschein und die Wagenpapiere bitte."

Immerhin, das klang schon angenehmer als die Stimme aus dem Megaphon.

„Dann muss ich aber ans Handschuhfach", antwortete Rolf mit einem deutlichen Blick auf das Maschinengewehr, das in nur knapp zwei Metern Entfernung auf ihn gerichtet war.

Der Polizist gab einem anderen Uniformierten ein Zeichen, der daraufhin die Beifahrertür öffnete und aus dem Handschuhfach die Mappe der Autovermietung zog.

„Meine Papiere habe ich hier links im Jackett, wenn Sie sich bitte bedienen wollen!" Rolf grinste und versuchte den Belustigten zu spielen. „Ist etwa ein Krieg ausgebrochen, macht ihr eine Übung oder wird eine Folge für ‚Vorsicht Kamera' gedreht?"

Es war ihm klar, dass er keine Antwort erwarten konnte.
„Rolf Meissner? Wo kommen Sie her?"
„Vom Krankenhaus in Saarburg", antwortete er gelangweilt.
„Dann haben Sie einen Entlassungsschein oder Ähnliches als Nachweis?"
„Hören Sie", Rolf schaute den Beamten nachsichtig an, „ich bin Handelsvertreter für medizinische Geräte, habe im Krankenhaus ein Verkaufsgespräch geführt und wäre Ihnen dankbar, wenn Sie sich beeilen würden, denn dies ist ein Leihwagen, wie Sie unschwer feststellen können. Bis 18 Uhr muss ich den zurückbringen und meinen eigenen Wagen aus der Werkstatt abholen!"
Der Polizeibeamte schaute über die Schulter von Rolf hinweg nach hinten. „Einen Moment bitte."
Ruhigen Schrittes ging er auf eine Gruppe Zivilisten und Uniformierter zu, die sich mitten in dem Kontrollgewühl aufhielten.
„Kann mir einer sagen, was das Ganze soll?", versuchte Rolf mit einem der jungen Beamten ins Gespräch zu kommen, die regungslos ihre Waffen auf ihn richteten.
Einer spuckte ein Kaugummi neben sich. „Wir suchen wen!", sagte er kurz.
„Ahaaa!", gab Rolf zurück. „So viel Informationen hätte ich eigentlich gar nicht von Ihnen erwartet. Passen Sie ja auf, dass Sie kein Dienstgeheimnis ausplaudern."
Grinsend drehte er sich zur Seite und sah, dass der Beamte mit seinen Papieren in Begleitung von einem Kollegen und zwei Zivilisten zurückkam. Diesmal fast im Laufschritt.
„Was ist nun, meine Herren, übernehmen Sie meine Leihwagenmiete oder kann ich jetzt endlich fahren?"
Einer der Zivilisten nahm dem Uniformierten die Papiere aus der Hand und suchte nach dem Namen. „Herr … Meissner. Es tut mir Leid, aber ich muss Sie leider bitten, mit uns aufs Polizeipräsidium zu kommen."
„Bin ich verhaftet?" Rolf spielte den Erschrockenen, machte aber deutlich, dass er nur schauspielerte.
Der Zivilbeamte ließ sich nicht beeindrucken.
„Wenn Sie nicht freiwillig mitkommen, was angenehmer für Sie wäre, müsste ich Sie vorläufig festnehmen", kam es ruhig zurück.
„Und was ist mit dem Leihwagen?"
„Das werden wir später klären."

Dr. Alfred Hechter, persönlicher Referent der Ministerin, ein alt gedienter Mann im politischen Geschehen, und Staatssekretär Armin von Rösch saßen zusammen mit Kriminalrat Peter Wendling vom LKA Rheinland-Pfalz im kleinen Besprechungsraum auf der Ministeretage.

Wendling strahlte trotz seiner lässigen Erscheinung eine unglaubliche Dynamik aus.

„Es gibt bisher einen ersten Ansatzpunkt und die zwei Personenbeschreibungen“, informierte er seine Gesprächspartner. „Etwa zurzeit der Entführung wurde eine Polizeistreife wegen eines angeblich lautstarken Familienstreits in eine unterhalb der Schule vorbeiführende Straße gerufen. Offensichtlich diente dieser Anruf aber nur dazu, dem Rektor der Schule einen offiziellen Polizeieinsatz vorzugaukeln. Zugegeben raffiniert ausgedacht und erfolgreich, wie sich bestätigt!“

Seine wachen Augen wanderten von einem zum anderen.

„Die Beschreibung des Mannes durch die beiden Polizeibeamten deckt sich in etwa mit der, welche der Schulrektor und seine Sekretärin abgegeben haben“, fuhr er fort. „Außerdem ist in der Schule eine Frau aufgetaucht. Beide Personen sind sehr selbstsicher aufgetreten, wiesen sich mit Ausweisen als Kriminalbeamte aus, was spontan keine Fälschungsvermutung zuließ. Nun muss man aber auch die irreführenden Umstände berücksichtigen: vorgetäuschter Polizeieinsatz, offenbar fingierte Funkdialoge und den ebenfalls fingierten Anruf des Innenministeriums. Ich glaube, keinem von uns wäre der Gedanke gekommen, die Ausweise näher in Augenschein zu nehmen. Addieren wir die bekannten Aktiven im Entführungszeitraum zusammen, so müssen wir von vier Tätern ausgehen: dem angeblichen Kommissar und seiner Kollegin sowie Doktor Theilen und seiner Sekretärin.“

Dr. Hechter und Armin von Rösch schauten den Kriminalrat fassungslos an.

„Doktor Theilen?“, wiederholte von Rösch empört und griff an seine Goldrandbrille, die ihm vor Schrecken fast von der Nase gerutscht wäre.

Der Kriminalrat lehnte sich schmunzelnd in seinem Stuhl zurück. „Natürlich die Täter, die am Telefon vorgaben, Doktor Theilen und eine Telefonistin oder Sekretärin des Ministeriums zu sein!“

Zufrieden registrierte er die Erleichterung in den Gesichtern seiner beiden Gesprächspartner.

„Sie erwähnten eben etwas von einem ersten Erfolg bei der Fahndung“, hakte Dr. Hechter nach. „Was hat es damit auf sich?“

„Das sollten wir im Moment noch nicht ins Kalkül ziehen. Mir liegt nur die Information vor, dass man in Trier einen Wagen mit Cochemer Zulassung und der vermuteten Endziffer sichergestellt hat. Der Fahrer befindet sich zurzeit zur Vernehmung im Polizeipräsidium Trier. Das Fahrzeug hat die Spurensicherung in der Mangel. Allerdings deckt sich die Personenbeschreibung nicht mit den übereinstimmenden Aussagen aus Morbach."

„Also Zufall?"

„Wahrscheinlich!", räumte Wendling ein. „Aber wie gesagt, der Wagen wird kriminaltechnisch untersucht, der Fahrer vernommen, und dann sehen wir weiter."

„Hat der Aufruf im Rundfunk etwas gebracht?", wollte von Rösch wissen.

Wendling schüttelte bedauernd den Kopf. „Warten wir die großen Nachrichtensendungen der Fernsehanstalten ab. Einer der beiden Polizeibeamten aus Morbach, die einen der Täter gesehen haben, befindet sich drüben bei uns im LKA. Nach seinen Angaben wird gerade am Computer ein Phantombild des Täters angefertigt. Ich hoffe, dass wir es den Fernsehanstalten noch rechtzeitig zu den Sendungen zur Verfügung stellen können."

„Und sonst?", fragte Dr. Hechter sichtlich deprimiert.

„Warten!", antwortete Wendling und zog die Augenbrauen hoch.

„Lass uns nach Hause fahren!", schlug Erich zum wiederholten Mal vor und legte den Arm um die Schultern seiner Frau.

Katharina Niebutte stand am Fenster, trommelte nervös mit den Fingern auf der Fensterbank herum und starrte auf die Straße hinunter. „Sie können ruhig fahren, ich werde hier bleiben und Sie auf dem Laufenden halten. Wir alle werden Sie auf dem Laufenden halten. Sie sollten sich wirklich hinlegen und ausruhen."

Die Ministerin seufzte verzweifelt. „Glauben Sie, dass meine Angst zu Hause geringer wird?"

„Robert wartet auf dich, Liebes", lockte ihr Mann sie. „Außerdem fühlt man sich zu Hause sicherlich geborgener als hier."

„Und was ist mit Manuela?", fuhr seine Frau auf. „Fühlt sie sich auch geborgen, da, wo sie jetzt ist?" Sie schluchzte auf, fasste sich aber gleich wieder. „Vielleicht habt ihr Recht …"

Von der offenen Tür zum Vorzimmer war ein Geräusch zu hören, das die drei aufhorchen ließ. Gerd Jensch streckte seine Halbglatze zur Tür herein.

„Störe ich?", fragte er leise.

Jensch war der Kleinste der Sicherheitsbeamten, die sich um den Personenschutz der Ministerin zu kümmern hatten, und wirkte neben Markmann wie eine halbe Portion. Doch war der immer höflich auftretende Mann mit dem harmlosen runden Gesicht und dem etwas tänzelnden Gang nicht zu unterschätzen. Immerhin war er Träger des schwarzen Gürtels und Jahresmeister im Pistolenschießen auf dem Polizeiübungsstand.

„Nein, kommen Sie nur rein, Gerd. Ich habe gerade beschlossen nach Hause zu fahren. Aber ich möchte mit meinem Mann fahren. Wenn Sie bitte mit dem Wagen hinterher kommen ..."

„Kein Problem. Wo steht Ihr Fahrzeug?"

Erich Meyer-Liebrecht erklärte Jensch den Weg zu seinem Wagen. „Wir werden aber das Haus nicht durch den Vordereingang verlassen. Unten stehen sicherlich wieder Presseleute."

„Markmann ist noch im Haus. Er soll Sie hinten herum bis zum Auto begleiten und dann warten, bis ich komme." Jensch zog sein Handy aus der Tasche und instruierte seinen Kollegen.

„Fehlschlag", kommentierte Kriminalhauptkommissar Ersfeld grimmig das Ergebnis der Vernehmung.

Auch den vier Kollegen, die sich in seinem Büro im Trierer Polizeipräsidium versammelt hatten, war die Enttäuschung ins Gesicht geschrieben.

„Dieser Meissner war tatsächlich während der Tatzeit im Bundeswehrzentralkrankenhaus Koblenz", erläuterte Ersfeld. „Der Einkaufsleiter und ein Stabsarzt haben uns dies telefonisch bestätigt. Und auch die Angaben über seinen Besuch im Krankenhaus Saarburg stimmen. Das mit dem Nummernschild ist Zufall, der Wagen gehört einem Autoverleih Kiefer in Cochem. Die Angaben von Meissner stimmen also. Sein Alibi ist zweifelsfrei in Ordnung." Er verzog ironisch den Mund. „Es wäre auch zu schön gewesen, um wahr zu sein."

„Und der Wagen?", fragte Oberkommissar Brandt.

Ein Fünkchen Hoffnung breitete sich unter den Anwesenden aus. Alle Augen richteten sich auf einen jungen Kriminalmeister, der als Letzter den Raum betreten und die Unterlagen der Spurensicherung mitgebracht hatte.

„Leider auch nichts", tat der Kriminalmeister bedauernd kund. „Das Einzige sind Reste von Erdreich im Kofferraum, die Meissner aber damit erklärt, dass er seinen Aktenkoffer zum Aufschließen des Kofferraumes wie üblich auf dem Erdboden abgestellt habe. Möglicherweise aber existierte die Verschmutzung auch bereits bei Anmietung des Fahrzeugs. Die Kollegen von der Spurensicherung können diese Vermutungen nicht widerlegen. Also auch hier kein Ansatz, den Mann weiterhin festzuhalten."

„Dann werde ich mich wohl entschuldigen müssen", stellte Ersfeld missmutig fest. „Hoffentlich hat das LKA der Ministerin nicht schon vom Erfolg unserer Fahndung berichtet und damit große Hoffnungen bei ihr geweckt."

„Ich will jetzt endlich zu meiner Mama und meinem Papa!", schrie Manuela und stampfte wütend mit dem Fuß auf.

„Mach keine Zicken, Kleines", herrschte Piotr das Kind an. Er hatte Manuelas Bewachung übernommen, während Ursula oben in Günters Küche das Abendessen zubereitete. „Du wirst dich wohl noch etwas gedulden müssen."

„Ich will aber zu meiner Mama und dem Papa!", wiederholte Manuela trotzig und rannte auf eine der drei feuerfesten Metalltüren zu. Aber sie war ebenso abgeschlossen wie die beiden anderen. Manuela begann zu weinen.

„Warum schließt ihr mich ein?"

„Damit dir nichts passiert!", entgegnete Piotr schlagfertig.

Er konnte sich gut vorstellen, wie die nächsten Stunden und Tage mit der widerspenstigen Kleinen aussehen würden. Ein Glück nur, dass er nicht für ihre ständige Bewachung eingeteilt war!

„Jetzt setz dich endlich wieder hin und sei ein braves Kind. Karin macht dir etwas zu essen, und dann wirst du schön schlafen. Wenn deine Mama kommt, werden wir dich wecken."

„Ich will aber, dass sie jetzt sofort kommt!"

Die kindliche Stimme bekam trotz des Weinens etwas Drohendes, was Piotr veranlasste aufzustehen, Manuela fest bei den Schultern zu packen und kräftig zu rütteln.

„Jetzt hör mir mal gut zu!", schrie er sie aufgebracht an. „Meinst du, es macht mir Spaß hier unten zu sitzen? Setz dich also hin und halt den Mund!"

Er zerrte das Kind zu der Liege, die gleichzeitig als Sitzgelegenheit diente, und zwang es, sich zu setzen.

Manuela schrie vor Schmerzen auf. „Du tust mir weh. Ich will nach Hause!"

Piotr reagierte nicht. Er warf einen kurzen Blick in die Runde. Sie hatten den Raum so eingerichtet, dass Manuela keine Dummheiten machen konnte. Trotzdem vergewisserte er sich nochmals davon, bevor er nach oben ging. Schließlich schloss er die Ausgangstür auf und verschwand. Manuela sprang sofort auf und lief hinter ihm her, konnte jedoch nur noch feststellen, dass er die Tür wieder ganz schnell hinter sich verschlossen hatte. Wütend trommelte und trat sie dagegen, kehrte dann aber heulend zur Liege zurück und ließ sich zornig darauf fallen.

„Wann kommt Rolf?“, fragte Piotr, als er die Küche betrat.

„Wieso fragst du mich?“ Ohne aufzublicken bestrich Ursula weiter eine Reihe Brotscheiben und belegte sie mit Wurst und Käse. „Das wird davon abhängen, ob er in eine Kontrolle gerät und wie lange man für seine Überprüfung braucht. Vielleicht behalten sie ihn auch über Nacht. Wer weiß, wie gut alles funktioniert, was er sich da ausgedacht hat!“

„Ruf Günter an, ob er schon was weiß“, befahl Piotr.

Gehorsam legte Ursula das Messer beiseite und ging zum Telefon.

Günter meldete sich nur mit „Ja?“. Auch er hatte noch keine Nachricht von Rolf, bestätigte aber, dass er auf der Strecke von Trier nach Koblenz mehrere Kontrollen gesehen hatte.

„Das kann ja heiter werden“, fluchte Piotr. „Wenn jede Kontrolle ihn nur eine halbe Stunde aufhält, ist kaum vor Mitternacht mit ihm zu rechnen.“

„Du kannst ja fahren!“, giftete Ursula ihn an. „Ich brauche deine Gesellschaft nicht. Und bevor ich mir den ganzen Abend auch noch dein Gemeckere anhöre, ziehe ich das Gejammer der Kleinen vor.“

„Bitte!“, keifte Piotr zurück. „Aber behaupte nachher nicht, ich hätte mich vor der Wachablösung bei der Kleinen gedrückt.“

Er nahm seinen Wagenschlüssel vom Küchentisch und verließ wutschnaubend das Haus.

Zufrieden mit sich und der Welt verließ Rolf das Polizeipräsidium Trier und startete den Mondeo. Er wartete noch, bis die Stadtgrenze hinter ihm lag, um ganz sicher zu sein, dass ihn niemand verfolgte. Auf dem ersten Parkplatz der A 1 Richtung Saarbrücken hielt er an und nahm das Handy mit ins Freie. Aus dem Wagen wollte er nicht telefonieren. Wer wusste, ob man nicht doch irgendwie Verdacht geschöpft und heimlich eine Wanze eingebaut hatte?

Als Erstes rief er Günter an, der ihm sofort erzählte, wie sehnlichst man seinen Anruf in Emmelshausen erwartete. Von ihm erfuhr er auch, wo weitere Kontrollen zu erwarten waren. Dann rief er Ursula an, die sich sehr erleichtert zeigte, als sie seine Stimme hörte.

„Ich kann nichts versprechen, aber ich beeile mich", versicherte er ihr.

Als sie ihm berichtete, dass Piotr bereits wieder zurück nach Morbach gefahren war, stieß er einen leisen Fluch aus.

„Wenn ihr euch jetzt schon verzankt, dann können wir gleich die ganze Sache abblasen!"

Wütend trennte er die Verbindung. Das hatte gerade noch gefehlt! Er nahm sich vor, gleich am nächsten Tag mit Piotr ein sehr ernstes Wort zu reden.

Als die Ministerin das Haus betrat, rannte Aysha sofort auf sie zu und fiel ihr schluchzend in die Arme. Etwas hilflos schaute Monika Meyer-Liebrecht über Ayshas Schulter hinweg zu ihrem Mann und Gerd Jensch hinüber, die offenbar ebenso überrascht waren wie sie. Jensch löste sie vorsichtig aus Ayshas Umklammerung und schob das Mädchen vor sich ins Wohnzimmer zurück. Endlich konnte die Ministerin ihren Sohn auf den Arm heben.

„Na, mein Schatz, was hast du denn den ganzen Tag gemacht?", fragte sie mit gepresster Stimme, denn ihr war bewusst geworden, dass sie ihre Tochter wohl so bald nicht in die Arme nehmen konnte. Würde sie überhaupt jemals wieder ...?

„Ich habe auf dich gewartet", krähte Robert. „Die Ela ist nicht aus der Schule nach Hause gekommen!"

„Ich weiß", hauchte seine Mutter und wischte sich schnell eine Träne aus den Augen. Robert begriff sicherlich noch nicht richtig, was geschehen war.

Doch der Junge befreite sich plötzlich aus ihrer Umarmung, sah sich erstaunt um und rief aus: „Und wo ist die Ela jetzt?"

Statt einer Antwort schaute seine Mutter Hilfe suchend zu ihrem Mann. Robert lief auf seinen Vater zu.

„Papa, ist die Ela nicht da?"

Erich Meyer-Liebrecht ging vor seinem Sohn in die Hocke. „Manuela ist bei einer ihrer Schulfreundinnen. Sie lässt dich grüßen." Eine bessere Notlüge war ihm so schnell nicht eingefallen.

Doch Robert bohrte weiter. „Und warum hat sie mich nicht mitgenommen?"

„Was willst du denn bei so vielen Mädchen?“, meldete sich Gerd Jensch zu Wort, der immer noch in der Wohnzimmertür stand und versuchte, die schluchzende Aysha zu trösten. „Wenn du demnächst in die Schule gehst, wirst du auch mal bei einem Kameraden übernachten. Das macht viel Spaß.“

Mit dieser Erklärung schien Robert endlich zufrieden zu sein. Er griff den Gedanken sofort auf und stürzte sich wieder auf seine Mutter.

„Mama, wie lange dauert das noch, bis ich in die Schule komme?“

Ursula saß in Günters kleinem Wohnzimmer in Emmelshausen, hatte den Fernseher eingeschaltet und dazu eine Videokassette gestartet, damit Rolf später die Aufzeichnung der Nachrichten sehen konnte. Noch turnte ein Mainzelmännchen über den Bildschirm und Ralf Schumacher empfahl irgendein Produkt, für das sich Ursula nicht interessierte. Aber sie wollte auf keinen Fall die „heute“-Sendung verpassen.

Ihre Gedanken wanderten zum Keller zurück. Manuela hatte zunächst erheblich protestiert und sich geweigert, etwas zu essen, dann aber doch zugegriffen und hungrig alle Brote verzehrt, die Ursula ihr gebracht hatte. Nur den Kakao hatte sie stehen lassen, angeblich mochte sie keinen Kakao. Also hatte ihr Ursula Cola aus dem Vorratskeller nebenan geholt. Dabei hatte sie darauf geachtet, die Verbindungstür zum Versteck des Kindes anschließend wieder sorgfältig abzuschließen. Denn vom Vorratskeller aus könnte ein Kind von Manuelas Größe leicht durch das Kellerfenster ins Freie klettern. Außerdem würden Nachbarn das Rufen der Kleinen aus diesem Raum sicherlich hören.

Der erste Block der „heute“-Sendung mit Klaus-Peter Siegloch war natürlich der Entführung des Ministerkindes gewidmet. Es wurden Bilder vom Wohnhaus der Meyer-Liebrechts in Morbach gezeigt, dann erkannte Ursula die Schule und eine Schar wartender Presseleute vor dem Mainzer Ministerium. Dazwischen ein kurzes Interview mit Rektor Kleinschmidt, der etwas umständlich schilderte, was sich in seinem Vorzimmer ereignet hatte, ebenso ein kurzes Statement von Katharina Niebutte, und schließlich kam noch Kriminalrat Peter Wendling zu Wort, der die Leitung der sofort gebildeten Soko „Manuela“ übernommen hatte.

Auch der zweite Beitrag der Nachrichtensendung betraf die Entführung. Ein Kamerateam hatte sowohl in Morbach als auch in Mainz

Leute auf der Straße befragt, ferner Innenminister Zuber und Ministerpräsident Beck, als sie den Landtag verließen. Allgemeine Erschütterung überall. Dann wurden zwei Phantombilder gezeigt, die vom LKA eingetroffen waren.

Als Ursula die Bilder sah, musste sie lachen. Zwar hatte der Mann eine entfernte Ähnlichkeit mit Günter, aber mit ungefärbten Haaren würde ihn kein Mensch wiedererkennen. Bei ihr hatte man sich eindeutig im Alter vergriffen. Oder sah sie wirklich schon so alt aus? Die Frau, deren Porträt über den Bildschirm flimmerte, wirkte mindestens doppelt so alt wie sie. Außerdem war der Mund viel zu groß geraten. Vielleicht lag es daran, dass nur der Rektor und die Sekretärin sie beschreiben konnten und dass diese beiden nur recht kurz Zeit gehabt hatten, sie genauer zu betrachten?

Klaus-Peter Siegloch verwies auf ein anschließendes ZDF-Spezial und versprach eine Programmunterbrechung, falls neue Erkenntnisse bekannt würden, sowie einen ausführlicheren Bericht im „heute-Journal".

Ursula schaltete ins Regionalprogramm des SWR um. Über die Hälfte der Sendezeit der Landesschau war mit Bildern von der Entführung und Kommentaren dazu ausgefüllt. Bernd Schröder, der sonst so freundlich dreinblickende Moderator, sprach die verbindenden Worte zwischen den Beiträgen mit ungewohnt ernstem Gesicht, und auch Pia Grundhöfer, die anschließend die Nachrichten in „Rheinland-Pfalz aktuell" präsentierte, konnte ihre Betroffenheit nur schwer verbergen. Wieder wurden die gleichen Phantombilder des LKA gezeigt und wieder war sich Ursula sicher, dass niemand Günter und sie daraufhin identifizieren konnte.

Um 20 Uhr schließlich liefen ein weiteres Mal fast alle bereits gesehenen Interviews in gekürzter Form in der ARD-Tagesschau mit Jo Brauner. Allerdings beschränkte man sich trotz der Popularität des jüngsten Kabinettsmitglieds auf die berühmten „einsdreißig", jene neunzig Sekunden, die Reportern für normale Beiträge in Nachrichtensendungen maximal zugestanden wurden.

Gleich nach der Wetterkarte hörte Ursula draußen vor der Garage ein Motorengeräusch. Sie schaltete Fernseher und Videorecorder ab und eilte an die Haustür. Es war Günter, den sie so sehnlichst erwartet hatte! Im Laufschritt kam er auf sie zu. Kaum hatten sie die Tür hinter sich geschlossen, begann er im Flur einen Freudentanz und versuchte dabei, Ursula in die Arme zu nehmen. Es misslang, da der enge Flur keinen Platz für sein unkontrolliertes Gehopse bot. Ursula johlte mit ihm und klatschte in die Hände.

Erst als Günter außer Puste war, hielt er inne. Er legte den Arm um Ursula und zog sie mit sich ins Wohnzimmer.

„Der erste Teil ist perfekt gelaufen, Muckel“, japste er stolz. „Ihr alle seid Spitze gewesen.“

„Finde ich auch. Nur Piotr dreht durch. Noch heute Morgen hat er mir vorgeworfen, ich wäre zu nervös, und heute Nachmittag ist er nicht einmal in der Lage, das Kind für eine halbe Stunde zu beaufsichtigen.“

„Was macht Manuela?“ Günters Miene wurde schlagartig ernst. Seine Sorge um das Wohl des Kindes war echt.

„Sie hat gegessen. Dann war sie auf dem Klo. Als ich ihr dafür das Klebeband auf den Mund gedrückt habe, hat sie wohl endlich begriffen, dass wir nicht von der Kripo sind. Sie hat daraufhin lange geweint. Aber dann war wohl der Druck auf die Blase größer als ihr Widerstand. Seither spricht sie kein Wort mehr mit mir, was eigentlich sehr angenehm ist. Ich habe ihr etwas zum Malen hingelegt. Sie hat zwar alles vom Tisch gefegt, aber vielleicht überlegt sie es sich noch.“

Günter schien zufrieden. Mit leuchtenden Augen ging er auf Ursula zu, umfasste ihre Taille und küsste sie, lange und zärtlich. Sie erwiderte den Kuss und öffnete zugleich die rückwärtigen Knöpfe ihrer Bluse.

Nach dem Aufenthalt im Trierer Polizeipräsidium war es für Rolf viel zu spät geworden, um noch nach Cochem zu fahren. Deshalb wählte er den kürzesten Weg nach Lingerhahn, wo er ein Häuschen sein Eigen nannte. Je näher er dem kleinen, zwischen A 61 und Hunsrückhöhenstraße gelegenen Ort kam, umso beschwingter wurde seine Stimmung und sein Fahrstil. Der erste Schritt war geschafft und sein Plan aufgegangen! Er hatte das perfekte Alibi, und das gleich zwei Mal.

Zwar war ihm klar, dass er bei dieser Entführung sowohl von der Arbeit als auch vom strafrechtlichen Aspekt her den kleinsten Part übernommen hatte, aber insgesamt vielleicht für alle sogar den wichtigsten. Denn sein Alibi führte die Polizei zwangsläufig auf eine tote Spur. Jetzt hing alles von Günter und den anderen ab. Günter musste Manuela versorgen, Usch musste den Kontakt zur Familie Meyer-Liebrecht herstellen und Piotr würde kassieren gehen.

Zufrieden gönnte sich Rolf zu Hause erst einmal einen Cognac. Dann versuchte er Günter anzurufen – über Handy, denn wer wusste, ob man nach seiner Vernehmung im Polizeipräsidium Trier nicht noch beschlossen hatte, vorsorglich sein Telefon zu überwachen? Günter, der Elektronikspezialist, hatte zwar behauptet, so schnell gehe dies nicht und es gebe, wenn alles wie geplant verlief, keine Grundlage für einen richterlich beschlossenen Lauschangriff. Aber wie sagt man im Hunsrück: Vorsicht is die Motter der Pozellainkest!

Günter meldete sich nicht. Das konnte einen banalen Grund haben. Trotzdem spürte Rolf plötzlich ein merkwürdiges Flattern im Bauch. Er beruhigte sich mit einen weiteren Cognac. Als aber bei einem zweiten und dritten Versuch einige Zeit später Günter immer noch nicht ans Telefon ging, konnte Rolf seine Nervosität nicht mehr unterdrücken. War doch etwas schief gegangen?

Monika Meyer-Liebrecht hatte ihren Sohn früher als gewöhnlich ins Bett gebracht und ihm trotz aller Sorgen um Manuela noch eine Gute-Nacht-Geschichte vorgelesen. Das brachte auch ihr etwas Ablenkung.

Ihr Mann saß währenddessen mit seiner Schwiegermutter, die am Nachmittag aus Birkenfeld angereist war, ferner mit Gerd Jensch und zwei Kripobeamten zusammen im Wohnzimmer und diskutierte, wie man Anhaltspunkte oder Hinweise auf eine Spur zu den Entführern finden konnte. Das LKA hatte bereits veranlasst, dass eine Abhöranlage an ihr Telefon angeschlossen worden war, doch bisher hatte sich keiner der Entführer gemeldet. Auch die Spurensicherung hatte keinerlei fremde Fingerabdrücke, etwa an den Türklinken des Rektorenvorzimmers, gefunden. Die Täter waren äußerst geschickt und umsichtig vorgegangen, was für eine wohl durchdachte Vorbereitung sprach.

Nach letzter Rücksprache mit dem LKA ging die Sonderkommission Manuela weiterhin von mindestens zwei Männern und zwei Frauen aus: den beiden in der Schule aufgetretenen Personen, von denen man die Phantombilder angefertigt hatte, und den beiden Personen am Telefon, die den Rektor angerufen hatten. Dabei war man sich sicher, dass den Tätern die Idee zur Entführung erst nach der Ernennung von Frau Meyer-Liebrecht ins Ministeramt gekommen war. Somit war die Vorbereitungszeit abzugrenzen. Man hatte bereits begonnen, bei Nachbarn und in der Schule besondere Vorkommnisse oder Beobachtungen zu erfragen, die während dieses Zeitraums möglicherweise gemacht worden waren.

Als die Ministerin mit verweinten Augen das Wohnzimmer betrat, brach sofort die Diskussion ab. Jeder versuchte möglichst unbefangen zu wirken.

„Möchtest du etwas zu trinken?“, fragte ihr Mann leise und deutete auf eine Flasche Wein, die er für die Gäste und sich aufgemacht hatte. Doch seine Frau schüttelte den Kopf und ließ sich in einen Sessel fallen.

„Sei so lieb und hol mir etwas Mineralwasser und eine dieser Kapseln, die mir der Arzt mitgegeben hat. Ich fühle mich zu schlapp.“

Ihr Mann brachte ihr das Gewünschte.

„Du wirst sehen, den Entführern geht es doch nur um Geld. Und das werden sie bekommen. Manuela wird nichts geschehen“, versuchte er sie und sich selbst zu überzeugen.

„Wenn sie Manuela nur keine Gewalt antun“, flüsterte Monika und schloss die Augen.

Im gleichen Moment ließ das Läuten des Telefons alle aufschrecken. Einer der Kripobeamten sprang auf und bediente das Aufzeichnungsgerät, bevor er dem Hausherrn ein Zeichen gab. Erich Meyer-Liebrecht meldete sich. Doch schon nach den ersten Worten am anderen Ende winkte er ab. Es war sein Schwiegervater, pensionierter Bundeswehr-Major, der sich erkundigen wollte, wie es seiner Tochter und seiner Frau gehe. Doch Meyer-Liebrecht war im Moment nicht in der Stimmung, Auskunft zu erteilen. Wortlos reichte er den Hörer an seine Schwiegermutter weiter.

Günter hatte sich die schwarze Farbe aus seinen Haaren gewaschen und einen Damenstrumpf übergezogen, bevor er den Kellerraum betrat. Auf keinen Fall sollte Manuela ihn später identifizieren können! Und er wiederum sollte oben schnell wieder als der auftreten können, der er war.

Manuela schaute den maskierten Mann erschrocken an und begriff endgültig, dass sie sich nicht in den schützenden Händen von Sicherheitsbeamten ihrer Mutter befand.

„Ich bete abends immer und bekomme eine Geschichte erzählt“, schluchzte sie vor sich hin.

„Also gut, dann bete, aber mit einer Geschichte kann ich dir nicht dienen, die musst du dir selbst ausdenken“, brummte Günter und setzte sich zu dem Kind auf den Rand der Liege.

Manuela faltete die Hände. „Lieber Schutzengel mein, lass mich dir empfohlen sein …“

Günter betrachtete gerührt die makellose Haut in dem Kindergesicht und die fromm gefalteten, kleinen Hände. Mit den blonden Locken und dem weißen Schlafanzug, den Usch gekauft hatte und der um einiges zu groß war, sah die Kleine aus wie ein Engelchen.

„... und beschütze meine Mama, meinen Papa und mein Brüderchen, amen." Manuela machte ein riesiges Kreuzzeichen und blickte Günter erwartungsvoll an.

„Dann schlaf jetzt schön. Vielleicht können wir dich schon morgen oder übermorgen wieder zu deiner Mama bringen."

„Ich will aber, dass sie jetzt kommt, jetzt gleich!"

Erneut begann Manuela vor sich hin zu weinen. Sie drehte sich dabei von Günter weg zur Wand hin.

Was sollte er machen? Er kannte solche Trotzmomente von seinen eigenen Kindern und stand ihnen auch immer hilflos gegenüber. So erhob er sich leise, löschte das Licht und wartete auf Protest. Als dieser zu seinem Erstaunen ausblieb, verließ er lautlos den Raum und schloss hinter sich ab.

Er verspürte deutlichen Hunger und beschloss, in sein italienisches Lieblingslokal in Emmelshausen, das San Marco, zu gehen. Zu Fuß waren es knapp zehn Minuten dorthin.

Als er in die Rhein-Mosel-Straße einbog, erregte ein blaues Blinklicht im Spiegelbild der Schaufensterscheibe der Apotheke seine Aufmerksamkeit. Neugierig drehte er sich um und sah ein Polizeifahrzeug, das schnell, aber ohne Signalhorn die Straße heruntergefahren kam. Zu seinem Erstaunen erloschen etwa hundert Meter vor ihm die Signalleuchten, der Wagen verringerte abrupt seine Geschwindigkeit und blieb schließlich am Straßenrand stehen. Im gleichen Moment tauchte aus derselben Richtung in der Ferne ein zweiter Streifenwagen mit Blaulicht auf. Auch er schaltete plötzlich die Signalleuchten ab, fuhr mit verminderter Geschwindigkeit an ihm vorbei, um dann nach rechts in eine Einfahrt zu biegen und dort zu halten.

Günter überlegte fieberhaft. Galt ihm dieser Einsatz? Hatte man ihn irgendwie beobachtet? Eigentlich ausgeschlossen, aber wer konnte das wissen? Er tat so, als betrachte er die Dekoration im Apothekenschaufenster. Nur keinen Verdacht erregen! Aus den Augenwinkeln beobachtete er rechts und links jeweils zwei Polizeibeamte, die ausgestiegen waren. Sie kamen tatsächlich auf ihn zu. Seine Knie begannen weich zu werden. Was war schief gelaufen? Was hatte ihn verraten? Hatte ihn jemand trotz des schlechten Phantombildes erkannt? Etwa – seine geschiedene Frau? Waren ihr irgendwelche kleinen Merkmale an dem Phantombild aufgefallen, die sonst keiner feststellen konnte?

Während die beiden Polizisten von rechts immer noch auf ihn zuhielten, machten sich die beiden anderen irgendwo hinter ihm zu schaffen. Im Spiegel des Schaufensters glaubte er zu sehen, dass sie um ein Auto herumgingen.

„Würden Sie bitte weitergehen!", sprach ihn eine Männerstimme leise, aber sehr bestimmend von der anderen Seite an.

Günter drehte sich erstaunt um. Dicht vor ihm stand einer der Uniformierten. Weitergehen? Keine Verhaftung? Irritiert blickte er zu den anderen Polizisten. Erst jetzt entdeckte er einen Wagen auf der Parkspur, der ihm bekannt vorkam. Natürlich, das war der Mondeo, den Rolf gemietet hatte! Deutlich konnte er trotz der Dunkelheit die Cochemer Zulassung erkennen. Einerseits fiel ihm ein Stein vom Herzen, andererseits wuchs in ihm die Angst. Wieso stand der Leihwagen hier und was wollte die Polizei?

„Würden Sie bitte weitergehen!", wiederholte der Polizist etwas lauter und riss damit Günter aus seinem Gedankenwirbel.

Günter murmelte etwas Unverständliches und wollte gerade in Richtung San Marco gehen, als ihn der Polizist am Arm festhielt.

„Wenn Sie in diese Richtung müssen, dann nehmen Sie bitte die andere Straßenseite."

„Warum?", war das einzige Wort, das Günter herausbrachte.

Als Antwort kam nur ein eindringliches „Bitte!".

Achselzuckend überquerte Günter die Straße, allerdings in der Diagonalen der Kreuzung. Ihm war nach Abstand zur Polizei zu Mute. Langsam, wieder scheinbar interessiert, begann er die Auslagen der Schreibwarenhandlung zu betrachten. Schließlich stieg er wie zufällig die zwei Eingangsstufen empor und blickte durch die seitliche Scheibe hindurch auf die andere Straßenseite. Jetzt konnte er nur noch zwei Polizisten schen, die ihn aber nicht mehr zu beachten schienen. Er schob sich noch tiefer in den Eingang und wartete. Wo waren die beiden anderen Polizisten geblieben?

Plötzlich sah er einen Polizisten aus dem italienischen Restaurant kommen, gefolgt von einem Mann in Zivil. Im Licht der Apotheke erkannte er Rolf. Günter erschrak. Mein Gott, wieso kam Rolf denn in das San Marco?

Nur langsam wurde ihm klar, was geschehen sein musste. Irgendwer hatte den Wagen entdeckt und die Polizei gerufen. Und was lag näher, als den Fahrer zunächst in dem Restaurant zu suchen, vor dem das Fahrzeug geparkt war? Sollte er Rolf zur Hilfe eilen, sich als einen

Bekannten ausgeben und sehen, was sich daraus machen ließ? Dann fiel ihm Rolfs Idee ein und dass für ihn eigentlich überhaupt keine Gefahr bestand.

Er sah, wie sein Freund den Wagen aufschloss, etwas herausnahm und dann wieder abschloss. Zwei Beamte begleiteten ihn zu ihrem Streifenwagen. Rolf stieg ohne Zögern ein. Der Wagen wendete und fuhr in die Richtung zurück, aus der er gekommen war. Auch das andere Polizeifahrzeug wendete kurze Zeit später und fuhr hinterher.

Als beide Fahrzeuge außer Sichtweite waren, löste sich Günter aus seinem Versteck und überquerte die Straße.

Im San Marco sah man den Gästen und der Bedienung an, dass etwas Ungewöhnliches geschehen war. Alle starrten Günter an, als er das Restaurant betrat, verfielen aber dann wieder in heiße Diskussionen. Der Kellner kam ihm entgegen und deutete auf den einzigen freien Tisch an der Wand, auf dem noch Geschirr und ein halb volles Rotweinglas standen.

„Nehmen Sie dort drüben Platz, der Gast wurde gerade verhaftet", kommentierte er die halbe Pizza auf dem Teller.

„Verhaftet?", fragte Günter zurück.

Der Kellner zuckte die Achseln und begann Teller, Glas und Besteck abzuräumen. „Es ging alles sehr schnell und ohne Aufsehen. Ich hatte sogar das Gefühl, der Mann hat damit gerechnet, denn er ging sofort ohne Protest mit."

„Kannten Sie den Mann?", fragte Günter. Insgeheim beglückwünschte er sich dazu, dass er niemals mit Rolf gemeinsam in diesem Restaurant gewesen war!

Der Kellner schüttelte den Kopf. „Ich glaube nicht. Aber es kommen so viele und nicht alle so häufig wie Sie." Damit verschwand er in Richtung Küche.

4.

Monika Meyer-Liebrecht fand die halbe Nacht keinen Schlaf. Am Vorabend war vereinbart worden, dass Gifhard, der wieder die Nachtschicht hatte, sie jederzeit wecken würde, wenn irgendeine Spur von Manuela oder den Entführern gefunden worden war. Der bullige Gifhard hatte sich gleich nach Dienstantritt ungewöhnlich schweigsam in seinen Container zurückgezogen. Die Entführung schien ihm fast so nahe zu gehen, als handele es sich um seine eigene Tochter.

Die beiden anderen Kripobeamten hatten es sich für die Nacht im Wohnzimmer bequem gemacht. Monikas Mutter hatte ihnen zwar angeboten, im Gästezimmer zu übernachten, sie selbst würde in Manuelas Zimmer ziehen. Doch die Beamten hatten dankend abgelehnt. So wachte einer abwechselnd am Telefon, während der andere auf der Couch ruhte.

Monika Meyer-Liebrecht lauschte angespannt ins Dunkel. Die Stille im Haus erschien ihr unheimlich. Totenstille, dachte sie und kämpfte gegen die schrecklichen Bilder an, die sich ihr dazu aufdrängten. Erst gegen Morgen, als es draußen schon langsam zu dämmern begann, fiel sie endlich in einen unruhigen Halbschlaf. Doch schon eine gute halbe Stunde vor der eingestellten Weckzeit lag sie wieder wach. Ihre Gedanken kreisten unentwegt um Manuela. Hoffentlich war ihre kleine Maus unverletzt und die Entführer sorgten gut für sie! Was mochten das für Menschen sein, die so etwas taten? Was waren die Beweggründe? Nur Geld? Oder gab es vielleicht einen politischen Hintergrund? Oder wollte man ganz etwas anderes erreichen?

Mit einem Ruck setzte sie sich im Bett auf. Sie hatte fest vor, sich trotz allem heute früh wieder pünktlich nach Mainz fahren zu lassen.

Als Erich merkte, dass seine Frau wach war, drehte er sich zu ihr um und nahm sie behutsam in den Arm. Sie wehrte ab. Irgendwie hatte sie das Gefühl zu platzen, da konnte sie die Enge einer Umarmung nicht ertragen. Sie schaltete die kleine Lampe auf ihrem Nachttisch an und stand auf.

„Ich glaube, ich werde erst einmal kalt duschen. Ich fühle mich wie gerädert.“

„Mach das“, meinte ihr Mann zustimmend und richtete sich ebenfalls auf. „Wenn du fertig bist, sag mir Bescheid. Ich werde dich heute ins Büro begleiten.“

„Aber du hast doch Termine!“

„Die soll meine Sekretärin absagen“, gähnte er, „alles andere hat im Moment Vorrang.“

„Kommt nicht in Frage! Ich werde allein nach Mainz fahren. Und du machst genau wie ich deine Arbeit. Ich muss mich ablenken und dir wird es nicht anders gehen“, beschloss sie mit fester Stimme.

Er schwieg. Schließlich wusste er zu gut, dass man ihr nichts ausreden konnte, was sie sich einmal in den Kopf gesetzt hatte.

„Ich werde zehntausend Euro Belohnung aussetzen“, meinte er, während sie ihr Nachthemd auszog und das Licht im Badezimmer anmachte.

Sie blieb in der Tür stehen. „Meinst du, das bringt etwas?“

Er zuckte mit den Schultern. „Das kommt auf die Forderung an. Bei mehreren Tätern gibt es in der Regel immer einen Schwächeren. Ihm ist oft das wenige, sichere Geld lieber als das Risiko einer jahrelangen Gefängnisstrafe.“

Monika schloss wortlos die Badezimmertür hinter sich und setzte sich erst einmal auf den Rand der Wanne. Darüber hatte sie bisher noch gar nicht nachgedacht. Natürlich waren die Entführer ja nicht nur kriminell, sondern sie hatten auch menschliche Stärken und Schwächen. Sie stützte ihr Kinn auf die Hand und versuchte sich in die Rolle einer weiblichen Entführerin zu versetzen. Wenn es eine solche gab, konnte sie keine eigenen Kinder haben. Oder sie musste eiskalt und berechnend sein.

Günter lauschte an der Tür. Nichts war zu hören. Leise öffnete er sie einen Spalt. Der Lichtstrahl vom Treppenhaus fiel genau auf die friedlich schlafende Manuela. Behutsam schloss er wieder die Tür.

Er hatte kaum geschlafen in der Nacht. Zwei Mal hatte er im Keller Geräusche gehört. Beide Male stammten sie von Manuela, die an die Tür geklopft hatte, weil sie aufs Klo musste. An solche Kleinigkeiten hatten sie nicht gedacht! Gleich nachher würde er nach Koblenz fahren und eine Campingtoilette kaufen. Damit entfiel auch das ewige Zukleben des Mundes, was bei Manuela immer aufs Neue lautstarke Proteste auslöste.

Als er wieder nach oben stieg, sah er, dass die Zeitung bereits hinter dem Griff seiner Haustür steckte. Rasch nahm er sie rein und setzte sich vor Aufregung fröstelnd an den Küchentisch.

Die Kindesentführung war an diesem Tag der große Aufmacher der Rhein-Hunsrück-Zeitung: Ganz Rheinland-Pfalz sucht die Entführer. Groß prangte dazu das Porträt von Manuela auf der Titelseite, darunter die Fotos ihrer Mutter, ihres Vaters und des kleinen Bruders.

Günter überflog den Text. Der Redakteur bescheinigte den Entführern eine bis ins Kleinste ausgeklügelte und spurenfreie Durchführung. Doch er machte ihnen wenig Hoffnung, ihren Plan durchziehen zu können, nachdem bereits eines ihrer Fahrzeuge bekannt sei. Denkst du!, grinste Günter.

Dann aber kamen ihm Zweifel. Wie gut war Rolfs Idee wirklich? Immerhin war er gestern Abend verhaftet worden. Hielt das konstruierte Alibi stand oder hatten sie etwas nicht beachtet oder übersehen?

Von unten waren wieder Geräusche zu hören. Günter faltete rasch die Zeitung zusammen, zog den Strumpf über den Kopf und ging wieder in den Keller.

„Ich will sofort zu meiner Mama", begrüßte ihn Manuela.

Sie hatte sich bereits angezogen und versuchte sich schnell an ihm vorbei zu schlängeln, als er ahnungslos die Tür öffnete. Im letzten Moment bekam er das Kind am Arm zu fassen, das sofort laut zu schreien anfing. Alles, nur das nicht! Günter riss die Kleine unsanft zurück in den Raum und drückte die Tür mit seinem Hintern zu.

„Verdammt!", brüllte er, „das machst du nicht noch einmal!"

„Doch, doch, doch! Immer, immer wieder!", kreischte Manuela und trat ihm gegen das Schienbein.

Günter holte weit aus, hielt dann jedoch mitten in der Bewegung inne. Schlagartig erinnerte er sich an seine Tochter Sarah, der er einmal eine Ohrfeige verabreicht hatte. Als er später ihr geschwollenes Gesicht betrachtet hatte, schwor er sich, niemals wieder ein Kind zu schlagen. Und bisher hatte er seinen Schwur gehalten.

Rolf schlief an diesem Morgen lange aus. Immerhin hatte er einiges nachzuholen.

Zwar hatte man auf der Polizeiinspektion in Boppard sehr schnell herausgefunden, dass er bereits von den Kollegen in Trier überprüft worden war, und ihn danach sofort wieder nach Emmelshausen zurückgebracht, aber es war doch sehr spät geworden. So kurz vor

Feierabend war im San Marco nur noch ein Tisch besetzt gewesen, aber die Küche hatte Gott sei Dank noch nicht geschlossen. Der Kellner hatte recht ungläubig dreingeschaut, als der beleibte Gast erneut das Lokal betreten und sich an diesem Abend zum zweiten Mal eine Pizza bestellt hatte.

„Nix mehr Polizei?", hatte er beim Servieren gefragt. Rolf hatte nur die Achseln gezuckt und deutlich zu erkennen gegeben, dass er nicht bereit war, über den Vorfall zu reden.

Wieder zu Hause hatte er sich noch die Nachtausgabe der Nachrichten im Fernsehen angeschaut und ein paar Cognacs getrunken, was sonst nicht seine Art war. Aber irgendwie hatte er das Gefühl, sich selbst und seinen gelungenen Plan feiern zu müssen.

Auch jetzt, an diesem sonnigen Morgen, fühlte er sich beschwingt und gut. Noch bevor er unter die Dusche ging, rief er in Cochem bei der Autovermietung an. Er entschuldigte sich, dass er sich gestern nicht gemeldet hatte, weil er Opfer eines bedauerlichen Missverständnisses geworden war. Aber der junge Mann wusste schon Bescheid. Die Polizei hatte ihn bereits erwartet, als er am Morgen ins Büro gekommen war, und über alles informiert.

Dann rief Rolf bei seiner Werkstatt an. Auch hier war die Polizei schon gewesen. Rolf war zufrieden, genau so hatte er sich das vorgestellt.

Als er unter der Dusche stand, begann sein Handy zu läuten, das auf dem Wohnzimmertisch lag. Aber er hörte es nicht.

Missmutig legte Piotr den Hörer wieder auf. Ursula saß schon komplett angezogen am gedeckten Frühstückstisch, rauchte und studierte zufrieden den Trierischen Volksfreund.

„Irgendetwas, worauf wir nicht gefasst sind?", brummte er vom Couchbett her.

Ursula schüttelte nur den Kopf und drückte die Zigarette im Aschenbecher aus.

„Bis jetzt scheint alles so zu laufen, wie wir es geplant haben." Sie stand auf und warf Piotr die Zeitung hinüber. „Ich geh dann jetzt."

Piotr schaute auf seine Armbanduhr. „Lass dir Zeit, Baby. Und vor allem denk daran, je kürzer, umso besser!"

Ursula zog ihm eine Grimasse und schlüpfte in ihren Mantel, der bereits griffbereit über der Stuhllehne lag.

„Ich melde mich, wenn alles erledigt ist. Und du rufst Rolf und Günter an."

Piotr richtete sich auf und breitete die Zeitung vor sich auf dem Plumeau aus. „Das kannst du auch selbst machen."

„Es ist abgemacht …", brauste Ursula auf und drehte sich wütend zu ihrem Freund um.

„Schon gut, Baby!", wurde sie von Piotr unterbrochen. „Ich rufe also die beiden an."

Monika Meyer-Liebrecht, wieder in ihren hellen, sportlichen Hosenanzug gekleidet, betrat das Ministerium durch die Tiefgarage und fuhr in Begleitung von Jensch mit dem Aufzug in ihr Büro.

„Keine Gespräche! Vor allem keine Presse!", bat sie im Vorbeigehen ihre Sekretärin. „Sagen Sie, es gibt irgendwann im Laufe des Tages eine offizielle Stellungnahme, und rufen Sie Doktor Hechter und jemanden von der Presseabteilung zu mir."

Demonstrativ schloss sie die Bürotür hinter sich und ließ sich in den Sessel hinter dem Schreibtisch fallen. Mit geschlossenen Augen versuchte sie sich klar zu werden, was heute alles zu erledigen war. Natürlich ging Manuela allem anderen vor. Den Termin mit den Gewerkschaftsvertretern würde sie absagen, und Dr. Hechter musste versuchen, einen Fernsehaufruf zu arrangieren. Dabei fiel ihr ein, dass sie am Sonntagvormittag zu der SWR-Sendung „Leute" eingeladen war. Sollte sie auch diesen Termin absagen?

Noch bevor sie eine Entscheidung fällen konnte, klopfte es leise an der Tür. Dr. Hechter und Ministerialdirektor Heiner Bernheimer, der Leiter der Presseabteilung, betraten das Büro.

Die Ministerin machte eine flüchtige Handbewegung zu der kleinen Besprechungsecke hin.

„Nehmen Sie Platz, meine Herren." Ihre Stimme klang erschöpft. „Sie können sich vorstellen, warum ich Sie habe kommen lassen."

Beide warteten, bis die Ministerin ihnen gegenüber Platz genommen hatte.

„Wie fühlen Sie sich heute?", wollte Dr. Hechter wissen, traute sich aber nicht, die Ministerin dabei anzuschauen, sondern ordnete etwas umständlich die mitgebrachten Akten. Auch er machte nicht gerade den frischesten Eindruck, wie Monika Meyer-Liebrecht mit einem flüchtigen Blick feststellte.

„Wenn Sie es genau wissen wollen, beschissen", antwortete sie und fügte stöhnend hinzu: „Und so wahnsinnig hilflos. Weiß man etwas Neues?"

Sowohl ihr persönlicher Referent als auch Bernheimer schauten verlegen an ihr vorbei. Die Meldungen des LKA waren seit Stunden gleich lautend: Nichts Neues!

„Dann will ich einen Fernsehauftritt, in dem ich an die Entführer appellieren kann. Von Mensch zu Mensch, verstehen Sie? Das andere soll die Polizei machen. Können Sie kurzfristig so einen Auftritt arrangieren?“ Sie schaute von einem zu anderen.

„Das dürfte kein Problem sein“, versicherte Bernheimer. „Ich werde Frau Niebutte sofort daransetzen. Wollen Sie den Aufruf hier im Büro aufzeichnen oder lieber im Studio?“

„Nicht hier!“, entschied die Ministerin spontan. „Auf keinen Fall hier. Dann haben wir schnell die ganze Pressemeute im Haus.“

„Wir sollten aber auch eine schriftliche Verlautbarung herausgeben“, empfahl Dr. Hechter. „Herr Bernheimer und ich haben bereits einen entsprechenden Text vorbereitet.“

Er zog ein Blatt aus seinen mitgebrachten Unterlagen und reichte es der Ministerin. Sie überflog den Text und spürte, wie es ihr kalt über den Rücken lief. Mit zitternder Hand legte sie das Blatt vor sich auf den Tisch.

„Bitte lassen Sie mich jetzt allein“, flüsterte sie, den Tränen nahe.

Ursula schaute sich unauffällig um. Im Simmerner Globus-Markt herrschte Hektik, wie üblich um diese Zeit. Niemand achtete auf die junge, alltäglich wirkende Frau, die zwischen der großen automatischen Drehtür und den Eingängen an der Information umherschlenderte. Die Wurst- und Brotverkäuferinnen an den Außentheken hatten alle Hände voll zu tun und auch das Imbisspersonal war mit dem Zubereiten der bestellten Mahlzeiten voll und ganz ausgelastet.

Ursula zog ein Karamellbonbon aus der Tasche und wickelte es aus. Innen auf der Rückseite des Bonbonpapiers hatte sie sich die Telefonnummer notiert. Sie steckte ihre Telefonkarte in den Schlitz und das Bonbon in den Mund. Dann trat sie so dicht vor das frei zugängliche Telefon, dass niemand auf dem Display die Nummer lesen konnte, die sie wählte. Sie räusperte sich noch einmal kurz und biss auf die Karamelle, so dass die Zahnreihen des Ober- und Unterkiefers fest miteinander verbunden blieben.

„Kanzlei Doktor Meyer-Liebrecht“, meldete sich eine freundliche Frauenstimme, „was kann ich für Sie tun?“

„Ich möchte bitte Herrn Rechtsanwalt Meyer-Liebrecht sprechen.“

Ursulas Stimme klang durch die verklebte Karamelle wie die einer zahnlosen Frau.

„In welcher Angelegenheit, bitte?“

„Privat!“

„Und wen darf ich bitte melden?“

„Schneider!“

Es dauerte eine Weile. Ursula überlegte schon, ob sie wieder auflegen sollte. Doch dann meldete sich eine kräftige Männerstimme.

„Meyer-Liebrecht!“

„Besorgen Sie drei Millionen, aber schnell. Sonst sehen Sie Ihre Tochter nicht mehr lebend wieder. Ich brauche es nicht zu wiederholen, Sie haben es sicher bereits auf Band.“

„Wie meinen Sie das?“, fragte Erich Meyer-Liebrecht nach einer Überraschungssekunde, doch er hörte bereits das Klicken am anderen Ende. Die Leitung war unterbrochen.

Langsam legte er den Hörer auf und trommelte nervös mit der anderen Hand auf den Schreibtisch. Dass man bei ihm anrufen und die Forderung stellen würde, damit hatte er nicht gerechnet. Denn die wenigsten kannten bisher das familiäre Umfeld der neuen Ministerin, und auch im vergangenen Wahlkampf war er bewusst niemals an der Seite seiner Frau aufgetreten. Monika hatte das nicht gewollt. Dafür war sie eine viel zu eigenständige Person.

Er drückte die Taste der Anruferliste, aber sie zeigte nur „Unbekannt“ an. Dann wählte er die Nummer von Kriminalrat Wendling und teilte ihm mit, dass sich die Entführer soeben bei ihm gemeldet hatten. Der Kriminalrat versprach, sofort auch für die Anwaltskanzlei eine Fangschaltung anzuordnen, und entschuldigte sich quasi, dass man nicht von selbst auf die Idee gekommen war.

„Wäre mir auch nicht in den Sinn gekommen“, beschwichtigte ihn der Anwalt. „Zeigt aber, dass die Leute die Familienverhältnisse genauestens kennen. Was hört man von der Soko?“

„Sagen Sie Ihrer Frau lieber nichts, aber wir tappen noch völlig im Dunkeln, wenn ich ehrlich bin. Die wenigen Hinweise, die wir von Anwohnern rund um die Schule bekommen haben, sind mehr als dürftig und haben wahrscheinlich nichts mit der Entführung zu tun. Aber unserer Profiler wird sich für den Hinweis interessieren, dass man Sie angerufen hat und nicht Ihre Frau.“

Piotr zappte nervös durch die Fernsehprogramme. Allerdings hatte er den Ton wieder weggeschaltet, denn neben ihm lief auch noch das Radio. Verflucht, irgendein Sender musste doch als Erster die Sendung unterbrechen und über die Forderungen der Entführer berichten. Oder hatte Usch Mist gebaut?

Er sprang auf und wählte ihre Handynummer.

„Der Teilnehmer ist vorübergehend nicht erreichbar!“, meldete die Stimme vom Band.

Aufgebracht hockte er sich wieder in den Sessel und zappte weiter. Natürlich hatte die blöde Kuh etwas vermasselt! In der nächsten Nachrichtensendung würde man wohl triumphierend über die erste Festnahme berichten.

Er rief Günter an, aber auch der meldete sich nicht. Piotr spürte, wie sich kleine Schweißperlen auf seiner Stirn bildeten. Wie viel Zeit blieb ihm noch zur Flucht? Hastig wählte er Rolf an und atmete erleichtert auf, als dieser sofort abhob.

„Was weißt du von Usch und Günter?“, stieß er hervor.

„Wie meinst du das?“, erkundigte sich Rolf vorsichtig. Was wusste Piotr von den beiden?

„Usch hat ihr Handy abgeschaltet und Günter geht nicht ans Telefon. Da ist doch etwas oberfaul.“

Rolf war sich noch immer nicht ganz sicher, worum es ging und was Piotr meinte. Er hatte Angst, in eine Falle zu laufen. Immerhin klang Piotrs Stimme äußerst gereizt.

„Wo sollen die beiden denn sein?“, nahm er einen zweiten Anlauf.

„Usch ist seit über zwei Stunden weg. Sie sollte Meyer-Liebrecht anrufen, wie verabredet. Und Günter kann doch nicht dauernd im Keller bei dem Kind sitzen“, brüllte Piotr aus dem Hörer.

„Ich bin gerade auf dem Rückweg von Cochem und werde einfach kurz bei Günter vorbeifahren, wenn du willst.“

„Du sollst doch nicht ...!“

„Verdammt namoo!“, brüllte jetzt auch Rolf ins Telefon. „Jetzt hör mir mal zu und verlier nicht gleich die Nerven! Oder bist du wieder betrunken?!“ Er machte eine Pause, um seine Beherrschung wieder zu finden, und holte dabei tief Luft. Dann sprach er in normaler Lautstärke weiter. „Natürlich werde ich nicht zu Günter hineingehen. Ich sagte vorbeifahren. Wenn etwas nicht stimmt, werde ich es schon merken.“

Verärgert unterbrach Rolf die Verbindung, ohne eine Antwort abzuwarten. Er nahm sich vor, Günter und Usch ins Gewissen zu reden, sich bis zum Ende der Aktion zurückzuhalten. Eifersucht konnte allen schönen Träumen ein Ende bereiten.

„Wir zeichnen auf dem Lerchenberg auf. Die haben gerade eine passende Dekoration stehen und bereits ausgeleuchtet."

Bernheimer war es tatsächlich gelungen, auf die Schnelle die Aufzeichnung eines Aufrufes der Ministerin zu arrangieren. Der SWR wäre zwar etwas näher gewesen, hätte aber erst das Studio umbauen müssen. Für die Sache selbst war es völlig egal, ob ZDF oder SWR, das Band würde selbstverständlich allen Fernsehanstalten zur Verfügung stehen. Es musste nur schnell gehen. Vielleicht erreichte man sogar noch das gemeinsame Mittagsmagazin von ARD und ZDF.

Gerd Jensch wartete bereits im Vorzimmer, als Monika Meyer-Liebrecht ihr Büro verließ. Sie schien ihm noch blasser zu sein als am Morgen. Unwillkürlich griff er nach ihrem Ellenbogen, um sie zu stützen. Sie ließ es gedankenverloren geschehen.

Während der Fahrt hinauf zum Lerchenberg kündigte Jensch übers Autotelefon ihr Kommen beim ZDF an. Dann warf er einen Blick in den Rückspiegel. Die Ministerin schaute regungslos aus dem Fenster. Dabei rannen ihr unaufhörlich Tränen über die Wangen. Jensch suchte nach Worten.

„Es – es ist schon ein paar Jahre her, da haben wir nach unserer Tochter gesucht", sagte er stockend und sah im Rückspiegel, dass Monika Meyer-Liebrecht überrascht den Kopf zu ihm wandte. „Sie war bei einem Ausflug in Südfrankreich verloren gegangen. Sie – sie war genauso alt wie Manuela."

Die Ministerin beugte sich vor. „Und?"

Jensch bog in die Zufahrt zum ZDF ein. Die Schranke war bereits geöffnet. Der Außenpförtner grüßte höflich in den Wagen und deutete die Richtung zum Studio an.

„Sie war mit einer Gruppe in einer Höhle eingeschlossen", erklärte Jensch, während er den Wagen einparkte. „Wegen eines Unwetters war der unterirdische Bach dort angeschwollen, es gab kein Durchkommen mehr. Die Bergungsarbeiten wurden ständig durch neue Unwetter behindert. Erst nach drei Tagen stieß man zu der Gruppe vor. Alle konnten gerettet werden, wenn auch mit einigen Unterkühlungen."

Er stieg aus und hielt der Ministerin die Wagentür auf.

„Diese drei Tage damals, diese Ungewissheit und Angst ... das war das Schlimmste, was ich je mitgemacht habe!" Er blickte verlegen unter sich.

Die Tränen der Ministerin waren versiegt. Mit einer Mischung aus Dankbarkeit und Verwunderung sah sie den kleinen, unscheinbar wirkenden Sicherheitsbeamten an und wollte eben etwas sagen, als ein junger Mann mit raschen Schritten auf sie zukam.

„Mein Name ist Klaus Bürger. Der Intendant, Herr Schächter, lässt sich entschuldigen", begrüßte er die Ministerin. „Er wird nach der Aufzeichnung vorbeischauen."

Sie nickte gefasst. Begleitet von Jensch folgte sie dem jungen Mann durch die Hintertür ins Studio. Vorbei an Kulissenteilen, Scheinwerfern auf schweren Rollstativen und endlosen Strängen von Kabeln ging es durch einen nüchternen Gang aus Sichtbeton.

„Wir gehen gleich rauf in die Maske", erklärte Bürger, als sie an der offenen Studiotür vorbeikamen und auf eine Treppe zusteuerten.

Für einen Moment konnte die Ministerin einen Blick auf die Dekoration werfen. Die Studiocrew schien bereits auf sie zu warten. Zwei oder drei Kameras waren auf einen gläsernen Tisch und einen Drehsessel gerichtet.

Während die drei die Stufen zur Maske emporstiegen, begann Jenschs Handy zu piepsen. Dr. Hechter teilte ihm mit, dass sich auch der stellvertretende Leiter der Soko Manuela, Kriminalhauptkommissar Horst Schaust, auf dem Weg zum ZDF befand und der Ministerin offenbar noch ein paar Vorschläge für die Textgestaltung machen wolle. Jensch zog es vor, der Ministerin noch nichts davon zu sagen. Es würde reichen, wenn sie im Studio auf Schaust stoßen würde.

„Endlich!", schrie Piotr. „Was ist los?"

Ursula stand überrascht in der Wohnungstür und zuckte mit den Schultern. „Ich habe vergessen mein Handy mitzunehmen."

„Und dann gibt es keine Telefonzellen?" Piotr stürzte auf sie zu, als wolle er ihr an den Kragen.

Ursula schrie leise auf und trat unwillkürlich einen Schritt zurück.

„Ich habe es erst gemerkt, als ich wieder im Auto saß, und habe gedacht, wenn ich schnell zurück bin, reicht es auch."

„Schnell?", ereiferte sich ihr Freund. „Seit mehr als zwei Stunden bist du überfällig!"

„Auf der B 50 war ein Unfall. Ich konnte weder vor noch zurück. Und überall Polizei."

Das Wort Polizei wirkte Wunder. Natürlich, sagte sich Piotr, war es für

Ursula sinnvoller gewesen, unentdeckt im Wagen sitzen zu bleiben, als sich durch auffälliges Verhalten einem Risiko auszusetzen.

„Scheiße, die Nerven“, murmelte er. „Günter geht auch nicht ans Telefon. Da soll man nicht verrückt werden!“

Ursula wechselte schnell das Thema, froh über Piotrs Stimmungsänderung. „Kam schon etwas in den Nachrichten?“

„Eben nicht. Das kam noch hinzu. Hat alles geklappt?“

„Ich hatte das Gefühl, der hat wirklich nicht mit einem Anruf gerechnet.“ Ursula streifte ihre Pumps von den Füßen. „Vielleicht hat er meinen Anruf nicht einmal der Polizei gemeldet. Vielleicht will er sich ohne die Bullen mit uns arrangieren.“

„Quatsch, der doch nicht!“, lachte Piotr. Doch plötzlich wurde sein Gesicht ernst. „An die Möglichkeit hab ich noch nicht gedacht. Vielleicht hast du Recht, Baby. Als Anwalt kennt er ja sicherlich genügend Versäumnisse und Fahndungsfehler der Polizei und hat kein Vertrauen in die Jungs. Oder sie haben eine Nachrichtensperre verhängt, um uns nervös zu machen ...“

Die Maskenbildnerin hatte sich viel Mühe gegeben, trotzdem sah man der Ministerin immer noch an, dass sie in der Nacht wenig geschlafen hatte und dass große Sorgen um ihr Kind sie quälten.

Als sie das Studio betrat, setzte eine merkwürdige Lähmung in dem sonst so lebhaften Treiben ein. Niemand schien durch sein Verhalten oder eine falsche Bemerkung die labile Verfassung der Ministerin noch zusätzlich negativ beeinflussen zu wollen.

Hauptkommissar Horst Schaust war bereits eingetroffen. Der drahtige Mann ging zielstrebig auf die Ministerin zu und stellte sich ihr vor.

„Wir haben es mit Sicherheit mit mehreren Tätern zu tun“, erklärte er ihr. „Vergessen Sie alle und richten Sie Ihre Worte nur an den Schwächsten unter ihnen. Ihre Worte müssen ihn nachdenklich machen, aufrütteln und ein Schuldgefühl vermitteln, von dem er sich durch Handeln befreien kann. Sie wissen, dass inzwischen zwanzigtausend Euro für den richtigen Hinweis auf den Aufenthaltsort Ihrer Tochter ausgesetzt wurden?“

„Mein Gott!“ Monika Meyer-Liebrecht griff sich an die Stirn.

Sofort eilte die Maskenbildnerin herbei und kontrollierte das Make-up.

Schaust begleitete die Ministerin zu dem Sessel hinter dem Glastisch.

„Guten Tag, Frau Ministerin“, kam es über den Studiolautsprecher von der Regie. „Wir haben Ihre Rede bereits in den Prompter gegeben. Lassen Sie sich beim Sprechen Zeit. Und geben Sie uns jetzt bitte eine Sprechprobe.“

Monika Meyer-Liebrecht nickte und begann die ersten Zeilen ihres Aufrufs vom Prompter abzulesen.

„Danke, das genügt. Wir können!“

Schaust warf einen kurzen Blick zu dem Aufnahmeleiter, der geduldig neben Kamera eins stand und auf dieses Signal gewartet hatte. Fast lautlos gab er über sein Headsetmikrofon eine Meldung an die Regie.

„Achtung, Ruhe bitte, wir fahren ab. Vorlauf zehn Sekunden!“, kam es über den Studiolautsprecher.

Der Aufnahmeleiter hob für die Ministerin deutlich sichtbar die Hand. Sie schluckte. Zwar hatte sie diese Prozedur schon mehrmals über sich ergehen lassen, aber nicht unter dieser psychischen Belastung. Hoffentlich würde sie dies alles durchstehen! Aber sie musste es durchstehen – für Manuela. Ihr Hals war wie zugeschnürt. Um Gottes willen, jetzt nicht weinen!

Sie starrte auf ihren Text vor dem Objektiv der Kamera eins. Zugleich sah sie aus den Augenwinkeln die Hand des Aufnahmeleiters heruntersausen.

„Ich wende mich heute an die Entführer unserer Tochter Manuela …“

„Na bitte!“, strahlte Piotr, „also doch keine Nachrichtensperre.“

Er verdrehte die Augen und ahmte die erstickende Stimme der Ministerin nach, deren Aufruf gerade im Mittagsmagazin ausgestrahlt wurde: „Wir werden alles tun, um unsere Tochter gesund wiederzubekommen!“

Theatralisch drehte er sich zum Bildschirm herum: „Dann zahlt mal schön, aber möglichst schnell!“

„Sie sagt aber nichts zu dem Lösegeld“, entgegnete Ursula mit einem Unterton der Enttäuschung.

Piotr schlug sich mit der flachen Hand gegen die Stirn. „Mensch, Baby, meinst du, die posaunt raus, dass sie drei Mille locker machen soll? So viel Geld darf doch ein anständiger Politiker gar nicht besitzen, sonst gerät er gleich in den Verdacht, Spendengelder beiseite geschafft zu haben oder von der Industrie geschmiert zu werden!“

Er öffnete eine Bierdose, die einen lauten Zisch von sich gab, und setzte sie an.

„Lass das ewige Saufen!" Ursula schaltete ungehalten den Fernseher aus, denn nach dem Aufruf der Ministerin folgte der Sportblock, und dafür hatte sie nichts übrig. „Ich versuche mal Günter zu erreichen. Vielleicht habe ich mehr Glück als du."

Tatsächlich meldete sich Günter sofort. Als Piotr das mitbekam, sprang er auf und riss Ursula den Hörer aus der Hand.

„Sag mal, du Arsch, wo bist du denn? Den ganzen Vormittag hab ich versucht, dich anzurufen."

„Ich habe noch anderes zu tun, als auf deinen Anruf zu warten", antwortete Günter kühl. „Gib mir mal Usch."

Piotr zögerte, reichte dann aber den Hörer zurück.

„Kann Piotr mithören?", erkundigte sich Günter als Erstes. „Du hast dein Handy hier liegen lassen."

Ursula warf einen Blick zu Piotr hinüber, der wieder die Bierdose angesetzt hatte, und wusste nicht, was sie antworten sollte.

„Du kannst nicht sprechen?!"

„Ja, es ist alles gut gegangen. Meyer-Liebrecht weiß Bescheid." Etwas anderes fiel ihr so schnell nicht ein.

„Lass dir etwas einfallen, Muckel, bevor Piotr es merkt."

„Gut, ich werde gegen Abend vorbeikommen und mit der Kleinen reden." Sie legte auf.

„Was willst du mit der Kleinen reden?", fragte Piotr sofort. „Kommt der Kerl nicht allein mit dem Kind zurecht?"

„Klar kommt er, aber die Kleine weint ständig und will zu ihrer Mutter. Günter meint, ich als Frau könnte es vielleicht eher erreichen, sie zu beruhigen."

„Wir haben abgemacht, dass wir uns so wenig wie möglich treffen, Baby!", meinte ihr Freund spitz. „Sollte etwas anderes hinter deinen Besuchen stecken, könnt ihr beide was erleben."

„Wie meinst du das?" Sie drehte sich erschrocken zur Seite, damit er nicht merken sollte, wie ihr Gesicht zunächst an Farbe verlor, dann aber feuerrot wurde.

Piotr trank den Rest der Dose mit einem Zug leer, rülpste laut und meinte: „Merk es dir oder vergiss es, Baby!"

Nachdem Rolf an Günters Haus vorbeigefahren war und nichts Verdächtiges bemerken konnte, fuhr er nach Lingerhahn. Gerade als er die

Hunsrückhöhenstraße verließ, kam im Radio die Nachricht, dass sich die Entführer gemeldet hatten. Allerdings war auch hier von einer Forderung keine Rede. Dieser Nachricht folgte der Aufruf der Ministerin und noch einmal eine Zusammenfassung der Ereignisse.

Zufrieden schaltete Rolf das Radio aus. Usch hatte sich also bei Meyer-Liebrecht gemeldet, mehr wollte er eigentlich nicht wissen.

Zu Hause hörte er als Erstes seinen Anrufbeantworter ab. Neben zahlreichen Bestellungen von Kunden war auch Günter mit einer Bitte um Rückruf darauf. Da es aber nicht dringend klang, beschloss Rolf, erst einmal etwas zu essen. Doch noch bevor er dazu kam, läutete das Telefon und Günter meldete sich erneut. Er schien Langeweile zu haben, denn Rolf konnte keinen konkreten Anlass für den Anruf erkennen, obwohl er seinen Freund mehrfach auf eventuelle Probleme mit der Kleinen ansprach.

„Warum sollte ich dich eigentlich zurückrufen?", fragte er schließlich ganz direkt.

Am anderen Ende entstand eine Pause. Rolf hatte den Eindruck, als suche Günter entweder eine Ausrede oder passende Worte, um ihm etwas zu erklären.

„Ich wollte nur wissen, wie der gestrige Abend geendet hat."

Günter war ein schlechter Lügner, Rolf merkte die Ausflucht. Wenn wirklich nur dies der Grund seiner Bitte um Rückruf gewesen wäre, hätte Günter ihn mit Sicherheit sofort darauf angesprochen. Trotzdem gab Rolf seinem Freund die gewünschte Auskunft.

„Gett et sonst noch watt de los wärn wells?", fragte er.

Wieder spürte er das Zögern, doch dann kam ein klares „Nein".

Hauptkommissar Schaust war nach der Aufzeichnung gleich wieder ins LKA gefahren. Doch seine Hoffnung, in irgendeiner Weise einen Fahndungserfolg vorzufinden, zerplatzte wie eine Seifenblase. Die Entführer und Manuela schienen wie vom Erdboden verschwunden. Auch aus der Bevölkerung kamen erstaunlich wenig Hinweise. Wie immer gab es einige, die glaubten etwas gesehen zu haben oder die einen Nachbarn verdächtigten, der ihnen schon immer unheimlich oder unsympathisch vorgekommen war. Natürlich musste auch jeder dieser Hinweise verfolgt werden, aber die meisten Verdächtigungen erwiesen sich schon nach der ersten Prüfung als haltlos. Immerhin war inzwischen die Fangschaltung in Meyer-Liebrechts Kanzlei installiert worden.

Schaust zog sich in sein Büro zurück und versuchte noch einmal, sich den Ablauf der Entführung vor Augen zu führen. Irgendwo musste doch verdammt noch mal ein Ansatzpunkt sein! Fest stand jedenfalls, dass es zu dem fraglichen Zeitpunkt keinen solchen Streit und Lärm in der Straße unterhalb der Schule gegeben hatte, wie ihn der Mann, der bei der Polizei angerufen hatte, gehört haben wollte. Also zählte dieser Mann mit Sicherheit zu den Entführern und war ein Teil des Plans. Das schien sich auch durch die Aussage des Schulrektors und seiner Sekretärin zu bestätigen.

Schaust warf noch einmal einen Blick auf die beiden Phantombilder, von denen er sich einiges versprochen hatte. Aber bisher Fehlanzeige! Nachdenklich griff er zum Telefon und rief den Kollegen an, der die Bilder am Computer angefertigt hatte.

„Mach mir einmal von beiden so viele Varianten wie möglich! Mal blond, mal kurzes Haar, mal mit Brille, Bart und so weiter. Vielleicht hilft uns das weiter", stöhnte er. „Und stell die Bilder ins Internet und gib sie an die Fernsehanstalten und die Zeitungen weiter. Ich will morgen überall Gesichter sehen!"

Nachdem er aufgelegt hatte, wählte er sofort eine weitere Nummer und ließ sich mit Rechtsanwalt Meyer-Liebrecht verbinden.

„Können Sie sich noch an Hintergrundgeräusche erinnern?", wollte er wissen.

Enttäuscht legte er den Kugelschreiber beiseite. Meyer-Liebrechts Erinnerungen an das sehr kurze Gespräch beschränkten sich auf den Inhalt. Aber bei einem weiteren Anruf der Entführer würde alles aufgezeichnet werden, tröstete sich Schaust.

Ursula hatte direkt neben der Telefonzelle einen Parkplatz gefunden. Sie steckte sich wieder ein Karamellbonbon zwischen die Zähne und biss so fest hinein, bis es oben und unten klebte. Die Nummer hatte sie sich diesmal in ihrem Taschenkalender notiert.

„Hallo und guten Tag, Sie sind verbunden mit dem Anrufbeantworter des Dekanats Morbach", meldete sich eine Männerstimme vom Anrufbeantworter.

Ursula wartete den angekündigten Signalton ab, dann nuschelte sie den in den Taschenkalender geschriebenen Text herunter: „Leiten Sie diese Mitteilung an die Ministerin Meyer-Liebrecht weiter. Wenn das Lösegeld bereitsteht, schalten Sie in der Frankfurter Allgemeinen eine Immobilienanzeige mit folgendem Text: Luxusvilla im Hunsrück an schnell entschlossenen Käufer für drei Millionen zu verkaufen. Darunter soll eine Handynummer vermerkt werden, unter der man den Überbringer des Geldes erreichen kann. Und sagen Sie der Ministerin, wenn Polizei auftaucht, stirbt ihr Kind!"

Die letzten Worte gingen Ursula nur schwer über die Lippen. Den Gedanken, dass ihre Erpressung mit einem Mord enden könnte, hatte sie bisher immer verdrängt. Und nachdem sie Manuela persönlich kennen gelernt hatte, erwischte sie sich immer wieder bei der Überlegung, wer von ihnen in der Lage sein würde, diesem Kind etwas anzutun. Keiner von ihnen war dazu fähig! Aber was würde man unternehmen, wenn das Geld nicht floss? Manuela einfach laufen lassen? Das konnte sie sich nach all den Anstrengungen und Hoffnungen auch nicht vorstellen.

Sie setzte sich in ihren Wagen und fuhr zu Günter nach Emmelshausen. Das Auto stellte sie wie am Vormittag weit genug von seinem Haus entfernt ab. Vorsichtshalber setzte sie außerdem eine Sonnenbrille auf und ging schnellen Schrittes die Straße hinunter.

Die Wartezeit nach dem Läuten an der Haustür schien ihr endlos. Nervös schaute sie sich immer wieder um, aber niemand schien sie zu beachten.

„Na endlich!" Günter zog sie rasch in den Flur. „Hat Piotr etwas gemerkt?"

Sie schüttelte wortlos den Kopf, bevor sich ihre Lippen leidenschaftlich auf die seinen drückten.

5.

Als Piotr die Augen öffnete, saß Ursula in ihrem hellblauen Bademantel im Schneidersitz neben ihm und hielt ihm eine Zeitungsseite entgegen, auf der dicht neben- und untereinander mehrere Fotos abgedruckt waren. Bei genauerem Hinschauen sah er, dass es sich jeweils um die beiden Phantombilder handelte, die er vom Fernsehen her schon kannte. Daneben waren jedoch die gleichen Porträts mit unterschiedlichen Frisuren und sogar mit Brillen abgedruckt. So könnten die Entführer aussehen!, stand in dicken Lettern darüber.

„Na und?“, meinte er schlaftrunken. „Erkennst du dich auf einem der Bilder?“

„Damit habe ich nicht gerechnet!“ Ursula warf die Zeitung wütend hinter sich. „Günter ist auf dem einen Bild recht gut getroffen ...“

„Weil du ihn kennst!“ Piotr richtete sich auf und versuchte, seine Freundin zu sich zu ziehen. Er hasste es, schon beim Aufwachen Probleme lösen zu müssen. „Komm, Baby, zieh dich aus und lass uns an was anderes denken.“

Ursula kreuzte abwehrend die Arme. „Vielleicht sollten wir abhauen, bevor es zu spät ist. Ich glaube plötzlich nicht mehr, dass wir es schaffen.“

Empört warf sich ihr Freund nach vorne und packte sie bei den Schultern. „Bist du verrückt geworden? Alles läuft wie geschmiert. Kein Mensch wird euch erkennen. Nur wir, weil wir wissen, wer es ist. Das ist so!“

„Und was ist mit Carola?“

„Wer ist Carola?“ Piotr schaute seine Freundin irritiert an.

„Günters Ex. Sie wird doch jede Chance nutzen, um ihn in Schwierigkeiten zu bringen. Selbst wenn sie nicht ahnt, dass es wirklich Günter war, wird sie der Polizei einen Tipp geben, nur um ihn zu schikanieren. Und dann kriegt Günter Besuch von der Polizei, und die wird das ganze Haus auf den Kopf stellen.“

„Meinst du wirklich?“

Plötzlich war Piotr hellwach. Er starrte Ursula an. Sie nickte nachdenklich, aber bestimmt.

„Dann muss Günter verschwinden", rief Piotr und sprang auf. „Mit dem Kind!"

„Das würde ihn noch verdächtiger machen. Du weißt, dass er am Wochenende Jens und Sarah zu Besuch hat. Wenn er die Kinder nicht abholt und nicht erreichbar ist, wird Carola doch noch gefährlicher für uns alle."

„Dann fährst du mit dem Kind weg."

„Ich, wieso ich?", rief Ursula aufgebracht aus. „Ich soll doch den Kontakt zu den Eltern halten!"

„Dann machen wir es eben anders!"

Piotr eilte um die Liege herum und griff nach dem Telefonhörer.

„Wen rufst du an?"

„Rolf!"

Auch Rolf hatte bereits die Fotos in der Zeitung entdeckt. Er fand das Risiko, das von Carola ausging, zwar nicht so groß wie Ursula, aber auch er war verunsichert.

„Vielleicht ist es wirklich das Beste, wenn Usch mit der Kleinen verschwindet. Sie bei Günter zu lassen, könnte leichtsinnig sein. Nur muss alles sehr schnell gehen, sonst könnte es schon zu spät sein. Ich werde Günter anrufen und mit ihm reden."

Rolf legte auf und wählte Günters Nummer. Der Anschluss war besetzt.

„Wir haben ihre Stimme!", frohlockte Kriminalrat Wendling und lächelte zufrieden in den Kreis der Soko-Mitarbeiter. „Das Sprachlabor ist bereits am Arbeiten. Spätestens heute Mittag werden die Kollegen die wahre Stimme der Anruferin herausgefiltert haben. Mal sehen, ob wir damit mehr Glück haben als mit unseren Phantombildern."

„Wie viele Hinweise sind nach der Veröffentlichung der Bilder gekommen?", wollte Schaust wissen.

„Weit über hundert. Sie werden bereits alle überprüft. Und wenn dann noch der Stimmenvergleich möglich wird, sind wir ein gutes Stück weiter. Endlich!" Wendlings markantes Gesicht strahlte vor Optimismus und Tatendrang. „Wer übernimmt die Telekom? Wir müssen eine Sondernummer geschaltet bekommen, unter der Anrufer die Stimme abhören können – natürlich kostenlos!"

Schaust wirkte nicht ganz so optimistisch wie sein Vorgesetzter. Aber man durfte nichts unversucht lassen. Von der Wand des Besprechungsraums herab lächelte das vergrößerte Porträt von Manuela. Unwillkürlich lächelte Schaust zurück. Doch sofort wurden seine Züge wieder ernst. Die Zeit drängte, wenn sie die Kleine lebend wiedersehen wollten!

Während seine Mitarbeiter damit beschäftigt waren, einen Plan auszuarbeiten, was zu tun sei, wenn sich nach dem Erscheinen der Anzeige die Frauenstimme wieder melden und einen Übergabetermin und -ort nennen würde, machte der Hauptkommissar sich auf den Weg ein Stockwerk tiefer zu dem Profiler, der mit dem Fall befasst war.

„Wir wissen noch zu wenig!“ Kriminalpsychologe Dr. Erwin Gabriel rieb sich nachdenklich das Kinn. „Nicht einmal die Zahl der Personen, die an der Entführung beteiligt sind, ist uns bekannt ...“

„Sagen Sie mir einfach alles, was Sie jetzt schon sagen können!“, drängte Schaust.

„Nun – die beiden bisher persönlich aufgetretenen Personen wirken sehr selbstsicher.“ Der hagere Profiler im Maßanzug schaute in seine Unterlagen. „Der Mann ist in dieser Hinsicht wahrscheinlich der Stärkere von beiden, sonst hätte man die Rollen getauscht. Sein Auftreten lässt vermuten, dass er eine höhere Schulbildung hat oder zumindest beruflich höher qualifiziert ist. Erfahrungsgemäß besteht in solchen Fällen zwischen dem Mann und der Frau eine intime Beziehung oder zumindest innige Bindung, denn das gemeinsame Auftreten setzt erhebliches Vertrauen im Zusammenspiel voraus, weil man ja nie weiß, was alles passieren kann.“

Wieder blätterte Gabriel kurz in der aufgeschlagenen Akte vor sich. „Auch die Frau, von der wir noch weniger wissen, könnte eine höhere Schulbildung haben“, fuhr er fort. „In jedem Fall ist sie im Alltag gewohnt Menschen gegenüberzutreten. Sie wird keine eigenen Kinder haben, dafür war ihr Auftreten gegenüber Manuela, so wie es uns beschrieben wurde, zu klischeehaft, eine Mutter hätte sich anders verhalten. Wenn die Aussagen des Schulleiters und seiner beiden Mitarbeiterinnen stimmen, könnte man aber bei dem Mann schon eher vermuten, dass er Kinder hat. Folglich wären beide wohl eher nicht miteinander verheiratet, aber wahrscheinlich liiert oder Bruder und Schwester. Im Falle einer Liaison hieße das, er könnte geschieden sein oder getrennt leben und hätte in der jetzigen Beziehung keine Kinder ...“

Er machte eine Pause. „Tja – von einem möglicherweise zweiten Täterpaar wissen wir gar nichts, außer dass es eines geben muss, denn es wurde gleichzeitig mit dem Auftreten der vermeintlichen Kriminalbeamten telefoniert. Beide Pärchen müssen sich untereinander gut und lange kennen. Denn vom Bildungsniveau des bekannten Paares abgeleitet handelt es sich um Personen, die das Risiko ihres Tuns durchaus abzuschätzen wissen, auch in Bezug auf Zuverlässigkeit untereinander. Die Sicherheit hierzu basiert auf einer langjährigen – sagen wir – Freundschaft, kann aber auch auf familiärer Beziehung beruhen. Das angedrohte Tötungsrisiko sehe ich derzeit als gering an, aber wie gesagt – wir wissen noch sehr wenig."

Der Psychologe lehnte sich in seinem Sessel zurück und schaute Schaust erwartungsvoll an. Es machte ihm immer wieder ein diebisches Vergnügen zu beobachten, wie überrascht, ja teilweise ungläubig Kollegen auf seine Analysen reagierten – selbst wenn sie, wie Hauptkommissar Schaust, schon etliche Berufsjahre auf dem Buckel hatten.

Schaust schüttelte staunend den Kopf. Es war doch immer wieder beeindruckend, was man aus so wenigen Erkenntnissen und Fakten alles herausarbeiten konnte! Und die Trefferquote der Profiler war erstaunlich hoch. Wo aber befanden sich die beiden soeben beschriebenen Pärchen, die sie finden mussten, und wo hielt man Manuela gefangen?

„Warum hat die Anruferin beim zweiten Mal nicht wieder bei Meyer-Liebrecht angerufen, sondern ausgerechnet beim Dekanat Morbach?"

Dr. Gabriel zog amüsiert die Augenbrauen hoch. „Der erste Teil der Frage ist leicht zu beantworten. Man ist zunächst richtigerweise davon ausgegangen, dass wir bei den Apparaten der Ministerin mitschneiden. Deshalb der Anruf in der Kanzlei. Nach dem ersten Anruf hat man aber genau mit dem gerechnet, was erfolgt war, nämlich dass nun auch für die Kanzlei eine Fangschaltung besteht. Und die zweite Nachricht war reichlich lang – deshalb auch abgelesen, wie es sich für mich anhört. Warum aber das Dekanat?" Der Profiler zuckte die Achseln. „Vielleicht der einzige Ansatzpunkt im Moment, den einmal Ihre Leute verfolgen sollten."

„Wir werden erst einmal ein Lebenszeichen von Manuela verlangen", meinte Schaust. „Vielleicht kommen wir darüber einen Schritt weiter."

Dr. Gabriel kniff die Augen zusammen und dachte nach.

„Ich glaube nicht, dass es Ihnen gelingen wird, die Entführer dazu aufzufordern", sagte er schließlich. „Es sei denn, wir machen es über die Medien. Die Anrufe der Entführer werden sicherlich nur indirekt erfolgen, so dass eine Aufforderung nicht möglich sein wird."

Schaust blickte auf die Uhr und bedankte sich. Für den Mittag war eine offizielle Pressekonferenz anberaumt worden, für die er sich noch vorbereiten und mit dem Ministerium abstimmen musste.

Vor ihrer Abfahrt ins Ministerium hatte Monika Meyer-Liebrecht sich noch bei ihrem Hausarzt vorbeifahren und eine Spritze geben lassen, da sie befürchtete, die Situation sonst nervlich nicht mehr bewältigen zu können. Obwohl ihr der Arzt riet, ein paar Tage mit der Arbeit auszusetzen, ließ sie sich anschließend von Markmann gleich weiter nach Mainz fahren. Wenigstens die wichtigsten Termine wollte sie wie vorgesehen wahrnehmen. Ausnahmsweise las sie unterwegs keine Zeitungen, da sie wusste, dass sie überall mit der Entführung ihrer Tochter konfrontiert werden würde.

Die Spritze zeigte ihre Wirkung, der Vormittag ging schnell vorbei. Erst nachdem die wichtigsten Termine und Besprechungen hinter ihr lagen, wagte sie es, in dem Stapel Zeitungen vor sich zu blättern. Doch was sie da las, ließ ihren Puls hämmern. Mit zitternden Händen griff sie nach dem Telefon und rief ihren Mann an.

Erich Meyer-Liebrecht musste aus einer Besprechung mit einem Mandanten gerufen werden. Aber er hatte dies für den Fall eines Anrufs seiner Frau ausdrücklich angeordnet. Beruhigend sprach er auf sie ein, obwohl er sich selbst zur Kontrolle zwingen musste. Am liebsten hätte er alles hingeworfen und wäre persönlich auf die Suche nach seiner Tochter gegangen. Aber er wusste, wie sinnlos so etwas wäre. In jedem Fall hatte er, als er von dem Anruf der Entführer im Dekanat erfuhr, sofort darauf bestanden, selbst der Geldüberbringer zu sein. Die Landesbank hatte ihm die Bereitstellung des Lösegeldes bereits zugesagt. Sicherlich war man im Labor auch schon dabei, die Scheine zu präparieren oder zu registrieren.

„Es geht doch nur um Geld", versuchte er seine Frau zu beschwichtigen. „Viel schlimmer wäre es doch, wenn Manuela einem Sexualverbrecher in die Hände gefallen wäre. Außerdem ist eine Frau dabei, vielleicht selbst Mutter. Sie wird schon auf unser Mäuschen aufpassen."

Natürlich war ihm bewusst, dass all dies nur ein schwacher Trost für seine Frau war. Aber was sollte er tun? Es fiel ihm schwer, das Gespräch zu beenden. Doch dann kam die Beendigung von ihr, weil offenbar am anderen Ende der Leitung ein wichtiger Anrufer auf eine freie Leitung zu ihr wartete.

Der Ministerpräsident war am Telefon. Er hielt sich zurzeit in Berlin auf, wollte aber unbedingt persönlich mit seiner Ministerin sprechen.

„Lassen Sie sich für ein paar Tage durch von Rösch vertreten", riet er ihr.

Monika Meyer-Liebrecht lehnte das Angebot strikt ab. Sie wollte und brauchte Ablenkung, wenigstens für ein paar Stunden am Tag. Die schlaflosen Nächte waren qualvoll genug für sie. Sie versprach, den Ministerpräsidenten sofort informieren zu lassen, wenn man eine heiße Spur hatte.

Anschließend nutzte Beck die noch andauernde Sitzungspause, um Kriminalrat Wendling anzurufen und sich von ihm aktuell und vertraulich über den Stand der Ermittlungen informieren zu lassen. Doch Wendling konnte ihm nichts anderes sagen als das, was Beck bereits durch seine Ministerin erfahren hatte. Der Kriminalrat versprach, Beck auf dem Laufenden zu halten. Danach eilte er zu der auf 12 Uhr angesetzten Pressekonferenz.

Wie zu erwarten war der Saal bis auf den letzten Platz besetzt. Der persönliche Referent der Ministerin, Dr. Hechter, ferner Katharina Niebutte in Vertretung von Pressesprecher Bernheimer, Hauptkommissar Schaust und der Sprecher der Staatskanzlei, Walter Schumacher, hatten bereits auf dem Podium Platz genommen.

Niebutte stellte den Journalisten vorsorglich die Funktionen der Einzelnen vor, obwohl sie den meisten Anwesenden bekannt waren. Dann ergriff Schaust das Wort und schilderte nochmals den genauen Ablauf der Entführung. Er wies ausdrücklich auf die der Presseinformation beigelegten Phantombilder hin und ließ dann das Tonband abspielen, das inzwischen vom Sprachlabor bearbeitet war. Die Telekom hatte bereits im Auftrag des Ministeriums eine 0800-Nummer eingerichtet, über die jeder Bundesbürger das bearbeitete Band abhören konnte.

Dr. Hechter ging mehr auf die persönlichen Gefühle und Sorgen, aber auch die Hoffnung der Ministerin und ihrer Familie ein. Anschließend ließ er die Aufzeichnung des Aufrufs der Ministerin auf den bereitstehenden Monitoren vorspielen. Walter Schumacher schließlich gab in Vertretung von Ministerpräsident Beck eine kurze Stellungnahme der Staatskanzlei ab.

Bevor Fragen der Journalisten zugelassen wurden, äußerte Wendling einige grundsätzliche kriminalistische Überlegungen zu Entführungen. Er stellte vorsichtig eine erhebliche Strafmilderung in Aussicht und setzte dem die Erfolgsquoten der Polizei bei der Aufklärung von Entführungsfällen und die zu erwartenden Haftstrafen gegenüber. Damit verfolgte er das Ziel der Soko, indirekt das labilste Mitglied der Entführer anzusprechen und zu bewegen, sich zu outen.

Die TV-Sender Phoenix und n-tv übertrugen die Pressekonferenz live, das ZDF brachte Ausschnitte davon im Mittagsmagazin.

Zu gern hätte Rolf statt vor dem Bildschirm in den Reihen der Journalisten gesessen und eine Frage gestellt. Denn immer noch wurde nichts von einer Forderung der Entführer gesagt, obwohl seit dem ersten Anruf von Ursula gut vierundzwanzig Stunden vergangen waren. Was steckte wohl dahinter?

Er schaltete den Fernseher aus und rief Günter an. Doch der konnte das Läuten des Telefons nicht hören. Er hatte wieder seine Strumpfmaske übergezogen und sich zu Manuela in den Keller begeben.

Sie sah ihn mit fiebrigen Augen an, worauf er ihr unwillkürlich seine Hand auf die Stirn legte. Sie schlug kräftig mit der Faust gegen seinen Arm.

„Lass das!", schrie sie. „Männer, die kleine Kinder anfassen, gehören ins Gefängnis!"

Sie sprang vom Stuhl, der polternd nach hinten fiel, und rannte in Richtung Tür. Doch Günter hatte wie immer hinter sich abgeschlossen, als er den Raum betreten hatte.

„Ich tu dir doch nichts", versuchte er sie zu beschwichtigen. „Aber du hast Fieber. Und ich will doch nicht, dass du krank wirst. Ich werde dir gleich etwas aus der Apotheke holen. Hast du Halsschmerzen?"

Manuela schüttelte so energisch den Kopf, dass ihre blonden Locken hin und her wirbelten. Dabei ließ sie den Mann mit der Strumpfmaske nicht aus den Augen. Irgendwie war er ihr sympathischer als die Frau, die sie hierher gebracht hatte, und sehr viel lieber als der kleine, grobe Mann, der zwischendurch mal bei ihr gewesen war.

Langsam lösten sich ihre Hände wieder von dem Türgriff und sie ging auf Günter zu. „Spielst du mit mir?"

Vielleicht war es gut, das Kind abzulenken, überlegte Günter. Immerhin saß es seit vielen Stunden hier unten allein in dem fensterlosen Raum.

„Was möchtest du denn spielen?“

„Mensch ärgere dich nicht!“

„Okay“, willigte er ein. „Aber zuerst Fieber messen!“

Als er die Kellertreppe hinaufstieg, um ein Fieberthermometer zu holen, hatte das Telefon längst aufgehört zu läuten. Aus dem Spiegelschränkchen im Badezimmer nahm er gleich noch eine Aspirin mit. Gerade wollte er wieder den Schlüssel ins Schloss stecken, als er von innen Manuelas Stimme hörte.

„Draußen bleiben!“

Er lugte durch das Schlüsselloch und musste lachen. Manuela saß auf der Campingtoilette, die er ihr am Vormittag besorgt hatte! Er richtete sich wieder auf und wartete. Dabei gingen ihm Bilder von Sarah und Jens aus der Vergangenheit durch den Kopf und es wurde ihm bewusst, wie sehr er seine Kinder vermisste.

„Du kannst jetzt reinkommen“, kam es nach einiger Zeit von drinnen.

Er schloss die Tür auf. Manuela saß wieder auf der Liege, als habe sie niemals ihren Platz verlassen.

Sie hatte tatsächlich Temperatur: 37,9. Der Umgang mit dem Thermometer schien ihr vertraut, doch den Vorschlag, mit einem Glas Cola die Aspirintablette einzunehmen, bereitete ihr offensichtlich Angst. Schließlich brach Günter die Tablette in der Mitte durch.

„Weißt du, ich nehme die eine Hälfte und du die andere. Dann kannst du sicher sein, dass ich dir nichts Böses antun will.“

Erleichtert erklärte sich Manuela damit einverstanden, wartete aber ab, bis Günter seine Strumpfmaske angehoben und seine Hälfte geschluckt hatte.

„Zeig mir deine Hand!“, befahl sie.

Erst als Günter ihr auch noch die leere Hand offen hinhielt und sie sich sicher sein konnte, dass er die halbe Tablette wirklich geschluckt hatte, schluckte sie die andere Hälfte.

„Werde ich jetzt nicht krank?“, fragte sie und es klang die Hoffnung durch, dann schneller zu ihren Eltern zurückkehren zu können.

„Ich hoffe nicht“, antwortete Günter wahrheitsgemäß, denn das konnte ihren ganzen Plan ins Wanken bringen.

In diesem Moment pochte es laut an der Tür. Manuela und Günter schreckten gleichermaßen auf.

„Wer ist da?“, rief Günter.

Erleichtert erkannte er die Stimme von Piotr.

„Ich komme gleich wieder, dann spielen wir miteinander", versicherte er dem Kind und strich ihm liebevoll durch die blonden Locken. „Du kannst die Männchen ja schon mal aufbauen. Ich möchte gern die Gelben haben."

Nachdem er die Tür von außen sorgfältig verschlossen hatte, zog er die Strumpfmaske ab und schaute seinen Freund erstaunt an. „Wie kommst du denn hier herein?"

Piotr grinste unverschämt und hielt ihm einen Schlüssel mit einem Bergkristallanhänger entgegen. Der Stein blinkte und glitzerte in dem spärlichen Licht, das vom Hausflur nach unten drang.

„Hab ich bei Usch in der Handtasche gefunden!"

Günter spürte, wie ihm das Blut ins Gesicht schoss. „Ach ja, ich hatte ganz vergessen, dass ich Usch den Schlüssel gegeben habe! Damit sie auch zwischendurch mal nach Manuela schauen kann, wenn sie zufällig in Emmelshausen ist."

„Merkwürdig", sagte Piotr, immer noch grinsend. „Usch hat behauptet, sie habe den Schlüssel wahrscheinlich ganz in Gedanken wieder eingesteckt, als sie die Kleine hierher gebracht hat."

Das Rot in Günters Gesicht vertiefte sich noch. Schnell schlug er sich mit der flachen Hand an die Stirn.

„Richtig, das sagte sie mir auch, als ich ihr das Angebot machte! Sie hatte den Schlüssel ja bereits. Komm, willst du ein Bier?"

Er schob Piotr vor sich die Treppe hinauf und weiter ins Wohnzimmer.

Als er mit zwei Dosen Bier aus der Küche kam, hatte Piotr den Fernseher eingeschaltet und zappte durch die Programme. Bei n-tv stoppte er. Da wurde gerade ein Foto von Manuela gezeigt.

„… bisher keinen Erfolg. Die Polizei geht weiterhin davon aus, dass es sich um zwei Männer und zwei Frauen, möglicherweise zwei Ehepaare handelt, die seit längerer Zeit miteinander befreundet sind. Auch die Polizeibehörden des benachbarten Auslandes sind inzwischen in die Großfahndung einbezogen. Dazu der Vorsitzende der Soko des LKA in Mainz …"

Günter öffnete die Bierdosen und reichte eine davon Piotr. „Auf die beiden Ehepaare!"

Piotr machte ihm ein Zeichen zu schweigen.

„… haben die Eltern der Entführten und die Staatsanwaltschaft insgesamt eine Belohnung in Höhe von zwanzigtausend Euro für Hinweise bereitgestellt, die zum Ergreifen der Entführer beitragen. Darüber hinaus weist die Staatsanwaltschaft darauf hin, dass bei Hinweisen aus den eigenen Reihen der Entführer durchaus die Möglichkeit der Kronzeugenregelung gegeben ist."

„Wen wollen die denn mit zwanzigtausend Mäusen locken, wenn man drei Mille verdienen kann? Alles reine Nervensache", meinte Piotr und drehte sich zu Günter um. „Was macht die Kleine?"

Günter berichtete, dass er Fieber gemessen, dem Kind bereits eine Tablette gegeben habe und nun mit ihm spielen wolle.

„Du bist der geborene Vater", lachte Piotr. „Mit dir haben wir den Richtigen ausgesucht. Pass schön auf die Kleine auf, damit ihr nichts geschieht." Schlagartig verfinsterte sich seine Miene. „Nur das ist bei dieser Sache deine Aufgabe, sonst nichts. Und damit bist beschäftigt genug. Verstanden?"

Günter wechselte von rot auf blass. „Wie meinst du das?"

Piotr warf den Schlüssel mit dem Bergkristallanhänger auf den Tisch. „Usch kann ruhig läuten, wenn sie kommt. Außerdem werde ich am Wochenende auf die Kleine aufpassen."

Er ließ den verwirrten Günter stehen und verließ das Haus. Vom Auto aus rief er Rolf an und teilte ihm mit, dass er auf dem Rückweg von Emmelshausen nach Morbach kurz bei ihm in Lingerhahn vorbeischauen werde.

Rolf musste den Tag sowieso zu Hause verbringen, um die Bestellungen zu bearbeiten, die sich auf seinem Anrufbeantworter angesammelt hatten. Was konnte Piotr von ihm wollen?

„Eigentlich hatten wir ausgemacht, uns während der ganzen Zeit nicht so oft zu sehen", begrüßte er ihn unwirsch. „Auf die Möglichkeit, dass es sich bei den Entführern um gute Freunde handeln könnte, ist die Kripo auch schon gekommen!"

„Dann sollten wir aber auch darauf achten, dass wir gute Freunde bleiben!", antwortete Piotr gereizt und berichtete von dem Schlüssel, den er bei Usch gefunden hatte, und wie nervös Günter geworden war, als er Andeutungen gemacht hatte.

„Was anschließend ist, ist mir scheißegal", schloss er. „Da kann sie vögeln, mit wem sie will. Aber jetzt muss alles so bleiben wie bisher!"

Rolf schenkte Cognac ein und deutete einladend auf die mächtige Polstergarnitur.

„Kann mir gar nicht vorstellen, dass die beiden was miteinander haben", bemerkte er wider besseren Wissens, nachdem sie Platz genommen hatten. „Günter hat mit seiner Arbeitslosigkeit und seiner Ex doch genug Probleme, der wird sich nicht noch weitere an den Hals hängen! Außerdem hängt für ihn viel zu viel von dem Geld ab, als dass er wegen so was ein Risiko eingehen würde."

Piotr brummte nur und nippte an seinem Glas. Seine schmächtige Gestalt verschwand fast in Rolfs ausladendem Sessel. Eine Weile schwiegen beide. Piotrs Gedanken waren unterwegs in Richtung Rio, Rolfs hingegen wanderten zurück in die Vergangenheit. Schon merkwürdig, wie sie vier im Laufe der Zeit zueinander gefunden hatten, so grundverschieden, wie sie waren! Er und Günter kannten sich ja schon von der Schule her und hatten das halbe Leben miteinander verbracht, gemeinsam auch manche Eskapaden erlebt. Im Urlaub hatten sie dann Günters Exfrau Carola und deren Freundin Ursula kennen gelernt. Von Stunde an waren die vier unzertrennlich gewesen. Man traf sich mal hier, mal dort, machte gemeinsam Urlaub und verbrachte auch den größten Teil der Freizeit miteinander. Während Rolf an Ursula kein Interesse hatte, bahnte sich zwischen Günter und Carola sehr schnell ein Verhältnis an. Rolf und Ursula wurden Trauzeugen, als die beiden heirateten. Auch der Stand der Ehe änderte nichts an der Viererbande, wie sie sich selbst nannten. Erst als die Ehe von Günter und Carola in die Brüche ging, bekam die Verbundenheit einen Sprung. Selbst Ursula, die Carola auch schon eine Ewigkeit kannte, distanzierte sich von ihr. Carola hatte sich nach der Geburt ihrer beiden Kinder völlig gewandelt, war zickig und abweisend geworden und wollte ständig im Mittelpunkt stehen. Bereits vor der Scheidung hatte sie sich selbst aus der Viererbande ausgeklinkt. Fast gleichzeitig war Piotr auf ihren Platz gerückt. Rolf und Günter mochten Piotr nicht besonders. Er hatte etwas, was man nicht so recht beschreiben konnte, aber der Begriff unseriös kam dem sicherlich sehr nahe. Trotzdem hatte man Piotr in den Freundeskreis aufgenommen, allein schon wegen Ursula. Im Laufe der Monate waren Günter und Piotr arbeitslos geworden, immerhin eine Gemeinsamkeit. Was wiederum Ursula und Günter näher zueinander gebracht hatte, war, dass sie sehr schnell erkannt hatte, wie Günter unter der Trennung von seinen Kindern litt. Damit hatte er bei ihr enorm Punkte gemacht. Sie selbst hatte oft genug davon gesprochen, dass sie sich mal einen ganzen Stall voller Kinder wünschte, und sah sich jetzt aufgerufen, den liebenden Vater zu trösten. Aus dem Trösten war hinter dem Rücken von Piotr sehr schnell mehr geworden …

Ein Knall ließ Rolf aufblicken. Erleichtert registrierte er, dass das Geräusch von Piotrs Abstellen des leeren Glases auf der Tischplatte kam.

„Noch en?“, fragte er und wies auf die Cognacflasche.

Piotr schüttelte den Kopf und erhob sich.

Nachdem er sich verabschiedet hatte, versuchte Rolf sofort Günter anzurufen, um ihn zu warnen. Aber er erreichte ihn wieder nicht. Er nahm sich vor, es wenig später noch mal zu versuchen.

Monika Meyer-Liebrecht war zum Umfallen müde. Bereits am frühen Nachmittag ließ sie sich von Gifhard nach Hause fahren. Ihr Sohn Robert empfing sie ganz aufgeregt.

„Mami, Mami, die Ela ist im Fernsehen!“, rief er ihr entgegen.

Sie nahm ihren Sohn rasch auf den Arm und stürzte ins Wohnzimmer, doch die Nachrichten waren bereits zu Ende.

„Man setzt jetzt auf die Mithilfe in der Bevölkerung“, erklärte ihr der jüngere Kripobeamte, der von hier aus den Kontakt zum LKA hielt und vor allem auf Robert Acht geben sollte. „Es besteht immerhin die Möglichkeit, dass die Entführer sich als Urlauber getarnt in irgendeiner Pension oder einem Hotel aufhalten und Manuela bei sich haben.“

Die Ministerin warf den beiden Beamten einen vorwurfsvollen Blick zu und deutete auf ihren Sohn.

„Müssen Sie unbedingt gemeinsam fernsehen?“

Verlegen schaltete der ältere Kripomann den Fernseher aus.

„Entschuldigung, es war mein Fehler. Es wird nicht wieder vorkommen“, versicherte er kleinlaut.

„Manuela ist gar nicht bei einer Freundin! Sie ist im Fernsehen“, mischte sich Robert empört ein. „Ich will auch mal ins Fernsehen kommen.“

Monika strich ihrem Sohn verständnisvoll über die Haare und drückte ihn fest an sich. Gut, dass der Kleine noch nicht begriff, in welcher Gefahr seine Schwester war. Sie setzte ihn wieder ab und hielt in der Küche Ausschau nach Aysha. Die Küche war aufgeräumt, aber Aysha war nirgends zu sehen. Zurück im Wohnzimmer, rief sie unten an der Treppe nach dem Hausmädchen.

„Aysha ist einkaufen“, klärte Robert sie auf.

Der jüngere Kripobeamte schaute auf seine Uhr. „Eigentlich müsste sie schon längst wieder da sein. Immerhin ist sie schon fast zwei Stunden weg.“

Merkwürdig, schoss es Monika Meyer-Liebrecht durch den Kopf, bisher hat sich Aysha immer vorher mit mir abgesprochen, wenn sie einkaufen ging … Überhaupt, heute gibt es doch gar nichts einzukaufen! Ob Aysha … aber das kann nicht sein!

Sie vertraute dem jungen Mädchen voll und ganz, es stand ihr fast so nahe wie eine Freundin oder jüngere Schwester. Nein, ausgeschlossen, dass Aysha etwas mit der Entführung zu tun hatte.

Der Beamte schien an ihrem Gesichtsausdruck ihre Gedanken erraten zu haben. Er stand auf und kam auf sie zu.

„Machen Sie sich mal keine Sorgen, wir haben Ihre Angestellte schon überprüft“, sagte er so leise, dass Robert nichts mitbekommen konnte. „Es gibt keinen Hinweis dafür, dass sie etwas mit der Sache zu tun hat.“

Fast wie auf ein Stichwort drehte sich in diesem Moment ein Schlüssel in der Haustür und Aysha betrat das Haus. Als sie das fragende Gesicht der Ministerin sah, machte sie verlegen ein Zeichen mit dem Kopf zur Küche hin. Monika Meyer-Liebrecht folgte ihr. Sie sah sofort, dass Aysha, die sonst immer eine kräftige Gesichtsfarbe hatte, kreidebleich war und feuchte Augen hatte.

„Um Himmels willen, was ist mit Ihnen, Aysha?“, rief sie erschrocken.

„Ich war beim Arzt …“, weiter kam Aysha nicht. Sie suchte mit ihren schlanken Händen Halt an dem kleinen Küchentisch. Tränen liefen ihr über die schmalen Wangen.

Monika zog rasch den Schemel hervor, der unter dem Tisch stand, und drückte das junge Mädchen behutsam darauf.

„Was ist geschehen? Sind Sie krank?“

Aysha blickte zu Boden. Durch das Kopftuch war nichts von ihrem Gesicht zu sehen.

„Ich hatte plötzlich Schmerzen“, sie hielt sich beide Hände vor den Unterleib, „eine sehr starke Blutung.“ Wieder brach sie ab, blickte aber dann mit ihren großen dunklen Augen nach Worten suchend die Ministerin an.

„Sind Sie … waren Sie schwanger?“

Aysha begann heftig zu nicken und presste die Lippen fest aufeinander. Dann vergrub sie ihr Gesicht in den Händen und begann hemmungslos zu weinen.

Monika legte ihre Hand beruhigend auf den Kopf des Mädchens.

„Das tut mir sehr Leid“, sagte sie leise und strich ihr über den Kopf. „Warum haben Sie mir denn nicht gesagt, dass Sie schwanger sind?“

Es dauerte eine Weile, bis Aysha schluchzend gestand: „Ich weiß es doch auch erst seit dieser Woche."

„Und Ihre Eltern?"

Aysha blickte erschrocken auf und packte die Hände der Ministerin ganz fest.

„Bitte", flehte sie schluchzend, „bitte, die dürfen nichts davon erfahren!"

Monika Meyer-Liebrecht nickte schweigend und strich Aysha über die zitternden Hände.

„Ich lasse Sie nach Hause fahren", beschloss sie schließlich und drückte das Mädchen tröstend an sich. Dann ging sie zur Gegensprechanlage auf dem Flur, um mit Gifhard im Container Kontakt aufzunehmen.

„Es muss doch verdammt noch mal irgendwo einen Ansatz geben!" Kriminalrat Wendling fuchtelte nervös mit einem Kugelschreiber in der Luft herum.

Ihm gegenüber saßen sein Stellvertreter Schaust und zwei weitere Beamte, die ihn gerade über den neuesten Stand der Ermittlungen informiert hatten, sowie Dr. Gabriel, der Profiler.

„Die Entführer scheinen wie vom Erdboden verschwunden", stöhnte Schaust. „Keine Spuren, nichts ..."

„Wir brauchen uns meiner Meinung nach nur auf ein relativ kleines Gebiet zu konzentrieren", sagte Dr. Gabriel leise und blickte von einem zum anderen, als wolle er sicherstellen, dass man ihm zuhörte. „Ich bin mir sicher, dass sich die Entführer mit Manuela noch in einem Radius von maximal hundert Kilometern um Morbach herum aufhalten. An Hand der inzwischen vorliegenden Berichte der Polizeikontrollen habe ich festgestellt, dass die Ringfahndung äußerst schnell zustande kam. Das würde auch in meine bisherigen Überlegungen passen. Die Entführer hatten nur eine sehr begrenzte Zeit der Vorbereitung, denn Frau Meyer-Liebrecht ist bekanntlich erst vor ein paar Tagen zur Ministerin ernannt worden. Da alles aber so perfekt war, müssen sich die Entführer gut ausgekannt haben und gut aufeinander eingespielt gewesen sein. Vielleicht haben oder hatten sie sogar selbst Kinder in der Morbacher Schule. Das würde bedeuten, dass sie sogar ganz in der Nähe wohnen. Sie sind miteinander befreundet oder sogar liiert. Vielleicht ist es nicht das erste Ding, das sie miteinander gedreht haben. Vorher vielleicht kleinere Sachen. Man sollte mal ungelöste Fälle aus der Vergangenheit in der Morbacher Gegend überprüfen. Wie gesagt, kleinere Sachen, denn für mich sieht das Ganze trotz aller Perfektion recht hausbacken aus."

Wendling wollte etwas einwerfen, aber Dr. Gabriel bat ihn mit einer Geste um Geduld.

„Inzwischen glaube ich auch zu wissen, warum man beim zweiten Anruf das Dekanat Morbach angerufen hat", fuhr er fort. „Logische Alternative zu dem privaten Anschluss Meyer-Liebrecht, der aber in keinem Telefonbuch steht, wäre die Schule gewesen. Aber da meldet sich kein Anrufbeantworter. Weitere Alternativen: die Gemeindeverwaltung. Aber auch hier ist kein Anrufbeantworter geschaltet. Also sucht man weiter, und was liegt da näher, als es bei der Kirche zu versuchen? Ein weiterer Beweis, man kennt sich hier aus."

Er lehnte sich zurück. „Manuela steckt irgendwo hier in der Nähe, vielleicht sogar unauffällig in eine Familie integriert. Wahrscheinlich geht es ihr sogar gut, zumindest was ihre Behandlung betrifft. Ich schätze auch das Risiko von Gewaltanwendungen gegenüber dem Kind als äußerst gering ein. Aber damit wird die Sache für uns besonders schwierig. Man wird die Entführer kaum unter Zeitdruck setzen können. Aber vielleicht unter psychischen Druck. Wir sollten in diesem Gebiet die Polizeipräsenz deutlich sichtbar erhöhen, um den Eindruck zu erwecken, wir sind nahe dran."

„Damit sind wir wieder beim alten Thema: Personalmangel!", unterbrach ihn der Kriminalrat. „Wie sollen wir das bewerkstelligen?"

„Es muss halt alles raus, was bei der Polizei zwei oder vier Beine hat", war die trockene Antwort des Profilers. „Die Hinweise aus der Bevölkerung sind zahlreich, aber dürftig, was wir tunlichst nicht an die große Glocke hängen sollten. Im Gegenteil, unsere Strategie muss wie gesagt lauten: Wir sind nahe dran!"

„Was schlagen Sie vor?" Schaust beugte sich interessiert vor. Auch die Augen der anderen richteten sich gespannt auf Dr. Gabriel.

„Wir veranstalten heute kurz vor den Abendnachrichten eine schnell einberufene Pressekonferenz. Sagen deutlich, wir haben erste konkrete Spuren, über die wir aber aus ermittlungstechnischen Gründen noch nichts Genaueres sagen können. Wir sagen sogar, dass wir uns auf ein relativ kleines Gebiet konzentrieren, ohne dies näher zu definieren. Morgen machen wir das Gleiche, schnüren den Strick noch etwas fester und sagen, dass sich unsere Ermittlungen auf einen ganz bestimmten Personenkreis konzentrieren, und so weiter. Das halten wir drei oder vier Tage so durch, und dann bin ich sicher, es tut sich was."

„Was?", fragte Wendling.

„Wenn ich das wüsste, lieber Kriminalrat, wäre ich Hellseher und nicht Polizeipsychologe", lachte Dr. Gabriel mit gespielter Bescheidenheit.

„Hattert Neijste in de Nochrechte gehert?"

Rolf hatte sofort zum Telefonhörer gegriffen, als während der „heute"-Sendung live in die Pressekonferenz geschaltet wurde. Piotr hechtete zum Fernseher und schaltete ein, aber er kam zu spät. Die Schaltung war schon zu Ende.

„Angeblich hat man eine heiße Spur", informierte ihn Rolf.

„Dann sollten wir uns ganz schnell etwas einfallen lassen! Ich weiß nicht, ob nicht Günters Ex dahinter steckt und der Polizei auf Grund der Phantombilder einen Tipp gegeben hat. Usch sollte sofort mit Manuela verschwinden. Weit weg."

Rolf war klar, dass Piotr einen Hintergedanken damit verband.

„Wir dürfen nichts überstürzen", warnte er. „Bisher ist alles sehr gut gelaufen."

„Aber du sagst doch selbst …", unterbrach ihn Piotr.

„Die mögen ja glauben, eine heiße Spur zu haben", fuhr Rolf unbeirrt fort. „Das heißt aber noch nicht, dass sie uns auf die Spur gekommen sind. Dann wären sie doch schon längst bei einem von uns aufgetaucht!"

Unwillkürlich machte Piotr einen Schritt zur Seite und warf einen Blick aus dem Fenster. Aber unten war nichts Verdächtiges zu entdecken. Trotzdem schien es ihm ratsamer, so schnell wie möglich zu handeln.

„Also, ich bin dafür, dass Usch sofort mit der Kleinen untertaucht. Am besten gleich morgen, denn dann passiert auch garantiert nichts, wenn Günter seine Kinder bei sich hat."

„Wann löst Usch Günter ab?"

„Überhaupt nicht!", ereiferte sich Piotr. „Ich werde morgen früh die Kleine übernehmen. Das habe ich schon beschlossen. Usch fährt mir nicht mehr nach Emmelshausen."

Rolf ahnte, warum Piotr die Gelegenheit nutzte, den ursprünglichen Plan zu ändern. Vielleicht war es wirklich besser so. Trotzdem hatte er Bedenken.

„Aber Usch kann doch nicht einfach mit dem Kind irgendwohin verreisen. Einmal abgesehen davon, dass sicherlich die Grenzen überwacht werden! So einen sicheren Ort wie den Keller von Günter gibt es nicht noch einmal."

„Überlass das mir. Ich werde morgen mit Günter sprechen. Usch hat noch gut zwei Wochen Urlaub, bis dahin muss die Sache gelaufen sein."

Für Augenblicke stand Rolf unschlüssig da. Beide Wege boten Vorteile und Risiken, und im Moment wusste er auch nicht, welche Entscheidung die richtige war.

„Aber bevor unser Plan geändert wird, möchte ich es wissen und mitreden. Immerhin sitzen wir alle im gleichen Boot!", ermahnte er Piotr.

Als Ursula vom Einkauf zurückkam, saß Piotr mit einer Dose Bier vor dem Fernseher und wartete auf die SWR-Nachrichtensendung.

„Rolf hat eben angerufen. Du musst mit der Kleinen sofort untertauchen", empfing er sie.

„Wieso?"

„Irgendetwas scheint schief zu laufen. Hab mir gerade selbst die Landesschau angesehen. Die Kripo scheint eine Spur zu haben. Manuela muss sofort aus Emmelshausen verschwinden."

„Und warum nicht mit Günter?"

„Weil Günter am Wochenende seine Kinder da hat", antwortete Piotr gelangweilt und nahm einen kräftigen Schluck.

„Dann kann er ja nach dem Wochenende verschwinden."

„Und wenn es dann zu spät ist?" Piotrs Stimme wurde nachdrücklicher. „Ich fahre morgen gleich in der Früh nach Emmelshausen und kläre das mit Günter und anschließend mit Rolf."

„Und ich werde also überhaupt nicht mehr gefragt, was?" Ursulas Stimme wurde laut. „Was wird dann mit meinen vorgesehenen Anrufen bei Meyer-Liebrecht?"

„Die kannst du von überall aus führen. Pack also schon mal Klamotten zusammen, Baby, damit morgen alles schnell gehen kann."

Ursula schüttelte verärgert den Kopf und nahm sich vor, morgen, während Piotr unterwegs nach Emmelshausen sein würde, erst einmal mit Günter und Rolf zu telefonieren.

Günter hatte den ganzen Nachmittag mit Manuela „Mensch ärgere dich nicht“ gespielt. Mit jedem Spiel hatte er das Gefühl, dass das Mädchen gelöster, schließlich sogar richtig fröhlich und zutraulich wurde. Sie passte auf wie ein Luchs, selbst wenn er versuchte, zu ihren Gunsten zu schummeln.

„Ich bin doch kein kleines Kind mehr, das immer gewinnen muss“, sagte sie mit erhobenem Zeigefinger und todernstem Gesicht.

Gegen 18 Uhr war er nach oben gegangen, froh, wieder einmal den grässlichen Strumpf abstreifen zu können, und hatte Kartoffeln mit reichlich Speck gebraten und Eier darüber gegeben. Seinen Kindern musste er auch immer ein solches Bauernomelett zubereiten, wenn sie ihn besuchten. Da die Portion üppig ausgefallen war, wie ihm schien, verteilte er sie auf zwei Teller und beschloss, zusammen mit Manuela im Keller zu Abend zu essen. Auf beide Teller gab er noch eine Essiggurke und zog sich wieder den Strumpf über.

Manuela schien das Essen zu schmecken. In kürzester Zeit war der Teller leer. Für Günter war das Essen etwas kompliziert, da er bei jeder Gabel, die er zum Mund führte, die Strumpfmaske vorziehen musste.

„Und was machst du, wenn ich jetzt noch Hunger habe?“, fragte sie und brachte Günter damit in Verlegenheit, denn sein Kühlschrank war leer. Er war es seit seiner Scheidung nicht gewohnt, mehr einzukaufen, als er selbst aß, und an Manuela hatte er beim letzten Einkauf gar nicht gedacht. Die beiden Tage mit seinen Kindern wollte er im Freizeitpark Bell verbringen und irgendwo an der Mosel übernachten. So würde es am wenigsten auffallen, dass sie nicht in seinem Haus bleiben konnten.

„Dann würde ich dir eine Pizza holen“, antwortete er schließlich.

„Aha“, stellte Manuela fest, „hier in der Nähe gibt es also eine Pizzeria. So eine wie das Lucania in Morbach? Da war ich schon oft mit der Mama, dem Papa und meinem Bruder.“

Günter biss sich schnell auf die Lippen, was Manuela wegen des Strumpfes nicht sehen konnte. Fast hätte er ihr erzählt, dass das italienische Restaurant in Emmelshausen San Marco hieß. Diesen Namen hätte sich das aufgeweckte Kind sicherlich gemerkt und später an die Polizei weitergegeben.

„Ich habe aber keinen Hunger mehr!“, meinte Manuela und streckte ihm kess die Zunge entgegen.

„Dann hab ich ja noch mal Glück gehabt.“

6.

Monika Meyer-Liebrecht hatte in der Nacht eine Schlaftablette genommen und fühlte sich beim Aufwachen in der Frühe entsprechend benommen. Sie tastete nach ihrem Mann. Das Bett neben ihr war leer!

„Erich?“, rief sie leise in Richtung der halb offen stehenden Schlafzimmertür.

Nichts regte sich. Leicht schwankend stand sie auf, schlüpfte in den Morgenmantel und trat in den Flur. Von der Treppe drang Licht nach oben. Sofort begann ihr Herz höher zu schlagen. Hatte es einen ersten Fahndungserfolg gegeben? Leise, um ihren Sohn nicht zu wecken, schlich sie barfuß am Kinderzimmer vorbei und eilte die Treppe hinunter.

Ihr Mann saß am Esstisch vor einer Menge Papier.

„Was ist los? Gibt es was Neues?“, flüsterte sie aufgeregt.

Erschrocken blickte er auf. Er war so in die Akten vertieft gewesen, dass er seine Frau nicht hatte kommen hören.

„Nichts, Liebes, ich habe nur ein paar Akten nach bestimmten Personen durchgesehen, die ich mal verteidigt habe und die trotzdem verurteilt wurden. Immerhin haben die Entführer mich angerufen! Man kann nicht ganz ausschließen, dass die Erpressung mir gilt, aus Rache, meine ich.“

„Das glaube ich nicht. Sicherlich wirst du mit Anlass der Entführung sein …“

Er schaute seine Frau verwirrt an. „Wie meinst du das?“

Fröstelnd lehnte sie sich an ihn. „Von einem Ministergehalt kann man wohl kaum die geforderte Summe zahlen. Die Überlegung der Entführer liegt doch auf der Hand: ein angesehener Anwalt mit gut gehender Kanzlei und eine Frau im öffentlichen Leben und Rampenlicht, mit der alle mitfühlen und die so schnell und risikolos wie möglich ihr Kind wiederhaben will. Das ist doch die ideale Kombination!“

„Bist du schon wach?“, flüsterte Ursula, als sich ihr Freund im Bett umdrehte.

Als Antwort erhielt sie nur ein missmutiges Brummen. Sie hatten beide in dieser Nacht kaum Schlaf gefunden. Der Gedanke, dass am Morgen bereits die Anzeige in der FAZ sein könnte, ließ sie nicht zur Ruhe kommen. Überdies wollte Piotr möglichst früh bei Günter eintreffen, da sich dessen Kinder bereits für 9 Uhr angekündigt hatten. Und Ursula wollte unbedingt mitbekommen, wann Piotr aufstand, um dann gleich mit Rolf und vor allem Günter zu telefonieren.

Piotr schaltete die kleine Lampe an, und Ursula warf einen Blick auf ihre Armbanduhr. Es war kurz vor sieben.

„Soll ich dir Frühstück machen?“, fragte sie, wusste aber genau, dass es hierfür bereits zu spät war.

Er richtete sich gähnend auf. „Lass mal, Baby, Günter wird sicher was Essbares im Kühlschrank haben.“

Ursula drehte sich wieder um und tat, als wollte sie weiterschlafen. Erst als ihr Freund die Wohnung verlassen hatte, sprang sie auf. Vorsichtig spähte sie aus dem Küchenfenster hinab auf die Straße und sah Piotrs Auto um die Ecke fahren. Sofort eilte sie ans Telefon.

„Günter? Ich bin’s. Piotr will, dass ich noch heute mit der Kleinen verschwinde. Dann gerät unser ganzer Plan aus dem Gleis und wir …“

„Lass dich nicht aus der Ruhe bringen, Muckel“, kam es beruhigend aus dem Hörer. „Er kann nichts gemerkt haben, obwohl die Sache mit dem Schlüssel schon Kacke war. Ich mache mir mehr Sorgen um die Erkältung von Manuela. Sie hat heute Nacht ganz schön gehustet. Ich werde wohl in die Apotheke fahren müssen und besorge dann auch die FAZ.“

„Dann rufe ich zwischendurch Rolf an und beratschlage mich mit ihm. Ich melde mich wieder bei dir, wenn du zurück bist.“

Als Nächstes wählte sie Rolfs Nummer. Sie musste lange warten, bis abgehoben wurde. Rolfs Stimme klang völlig verschlafen.

„Ist die Anzeige drin?“, wollte er sofort wissen.

Wahrheitsgemäß musste Ursula sagen, dass sie es noch gar nicht wisse.

„Warum rufst du dann so früh an? Samstag ist der einzige Tag, an dem ich ausschlafen kann.“

„Wenn etwas schief geht, musst du ein paar Jahre lang wahrscheinlich noch früher aufstehen“, gab sie zurück. „Soweit ich weiß, gibt’s im Knast genauso früh Frühstück wie in Krankenhäusern. – Piotr will den Plan ändern.“

Rolf war schlagartig wach.

„Was?“, schrie er ins Telefon. „Dem reiß ich den Arsch auf. Er sollte sich doch erst mit mir abstimmen. Was ist passiert?“

„Statt mir ist er nach Emmelshausen gefahren und will, dass ich noch heute mit Manuela abreise. Irgendwohin.“

Eine betretene Pause entstand. Schließlich meldete sich Rolf wieder.

„Ich werde gleich mal selbst rüber zu Günter fahren und mit den beiden sprechen. Wann ist Piotr bei dir abgefahren?“

Auf dem Weg zur Apotheke hatte Günter zuerst im Rewe-Supermarkt die FAZ gekauft und im Auto eilig den Immobilienteil durchforstet. Aber er fand nichts. Vielleicht war er auch zu aufgeregt. Er ging noch einmal in den Supermarkt zurück und kaufte schnell noch etwas für Manuela zum Essen: ein paar Tütensuppen, mehrere Dosen Erbsen- und Linsensuppe, Ravioli und vor allem Brot, Butter und Nutella. In der Apotheke ließ er sich Tropfen und Lutschbonbons empfehlen und fuhr zurück.

„Nutella mag ich nicht!“, meinte Manuela trotzig und schob den Teller mit den fertigen Broten von sich.

„Aber Jens und Sarah essen auch Nutella“, entgegnete Günter.

„Wer sind Jens und Sarah?“

Günter zuckte zusammen. Verdammt, wie konnte er nur so nachlässig sein?! Doch dann reagierte er schnell.

„Du kennst die Geschichte von Jens und Sarah nicht?“, fragte er und nahm den Teller an sich. „Aber vielleicht bist du für das Buch noch zu klein.“

Er beeilte sich den Keller zu verlassen, damit ihm Manuela keine Fragen zu dem schnell erfundenen Buch stellen konnte. Piotr musste auf dem Weg also noch einen anderen Brotaufstrich für Manuela einkaufen! Er rief ihn auf dem Handy an.

„Woher weißt du, dass ich unterwegs zu dir bin?“, hakte Piotr sofort nach.

It’s not my day today, dachte Günter und gestand Piotr unumwunden, dass Ursula ihn bereits informiert hatte.

Günter und Rolf hatten bereits die FAZ studiert, als Piotr läutete. Auch Piotr fragte als Erstes nach der Anzeige und machte ein enttäuschtes Gesicht, als er erfuhr, dass sie nicht erschienen war.

„Dann haben wir wohl eine außerplanmäßige Hauptversammlung?“, fragte er ironisch. „Ich dachte, wir wollten uns zurzeit so wenig wie möglich treffen.“

Rolf kam ohne Umschweife zum Thema. „Warum soll Usch mit dem Kind verreisen?“, fragte er. „Hier ist es doch sicher.“

Piotr grinste. „Zum einen, um bis zum Ende der Aktion unsere Freundschaft zu sichern, zum anderen, weil ich nicht glaube, dass die Kleine hier wirklich so sicher ist. Überall heißt es, man hat bereits erste Spuren. Die können nur hierhin führen! Vielleicht hat man Usch gesehen, als sie hier vorfuhr. Vielleicht haben Nachbarn etwas gehört. Wer weiß das schon?“

„Alles Quatsch!“, antwortete Günter und belegte neue Brote für Manuela mit der Wurst und dem Käse, die Piotr mitgebracht hatte. „Das Risiko, dass Usch irgendwo anders mit dem Kind entdeckt wird, ist um ein Vielfaches größer.“

Piotr blickte Günter lauernd an. Musste er noch deutlicher werden oder hatte Günter endlich begriffen?

Rolf stand auf und machte Günter ein Zeichen. „Bring dem Kind sein Frühstück. Ich möchte mit Piotr allein sprechen.“

Etwas verunsichert nahm Günter den Teller und verschwand.

Rolf blickte Piotr direkt in die Augen. „Watt is?!“

Piotr lauschte nach draußen, dann schloss er die Wohnzimmertür und trat dicht an Rolf heran.

„Usch muss verschwinden“, zischte er.

„Warum? Hast du Angst, dass Usch und Günter …?“

„Albern, das ist mir doch egal. Sollen die vögeln, dass die Fetzen fliegen. In der Hinsicht mache ich schon lange nur Schau, damit die beiden nichts merken und wir die Sache sauber über die Bühne kriegen. Ich – oder besser wir haben ein anderes Problem!“

Rolf horchte auf. „Un datt wär?“

Es schellte an der Haustür.

„Verdammt“, flüsterte Piotr mit einem Blick auf seine Protzuhr. „Das wird Carola mit den Kindern sein.“

„Längtemäng, ganz rouich!“ Rolf löste seine Krawatte, warf sein Jackett über den Sessel und zerwühlte sich die Haare. „Leg dich aufs Sofa und schlaf, aber zieh vorher die Schuhe aus!“, raunte er Piotr zu.

Dann eilte er aus dem Wohnzimmer und öffnete die Haustür.

„Wie siehst du denn aus?“, platzte Carola lachend heraus.

Rolf gähnte und reckte sich.

„Es ist gestern Abend etwas spät geworden. Da haben wir hier übernachtet."

„Wer ist wir?", wollte Carola sofort wissen und versuchte sich an Rolf vorbeizuschieben.

„Piotr ist auch da. Aber kommt erst einmal rein."

Jens und Sarah stürmten bereits auf ihren Vater zu, der mit ebenfalls zerzausten Haaren die Treppe heraufkam. Er hatte gerade noch den Strumpf herunterreißen und in die Hosentasche stopfen können, als er die Stimmen an der Tür hörte.

„Ich bin durch das Läuten wach geworden und habe schon mal aufgemacht", sagte Rolf und zwinkerte Günter hinter dem Rücken der Kinder zu. „Warum hast du uns nicht geweckt, Günter? Piotr und ich hätten dir doch beim Aufräumen der Wohnung helfen können!"

Günter hatte zunächst keine Zeit zum Antworten, sondern war von seinen Kindern in Beschlag genommen. Erst langsam begriff er, was Rolf ihm mit diesem Satz zuspielen wollte. Im Vorbeigehen erhielt er von Rolf auch noch einen kleinen Hieb in die Seite.

„Ich glaube, Piotr schläft noch!", lachte Rolf und steuerte auf das Wohnzimmer zu.

„Darf man noch reinkommen oder war's das?", meinte Carola spitz von der Haustür aus.

Günter begrüßte nun auch seine Exfrau mit einem flüchtigen Kuss auf die Wange und deutete mit dem Kopf in Richtung Wohnzimmer.

„Papa, was machen wir heute?", wollte Jens wissen. „Mama hat gesagt, du fährst mit uns nach Bell in den Freizeitpark."

Günter machte ein geheimnisvolles Gesicht. „Machen wir auch und ich habe noch eine zusätzliche Überraschung für euch!"

„Was denn?", riefen Jens und seine kleine Schwester fast wie aus einem Mund.

Günter schob Carola und die Kinder vor sich her ins Wohnzimmer, wo Piotr blinzelnd auf der Couch lag und so tat, als sei er eben erst durch den Krach aufgewacht.

„Sieht ja aus wie ein Ganovenlager!", kommentierte Carola die Szene kopfschüttelnd. „Habt ihr etwa die Tochter der Ministerin entführt? Einer der Gangster sieht Günter ja zum Verwechseln ähnlich. Findet ihr nicht auch?"

Günter und Piotr hielten den Atem an, nur Rolf behielt die Beherrschung und begann lauthals zu lachen.

„Du wirst es nicht glauben, aber ich bin wegen dieser Sache sogar schon verhaftet worden!", prustete er los. „Weil ich just an dem Tag einen Leihwagen mit Cochemer Zulassung gefahren habe."

Nun war es an Carola ungläubig zu schauen.

„Eich men datt äächt!", bestätigte Rolf. „Ich bin sogar zwei Mal verhaftet worden, einmal in Trier und einmal hier in Emmelshausen."

„Kann ich bestätigen!" Piotr richtete sich mühsam auf. „Rolf sieht doch auch aus wie ein Verbrecher, oder?"

Nun mussten alle lachen und Günter fiel ein Stein vom Herzen.

„Ich hoffe", schwenkte Carola um, „dass die beiden Tage der Vater nur den Kindern gehört und daraus keine Herrensauftour wird."

„Das haben wir schon hinter uns gebracht", meinte Rolf, immer noch lachend.

Carola warf einen strengen Blick in die Runde. „Dafür ist aber bereits toll aufgeräumt. Wenn man bedenkt, dass Günter das alleine gemacht haben soll! Und dann noch, ohne dass ihr davon geweckt wurdet?!"

Diesmal fiel selbst Rolf keine schnelle Antwort ein. Die Situation schien heikel zu werden. Rolf griff sein Jackett, zog es schnaufend wieder an und richtete seine Krawatte. Dann ordnete er die Kissen auf der Couch und kämmte sich ausgiebig.

Carola wandte sich zu ihrem geschiedenen Mann um, der recht hilflos mit den Kindern an der Hand hinter ihr stand und inständig hoffte, dass alles doch noch gut ausgehen würde.

„Wann soll ich die Kinder wieder abholen?"

„Abholen?" Günter war mit seinen Gedanken ganz woanders. „Ach so, ich werde sie morgen Abend bei dir vorbeibringen – wenn es dir Recht ist."

Carola nickte und drückte ihren Kindern zum Abschied einen Kuss auf die Stirn.

„Passt gut auf euch auf und beutet euren Vater mal so richtig schön aus." Sie warf einen spöttischen Blick zu Günter und dann zu Rolf. „Und du pass auf, dass du nicht ein drittes Mal verhaftet wirst. Vielleicht lässt man dich dann nicht mehr laufen."

Sie stolzierte aus dem Wohnzimmer. Alle lauschten regungslos, bis die Haustür ins Schloss gefallen war. Dann ging ein großes Aufatmen durchs Wohnzimmer.

„Mama redet immer so einen Mist", meinte der zehnjährige Jens und schaute seinen Vater mitfühlend an. „Vor allem in letzter Zeit."

„Was erzählt sie denn so?", fragte Günter und nahm die kleine Sarah auf den Arm.

Jens schaute verlegen zu Piotr und Rolf, die ihn ebenfalls erwartungsvoll anstarrten. „Sie schimpft immer auf euch alle. Dass ihr schuld seid an der Scheidung, weil ihr euch immer nur herumgetrieben hättet, und deshalb hätte Papa auch keine Arbeit und so."

„Watt fürn Kappes!", platzte Rolf heraus. „Piotr hat es damals noch gar nicht gegeben und deine Mama war bei allem immer dabei. Und jetzt glaubt sie auch noch, euer Papa hätte etwas mit der Entführung zu tun, von der überall die Rede ist", fügte er lachend hinzu.

„Gell, Papa, du bist nicht der Mann im Fernsehen?" Die vierjährige Sarah nahm das Gesicht ihres Vaters in beide Händchen. „Gell, die Polizei sucht dich nicht?"

Günter wurde blass. Hoffentlich bemerkte seine Tochter die innere Unruhe nicht, die plötzlich seinen ganzen Körper befiel.

„Nein, natürlich nicht. Aber jetzt lasst uns schnell losfahren, damit wir einen möglichst langen Tag vor uns haben."

Rolf und Piotr waren im Haus zurückgeblieben, um, wie Günter den Kindern erklärt hatte, noch etwas aufzuräumen.

„Glaubst du jetzt noch immer, dass es falsch ist, wenn Usch mit der Kleinen verschwindet?", zischte Piotr. „Wer sagt uns, dass Carola ihre Bemerkungen nicht ernst meint? Vielleicht hat sie sogar schon ..."

„Du wolltest von einem anderen Problem reden, das wir angeblich haben", unterbrach ihn Rolf barsch. „Das interessiert mich viel mehr."

„Tjaa ..." Piotr kratzte sich am Kinn und blickte vor sich auf den Boden. „Die Kleine ist schwanger!"

Rolf schloss für einen Moment die Augen und schüttelte lachend den Kopf.

„Was soll der Quatsch? Fängst du jetzt auch noch an zu fantasieren?"

Piotr begriff erst jetzt die ungewollte Missverständlichkeit seiner Bemerkung.

„Die Kleine, von der ich all die Informationen über die Meyer-Liebrechts habe!"

Ein nervöses Zucken befiel Rolfs Gesicht. Er baute sich mit seinem fülligen Körper dicht vor Piotr auf.

„Was hast du uns da verheimlicht, Piotr?", donnerte er ihn an.

Piotr wirkte neben Rolfs massiger Gestalt noch schmächtiger als ohnehin schon. Er machte einen Schritt zurück und ließ sich rücklings in einen Sessel fallen.

„Ich habe seit ein paar Monaten ein Verhältnis mit dem Hausmädchen der Ministerin, einer geilen Türkin, noch mit Kopftuch und so. Aber ich hab sie geknackt, eh! Damals war ihre Chefin aber noch nicht Ministerin, klar. Durch Aysha hab ich aber all die Abläufe in der Familie erfahren, die mich auf die Idee mit der Entführung gebracht haben. Auch dass der Anwalt steinreich ist und so."

„Hast du denn nicht begriffen, dass dadurch eine direkte Spur von dir in das Haus der Meyer-Liebrechts führt?!", brüllte Rolf.

Erschrocken mahnte Piotr: „Pssst, nicht so laut ..."

Rolf zog sich einen Stuhl heran und setzte sich direkt vor Piotr, so dass dieser ihm nicht ausweichen konnte.

„Also, jetz loss emol de Box ronner. Was hast du uns alles verschwiegen?"

„Konnte ich denn wissen, als ich die Türkin getroffen habe, auf welche Idee wir kommen würden? Ich hatte sie doch nur rein zufällig bei einem Spaziergang mit den Kindern der Ministerin kennen gelernt! Bis vor kurzem wusste ich noch nicht einmal, wo sie arbeitete. Das hat sie mir erst erzählt, als ihre Chefin ins Ministeramt berufen wurde. Sie war ganz stolz drauf! Mich hat das doch vorher alles nicht interessiert. Ich wollte nur mal wieder gut ficken, mehr nicht. Und so 'ne Moslemin mit Tuch zu entblättern, ist doch mal spannend. Und du wirst es nicht glauben, die war tatsächlich noch Jungfrau, geil, was?!"

Rolf starrte sein Gegenüber fassungslos an. Tausend Fragen schossen ihm durch den Kopf. Wie konnte dieser Mensch nur so dämlich sein! Es vergingen ein oder sogar zwei Minuten, bis er sein Schweigen brach.

„Seit wann weißt du, dass dieses Mädchen schwanger ist?"

Piotr zögerte. „Das hab ich erst an dem Tag erfahren, als wir die Kleine entführt haben. Aysha rief mich an und erzählte mir völlig aufgelöst von der Entführung – und der Schwangerschaft." Er verzog das Gesicht. Seine Begeisterung für Aysha war plötzlich wie weggeblasen.

„Scheiße ist das, große Scheiße!" Rolf ballte beide Hände zur Faust und hämmerte verzweifelt auf seine Knie. „Das hättest du uns alles vorher sagen müssen. Dann hätte wohl kaum einer mitgemacht."

„Eben!"

Rolf sprang auf, holte weit aus und schlug Piotr mit dem flachen Handrücken ins Gesicht.

„Dau bess en fieses Schweijn!", schnaubte er. „Du lässt uns alle in eine Falle laufen. Was meinst du, wenn euer Verhältnis bekannt wird, was dann los ist? Die Polizei wird die Spur sofort verfolgen. Und dann?"

Er drehte sich um und begann wutentbrannt mit geballten Fäusten im Raum herumzugehen. Piotr hielt sich mit der einen Hand den Kopf, mit der anderen zog er ein Taschentuch aus der Hose und drückte es auf seine geplatzte Lippe, von der Blut über sein Kinn rann. Dabei verfolgte er Rolf ängstlich mit seinen Blicken. Bei einer körperlichen Auseinandersetzung wäre er Rolf unterlegen, das war ihm klar. Also wartete er ab.

Plötzlich hielt Rolf inne und griff nach dem Telefon, das Günter am Morgen auf den Fernseher gestellt hatte.

„Ich bin bei Günter ... nein, keine Anzeige ... Pack rasch das Nötigste zusammen und komm sofort rüber. Park aber deinen Wagen ein paar Straßen weiter!“

Kriminaloberkommissar Hans Schrieder wertete die Videoaufzeichnungen aus, die seine Kollegen am Entführungstag an der Ortsausfahrt von Kastellaun gemacht hatten. Das Zusammenführen der einzelnen Fahrzeugzulassungen mit den Namen ihrer Besitzer hatte ihn bereits mehrere Stunden in Anspruch genommen. Nun saß er vor einer schier endlosen Liste. Kein Wunder, dass einige Gemeinden an der Hunsrückhöhenstraße seit Jahren nach einer Ortsumgehung schrien! Insgesamt waren mehrere Tausend Fahrzeuge an der Kamera vorbeigefahren, davon 1126 mit einer Cochemer Zulassung, von denen 49 Halter direkt in Morbach wohnten. Weit über 2000 trugen Simmerner Kennzeichen. Ähnliche Aufzeichnungen waren im Nahetal bei Idar-Oberstein gemacht worden und auf der Hunsrückhöhenstraße kurz vor Hermeskeil. Schrieder bedauerte seine Kollegen, die nun all die Halter überprüfen mussten. Sämtliche Daten wurden zunächst im Polizeipräsidium Trier gesammelt und dann auf die einzelnen zuständigen Dienststellen verteilt.

Außer den in Morbach lebenden Haltern schickte er alle Adressen über das Internet nach Trier und erhielt eine knappe Stunde später aus Trier weitere Morbacher Halter, die von den anderen Videoaufzeichnungen nach Trier gemeldet worden waren.

So ergab seine Liste für Morbach schließlich die stattliche Zahl von 137 Haltern, die zu überprüfen waren. Sehr schnell stellte er am Computer fest, dass er fünf Fahrzeuge aus der Liste streichen konnte, da es sich um zivile Wagen der Polizei oder Dienstfahrzeuge von Behörden handelte. Es verblieben immer noch 132 Adressen.

„Thommy!“, rief er lustlos in den Nebenraum.

Kriminalkommissar Thomas Eckert kam schwerfällig aus dem Nebenraum, wo er gerade dabei gewesen war, den Bericht über einen kleinen Ladendiebstahl abzufassen.

Schrieder deutete auf den Bildschirm und die ausgedruckte Liste.

„Du kennst dich doch recht gut in Morbach aus. Mach mal einen Routenplan, damit wir nicht dauernd hin und her fahren müssen. Vielleicht kennst du auch einige Halter, die wir zunächst zurückstellen können, weil sie dir bekannt sind und weniger in Frage kommen."

Eckert nahm auf dem Stuhl neben seinem Kollegen Platz und warf einen ersten Blick auf die Liste.

„Wenn man die Anweisungen des LKA liest, dann kommen selbst die Harmlosesten in Frage."

Er seufzte, nahm einen Plan aus der Schublade und begann die Adressen der Halter zu studieren.

Dr. Erich Meyer-Liebrecht saß über seiner Mandanten-Liste. Sie umfasste zwar nur vier Namen, allerdings traute er allen vieren die Entführung zu. Dabei handelte es sich um zwei Zuhälter aus dem Frankfurter Rotlichtmilieu, die erst kürzlich entlassen worden waren; einer von ihnen hatte bereits einmal wegen einer Entführung und Erpressung gesessen. Einen Dritten hatte er in einer Wirtschaftssache vertreten, aber vor einer saftigen Geldstrafe und einer Haftstrafe auf Bewährung nicht bewahren können. Ihn hatte er als rachsüchtig in Erinnerung und deshalb mit auf die Liste gesetzt. Der letzte Name stammte aus einem äußerst schmutzigen Scheidungsprozess, in dem er die Ehefrau vertreten hatte und der Mann vor Gericht einen Tobsuchtsanfall bekam, als er hörte, dass man der Frau das alleinige Sorgerecht zusprach. Auch ihm war eine Entführung zuzutrauen: Wegen seines Antrags auf Sorgerecht für die Mandantin hatte der Mann ihn damals angeschrien und ihm unterstellt, nicht zu wissen, was man ihm damit antue. Vielleicht wollte er ihm jetzt eine Lektion erteilen …

Gifhard und die LKA-Beamten waren am abgedeckten Frühstückstisch sitzen geblieben und unterhielten sich leise. Monika Meyer-Liebrecht hatte sich mit Robert nach oben zurückgezogen und spielte dort mit ihrem Sohn. Von Zeit zu Zeit drang das ausgelassene Lachen des Jungen nach unten.

„Können Sie die Namen ans LKA weiterleiten?", bat der Anwalt einen der LKA-Männer. „Man sollte die Personen einmal überprüfen. Es könnte sein, dass sich jemand mit der Entführung an mir rächen will. Allerdings müssen die Adressen heute nicht mehr aktuell sein. Zwei Fälle liegen bereits einige Jahre zurück."

Der Beamte nickte und nahm die Liste entgegen. „Ich werde vom Auto aus telefonieren. Wir sollten Ihre Telefonleitung möglichst freihalten."

Meyer-Liebrecht ließ sich auf dem frei gewordenen Stuhl gegenüber Gifhard nieder. Das fleischige Gesicht von Karl Gifhard passte gar nicht zu seinem Beruf. Es strahlte Gutmütigkeit aus und ließ nicht erwarten, dass der Mann geschult war, im Einsatz auch einmal kräftig zuzulangen.

„Wie lange sind Sie schon in diesem Job?", erkundigte sich der Anwalt.

„Seit dem Mauerfall", antwortete Gifhard. „Ich war früher beim Grenzschutz. Dann bekam ich diesen Job angeboten, machte eine kurze Umschulung und bin seither in Mainz."

„Aber das ist der erste ernste Fall?"

Gifhard nickte. „Hätte ich mir auch nicht träumen lassen. Ich meine, dass man sein Objekt mal richtig schützen muss, gut, damit rechnet man immer, aber so aus der Familie heraus ... damit rechnet man eigentlich weniger. Und ich habe Manuela noch am Vormittag in die Schule gefahren!"

„Sie wären auch auf den Trick hereingefallen", versicherte Meyer-Liebrecht. „Das war ganz schön raffiniert ausgedacht."

Wieder nickte Gifhard und lehnte sich auf dem Stuhl zurück. „Ich habe mir die ganze Situation auch schon mehrmals durch den Kopf gehen lassen und komme immer wieder zu dem Ergebnis, es muss irgendwo eine Verbindung geben. Entweder im Umfeld der Schule, Ihrer Frau, hier in Ihrer Familie oder über Ihre Kanzlei."

„Deshalb habe ich auch diese Liste erstellt", bestätigte ihm der Anwalt. „Im Umfeld meiner Frau kann ich es mir nicht so recht vorstellen. Denn was will man mit der Entführung erreichen? Geld! Da sehe ich keine politischen Aspekte oder Neid oder Ähnliches. Die Schule? Nein. Höchstens Eltern von Mitschülern, da würde der finanzielle Aspekt wieder zum Tragen kommen."

„Was ist mit Aysha? Seit wann arbeitet sie hier?"

„Aysha?" Meyer-Liebrecht winkte lächelnd ab. „Sie ist Türkin und hat ganz strenge moslemische Eltern. Ich kenne die Familie und Aysha schon lange. Nein! Für sie legen meine Frau und ich die Hand ins Feuer."

„Könnte es nicht sein, dass ihr Vater …" Gifhard unterbrach sich und suchte nach einem Motiv. „Ich meine, es gibt doch politische und religiöse Gruppen, auch hier in Deutschland, die selbst die harmlosesten Menschen benutzen. Wo ist Aysha eigentlich heute?"

„Meine Frau hat ihr freigegeben. Aysha fühlte sich gestern nicht wohl. Aber das hat nichts mit der Entführung von Manuela zu tun."

Der LKA-Beamte betrat wieder das Wohnzimmer. Er hatte vom Flur aus noch den letzten Satz des Anwalts mitbekommen.

„Das Hausmädchen haben wir sofort überprüft, die können wir vergessen. Der Vater arbeitet hier Morbach in der Papierfabrik, die Mutter ist schon lange bettlägerig, Geschwister gibt es keine. Die Familie lebt sehr zurückgezogen, schon wegen der pflegebedürftigen Mutter. Keine religiösen oder politischen Kontakte, obwohl alle überzeugte Moslems sind."

Wieder war von oben Roberts herzhaftes Lachen zu hören, was seinen Vater zu einem kurzen Lächeln veranlasste.

„Gott sei Dank, dass der Kleine die ganze Situation nicht so mitbekommt. Sonst hätten wir in den nächsten Wochen auch noch einen Psychologen hier im Haus nötig."

„Den wird Manuela sowieso brauchen!", meinte der LKA-Beamte, der auf der Couch saß und bisher schweigend das Gespräch verfolgt hatte.

„Heute machen wir den nächsten Schritt", begann Dr. Gabriel die Sitzung.

Wie in den letzten beiden Tagen hatten sich Wendling, Schaust, von Rösch und einige Mitarbeiter der Soko am frühen Nachmittag zur Lagebesprechung bei ihm eingefunden.

„Wir geben also an die Presse weiter, dass wir uns inzwischen nicht nur auf ein kleines Gebiet in der Umgebung von Morbach beschränken, sondern auch nur noch auf einen bestimmten Personenkreis konzentrieren und diesen durchleuchten. Die Entführer müssen schon so richtig den Strick um den Hals spüren. Der beste Beweis dafür, dass meine Methode bisher funktioniert hat, ist, dass sich die Entführer nicht mehr gemeldet haben, obwohl noch keine Anzeige geschaltet wurde! Eigentlich hätten sie wütend anrufen müssen. Aber sie haben genug mit sich selbst und ihrer Tarnung zu tun. Der oder die Ersten sind bereits verunsichert oder auf dem besten Weg dazu. Man ändert sicherlich zurzeit die ursprünglichen Pläne, hat vorerst gar keine Zeit neue Anrufe zu tätigen, wartet ab."

Er blickte eindringlich von einem zum anderen. „Die waren sich doch bisher so sicher, unerkannt zu sein und zu bleiben. Immerhin gab es und gibt es ja leider bisher auch keine verwertbaren Anhaltspunkte, außer den von mir angefertigten Täterprofilen."

Er machte eine Kunstpause und sonnte sich für einige Sekunden in dieser Feststellung.

„Also, wir machen wie gestern wieder kurzfristig eine Pressekonferenz. Vielleicht heute erst für die Spätausgabe …"

„Der SWR hat für heute Abend ein Spezial angekündigt", unterbrach ihn Wendling.

„Gut, dann kurz vor dem Spezial. Haben wir direkten Einfluss auf die Sendung?"

Von Rösch nickte. „Ein Anruf beim Intendanten Voß genügt. Weiß man schon, wer moderiert oder die Redaktion hat?"

„Schätze mal, dass Alexander Knecht oder Birgitta Weber von der Redaktion ‚Ländersache' moderieren werden", warf Schaust ein.

„Dann lassen Sie doch einmal feststellen, ob ich als Gesprächspartner ins Studio kommen kann, damit das von uns Gewollte auch hundertprozentig rüberkommt. Wir sollten natürlich dem Intendanten gegenüber mit offenen Karten spielen."

„Papa, können wir was zu trinken haben?", rief Jens und ließ sich mit vor Eifer hochrotem Kopf vom Kletterseil herunter.

Günter nickte vergnügt.

„Au fein!", jubelte Sarah sofort, hüpfte ebenfalls vom Seil auf den Boden und lief ihrem Vater in die ausgebreiteten Arme.

Also zogen die drei zum Restaurant am Eingang des Freizeitparks und bestellten sich etwas zu trinken. Anschließend spendierte Günter seinen Kindern ein Eis. Sie schlenderten zu dem kleinen Teich und setzten sich auf eine der Bänke.

Zum Glück war an diesem Wochenende der Freizeitpark in Bell nur mäßig besucht. So gab es an allen Spiel- und Spaßstätten ständig freie Plätze. Wasserrutsche, Streichelzoo, Trampolin und Kletterseile hatten sie schon hinter sich. Als Nächstes war Bootfahren auf dem Teich angesagt, Jens und Sarah je in einem Boot. Sogleich begann ein Wettrennen zwischen den beiden. Jens hätte es locker gewonnen, wäre er als größerer Bruder nicht der gönnerhafte Verlierer gewesen. Sarah konnte die Begeisterung nicht zurückhalten. Am liebsten wäre sie vor Freude ins Wasser gesprungen.

Während Günter von seiner Bank aus das Treiben auf dem Wasser beobachtete, fiel ihm plötzlich Manuela ein. Sie saß jetzt sicherlich weniger vergnügt in seinem Keller und wartete sehnlichst darauf, dass sie wieder zu ihren Eltern zurückkehren konnte. Hoffentlich war am Montag endlich die Anzeige in der Zeitung! Er würde dafür sorgen, dass Piotr dann ganz schnell die Übernahme des Geldes vornehmen würde. Er hatte der Entführung zunächst zwar mit Begeisterung zugestimmt, als Piotr mit der Idee kam, aber je mehr er nun darüber nachdachte, umso mehr tat ihm das Kind Leid. Zum Glück wusste er Ursula auf seiner Seite. Er nahm sich vor, gleich am Sonntagabend nach seiner Rückkehr mit ihr darüber zu sprechen.

Diese Gedanken verfolgten ihn in der nächsten Stunde so sehr, dass er unter einem Vorwand Jens und Sarah an der Wasserspritze alleine ließ. Während die beiden ausgelassen versuchten, einen Ball per Wasserstrahl durch ein Labyrinth in ein Loch zu jonglieren, suchte Günter sich ein ruhiges Fleckchen, um ungestört vom Handy aus mit Ursula sprechen zu können.

Ursula war gerade dabei zu packen, als ihr Handy zu piepsen begann.

„Ich wusste irgendwie, dass du es bist“, sagte sie, kaum dass er sich gemeldet hatte. „Ich wollte – “

„Hör zu, Muckel, ich habe über vieles nachgedacht“, unterbrach er sie. „Wir müssen sehen, dass die Sache so schnell wie möglich ein Ende findet, auch wenn am Montag keine Anzeige in der Zeitung ist! Dann müssen wir uns etwas anderes einfallen lassen. Wir sollten die Kleine nicht länger als zwei oder drei weitere Tage gefangen halten.“

Erstaunt hörte Ursula zu. Ihr hatte eigentlich immer schon vorgeschwebt, dass die Entführung maximal fünf Tage dauern würde. Aber wie es jetzt aussah, konnte schnell eine Woche oder mehr daraus werden. Dies alles hing jetzt davon ab, wann die Anzeige erscheinen würde.

„Und was ist, wenn die Anzeige nicht erscheint?“, gab sie zu bedenken. „Soll dann alles umsonst gewesen sein?“

„Aber nein!“, protestierte Günter. „Dann muss eben ein schneller Weg gefunden werden, um an das Geld zu kommen. Wie, weiß ich auch noch nicht, aber ich werde darüber nachdenken.“

„Tu das!“, empfahl Ursula. „Ich werde mir auch Gedanken machen. Aber ich befürchte, dass Piotr da nicht mitspielt.“

„Piotr!“, brummte Günter abfällig. „Ich bin überzeugt, Rolf ist auf unserer Seite und drei gegen einen, was will er da machen?“

„Unterschätz Piotr nicht“, warnte Ursula. „Er kann eiskalt sein, glaub mir.“

Sie verstummte. Was war aus ihrer anfänglichen Liebe zu diesem Mann geworden? Zurzeit überwog die Angst in ihr, was geschehen würde, wenn sie ihm nach der Entführung mitteilte, dass er ausziehen müsse.

„Und sonst?“, fragte sie, um auf andere Gedanken zu kommen.

„Sonst ist alles prächtig. Sarah und Jens toben sich aus und werden heute Abend wahrscheinlich todmüde ins Bett fallen.“

„Weißt du schon, wo ihr übernachten werdet?“, erkundigte sie sich nicht ganz ohne Hintergedanken. Doch sie verwarf die Überlegungen sofort wieder. Sie wusste ja selbst noch nicht, was und wo sie am Abend sein würde.

„Der Park hat bis 19 Uhr auf. Wenn wir bis dahin durchhalten, werden wir anschließend runter an die Mosel fahren, kurz etwas essen und uns dann in der Nähe ein Quartier suchen. Ich kann dich ja noch mal anrufen, wenn die Kinder schlafen. Bis dann, mein Muckelchen – ich bin so froh, dass es dich gibt!“

Ursula hatte sich den ganzen Nachmittag mit Manuela beschäftigt. Aber immer noch hatte sie nicht die Gelegenheit gefunden, dem Kind mitzuteilen, dass sie beide mit Einbruch der Dunkelheit das Versteck verlassen und zu einem neuen Aufenthaltsort aufbrechen würden.

Manuela hatte zwar einige Male nach dem Mann mit dem Strumpf gefragt, sich aber jedes Mal mit der Zusicherung zufrieden gegeben, dass er irgendwann wiederkommen werde.

So spielten die beiden immer wieder das Ursula so verhasste Mensch ärgere dich nicht, diesmal wenigstens abwechselnd auf der Vorderseite und auf der Rückseite der Spielplatte mit den unterschiedlichen Feldern. Außerdem bestand Manuela darauf, beim jeweils nächsten Spiel die Farbe des vorherigen Spielgewinners spielen zu dürfen. Mehr Abwechslung war nicht drin.

Von den Enthüllungen, die Piotr am Morgen Rolf gegenüber gemacht hatte, wusste Ursula nichts. Rolf hatte ihr nur bei ihrer Ankunft in Emmelshausen lapidar mitgeteilt, dass auch er es nun für die beste Lösung hielt, wenn sie mit Manuela untertauchen würde. Er hatte daraufhin einen alten Bekannten angerufen, der ein abgelegenes

Wochenendhaus in der Nähe von Starkenburg besaß, und hatte ihm etwas von einer Bekannten erzählt, die in Scheidung lebe, von ihrem Mann ständig verprügelt werde und deshalb kurzfristig eine andere Bleibe suche, wo sie der Brutalo nicht finden könne. Obwohl alles sehr merkwürdig klang, schien ihm sein Bekannter zu glauben, denn Rolf war daraufhin zu ihm gefahren und hatte den Schlüssel für die Hütte abgeholt.

Piotr hatte während des Vormittags zurückgezogen in einer Ecke von Günters Wohnzimmer gesessen, in alte Zeitschriften vertieft, die er gefunden hatte. Auf Ursulas Frage, woher die geschwollene Gesichtshälfte und gesprungene Lippe stammten, hatte er nur etwas von einem Treppensturz gemurmelt und war wieder hinter seiner Zeitschrift verschwunden.

„Wann bekomme ich was zu essen? Ich habe Hunger!", jammerte Manuela mitten in eine Spielrunde hinein.

Ursula blickte überrascht auf die Uhr. Trotz der für sie gähnend langweiligen Spiele war die Zeit schnell verflogen. Sie stand auf und ging hinauf in die Küche.

Piotr saß immer noch im Wohnzimmer, die Füße auf den Couchtisch gelegt, und erwartete gespannt das SWR-Spezial. Er hatte sich mit Rolf telefonisch verständigt, dass sie diese Sendung noch abwarten wollten. Bis dahin würde es auch draußen dunkel genug sein, um mit Manuela den Ortswechsel zu wagen.

„Achtung, noch zehn Sekunden bis Beginn!", kam es aus der Regie ins Studio.

Dr. Gabriel verfolgte auf dem Monitor den Start des Vorspanns, von dem dann ins Studio geblendet wurde.

„Guten Abend, liebe Zuschauer ..."

Gabriel hatte es sehr geschickt verstanden, den Einfluss des LKA auf die Sendung zu nutzen. Die Cutterin hatte zusammen mit einem Redakteur und Gabriel selbst völlig harmlose Bilder von Polizeibeamten in Zivil und Uniform so geschickt geschnitten, dass tatsächlich der Eindruck einer gezielten Observation entstand, ohne dass man den Ort der Beobachtung genau ausmachen konnte. Ein Blick in ein Fahndungsfahrzeug – eine Zivilbeamtin, die ein kleines Funkgerät zum Mund führte, während sie offenbar in der Ferne etwas fixierte – zwei Uniformierte, die durch sich im Wind bewegende Äste und Blätter hindurch von einer Kamera erfasst wurden.

Piotr starrte gebannt auf den Bildschirm. Irgendwo hatte er eine gelbliche Hauswand entdeckt. Die kannte er doch … War die nicht ganz in der Nähe dieses Hauses, in dem er sich gerade aufhielt? Verdammt! Sie saßen bereits in der Falle.

Hastig sprang er auf und löschte das Licht. Dann trat er ans Fenster und suchte in der beginnenden Dämmerung die Umgebung draußen ab. Schließlich stolperte er im Halbdunkel hinüber in die Küche und blickte von dort nach draußen. Aber auch hier konnte er nichts entdecken, was seinen Argwohn bestätigt hätte. Nervös zündete er sich eine Zigarette an und ließ sich auf einem Küchenstuhl nieder, um nachzudenken. Doch er konnte in dieser Situation keinen klaren Gedanken fassen. Er müsste unbedingt mit jemandem reden … Aber Usch war schon wieder unten bei dem Kind.

Unruhig stand er wieder auf und ging ins Wohnzimmer zurück, um Rolf anzurufen. Auch der hatte den Fernseher eingeschaltet und schaute dieselbe Sendung.

„Du musst dich unbedingt mit dieser Türkin treffen", meinte er. „Vielleicht bekommen wir über sie heraus, was tatsächlich hinter all den Dingen steckt. Wer weiß, ob das Ganze nicht nur ein Bluff ist, um uns aus unserem Versteck zu locken!"

„Auf jeden Fall muss Usch so schnell wie möglich hier weg!", beharrte Piotr. „Nur wie, wenn die Polente tatsächlich bereits das Haus im Visier hat?"

Darauf wusste auch Rolf keine Antwort.

„Es bleibt dabei", sagte er nur. „Wenn die Sendung zu Ende ist, komme ich Usch abholen. Mach auf jeden Fall das Garagentor auf, damit ich sofort hineinfahren kann. Sollte ich am Haus vorbeifahren, dann ist das für euch ein Signal, dass ich irgendetwas Verdächtiges entdeckt habe. Dann müsst ihr selbst sehen, wie ihr klarkommt."

„Dann kneifst du! Und lässt uns in der Scheiße stecken!", rief Piotr empört aus.

„In einer Scheiße, die du dir selbst eingebrockt hast!", antwortete Rolf ruhig und hängte ein.

Die Idee, sich mit Aysha zu treffen, fand Piotr gut. Es würde das erste Treffen mit der Türkin sein, für das er sich Usch gegenüber keine Ausrede einfallen lassen musste. Denn sie musste ja auf die Kleine aufpassen. Vielleicht konnte er Aysha sogar erstmals mit in die Wohnung nehmen? Das wäre viel angenehmer als die unbequemen Liegesitze im Wagen oder auf einer harten Bank im Wald … Beschwingt von den plötzlichen Möglichkeiten der bevorstehenden Nacht öffnete er das Garagentor, verschloss aber vorsichtshalber die Verbindungstür zwischen Garage und Flur. Dann stieg er wieder hinab in den Keller und klopfte an die Tür.

„Was ist?“, hörte er Ursula fragen.

„Es ist so weit!“, antwortete Piotr.

Manuela merkte sofort, dass das nicht die Stimme des Mannes mit dem Strumpf war.

„Wer ist das?“, fragte sie ängstlich.

Ursula zog die Kleine zu sich und legte den Arm um sie.

„Pass mal gut auf. Wir werden jetzt in ein viel schöneres Zimmer umziehen. Aber du musst mir versprechen, dass du ganz artig bist. Der Mann da draußen kann nämlich sehr böse werden. Du darfst nicht schreien oder versuchen wegzulaufen. Ich verspreche dir auch, dass du dann in ein paar Tagen wieder bei deinen Eltern bist.“

Manuela schaute Ursula schweigend an. Zum ersten Mal hatte Ursula das Gefühl, dass das Kind sie mochte. Vielleicht machte sich der nervtötende Spielnachmittag jetzt doch bezahlt.

„Versprichst du mir das?“, erkundigte sich Ursula und versuchte zu lächeln.

Immer noch reagierte Manuela nicht. Doch Ursula hielt dem Blick des Kindes stand, denn sie war ehrlich davon überzeugt, dass alles in wenigen Tagen vorbei sein würde. Behutsam drückte sie das Kind an sich und strich ihm zärtlich über die fiebrige Wange.

„Ich will aber zu meiner Mama!“, flüsterte Manuela. „Bitte bring mich zu meiner Mama.“

„Abgemacht!“, antwortete Ursula leise. „Wenn du jetzt brav bist, bringe ich dich sobald wie möglich zu deiner Mama zurück.“

Sie drückte das Kind noch einmal an sich. Dann stand sie auf und nahm aus dem Schrank Wäsche und ein paar andere Utensilien, die sie schon bei der Vorbereitung der Entführung für das Kind eingekauft hatten. Alles würde noch für etwa eine Woche reichen, dann musste die Entführung zu Ende sein oder sie musste waschen.

Manuela half ihr die Sachen in zwei Plastiktüten verstauen.

„Nehmen wir das Spiel auch mit?“

„Ja!“, stöhnte Ursula und verdrehte die Augen.

In Beilstein hielt Günter mit seinen beiden Kindern an, um in einer Gaststätte eine Kleinigkeit zu essen. Während sie auf das Essen warteten, schielte er mit einem Auge zu dem Fernseher hinüber, in dem die Nachrichten liefen. Sarah und Jens waren so eifrig dabei, sich immer und immer wieder das gemeinsam Erlebte des Tages zu erzählen, dass sie die Blicke ihres Vaters gar nicht wahrnahmen.

Leider war der Ton so leise und die Unterhaltung seiner Kinder so laut, dass Günter nur die Bilder interpretieren konnte, die über den Bildschirm flimmerten. Doch beim Servieren des Essens kam ihm die Bedienung zu Hilfe.

„Ist das nicht schrecklich für die Eltern?", fragte sie mit einer Kopfbewegung zum Fernseher. „Aber die Polizei scheint den Entführern dicht auf den Fersen zu sein, wie man hört."

„Der Papa ist einer der Entführer!", strahlte Sarah und erhielt dafür prompt von ihrem Bruder einen Tritt gegen ihr Schienbein.

Als Günter den verdutzten Blick der Bedienung sah, reagierte er schnell.

„Dann müsstest du aber diese Manuela sein und nicht meine Sarah. Und wer ist dann Jens?"

„Du hast uns halt alle entführt", kicherte Sarah.

„So ein Quatsch", fiel ihr Jens ins Wort. „Oder hast du etwas von unserer Entführung gehört?"

Die Bedienung begriff, dass die Fantasie mit der Kleinen durchgegangen war.

„Na, ihr seht aber nicht entführt aus und euer Vater nicht wie einer dieser bösen Menschen, die so etwas tun!", versuchte sie die Lage mit einem herzhaften Lachen zu klären.

Günter wusste nicht, wohin er schauen sollte. Er schämte sich.

Rolf hatte darauf bestanden, dass man eine Decke und ein Kissen in den Voyager legte und dass die Abdeckung zwischen der zweiten Sitzreihe und der Heckklappe geschlossen wurde. Dadurch konnte Manuela nur sehr undeutlich die Stimmen der beiden Erwachsenen vorne im Wagen hören.

Tatsächlich war das Kind folgsam an der Hand von Ursula die Treppe hinaufgegangen und hatte schweigend die Garage betreten, wo der Voyager auf sie wartete. Ursula hatte der Kleinen beim Besteigen der Ladefläche geholfen und die beiden Plastiktüten neben sie gelegt. So war genügend Platz für das Mädchen.

Erst nachdem die Heckklappe geschlossen war, hatte sich Rolf in der Garage blicken lassen. Er schob Ursulas Koffer hinter den Fahrersitz.

Dann setzte er sich hinter das Lenkrad und machte Ursula ein Zeichen ebenfalls einzusteigen.

„Alles klar?“

Ursula nickte stumm und warf noch einmal einen Blick zu Piotr, der das Garagentor öffnen und wieder schließen würde. Als Rolf den Motor anließ und die Scheinwerfer eingeschaltet hatte, begann sich das Garagentor langsam zu öffnen. Wegen der Höhe des Wagens musste Rolf warten, bis das Tor vollends geöffnet war, dann legte er den Rückwärtsgang ein und gab Gas.

Was würde jetzt geschehen? Auf der Straße warf er einen kurzen Blick in den Rückspiegel, konnte aber nichts entdecken. Alles schien rundum ruhig. Er riss hastig das Lenkrad herum und legte den ersten Gang ein. Ursula hatte seine plötzliche Nervosität bemerkt und begann unwillkürlich sich ebenfalls umzuschauen. Hatte Rolf ihr etwas verschwiegen?

Doch der gab wieder Gas und jagte im dritten Gang die leicht ansteigende Straße empor. Niemand war zu sehen, kein Auto folgte ihnen. Rolf atmete auf. Hatte sie wirklich niemand beobachtet oder wollte man sie nur aus dem Wohngebiet locken, um das Fahrzeug dann auf der Hunsrückhöhenstraße zu stoppen?

Auf der Rhein-Mosel-Straße verringerte Rolf wieder die Geschwindigkeit. Nur nicht auffallen. Immer wieder blickte er in den Rückspiegel, aber hinter ihm tauchten keine Scheinwerfer auf.

„Warum bist du so nervös?“, fragte ihn Ursula ängstlich.

„Ich bin nur vorsichtig. Das ist ein Unterschied. Immerhin war nicht vorgesehen, dass ich mich aktiv in die Sache einmische, und dann noch mit meinem Wagen! Wenn wir jetzt auffallen, ist alles sofort aus, begreifst du das?“

„Ich bin ja nicht blöd!“ Ursula zog sich beleidigt in ihre Ecke zurück.

„Hat P noch was gesagt?“

Zuerst wusste Ursula nicht, was „P“ bedeuten sollte. Doch dann wurde ihr bewusst, dass Rolf nicht ausschloss, von Manuela belauscht zu werden. Die Kleine könnte sich den Namen merken.

„Was soll er gesagt haben?“

Rolf zuckte nur mit den Schultern und schwieg.

Monika Meyer-Liebrecht hatte ihren Sohn früh ins Bett gebracht. Der Tag ohne die ablenkende Arbeit im Büro war für sie fast unerträglich gewesen. Ständig war sie im Haus herumgeirrt, hatte sich dann aber mit

Hausarbeit beschäftigt, die sonst Aysha erledigte. Robert hatte ihr dabei in seiner noch sehr kindlichen Art „geholfen". Und immer wieder hatte er ihr versichert, dass er dies oder jenes auch bei Aysha erledigen durfte und dafür gelobt wurde.

Am Nachmittag hatte Katja Heijnen vom SWR angerufen und der Ministerin angeboten, für die geplante „Leute"-Sendung einen Ersatzgast einzuladen. Doch die Ministerin hatte abgelehnt und ihr Mann hatte ihr dabei den Rücken gestärkt. Auch er war der Meinung, dass man mit dieser Sendung, sollte sie von den Entführern gehört werden, vielleicht beim schwächsten Glied Gewissensbisse und Mitgefühl für die Mutter hervorrufen konnte. Einen Aspekt, den Dr. Gabriel ständig ins Gespräch brachte.

Natürlich hatte sie mit ihrem Mann und den beiden Kripobeamten zusammen das SWR-Spezial verfolgt. Dr. Gabriel hatte brilliert und seine Vorstellungen und Absichten psychologisch geschickt rübergebracht. Auch Monika Meyer-Liebrecht war überzeugt, dass seine Ausführungen einen labilen oder wankelmütigen Menschen beeindrucken und beeinflussen mussten.

„Du siehst müde aus!" Erich gab seiner Frau einen Kuss und ergriff ihre Hände.

Sie bedankte sich mit einem schwachen Lächeln und rückte ein Stück näher an ihn heran. Die Kripobeamten hatten sich in das kleine Arbeitszimmer der Ministerin zurückgezogen, um den Meyer-Liebrechts wenigstens ein wenig Privatleben zu gönnen. Monika Meyer-Liebrechts Mutter war ebenfalls rücksichtsvoll nach oben gegangen und hatte sich ein Buch aus dem Bücherschrank mitgenommen, um vor dem Schlafengehen noch etwas zu lesen.

„Wie wird es Manuela im Moment gehen?", überlegte die Ministerin verzagt.

Ihr Mann wagte nicht auszusprechen, welche Gedanken ihm seit der Entführung durch den Kopf gingen. Stattdessen meinte er: „Ich bin sicher, dass es ihr gut geht. Man wird sie gut versorgen. Natürlich wird sie nach uns fragen, vielleicht auch weinen, aber man wird ihr nichts tun."

Doch dabei gingen ihm Bilder eines ermordeten Mädchens durch den Kopf, dessen Mörder er vor einigen Jahren vertreten hatte. Dem Mann hatte niemand die Tat zugetraut. Ein Familienvater, eine scheinbar glückliche Ehe, ein erfolgreicher Geschäftsmann. Nichts wies auf ein Motiv hin. Sein einziger Kommentar zu seiner Verteidigung war immer und immer wieder gewesen: „Es kam plötzlich über mich, ich wollte es gar nicht."

Erich betete insgeheim inständig, seine Kleine möge nicht solchen Menschen in die Hände gefallen sein. Sollten die Täter einen Übergabeort nennen, hatte er schon einen Plan geschmiedet, wie er die Polizei fern halten würde. Er wollte zahlen und dabei kein Risiko eingehen.

„Ob sie schon schläft?"

Er nickte nur. Aber er war sich fast sicher, dass Manuela nicht schlief. Sie würde heulen, trotzen und schreien, wie die meisten Kinder in dem Alter, wenn sie ihren Kopf nicht durchsetzen konnten.

Jensch hatte einen seiner abendlichen Rundgänge gemacht. Er klopfte leise an die offene Terrassentür. Trotzdem schreckte die Ministerin auf.

„Vergessen Sie bitte nicht, die Tür zu schließen", rief er in den Raum.

Meyer-Liebrecht stand auf. „Wir machen sie gleich zu, dann vergessen wir es auch nicht."

Er nickte Jensch freundlich zu, schloss die Tür und ließ den Rollladen herunter.

Safak Fakili eilte verärgert ans Telefon. Er war froh, dass seine kranke Frau gerade eingeschlafen war. Wer konnte um diese Zeit noch anrufen?

Die Stimme am anderen Ende der Leitung erkannte er sofort. Aysha, seine Tochter, hatte ihm den Mann als einen Kollegen vorgestellt, der ebenfalls für die Familie Meyer-Liebrecht arbeitete und schon einmal mit ihr ausging.

„Aysha krank, liegt in Bett", erklärte er dem Anrufer leise, um seine Frau nicht wieder zu wecken. „Kommt aber morgen wieder zu Arbeit, sagen sie zu mir."

Piotr ließ nicht locker. „Ich muss Aysha noch heute sprechen!"

„So spät? Aysha krank in Bett. Nix gut, wenn du kommen. Schläft. Morgen du kannst sprechen", beharrte Herr Fakili.

„Seit wann ist Aysha krank, was fehlt ihr denn?"

Fakili stutzte. „Du Kollege und nix wissen?"

Eigentlich müsste ihr Kollege doch gemerkt haben, dass seine Tochter nicht zur Arbeit gekommen war! Noch während er darüber nachdachte und Piotr weitere Fragen stellte, hörte er hinter sich ein scharrendes Geräusch. Er drehte sich um und erblickte seine Tochter, die im

Nachthemd und mit bloßen Füßen aus ihrem Zimmer kam. Er hielt ihr wortlos den Hörer entgegen und machte ihr ein Zeichen leise zu sprechen.

„Was höre ich, du bist krank?"

Aysha musste sich nicht bemühen, leise zu sprechen, ihre Stimme war wirklich noch schwach. Aber ihr Gesicht hatte schon wieder etwas Farbe bekommen. Sie wartete, bis ihr Vater im Elternschlafzimmer verschwunden war.

„Ich muss dich sprechen, Piotr!", hauchte sie ins Telefon. „Heute geht es nicht mehr, aber morgen, wenn ich von der Arbeit komme, bitte!"

„Ich muss dich auch sprechen", drängte Piotr, „deshalb rufe ich ja an. Aber dein Vater wollte nicht, dass ich noch vorbeikomme."

„Das geht auch heute nicht mehr. Du weißt, wie streng mein Vater ist. Morgen wird mir etwas einfallen. Ich werde sagen, ich muss länger auf Robert aufpassen, weil die Familie weg muss."

Piotr war wütend. Aber er sah ein, dass er keine Chance hatte, Aysha noch an diesem Abend zu treffen. Also sagte er missgelaunt zu, am nächsten Tag zu dem Parkplatz zu kommen, auf dem sie sich immer heimlich getroffen hatten.

7.

Rolf bog nach links auf einen reichlich überwucherten Feldweg ein. Auf der rechten Seite des Weges konnte Ursula im Scheinwerferlicht zwischen Sträuchern und Bäumen einen Zaun erblicken, hinter dem ein Haus oder eine Hütte zu sein schien. Rolf löschte sofort die Scheinwerfer und ließ den Wagen ohne Motor ausrollen.

„Warte, ich werde erst allein aussteigen und mich umschauen."

Er stieg aus und verschwand zwischen den Büschen. Ursula hörte, dass sich Manuela in ihrem Versteck bewegte.

„Wir sind da!", rief sie leise nach hinten. „Bleib noch ein paar Minuten ruhig, dann hole ich dich heraus."

Es dauerte eine ganze Weile, bis Rolf wieder in der Dunkelheit auftauchte. Zwischenzeitlich waren zwei Autos auf der kaum zehn Meter entfernten Straße vorbeigefahren. In ihrem Licht hatte Ursula deutlich die Umrisse der Hütte gesehen. Sie schien recht groß zu sein.

„Lass uns erst die Taschen und den Koffer reinbringen!", hörte sie die leise Stimme von Rolf, der bereits die Seitentür aufgezogen hatte.

Ursula stieg aus und nahm die Taschen entgegen. Sie versuchte Rolf zu folgen, blieb aber ständig an Geäst hängen und stolperte über Steine, die sie im Dunkeln nicht sehen konnte. Vor der Hütte schien ein Tisch mit Bänken zu stehen. Innen hatte Rolf bereits eine kleine Kerze angezündet, die aber nur ein mäßiges, flackerndes Licht spendete.

„Elektrisches Licht gibt es hier nicht", erklärte er ihr, „nur Kerzen."

Unbehaglich schaute sich Ursula um. Zwischen Klappstühlen, einem Sonnenschirm und einem verrosteten Grill lagen Sitzkissen und Decken herum. Alles wirkte mehr wie ein Geräteschuppen.

„Urgemütlich!", brummte sie und stellte die Taschen ab.

„Das Ritz ist es nicht!" Rolf lachte leise. „Aber vorerst genau das Richtige."

„Du musst ja nicht hier wohnen!"

„Bei Tag sieht alles viel besser aus. Du wirst sehen, du verliebst dich noch in diese Hütte."

Im schwachen Kerzenlicht konnte er die Grimasse nicht sehen, die Ursula zog.

Die beiden gingen den gleichen Weg zum Auto zurück. Ein paar Äste, die Ursula in der Dunkelheit nicht gesehen hatte, schlugen ihr ins Gesicht. Sie schrie leise auf.

„Hast du dich verletzt?", hörte sie Rolf fragen.

Ihre Antwort bestand in einem leisen Fluch.

Rolf öffnete die Heckklappe. Die Innenbeleuchtung ging wieder an. Es musste alles schnell gehen. Wer wusste, ob nicht doch noch ein später Zecher von einem Dorf zum anderen marschierte und sie entdeckte? Er schob die Abdeckung beiseite und stieß einen wütenden Schrei aus.

„Datt verdammt Schinnlourer is foat!", stellte er fest und schaute sich sofort im vorderen Teil des Fahrzeugs um.

„Bitte?!" Ursula hielt sich vor Schreck am Wagen fest.

„Die hat die Abdeckung hochgeklappt und ist über die Seitentür raus!"

Rolf schlug wütend die Heckklappe zu, wodurch das Innenlicht wieder erlosch. Er schaute sich hastig um, konnte aber nichts entdecken.

„Weit kann sie nicht sein! Lauf du in die Richtung, aus der wir gekommen sind, ich fahre in die andere Richtung, denn da kommt gleich der Ort Starkenburg! Den darf sie nicht erreichen!"

Ursula wartete, bis Rolf eingestiegen war und rückwärts wieder auf die Straße fuhr. Im Scheinwerferlicht konnte sie den Weg bis zur Straße hin erkennen. Sie rannte, so schnell es ihre Schuhe zuließen, in diese Richtung. Auf dem Asphalt zog sie die Schuhe aus und begann barfuß zu laufen. Allmählich gewöhnten sich ihre Augen an die Dunkelheit. Sie konnte Umrisse erkennen. Rechts und links der Straße waren Felder oder Wiesen, auf jeden Fall war es flach. Ursula blieb außer Atem stehen und suchte mit den Augen die Gegend ab. So weit konnte das Kind noch nicht gelaufen sein. Aber so sehr sie sich auch anstrengte, nirgends konnte sie etwas erkennen, was sich bewegte.

In der Ferne tauchten Scheinwerfer auf. Schnell zog Ursula die Schuhe wieder an und überquerte die Straße, denn auf der anderen Seite war die angrenzende Wiese etwas abschüssig. Sie hatte noch genügend Zeit sich flach hinzulegen. Vorsichtig ließ sie sich etwas abwärts rollen und presste dann ihren Körper fest auf den Boden, der feucht war. Sie spürte es sofort an ihrer Kleidung.

Als der Wagen vorbeigefahren war, erhob sie sich wieder. Sie spürte, dass sie dreckig war. Unwichtig, sie mussten das Kind finden! Ursula stieg wieder zur Straße empor und sah zu ihrem Schrecken aus der Gegenrichtung erneut Scheinwerfer auf sie zukommen. Also ließ sie sich wieder zurückgleiten und wartete ab. Der Wagen fuhr wesentlich langsamer, wodurch die Feuchtigkeit der Wiese noch länger Zeit hatte, in ihre Kleidung einzudringen. Nachdem er vorbeigefahren war, richtete sie sich erneut auf und blickte ihm hinterher.

„Verdammt!", fluchte sie laut. Das war der Voyager gewesen, Rolf suchte sie offenbar! Zu spät. In der Dunkelheit half auch kein Winken. Er würde es nicht sehen. Es blieb ihr nichts anderes übrig, als zu warten, bis Rolf wendete und zurückkommen würde.

In einiger Entfernung drehte der Wagen tatsächlich. Rolf schien begriffen zu haben, dass sie so weit noch nicht gelaufen sein konnte. Langsam kamen die Scheinwerfer wieder näher. Ursula stellte sich mitten auf die Straße. Als das Scheinwerferlicht sie erfasste, gab Rolf Gas. Er kam auf sie zugeschossen und hielt mit quietschenden Reifen neben ihr.

„Das Schinnlourer ist in irgendeine andere Richtung gelaufen. Wahrscheinlich den Feldweg entlang. Steig ein!", rief er aufgeregt.

Ursula sprang in den Wagen und sah, dass sie von oben bis unten nass und dreckig war.

„Ekelhaft! Wehe, wenn ich die Kleine erwische", fluchte sie.

Durch das schnelle Anfahren wurde sie tief in den Sitz geworfen. Rolf schoss auf den Feldweg zu, der Wagen begann auf dem unebenen Untergrund zu hopsen und zu ächzen.

„Festhalten!", schrie Rolf und donnerte durch ein Schlagloch. Der Wagen setzte mit einem lauten Knall auf. Die Scheinwerfer irrten durch die Nacht. Gut fünfhundert Meter weiter war der Weg nicht mehr für ein Fahrzeug passierbar.

„So weit kann das Biest doch gar nicht gekommen sein", brüllte Rolf außer sich vor Wut. Der Schweiß rann ihm in die Augen, die sofort zu brennen begannen. Mit einem Schlag schien alles zu Ende zu sein, der ganze schöne Plan, den sie sich ausgedacht hatten, nur weil sie einen Moment nicht auf das verdammte Schinnlourer geachtet hatten!

Ursula, die sich ängstlich auf der Beifahrerseite verkrochen hatte, kam wieder zum Vorschein. Sie hatte Tränen in den Augen, teils wegen der Prellungen, die ihr die holprige Fahrt in der Dunkelheit beschert hatte, teils vor Enttäuschung. Manuela hatte ihr doch versprochen, sich brav zu verhalten! Sie öffnete die Tür und ließ die frische Nachtluft in den Wagen strömen.

„Und jetzt?“, fragte sie kleinlaut und schaute Rolf an.

Er saß mit geballten Fäusten am Lenkrad und starrte in die Nacht hinein.

„Wir hätten sie in Emmelshausen lassen sollen“, knurrte er. „Und alles wegen deinem dämlichen Piotr!“

Ursula horchte auf. „Wie, Piotr? Was hat der damit zu tun?“

Rolf machte eine abwehrende Handbewegung. „Das soll er dir selbst erzählen.“

Er riss die Wagentür auf und sprang ins Freie. Draußen war es mucksmäuschenstill. Er blickte sich wieder um, aber das spärliche Mondlicht, das durch die Schleierwolken drang, ließ weit und breit nur vage Umrisse erkennen. Hasserfüllt schlug er mit der flachen Hand auf das Wagendach, so dass Ursula erschrocken hochfuhr.

„Was war das?“, schrie sie grell auf.

„Nichts!“, zischte Rolf, stieg wieder ein und ließ den Motor an.

„Ich fahre den Weg nicht noch mal! Mir ist schlecht.“

Rolf sah Ursula schweigend zu, wie sie ausstieg, dann begann er mit dem Versuch, den Wagen im Dunkeln zu wenden. Ursula machte sich zu Fuß auf den Rückweg. Sie fröstelte. Ihre Kleidung war feucht, sie fühlte sich schmutzig und sie war müde. Nur mühsam konnte sie den Weg erkennen, den sie gekommen waren. Immer wieder stolperte sie, fing sich im letzten Moment ab und taumelte fluchend weiter.

Offensichtlich war es Rolf gelungen zu wenden. Das Motorengeräusch hinter ihr kam näher. Die hopsenden Scheinwerfer warfen einen langen Schatten ihres Körpers in die Landschaft. Der Motor quälte sich den Weg entlang, immer wieder aufheulend oder fast erstickend. Als Rolf sie fast erreicht hatte, trat Ursula zur Seite, um die Fahrspur freizumachen. Dabei rutschte sie in einen seitlichen Graben und verschwand aus dem Scheinwerferkegel des Wagens. Ohne Rücksicht auf sie zu nehmen, setzte Rolf seine Fahrt fort. Sie würde schon wieder auftauchen.

Ursula blieb erschöpft in dem Graben liegen. Sie hielt sich krampfhaft mit beiden Händen an einem Busch und einem Grasbüschel fest, um nicht weiter abzurutschen. Als das Motorengeräusch verstummt und nur noch ihr eigenes Keuchen zu hören war, zog sie sich langsam wieder hoch und kroch förmlich auf allen vieren zurück auf den Weg. In der Ferne sah sie noch die roten Rücklichter im Dunkeln tanzen und einige hohe Tannen im gespenstischen Scheinwerferlicht hin und her wippen. Dann erloschen die Lichter. Rolf hatte offenbar die Hütte wieder erreicht. Ihre einzige Orientierungshilfe in der Dunkelheit war damit verschwunden. Also musste sie sich wieder an der Fahrspur orientieren, die schmal und uneben war, so dass ihre Fußgelenke allmählich zu schmerzen begannen.

Plötzlich hielt sie inne. Irgendetwas hatte sie gehört. Sie hielt den Atem an und lauschte. Nichts. Vielleicht hatte sie sich getäuscht. Sie stolperte weiter, doch nach wenigen Metern war ihr wieder so, als wäre ein Geräusch an ihr Ohr gedrungen. Ein zweites Mal blieb sie stehen und horchte in die Nacht hinein. Ihr fielen dramatische Berichte von Wildschweinen ein, die Menschen angefallen hatten. Oder gab es hier im Hunsrück tollwütige Füchse, die auf Menschen losgingen? Sie hastete weiter, weg, nur weg. Doch plötzlich war das Geräusch wieder zu hören, ganz deutlich diesmal. Es klang wie ein Wimmern. Erneut blieb Ursula stehen und lauschte. Das war kein Tier! Ihr Herz begann zu rasen. Da weinte ein Kind. Manuela!

Instinktiv stakste sie durch das Gestrüpp in die Richtung, aus der das Wimmern kam.

„Manuela?“, fragte sie leise in die Nacht.

Erst stockte das Wimmern, dann wurde es wieder lauter und ein deutliches Aufheulen war zu hören.

Jetzt müsste man eine Taschenlampe haben, schoss es Ursula durch den Kopf. Schrittweise tastete sie sich vorwärts. Der Boden wurde noch unebener und glitschig. Vorsichtig hielt sie sich zusätzlich an Büschen und kleinen Ästen fest, die sie zu fassen bekam. Das Heulen wurde leiser.

„Manuela!“, rief Ursula.

Sie hörte ein Knacken von Ästen. Offenbar hatte sich das Kind bewegt. Es konnte nicht mehr weit weg sein. Fast glaubte sie, in der Dunkelheit etwas zu erkennen, was sich bewegte. Sie stolperte hastig darauf zu.

„Manuela!“

Jetzt konnte sie die Umrisse des Kindes erkennen, das ziemlich hilflos in der Landschaft stand und ihr offenbar die Arme entgegenstreckte. Noch drei, zwei Meter, dann umfassten ihre Hände die kleinen Kinderarme, die sich nass und eiskalt anfühlten.

„Mein Gott!", stieß Ursula hervor. Plötzlich waren alle Wut, aller Hass in ihr wie fortgeblasen. Sie zog das Kind zu sich, nahm es auf den Arm und drückte es fest an sich. Der ganze kleine Körper war wie aus Eis.

„Warum bist du denn weggelaufen, du hattest mir doch versprochen ..."

Der restliche Satz ging im Schluchzen des Kindes unter, das mit seinen Armen Ursula umfasste und wie Espenlaub zitterte. Der Boden unter Ursula begann nachzugeben. Er war durchnässt und weich. Eilends machte sie einige Schritte zurück, bis sie wieder festere Erde unter sich hatte. Sie schaute sich um. Indem sie blindlings dem Wimmern gefolgt war, hatte sie die Orientierung komplett verloren. Mühsam versuchte sie die Richtung auszumachen, in der die Hütte stehen musste. Der Weg, den sie gefahren waren, schien wie vom Erdboden verschwunden.

Auf gut Glück stapfte Ursula mit dem weinenden Kind auf dem Arm über Geröll, Geäst und durch kniehohes Gestrüpp. Sie spürte, wie sich der Körper des Kindes allmählich erwärmte, sogar fiebrig zu schwitzen begann. In der Ferne wurde eine Baumgruppe sichtbar. Ursula glaubte die Bäume zu erkennen, die rund um die Hütte standen. Dann endlich erreichte sie wieder einen festen Weg. War es der, der zur Hütte führte?

Sie hatte Glück, nach knapp hundert Metern konnte sie das Fahrzeug von Rolf erkennen. Gott sei Dank, denn ihre Kräfte ließen langsam nach. Das Kind war mit jedem Schritt schwerer auf ihrem Arm geworden. Erschöpft schleppte sie sich über die letzten Meter, Manuela auf ihrem Arm hatte den Kopf auf ihre Schultern gelegt. Das Kind schien vor Übermüdung oder Fieber eingeschlafen zu sein.

„Bist du es?", hörte sie Rolf aus dem Dunkel rufen.

„Ich hab sie", keuchte Ursula mit letzter Kraft.

Ein kräftiger Griff nahm ihr das Kind ab. Sie hörte ein lautes Klatschen. Manuela schrie auf.

„Nein, nicht!", schrie Ursula empört.

„Datt Schinnlourer hat et verdient!", schimpfte Rolf und verschwand mit der Kleinen zwischen den Sträuchern.

Ursula hastete hinterher. Rolf durfte dem Kind nichts tun! Das war gegen die Absprache. Sie hatten immer gesagt, dem Kind sollte es gut gehen, keine Gewalt, kein psychischer Druck.

Ursula torkelte und schwankte auf die Hütte zu. Rolf hatte ein paar weitere Kerzen darin angezündet, was den Raum bereits wohnlicher aussehen ließ. Manuela hatte er auf eine Kiste gesetzt. Sie zitterte, das Gesicht in den Händen vergraben, und weinte hemmungslos.

Ursula schob Rolf unsanft beiseite.

„Ich glaube, das Beste ist, du fährst jetzt. Ich kümmere mich um sie und melde mich morgen per Handy!"

Rolf stieß einen leisen Fluch aus und wandte sich zum Gehen.

Ursula kniete sich neben das Kind und begann es auszuziehen. Die nassen Kleider mussten unbedingt getrocknet werden.

Nachdem der Voyager abgefahren war, hatte sich Piotr missmutig daran begeben, den Keller aufzuräumen, in dem Manuela die letzten Tage verbracht hatte. Es durfte nichts zurückbleiben, was auf ihren Aufenthalt hinwies!

Als er das schmutzige Geschirr nach oben in die Küche brachte, hellte sich seine Laune etwas auf: Im fast leeren Kühlschrank standen noch zwei Flaschen Bier! Er nahm sie mit nach unten und trank sie während der Arbeit leer. Im Getränkekeller stieß er anschließend auf einen ganz passablen Rotwein und machte gleich eine Flasche auf. Wenn er hier schon die Drecksarbeit für alle machen musste, wollte er wenigstens auch was davon haben! Der ersten Flasche Rotwein folgte im Laufe des Abends noch eine zweite.

Endlich war Piotr mit der Arbeit fertig. Er schaute noch einmal in alle Kellerräume und ließ bei der Gelegenheit noch eine ungeöffnete Flasche Wodka aus Günters Vorrat mitgehen, für später. Beim Treppensteigen stellten sich bereits leichte Schwierigkeiten ein. Er überlegte, so gut sein benebelter Kopf es zuließ. In diesem Zustand war er wohl kaum in der Lage, unfallfrei nach Morbach zu kommen ... Er würde einfach zu Rolf nach Lingerhahn fahren und vor dem Haus auf ihn warten, um bei ihm übernachten zu können.

In der Garageneinfahrt vor Rolfs Haus schaltete er das Autoradio ein und machte es sich gemütlich. Während er der Musik lauschte, begann er Schluck für Schluck die Flasche Wodka zu leeren. Irgendwann übermannte ihn der Rausch. Die Flasche fiel ihm aus der Hand, kullerte in den Fußraum auf der Beifahrerseite und der restliche Inhalt ergoss sich über die Fußmatte.

Mit Schwung bog Rolf auf sein Grundstück ein. Dabei wäre er beinahe auf den Wagen von Piotr aufgefahren, der unbeleuchtet in der Einfahrt stand. Aufgebracht verließ er sein Auto und stürzte auf das

Fahrzeug zu, in dem er Piotr vermutete. Doch der Wagen war leer. Aber das Radio lief in voller Lautstärke. Rolf beugte sich erschrocken vor und schaltete es aus. Die Nachbarn mussten ja nicht unnötig auf den Wagen aufmerksam gemacht werden!

Das Wageninnere stank nach Wodka. Rolf ahnte sofort, was geschehen war. Im Dunkel seines Hauseingangs sah er eine Zigarette aufglühen.

„Watt mest dau denn hei?", fauchte er Piotr an. „Weißt du, wie spät es ist?"

Piotr lag vor seiner Haustür, die Augen nur halb geöffnet, unfähig, ein Wort zu formulieren. Rolf begriff sofort, dass es keinen Zweck hatte, ihn aufzufordern, seinen Wagen aus der Garageneinfahrt zu entfernen. Er unterdrückte einen Fluch, ging zu seinem Wagen zurück und parkte ihn am Straßenrand vor seinem Haus.

Erst beim dritten Versuch gelang es ihm, den arbeitslosen Grafiker einigermaßen auf die Beine zu stellen. Dabei war Piotr die Zigarette aus dem Mund gefallen, aber Rolf traute sich nicht, sie aufzuheben, weil er Gefahr lief, dass Piotr ohne seine Hilfe wieder in sich zusammensinken würde.

Er packte die schmächtige Gestalt am Arm und half ihr die eine Stufe zur Haustür hoch. Mit einer Hand hielt er Piotr fest, mit der anderen versuchte er die Tür aufzuschließen, was ihm schließlich auch gelang. Im Licht des Hausflurs konnte er das ganze Chaos sehen, das er mit Piotr ins Haus geschleppt hatte. Piotr hatte sich offenbar übergeben, seine Jacke, sein Hemd, alles war voll Erbrochenem. Die Augen waren rot unterlaufen, die Haare strähnig, das Gesicht verschwitzt und schmutzig. So schlimm hatte er Piotr noch nie erlebt. Angewidert schob er ihn vor sich her ins Badezimmer. Im Spiegel sah er, dass er selbst auch nicht viel besser ausschaute, zumindest was die Haare und das Gesicht betraf.

„Zieh dich aus und wasch dich", befahl er und führte Piotrs Hände an das Waschbecken, damit er sich daran festhalten konnte. Der Ekel in ihm verstärkte sich. Auch er musste erst einmal etwas trinken.

Im Wohnzimmer setzte er die Cognacflasche an und nahm einen kräftigen Schluck. Vielleicht half das ja. Dann holte er aus dem Schlafzimmer einen Bademantel und brachte ihn ins Badezimmer. Piotr hatte sich inzwischen auf den Boden gesetzt und war im Begriff, sich auszuziehen, so gut es ging. Rolf drehte die Mischbatterie der Badewanne auf.

„Am besten, du legst dich gleich in die Wanne, du stinkst wie eine Wildsau!"

Piotr grunzte wie aufs Stichwort und ein undefinierbares Lallen begleitete sein weiteres Tun. Rolf verließ angeekelt das Bad, ging in die Küche und machte sich eine Flasche Bier auf. Nachdem er die halbe Flasche in einem Zug geleert hatte, zog er sich in sein Schlafzimmer zurück und begann sich zu entkleiden.

Ein lauter Knall und ein Klatschen ließen ihn aufhorchen. Piotr war offenbar beim Besteigen der Badewanne hineingeplumpst. Rolf grinste. Das schadet ihm nichts, dachte er, warum muss der Kerl auch so viel saufen?

Er zog seinen Schlafanzug an und legte sich aufs Bett. Hier würde er warten, bis Piotr gebadet hatte und nicht mehr so stank. Vorher hatte er keine Lust ins Badezimmer zu gehen.

Seine Gedanken wanderten zu Ursula und Manuela. Hoffentlich versuchte das kleine Biest nicht noch einmal abzuhauen! Eigentlich hätte er dem Mädchen diese Energie gar nicht zugetraut. Aber er hatte ja keine Kinder und auch wenig Beziehung zu ihnen. Er wusste nicht, was Siebenjährige alles anrichten konnten. Morgen würde er auf jeden Fall nochmals zur Hütte fahren und Ursula weitere Lebensmittel bringen, damit sie nicht auf die Idee kam, mit dem Kind nach Starkenburg essen zu gehen. Über diese Gedanken schlief Rolf ein.

Ein merkwürdiges Geräusch ließ ihn einige Zeit später wieder wach werden. Zuerst benötigte er ein paar Minuten, um sich zurechtzufinden. Dann wurde ihm klar, dass das Geräusch aus dem Badezimmer kam und sich wie Wasserplätschern anhörte. Mit einem Schlag war er wach. Was hatte Piotr da angestellt?

Bereits in der Diele schwante ihm Schlimmes. Der Teppichboden unter seinen nackten Füßen war nass, bei jedem Schritt quatschte Wasser aus den Wollschlingen.

„Soch moll, spennst dau!“, brüllte er und stieß die angelehnte Badezimmertür auf.

Wie angewurzelt blieb er stehen. Piotr lag in der Badewanne, der ganze Körper regungslos unter Wasser, die Augen weit aufgerissen. Das Hemd, das er noch anhatte, war vor den Überlauf geschwemmt worden und verhinderte das Abfließen.

Mit drei Schritten war Rolf an der Wanne und packte Piotr an den Schultern. Im gleichen Moment wurde ihm bewusst, dass jede Hilfe zu spät kam. Kein Zweifel, Piotr war tot, ertrunken. Rasch drehte Rolf den Hahn zu und befreite den Überlauf vom angeschwemmten Hemd. Der Wasserspiegel begann sogleich zu sinken. Rolf trat hinter die Wanne, griff Piotr unter die Arme und hievte den leblosen Körper, so gut es ging, aus dem Wasser.

Ein Blick auf die Uhr sagte ihm, dass er etwas über eine Stunde geschlafen haben musste. Er machte sich Vorwürfe, dass er nicht im Badezimmer nachgeschaut hatte, als er das laute Platschen gehört hatte. Aber es hatte nicht nach etwas Ernsthaftem geklungen. Außerdem hatte Piotr keinen Mucks von sich gegeben, der Schlimmes hätte vermuten lassen …

Tränen rannen Rolf über das Gesicht. Er kniete neben der Wanne nieder und begann laut und hemmungslos zu heulen. Zwischendurch boxte er immer wieder wütend auf die Brust des Toten und schrie: „Warum musste es so kommen? Warum?"

Schließlich nahm er ein Handtuch und deckte Piotrs Gesicht zu. Er konnte den starren Blick des Toten nicht ertragen. Hilflos ließ er sich auf dem Rand der Wanne nieder und versuchte nachzudenken. Einen Notarzt zu rufen, dafür war es zu spät. Günter konnte er nicht erreichen, der übernachtete mit seinen Kindern irgendwo an der Mosel. Ursula schlief mit der Kleinen in der Holzhütte oberhalb von Traben-Trarbach. Wenn sie wüsste! Sicher würde sie ihn für den Tod von Piotr verantwortlich machen. Und das jetzt in dieser Situation!

Nein, das konnte er nicht zulassen! Zum zweiten Mal an diesem Abend stieg Hass in ihm auf. Sein ganzer Traum von einer Zukunft als Juniorpartner eines Unternehmens für medizinische Geräte, an der Seite der hübschen Enkelin des jetzigen Inhabers, all das sollte schlagartig zu Ende sein, nur wegen dieses versoffenen Kerls? Freundschaft hin oder her, der smarte Piotr war an seinem Schicksal selbst schuld und er drohte alle mit hinabzureißen. Das konnte er nicht zulassen!

Rolf warf erneut einen Blick auf die Uhr. Es würde noch gut eine Stunde draußen dunkel sein, blieb also genügend Zeit zum Handeln.

Er eilte im Laufschritt ins Schlafzimmer zurück und zog rasch wieder seine Kleider an. In der Jackentasche von Piotr fand er dessen Wagenschlüssel. Er fuhr den Wagen so, dass der Kofferraum zum Hauseingang hin zu stehen kam. Nachdem er den Kofferraum geöffnet hatte, eilte er ins Haus zurück. Irgendwo im Keller musste noch eine Taschenlampe sein … ja, da war sie. Er hastete ins Bad zurück, stopfte die herumliegenden, stinkenden Kleidungsstücke in eine Plastiktüte und schleifte ihn keuchend aus dem Badezimmer hinaus in den Flur. Er verschnaufte kurz und wischte sich den Schweiß vom Gesicht. Dann packte er Piotr und trug ihn bis zur Haustür. Ein kurzer Blick hinaus, und der nackte Körper verschwand im Kofferraum. Die Plastiktüte mit den schmutzigen Klamotten warf Rolf gleich hinterher und klappte den Deckel zu.

War auch kein verräterisches Indiz in der Wohnung zurückgeblieben? Noch einmal eilte Rolf, so schnell es seine Körperfülle zuließ, ins Badezimmer. Inzwischen war das Wasser in der Wanne abgelaufen. Auch sonst schienen alle Spuren beseitigt zu sein. Er löschte im ganzen Haus die Lichter, nahm die Taschenlampe mit, schloss die Tür hinter sich ab und startete Piotrs Wagen.

Ziellos fuhr er zunächst in Richtung Hunsrückhöhenstraße. Wo konnte er den Toten verstecken? In der Aufregung fiel ihm kein Ort ein, zumal der Leichnam nackt war. Am besten wäre ein Gewässer, dann sah es bei einer Entdeckung wie ein Unfall aus! Aber an Rhein und Mosel traute er sich nicht, die Ufer waren zu sehr einsehbar, und auf den Uferstraßen herrschte sicherlich auch um diese Zeit schon reichlich Verkehr. Er fuhr bereits auf der Hunsrückhöhenstraße, da fiel ihm plötzlich ein kleiner See in der Nähe von Laudert ein, den er vor längerer Zeit einmal zufällig bei einem Spaziergang entdeckt hatte.

Kurz entschlossen wendete er und fuhr zurück über Lingerhahn in Richtung Laudert. Am Ortseingang bog er nach links ab und fuhr etwa einen Kilometer bis zu einem Waldweg, an dem ein Hinweisschild auf eine alte Burg stand. Die Burg existierte zwar nicht mehr, aber der Burggraben war noch vorhanden und voll mit Wasser, trübem Wasser, was seinem Plan sehr entgegenkam.

Hier konnte er um diese Uhrzeit sicher sein, dass keine Menschenseele auftauchen würde. Er stellte Piotrs Wagen gegenüber dem Waldweg in einer kleinen Parkbucht ab. Die Taschenlampe stopfte er sich in den Mund, so dass er sich mit dem Lichtkegel einigermaßen den Weg leuchten konnte. Mit großer Anstrengung gelang es ihm, die Leiche aus dem Kofferraum zu hieven. Die Plastiktüte hängte er sich wieder ans Handgelenk. Dann machte er sich, die Leiche Piotrs geschultert, auf den Weg in den Wald.

Mit ganz kurzen Schritten tastete er sich auf dem weichen Tannennadeluntergrund vorwärts. Der Körper auf seinen Schultern schien immer schwerer zu werden. Rolf begann zu prusten und zu schwitzen. Irgendwann musste er stehen bleiben, um wieder zu Luft zu kommen. Aber er traute sich nicht, den toten Körper abzulegen. Das könnte zu Verletzungen führen, und man würde nach dem Auffinden der Leiche sicher sehr schnell feststellen, dass diese Verletzungen erst nach Eintritt des Todes entstanden waren. Damit wäre die Hoffnung dahin, dass man von einem Badeunfall ausgehen würde. Dabei dachte Rolf weniger an die Polizei als an Ursula. Sie durfte niemals erfahren, was wirklich geschehen war!

Während er erneut verschnaufte, fiel ihm ein, dass die Sache aber auch ihr Gutes hatte. Durch Piotrs Tod blieb ihr erspart zu erfahren, dass dieser Mann sie mit der Hausangestellten der Ministerin betrogen hatte und dass das Mädchen sogar ein Kind von ihm erwartete.

Vielleicht sollte ja alles so kommen. Nicht nur Ursula blieb einiges erspart. Auch der Weg von diesem Hausmädchen über Piotr zu ihnen würde jetzt im Sande verlaufen, denn wegen Ursula hatte Piotr das Mädchen mit Sicherheit nur außerhalb der gemeinsamen Wohnung treffen können – wie also sollte jetzt noch irgendjemand auf ihre Spur kommen? Und letztlich – würde man das Lösegeld nur durch drei teilen müssen! Auch kein übler Aspekt.

Mit neuen Kräften setzte Rolf seinen Weg fort, der sich allerdings immer beschwerlicher gestaltete. Im Birkenwald wurde der Boden hart und glitschig. Wurzeln sorgten für Unebenheiten und zwischendurch kreuzten kleine Rinnsale den Weg. Zum Glück setzte allmählich die Morgendämmerung ein, so dass die Sicht von Minute zu Minute besser wurde.

Rolf musste wieder pausieren. Er lehnte sich seitlich gegen einen Baum und versuchte sich wenigstens mit einem seiner Ellenbogen abzustützen. Seine Schulter war wie abgestorben. So verharrte er ein paar Minuten, bis sein Atem sich wieder einigermaßen normalisiert hatte. Mit diesem Stop-and-go brauchte er fast eine halbe Stunde für eine Wegstrecke, die er normalerweise in weniger als fünf Minuten locker bewältigt hätte.

Schließlich erreichte er völlig erschöpft und entnervt den Wassergraben. Nun musste er nur noch eine passende Stelle finden. Inzwischen war das Morgenlicht schon so stark, dass er das Ufer recht deutlich erkennen konnte. Zu seinem Schrecken musste er feststellen, dass jetzt im Sommer Gras und Schilf fast die ganze Wasserfläche bedeckten. Doch bald hatte er eine Stelle gefunden, die ihm geeignet erschien. Es würde hoffentlich Tage dauern, bis sich jemand hierher verirrte und die Leiche fand.

Mit letzter Kraft beugte er sich über einen quer liegenden Baumstamm am Ufer und ließ die Leiche von der Schulter in den Graben gleiten. Wasser spritzte empor, Vögel schreckten auf, Rolf war pitschnass. Er nahm einen Ast und gab der Leiche damit einen Schubs, um sie möglichst weit vom Ufer wegtreiben zu lassen. Der Grünteppich war zerrissen, Piotrs Leiche drehte sich mit dem Gesicht nach unten und wurde tatsächlich ganz langsam vom Ufer weggetrieben. Rolf war zufrieden.

Sorgfältig verteilte er die schmutzigen Kleidungsstücke so, als habe sich Piotr für ein Bad ausgezogen. Man würde sehr schnell merken, dass sich der Mann übergeben hatte, bevor er ins Wasser gestiegen und ertrunken war. Zusammen mit dem feststellbaren Alkohol im Blut würde man sicher davon ausgehen, dass er im Rausch gehandelt hatte.

Nachdem Rolf alles aus der Plastiktüte verteilt hatte, warf er einen letzten Blick auf den im Grünteppich treibenden Körper, dessen bläuliches Weiß sich deutlich vom tiefen Grün abhob. Dann machte er sich zu Fuß auf den Heimweg. Piotrs Auto konnte er so stehen lassen, wie es stand. Der Fußmarsch nach Lingerhahn würde kaum eine halbe Stunde dauern.

In der Hütte roch es moderig. Hier hatte schon lange niemand mehr gelüftet. Manuela hatte die halbe Nacht gehustet und ihr Fieber war deutlich angestiegen. Ursula war mehrfach in der Nacht aufgestanden und hatte das schwitzende Kind, das sich im Schlaf freigestrampelt hatte, wieder zugedeckt.

Sie musste sich etwas einfallen lassen. Piotr oder Rolf mussten ihr unbedingt weitere Medikamente besorgen, vielleicht musste man sogar mit dem Kind zum Arzt oder ins Krankenhaus. Sie wusste zwar, dass dann alles umsonst gewesen sein würde. Aber sie sah keine andere Möglichkeit. Das Leben und die Gesundheit des Kindes hatten Vorrang. Dafür würde sie sorgen!

Ursula hatte nicht nur den Riegel an der Tür zugemacht, sondern auch noch einen schweren Tisch davor gestellt, damit Manuela nicht wieder fliehen konnte. Zumindest würde sie hören, wenn das Kind versuchte, den Tisch von der Stelle zu bewegen.

Als das erste Tageslicht durch die Spalten der Fensterläden fiel, stand Ursula auf. Sie fühlte sich wie gerädert. Keiner hatte sich gestern Gedanken gemacht, wie sie und die Kleine sich waschen sollten. Wenigstens hatten sie das Campingklo mitgenommen. Aber auch die Sache mit dem Kochen und dem Essen – überhaupt nichts war durchdacht worden. Sie hatte nur ein paar Kekse eingepackt, ein paar Brotscheiben, Butter, Wurst und Käse. Aber das reichte gerade einmal für ein Frühstück. Und dann?

In einer Ecke entdeckte sie einen alten Spirituskocher. Sie schüttelte ihn und stellte zufrieden fest, dass immerhin etwas Flüssigkeit darin war. Zwei Flaschen Mineralwasser hatte sie eingepackt. Eine würde so gerade fürs Zähneputzen und etwas Waschwasser reichen. Mit der anderen konnte sie Tee kochen. Wenigstens etwas. Sie hatte vorsorglich Kamillentee mitgenommen, den sie in Günters Küche entdeckt hatte. So bekam Manuela zumindest etwas Warmes in den Bauch.

Vorsichtig öffnete sie die Tür. Die Morgenkälte empfing sie und ließ sie frösteln. Sie holte sich von drinnen eine Wolldecke und nahm den Spirituskocher mit, denn von klein auf hatte sie Angst, mit offenem Feuer in Räumen zu hantieren. Irgendwo in der Hütte hatte sie einen alten Topf entdeckt. Sie machte sich auf die Suche und fand ihn schließlich, gab eine Flasche Mineralwasser hinein und stellte den Topf auf den Kocher. Irgendwie würde es schon gehen.

Nur ganz selten fuhren auf der Straße Autos an dem Grundstück vorbei. Aber durch die dichten Hecken hindurch konnte niemand im Vorbeifahren hineinsehen. Nur bei Fußgängern würde sie vorsichtig sein müssen, vor allem, was das Sprechen betraf. Das Beste war, sie und Manuela hielten sich überwiegend in der Hütte auf.

Nach ein paar Minuten begann das Wasser zu brodeln. Ursula hängte fünf Teebeutel hinein und stellte die Flamme kleiner. Ganz ausmachen wollte sie sie nicht, der Tee wäre sonst in kürzester Zeit kalt gewesen.

Drinnen schaute sie nach Manuelas Kleidung. Sie war noch nicht trocken. An der frischen Luft würde sie sicher schneller trocknen, zumal inzwischen die ersten Sonnenstrahlen einen Teil des Grundstücks erwärmten. Aber Ursula traute sich nicht, sie im Freien aufzuhängen, das würde vermuten lassen, dass sich jemand in der Hütte aufhielt. Und dann gar die Kleider eines Mädchens im Alter des entführten Kindes … das musste ja Verdacht erregen!

Als Ursula ein leises Rufen aus der Hütte vernahm, stand sie auf und streckte den Kopf durch die Tür. Manuela war aufgewacht. Jetzt im hineinflutenden Tageslicht sah das Kind entsetzlich aus. Die Augen waren verquollen, das Gesicht fiebrig rot und die Wangen und die bloßen Arme, die unter der Decke hervorschauten, waren voll von Schrammen und blutigen Kratzern.

Ursula nahm ein sauberes Taschentuch und tauchte es zur Hälfte in den heißen Kamillentee. Das konnte nichts schaden. Vorsichtig tupfte sie dem Kind über das Gesicht und die Arme.

„Tut es weh?", fragte sie.

Manuela schüttelte tapfer den Kopf. Vielleicht hatte sie auch ein schlechtes Gewissen, weil sie ihr Versprechen nicht gehalten hatte, sondern weggelaufen war.

Als Ursula gerade dabei war, die Verletzungen der Haut vorsichtig wieder trocken zu tupfen, begann ihr Handy zu piepsen.

Auf dem Fußmarsch im Morgengrauen von der alten Burg nach Lingerhahn hatte Rolf sich nahezu unentwegt Gedanken über das Kind und Ursula gemacht. Er musste etwas kochen und es den beiden vorbeibringen! Außerdem brauchten sie einen Kanister mit Wasser, etwas zu trinken und anderes mehr. In Gedanken stellte er eine Liste auf.

Er brauchte für den Rückweg zu Fuß doch über eine Stunde und war froh, dass ihm in Lingerhahn an diesem frühen Sonntagmorgen niemand begegnete. Als Erstes fuhr er seinen Wagen in die Garage und rief Ursula an.

„Wie war die Nacht?" Er versuchte seine Stimme ruhig wirken zu lassen.

„Schrecklich", antwortete Ursula wahrheitsgemäß. „Manuela ist schwer krank. Sie hat hohes Fieber und braucht dringend Medikamente. Außerdem fehlt es uns an allem."

„Das habe ich mir gedacht", seufzte Rolf und suchte nach einem Zettel. „Also, was braucht ihr?"

Er notierte sich, was Ursula ihm diktierte. Dabei schüttelte er immer wieder den Kopf. Er hatte das Gefühl, einen ganzen Hausstand in die Hütte schleppen zu müssen.

„Und ich brauche unbedingt ein Radio", meinte Ursula zum Schluss. „Zum einen als Unterhaltung, zum anderen muss ich Nachrichten hören können."

Das sah Rolf ein. Nach dem Telefonat ergänzte er schnell die Dinge, die ihm auf dem Fußmarsch eingefallen waren. Doch zuerst einmal würde er das Badezimmer aufräumen. Mit Putzlappen und Eimer begann er, auf den Knien rutschend, das Wasser aus dem Teppichboden zu drücken. Eine mühselige Arbeit! Dann holte er vom Speicher ein altes Heizöfchen, das er schon Jahre nicht mehr benutzt hatte, und stellte es auf, um den Teppichboden weiter zu trocknen. Nach wenigen Minuten waren im ganzen Haus die Fenster beschlagen.

„So en Mest!“, schimpfte er vor sich hin und beeilte sich, die Fenster einen Spalt zu öffnen.

Zum Schluss ging er nochmals langsam durch seine Wohnung. Nichts durfte auf die nächtliche Anwesenheit von Piotr hinweisen! Erst als er ganz sicher war, dass er nichts übersehen hatte, stellte er seinen Wecker, legte sich aufs Bett und versuchte zu schlafen.

Die rote Lampe über den Mikrofonen leuchtete auf.

„SWR 1 ‚Leute' – mit einer Frau, die eine steile politische Karriere gemacht hat, und einer Mutter, die seit vier Tagen Schweres durchmacht, denn ihre siebenjährige Tochter Manuela wurde entführt. Heute bei uns zu Gast: die neue Ministerin von Rheinland-Pfalz, Frau Monika Meyer-Liebrecht! Mein Name ist Katja Heijnen.“

Die rote Lampe erlosch wieder, die Moderatorin schob ihre Kopfhörer von den Ohren und warf einen Blick zu ihrem Gegenüber. Monika Meyer-Liebrecht hatte auf die Kopfhörer verzichtet, die man ihr angeboten hatte.

„Wollen wir mit der Entführung anfangen oder lieber mit Ihrem beruflichen Werdegang?“

Die Ministerin zögerte. „Ich glaube, die Leute haben in den letzten Tagen so viel von der Entführung gehört, wir sollten das vielleicht etwas zurückstellen.“

„Dann werde ich mit Ihrer Schulzeit beginnen und kurz auf Ihre Eltern zu sprechen kommen und dann noch das Studium anschneiden.“

Die Ministerin nickte. Katja Heijnen schob die Kopfhörer wieder über die Ohren, warf einen Blick auf den Bildschirm vor sich, auf dem der Programmablauf zu sehen war, und machte Christina Güntner, der blonden Technikerin hinter der Glasscheibe, ein Zeichen, dass alles nach Plan ablaufen werde. Dann wartete sie das Ende des Musiktitels ab.

„SWR 1 ‚Leute' – heute mit der rheinland-pfälzischen Ministerin Monika Meyer-Liebrecht, ich bin Katja Heijnen.“ Die Moderatorin warf einen kurzen Blick auf die Stichworte, die sie sich vor der Sendung notiert hatte. „Frau Meyer-Liebrecht, Sie wurden in Birkenfeld geboren und wussten bereits mit fünf Jahren, dass Sie in die Politik gehen würden. Reichlich früh für Ihr Alter damals?“

Die Ministerin hatte die Hände vor sich gefaltet und presste sie fest zusammen. „Mein Vater war zu der Zeit bereits Major und wurde zu offiziellen oder festlichen Anlässen in Birkenfeld gern mit meiner Mutter eingeladen", begann sie und registrierte erleichtert, dass ihre Stimme ganz normal und ruhig klang. „Anlässlich eines Wahlkampfes kamen etliche Politiker in den Hunsrück und meine Mutter, eine sehr resolute Frau, regte sich eines Abends nach einer solchen Einladung auf, dass es immer nur Männer waren, die da kamen. Als es dann wohl sonntags drauf hieß: ‚Wir gehen zur Wahl', habe ich geglaubt, man kann sich dort, wo wir hingingen, zu so einem Politiker wählen lassen. Ich marschierte also mit meinen Eltern in das Wahllokal. Dort wollte ich meiner Mutter eine Freude bereiten. Als mein Vater von einigen anwesenden Wahlhelfern begrüßt wurde, die natürlich auch meine Mutter und mich begrüßten, vermeldete ich laut, dass ich gekommen sei, um mich wählen zu lassen."

„Was haben Ihre Eltern dazu gesagt?"

Die Ministerin löste ihren Blick von der Moderatorin und schien in weite Fernen zu schauen. „Nun, zunächst einmal brach großes Gelächter aus, was mich sehr irritierte. Aber ich erinnere mich, ein älterer Mann beugte sich zu mir und meinte, solche Leute wie mich könne man gut gebrauchen. Da war ich ganz stolz. Auf dem Nachhauseweg klärte mich dann meine Mutter auf und meinte zum Schluss, wenn ich mal groß und erwachsen wäre, könne ich ja meinen Wunsch erfüllen."

„... was Sie dann auch getan haben. Aber zuerst wollten Sie eigentlich Ärztin werden?"

„Ich wollte alles werden", lachte die Ministerin, plötzlich völlig von der Gegenwart gelöst. „Ärztin, Urwaldforscherin, Frisöse, selbst Taxifahrerin ... Das hing immer gerade von den aktuellen Umständen ab. So wollte ich unbedingt Hebamme werden, als ein Nachbarskind auf die Welt kam."

„Aber schließlich haben Sie dann doch Politik studiert."

Monika Meyer-Liebrecht zögerte. Was sollte sie der Öffentlichkeit preisgeben?

„Auch nicht sofort ... Nach dem Abitur habe ich zunächst mit einem Jurastudium begonnen und erst nach einem Jahr zur Politik gewechselt."

„Und während Ihrer Jura-Semester, glaube ich gelesen zu haben, da haben Sie Ihren Mann kennen gelernt ..."

Am Samstag hatten Polizeihauptkommissar Schrieder und sein Kollege Eckert bei ihren Besuchen der Kraftfahrzeughalter wenig Erfolg gehabt. Die meisten waren, wie die Polizisten von Ehepartnern, Kindern oder Nachbarn erfuhren, zum Einkaufen unterwegs, bei vielen anderen wurde erst gar nicht geöffnet, weil einfach niemand zu Hause war, und bei den wenigen anderen brachten die Besuche keinen auch nur annähernd vertretbaren Anfangsverdacht. So blieb den beiden Beamten nichts anderes übrig, als die noch offen stehenden Adressen am Sonntag abzufahren.

Doch auch der Sonntag entwickelte sich zunächst schwierig, da viele in der Kirche oder beim Frühschoppen waren. Erst gegen Mittag wurde der eine oder andere angetroffen. Nicht überall wurden die beiden Beamten freundlich begrüßt, da man gerade beim Mittagessen saß. Andere hatten Verständnis, ließen sich Zeit für die Befragung und das Essen kalt werden.

Auch bei Ursula Felten und Piotr Szalbowski läuteten die Beamten, bekamen aber wie schon tags zuvor nicht geöffnet. Allerdings streckte eine Hausbewohnerin sofort neugierig ihren Kopf aus dem Fenster, als das Polizeifahrzeug schon zum zweiten Mal innerhalb von zwei Tagen vorfuhr. Von ihr erfuhren die Beamten, dass Herr Szalbowski arbeitslos sei und Frau Felten, soweit sie wisse, Urlaub habe. Daraus schloss sie messerscharf, dass beide verreist seien. Sie nannte auf Schrieders Rückfrage bereitwillig den Arbeitgeber von Frau Felten, der sicherlich mehr wisse.

Den Namen notierte Eckert in seinen Unterlagen und machte einen entsprechenden Vermerk für einen späteren Besuch.

„Ich weiß, wo ihr Chef wohnt. Wir kennen uns privat“, meinte er, als sie wieder im Wagen saßen. „Wenn wir Glück haben, ist er zu Hause und wir können uns weitere vergebliche Besuche bei den beiden ersparen.“

„Dann nichts wie hin!“, freute sich Schrieder.

Während „Lost in France“ von Bonnie Tyler über den Sender ging, besprach Katja Heijnen mit ihrem „Leute“-Gast die nächste Gesprächsrunde. Was war der Ministerin in dieser Situation zuzumuten?

„Ich würde jetzt gern von Ihrer Jugend auf Ihre Familie umschwenken“, tastete sie sich vorsichtig an das heikle Thema heran. „Sie waren kein Einzelkind?“

Die Ministerin schüttelte den Kopf. „Ich hatte einen älteren Bruder ...“

„Hatte?“ Katja Heijnen schaute erstaunt von ihren Unterlagen auf.

„Nun ja, aber vielleicht finden wir einen anderen Übergang. Ich möchte darauf nicht näher eingehen. Er ist – tot.“

„Verstehe." Die Moderatorin nickte mitfühlend und überflog das Blatt vor sich. „Fallt Ihnen irgendetwas ein, was uns zu Ihrer Familie führt?", fragte sie, ohne aufzublicken.

„Ich hatte einmal einen Teddybär, den ich heiß und innig geliebt habe. Inzwischen ist er mehrfach repariert, aber ich habe ihn meiner Tochter geschenkt und sie hat ihn vor zwei Jahren ihrem Brüderchen geschenkt …"

„Das nehmen wir!", freute sich Katja Heijnen. „Und dann kommen wir leider zum aktuellen Thema." Sie blickte die Ministerin fragend an.

Doch die nickte nur und presste ihre Hände so fest ineinander, dass die Knöchel weiß hervortraten.

Katja Heijnen warf einen kurzen Blick auf den Monitor. „Noch einundzwanzig Sekunden …"

Herr Alt, der Chef von Ursula Felten, öffnete persönlich die Tür. Verwundert schaute er die beiden Beamten an.

„Mensch, Thoms, watt mächs dau denn om hoheiljen Sonntach hei? Doch net dijenstlich?"

„Doch", antwortete Eckert und reichte Alt die Hand. „Aber wir werden dich nicht lange aufhalten."

Alt bat die beiden ins Haus und führte sie ins Wohnzimmer. „Wells de en Schnäpsi?"

Die Beamten lehnten dankend ab.

„Wir haben eigentlich nur eine Frage. Bei dir arbeitet doch eine gewisse Ursula Felten …"

„Stemmt, äwwa dij es weille en Urlaub."

Eckert strahlte. „Genau das wollte ich von dir hören." Er zögerte einen Moment. „Sag mal, die lebt doch mit einem Mann zusammen. Kennst du den auch?"

„Flichtig, ganz flichtig", antwortete Alt und zündete sich eine Zigarette an, nachdem seine Besucher auch diese dankend abgelehnt hatten. „Dä es, glew eich, arwetslos. Äwwa det Orsel erzeehlt wenich von ihrem Privatläwe. Allerdings wohne dij zwo schon en Zeijt lang seesahme. Er kemt se ab in zou abholle. Me wäs eich net. Man hert, er drenkt gär ähne, äwwa dofon wähs eich werklich nix."

„Und was ist diese Felten für eine Person?", setzte Schrieder die Befragung fort.

„Worem froen Se? Thoms sät, Se wäre dijenstlich hei …"

„Darüber kann ich Ihnen leider keine Auskunft geben. Das Fahrzeug des Freundes von Frau Felten befindet sich auf einem Verkehrsüberwachungsvideo. Das muss gar nichts bedeuten, auf dem Video befinden sich Tausende Autos. Aber ich wüsste doch gern, wer seine Freundin ist."

„Irjendähne Sesahmehang zou ner Stroftat muss et jo schon genn", kombinierte Alt und schmunzelte dabei, „soss wärt ihr net hei. Äwwa gout, et Orsel es einfach gestreckt, wenn Se vasteen, watt eich domet mäne. Iwwer ihr Arwet kann eich meich net beklache, die es einwandfrei. Se hat Hauptschull abgeschloss, soweit eich meich erinnere, domet harret et sich."

Schrieder fixierte den Chef mit leicht zugekniffenen Augen. „Würden Sie ihr eine Straftat zutrauen?"

„Also doch!", lächelte Alt und schnippte vergnügt mit den Fingern. Doch dann wurde er wieder ernst. „Nä, dofir es se vill zou harmlos. Äwwa wer wääß schonn, watt en em annere stecht? Also em Parkverbot parke, datt traue eich ihr zou", er lachte wieder, „äwwa en Einbroch orrer Ähnlichet …" Er stockte und blickte prüfend von Schrieder zu Eckert. „Ihr ermettelt doch net etwa en der Sach der klän Meyer-Liebrecht?"

Eckert erhob sich und schüttelte den Kopf. „Lass gut sein, Erwin. Glaub mir, es handelt sich nur um eine Fahrzeughalterfeststellung, mehr nicht."

Ursula schreckte auf, als auf der Straße hinter den Büschen Reifen quietschten. Polizei, schoss es ihr durch den Kopf. Instinktiv rannte sie ans Fenster, konnte aber durch das viele Grün nichts erkennen. Sie hörte nur ein lautes Schimpfen. Das war doch Rolfs Stimme!

Sie deckte Manuela noch einmal sorgfältig zu und strich ihr über die schweißnassen Locken. Das Fieber war in den letzten Stunden konstant geblieben, der Husten hatte etwas nachgelassen.

„Ich komme gleich zurück", flüsterte sie dem Kind ins Ohr und verließ lautlos die Hütte, nicht ohne sorgfältig die Tür hinter sich abzuschließen.

Rolf hatte den Wagen seitlich von der Hütte auf dem Feldweg abgestellt. Denn wenn Manuela aufstehen und durchs Fenster blicken würde, sollte sie ihn auf keinen Fall erblicken und später identifizieren können.

„Datt hätt us nach gefählt", schimpfte er. „Wäre mir doch beinahe so ein Scheiß-Itaker mit seinem roten Flitzer beim Abbiegen hintendrauf gefahren. Ich frag mich bloß, was macht der hier in dieser abgelegenen Gegend? Nach 'ner sonntäglichen Kaffeefahrt sah das nicht aus!"

Er öffnete die rückwärtige Klappe seines Voyagers.

„Ich habe das halbe Auto voll Zeug – weiß gar nicht, wohin du den ganzen Kram stellen willst!“, nörgelte er weiter.

Ursula warf einen Blick in den Van und sah erfreut die vielen Kartons, die auf der Ladefläche gestapelt waren.

„In dem Korb ist das warme Essen“, sagte Rolf. „Das Beste wird sein, ihr esst es gleich, solange es noch warm ist. Ich habe es so gut verpackt wie möglich.“

Ursula nahm den Korb an sich und verschwand wieder zwischen den Büschen.

Manuela hatte in der Zwischenzeit keine Anstalten gemacht aufzustehen. Apathisch beobachtete sie, wie Ursula zwei Teller und einen in Handtücher gewickelten Kochtopf auspackte und einen herrlich duftenden Bohneneintopf in die Teller verteilte.

„Hast du Hunger?“

Entgegen ihrer Erwartung kam ein schwaches „Ja“ als Antwort. Sie half Manuela, sich aufzurichten. Sofort begann das Kind mit Heißhunger zu essen.

„Lass dir Zeit“, rief Ursula verwundert aus, „es ist noch reichlich im Topf.“

Doch Manuela löffelte weiter in sich hinein, als gelte es, eine Wette zu gewinnen. Ihr Teller war schon leer, bevor Ursula kaum die Hälfte ihrer Portion gegessen hatte. Sie füllte Manuelas Teller ein zweites Mal und sah mit Freude, dass auch dieser Nachschlag sehr schnell aufgegessen wurde. Wenn es dem Kind so gut schmeckte, konnte die Krankheit nicht sehr schlimm sein!

„Noch etwas?“, erkundigte sie sich.

Manuela schüttelte den Kopf und ließ sich erschöpft seitlich auf das Lager fallen.

„Dann schlaf wieder ein bisschen. Ich werde noch ein paar Sachen reinholen, die man uns gebracht hat.“

In Ruhe aß Ursula ihren Teller leer, stellte den Topf mit dem Rest des Eintopfes zugedeckt in eine Ecke und ging wieder nach draußen. Rolf hatte inzwischen alle Kartons auf eine Bank neben der Hütte gestellt. Jetzt saß er im Van und hörte Radio.

Michael Lueg moderierte an diesem Sonntag das Nachmittagsprogramm und spielte mit SWR-Hörern „Das Duell“, eine Sendung, die Rolf häufig verfolgte. Es ging darum, über das Telefon im Duell mit einem anderen Hörer Dinge zu wissen oder zu erraten.

„Wer ist das?“, flüsterte Rolf, als Ursula die Wagentür öffnete, und machte ihr ein Zeichen zuzuhören.

Aus dem Radiolautsprecher drang eine Männerstimme, die offenbar eine Festrede hielt.

„Klingt wie unser Außenminister“, tippte Ursula aufs Geratewohl.

Rolf schüttelte den Kopf. „Zu dem passt aber der Text nicht. Hör mal, da geht es doch um Sport – ein Fußballer, schätze ich.“

Gespannt warteten beide, bis Lueg die Auflösung preisgab. Es war tatsächlich ein Fußballer, dessen Namen allerdings weder Ursula noch Rolf kannten.

„Die Stimme kam mir trotzdem bekannt vor“, verteidigte sich Ursula.

„Man müsste sich mehr für Sport interessieren“, brummte Rolf.

Doch seine Laune hatte sich merklich aufgehellt. Durch das anregend moderierte Spiel hatte er zum ersten Mal die grässlichen Bilder der Nacht vergessen können. Er stieg aus und ging mit Ursula zu den mitgebrachten Utensilien.

„Dort in dem kleinen Karton sind alle Medikamente, die ich noch hatte, und speziell eine Sache für Kinder, allerdings aus der Apotheke. War eine teure Investition, 43,00 Euro.“

„Du wirst es verschmerzen können, wenn wir erst mal die Millionen in den Händen halten“, konterte Ursula bissig. Immerhin ging es um die Gesundheit des Kindes. „Hat sich Piotr bei dir gemeldet?“, setzte sie unvermittelt hinzu.

Bei dem Namen durchzuckte es Rolf. Plötzlich stand alles wieder vor ihm, der kleine See, die weit aufgerissenen Augen des Toten, der ekelhafte Geruch …

„Nein“, antwortete er schnell. „Wozu auch? Ich werde jetzt deinen Part übernehmen und morgen den nächsten Anruf tätigen, falls die Anzeige erscheint. Mal sehen, was wir dann machen.“

Ursula blieb entrüstet mit einem Karton in der Hand stehen.

„Aber das war doch alles besprochen. Piotr wird das Geld abholen – oder wurde daran auch schon etwas geändert?“

„Nein, nein“, wehrte Rolf heftig ab. „Aber wir sollten unser ganzes Vorgehen nochmals genau überdenken. Hast du denn hier um dich herum irgendetwas bemerkt, was auf eine Observation hindeutet?“

Ursula verneinte und brachte den Karton mit der Medizin in die Hütte. Manuela war so eingeschlafen, wie sie sich nach dem Essen hatte fallen lassen.

8.

Als die Ministerin mit Gifhard vom SWR zurückkam, stand das Essen bereits auf dem Tisch. Aysha hatte sich besonders angestrengt, nachdem ihre Chefin sich so diskret verhalten und nicht nach dem Wer und Wieso ihrer Schwangerschaft gefragt hatte.

„Wie geht es dir?", war die erste Frage der Ministerin, als sie das Wohnzimmer betrat.

„Danke, es ist alles wieder in Ordnung", antwortete das Hausmädchen und blickte verschämt an ihrer Chefin vorbei. „Ich hoffe, es schmeckt Ihnen, was ich gekocht habe. Wir hatten ja keine Gelegenheit darüber zu sprechen."

„Es hat uns immer geschmeckt, was du zubereitet hast", versicherte ihr Monika Meyer-Liebrecht.

„Ihr Mann hat mir erzählt, dass es nichts Neues von Manuela gibt. Es tut mir sehr Leid. Auch von meinen Eltern soll ich Ihnen das sagen."

Die Ministerin nickte ihr dankbar zu und wandte sich Robert und ihrem Mann zu, die bereits mit Gifhard und den beiden Kripobeamten am Tisch Platz genommen hatten.

„Die Sendung war sehr schön und rund", flüsterte ihr Mann ihr ins Ohr, als sie sich neben ihn setzte, und gab ihr einen Kuss.

„Katja Heijnen war auch ganz reizend und sehr mitfühlend und zurückhaltend mit ihren Fragen", meinte sie. „Sie hat mir als Dankeschön eine wunderschöne Autobiografie von Carl Zuckmayer geschenkt. Er war Mainz sehr verbunden und ist dort auch zur Schule gegangen, das hatte ich gar nicht gewusst."

„Als wär's ein Stück von mir!", lachte Erich.

Monika schaute ihn überrascht an. „Woher kennst du den Titel?"

„Immerhin bin ich in Nackenheim geboren, genau wie Zuckmayer, da weiß man so was!", lachte er nicht ohne Stolz. „Zuckmayer, der große Sohn der Stadt!"

„Wie kann man denn das Kind einer Stadt sein?", mischte sich Robert ein.

Alle mussten lachen. Für Augenblicke schienen die Sorgen um Manuela vergessen.

Am frühen Sonntagnachmittag fuhr Günter mit seinen Kindern wieder von der Mosel hoch in den Hunsrück, ziemlich nahe am neuen Unterschlupf von Ursula und Manuela vorbei. Doch das konnte er nicht ahnen.

Sie hatten alle drei lange ausgeschlafen, ausgiebig gefrühstückt und waren dann noch ein wenig an der Mosel entlanggelaufen. Zunächst hatte Günter überlegt, ob er auf einen weiteren Besuch im Freizeitpark Bell verzichten und stattdessen mit den Kindern nach Hause fahren sollte. Doch er hatte den Gedanken bald fallen lassen. Wer wusste, wie gut Piotr das Haus aufgeräumt und von allen Spuren befreit hatte?

Gleich beim Betreten des Parks kaufte er den beiden Kindern ein Eis. Dabei stellte er mit Schrecken fest, dass sich der Inhalt seines Portmonees in den letzten 36 Stunden Besorgnis erregend verringert hatte. Na ja, in naher Zukunft schon würde dies alles kein Thema mehr sein. Zufrieden lenkte er seine Schritte wieder zu dem Teich und einer der Bänke, die sich dort befanden.

„So, was wollt ihr denn als Erstes machen?"

„Wasserkanone!", kam es wie aus einem Mund, und schon rannten Jens und Sarah los.

Rolf konnte nach seinem Besuch bei Ursula und Manuela nicht einfach nach Hause fahren. Irgendwie hatte der unerwartete Tod von Piotr für ihn alles verändert. Er war bisher der Einzige, der davon wusste. Zu gern hätte er sich bei jemandem ausgesprochen, vielleicht sogar ausgeweint.

Immer wieder fragte er sich, ob er eine gewisse Mitschuld an dem Tod trug. Er hätte Piotr retten können, wäre er sofort aufgestanden und hätte im Bad nachgesehen! Aber das Klatschen ins Wasser hatte nicht darauf schließen lassen, dass etwas Schlimmes, sogar Tödliches geschehen war. Immer wieder sah er den nackten, toten Körper vor sich, fühlte ihn noch auf seinen Schultern. Was hatte er da getan? Niemals hätte er sich zugetraut, dass er zu so etwas fähig sein würde!

Aber Piotr war nun einmal tot, daran war nichts zu ändern. Und nun musste er die Situation nüchtern betrachten. Es hatte nur zwei Möglichkeiten gegeben: entweder Piotr verschwinden zu lassen oder die Polizei zu benachrichtigen. Dann wären sie alle drei in die Gefahr geraten, aufzufliegen und ins Gefängnis zu wandern. Denn man hätte natürlich die Wohnung von Piotr aufgesucht und nach Ursula gefragt, sie vermisst … Überhaupt, Ursula! Würde sie die Nerven behalten, wenn sie erfuhr, dass Piotr in Rolfs Wohnung verunglückt war?

Er achtete nicht auf die Richtung, in die er fuhr, und nicht auf die Straße. Fieberhaft überlegte er, wie es weitergehen musste. Ursula hatte er gesagt, es bliebe alles beim Alten, wohl wissend, dass Piotr die Geldübernahme nicht machen konnte. Sollte er oder sollte Günter nun diese Aufgabe übernehmen? Würden Meyer-Liebrechts überhaupt auf die Forderung eingehen? Fragen über Fragen, Probleme über Probleme. Und alles nur, weil dieser Scheiß-Piotr wieder einmal hemmungslos gesoffen hatte!

Er nahm sich vor, noch am Abend Günter aufzusuchen, ihm reinen Wein einzuschenken und sich mit ihm zu beraten. Wie würde sein Freund reagieren? Auch von Piotrs Geständnis musste er ihm berichten. Damit war eh die Luft aus der Eifersuchtskiste, die sich drohend angebahnt hatte. Na ja, von Piotrs Seite war sie ohnehin nur reine Schau gewesen!

Bei aller Dramatik musste Rolf doch auch lachen. Da machte dieser Witzdödel seiner Usch gegenüber Andeutungen, dass er sich ihrer Treue nicht sicher sei, und ließ deshalb alle Pläne ändern, und in Wirklichkeit vögelte er seit längerem eine andere und schwängerte sie auch noch! Am Ende hätten sie möglicherweise noch durch fünf teilen müssen. Und wer wusste, ob diese Türkin überhaupt den Mund gehalten hätte? Sicher, vor Ursula hätte sich Piotr damit rausreden können, er habe sich nur an das Mädchen rangemacht, um an die Informationen zu kommen. Aber alle hätten sehr schnell an Hand der Schwangerschaft ausrechnen können, wann das Verhältnis begonnen hatte – nämlich schon vor der Ernennung der Staatssekretärin zur Ministerin. Damit lag alles klar auf der Hand: Piotr hatte Ursula schon längst abgeschrieben, als der Entführungsplan entstand! Er hatte sie für die Rolle bei der Entführung nur noch ein letztes Mal benutzt.

Rolf schreckte auf, als er plötzlich das Ortsschild Brodenbach am Straßenrand sah. Erst jetzt wurde ihm bewusst, dass er völlig ziellos durch die Gegend fuhr. Er warf einen Blick auf die Uhr. Günter würde noch nicht zu Hause sein. Also fuhr er weiter nach Alken und stellte seinen Wagen auf einem gerade frei gewordenen Parkplatz ab.

Die Straßencafés waren bis auf den letzten Stuhl besetzt. Rolf schlenderte die Uferstraße entlang, bog dann in eine schmale Gasse ein und stieg langsam die Straße zum Ortskern hinauf. Bald erreichte er die an den Ort grenzenden Weinberge unterhalb der Burg Thurant und machte wieder kehrt.

Als er in eine schmale Gasse einbog, die moselwärts führte, drangen ausgelassene Stimmen an sein Ohr. Hinter einem Bruchsteinmauerwerk mit gekippten Fenstern verbarg sich eine Weinwirtschaft, wie eine über die Straße gezogene Weinranke und ein Metallschild erkennen ließen. Neugierig warf Rolf einen Blick durch die offene Tür.

Sofort hatte man ihn entdeckt und winkte ihn herein.

„Sie hann ich hier aber noch nicht gesehen!“, begrüßte ihn ein Zweimetermann mit kurz geschnittenem Vollbart und blauer Schürze, auf der ein Weinblatt aufgedruckt war. „Do hinnen is noch'n Stühlchen für Sie frei, wenn Se'n Schoppen trinke wolle. Aufs Essen verzichte Se besser bei Ihrem nicht gerade zarten Figürchen, davon hann Se ja schon reichlich mitgekriegt, wie mer sieht!“

Der Mann lachte schalkhaft und mit ihm etliche der umhersitzenden Gäste.

„Geh'n Se einfach durch“, forderte er Rolf auf. „Se brauche keine Angst zu hann, hier beißt keiner … außer meiner Frau! Aber die hab ich heut' in die Küch' gesperrt.“

Wieder lachten alle. Im Hintergrund, hinter einer weiteren offenen Tür, entdeckte Rolf eine Art Innenhof, in dem an einem großen Tisch weitere Gäste saßen. Er schob sich an dem Wirt vorbei und entdeckte tatsächlich noch einen freien Stuhl an dem Tisch. Von hier aus konnte er in eine Küche sehen, in der eine junge und eine ältere Frau eifrig am Arbeiten waren.

„So, un was darf ich Ihnen bringe? Weiß, rot, trocken oder eher lieblich?“

Rolf hatte nicht gemerkt, dass der Wirt ihm mit zwei offenen Flaschen in der Hand gefolgt war. Er setzte sich auf den freien Stuhl und warf einen Blick in die Runde, um festzustellen, was am Tisch getrunken wurde.

„Kann ich auch eine Schorle haben?“

„Bei uns könne Se alles hann, außer Geld“, antwortete der Wirt und wandte sich den anderen Gästen am Tisch zu. „Das hier is en Neuer, verschreckt en mir nicht und benehmt euch ausnahmsweise mol, wie sich das für anständige Mensche su gehört!“

Manche protestierten, aber alle lachten und prosteten dem Neuen zu, obwohl Rolf noch nichts hatte, womit er hätte anstoßen können.

„Dat is hier immer su“, meinte sein Nachbar, ein schlanker Mittdreißiger mit braun gebranntem Gesicht. „Da dürfen Se sich nichts bei denke.“

Der Wirt stellte ein Glas vor Rolf hin und goss zuerst Wein und dann Mineralwasser dazu. Dabei gelang es ihm, das Glas im wahrsten Sinne randvoll zu gießen, so dass Rolf Probleme bekam, es anzuheben.

„Wohl bekomm's!“, meinte er und verschwand aus Rolfs Blickfeld.

Rolf nahm das Glas ganz vorsichtig auf und nippte daran.

„Auf die Weis kriegen Se dat Glas aber niemals leer!“, lachte sein Nachbar und deutete auf eine Reihe von Flaschen, die bereits auf dem Tisch standen.

„Eich hann et Audo dabeij“, antwortete Rolf und hoffte, nicht weiter in ein Gespräch verwickelt zu werden. Vielleicht würde ihm aber die Ablenkung auch gut tun. Er griff erneut nach dem Glas und nahm einen kräftigeren Schluck.

Der Wirt tauchte wieder auf und tauschte die herunter gebrannten Kerzen in den Ständern gegen neue aus. Dabei beugte er sich so weit über den Tisch, dass seine Halskette mit den kleinen, goldenen Anhängern herunterbaumelte.

Rolf hätte sich beinahe an seiner Schorle verschluckt. Deutlich hatte er Miniatur-Nachbildungen von Handschellen als Anhänger erkannt. Sie wirkten auf ihn wie ein elektrischer Schlag. War dies ein böses Omen?

Sein Nachbar war seinem Blick gefolgt und hatte auch seine Verwirrung sofort bemerkt. Er neigte sich zu Rolf hin.

„Dat muss Se nicht besonderes wunneren, dä Mann is gerade Kriminaloberkommissar gewurden“, erklärte er so stolz, als habe er selbst die Beförderung erfahren, „aber och als Winzer is er ganz gut, gell, Wilfried, mein Freund?!“

„Ich hoff doch!“, antwortete der, immer noch mit den Kerzen beschäftigt. „Aber ich weiß nicht, worin ich besser bin.“

Wieder folgte sein herzhaftes Lachen.

„Also verhaftet hast du hier, glaube ich, noch keinen!“, meinte ein Herr im eleganten hellbraunen Anzug und mit einer auffallenden Krawatte.

„Was nicht is, kann jo noch werde“, scherzte der Wirt, strich sich über den Bart und schaute ausgerechnet Rolf an, dem das Blut in den Adern gefror.

„Kann ich bitte gleich zahlen?!“, stieß er verwirrt hervor, kippte den Rest der Weinschorle in einem Zug herunter und griff nervös nach seinem Portmonee in der Gesäßtasche.

„Ob Se das könne, weiß ich nicht. Aber wenn Se unbedingt wolle, kann ich Se nicht dran hinneren“, bedauerte der Wirt sichtlich enttäuscht, seinen neuen Gast schon wieder verabschieden zu müssen.

Etliche Fenster des LKA in Mainz waren bis tief in die Nacht hell erleuchtet, und auf den Gängen herrschte ein geschäftiges Treiben. In den Büros und Besprechungsräumen saß man in kleineren und größeren Gruppen zusammen, jeweils mit einem Spezialthema beschäftigt, um in der großen gemeinsamen Sitzung, die auf 23 Uhr festgelegt war, den kommenden Tag zu besprechen und zu planen. Morgen würde die Anzeige in der FAZ erscheinen. Auf Empfehlung des Profilers hatte man absichtlich das Wochenende verstreichen lassen, um die Entführer weiter nervös zu machen.

„Nervosität und Ungeduld sind in solchen Situationen meist die besten Fahnder“, hatte Dr. Gabriel seine Empfehlung begründet. „Ich bin mir absolut sicher, dass wir uns nur auf Rheinland-Pfalz konzentrieren müssen. Allerdings dürfen wir die Grenzen nach Luxemburg und Belgien nicht außer Acht lassen. Denn es gibt zwei Möglichkeiten: entweder wir brechen über das schwächste Glied die Bande auf oder sie werden sich fluchtartig zurückziehen. Und da liegt natürlich nichts näher, als ins benachbarte Ausland zu flüchten.“

„Wie hoch schätzen Sie das Risiko für das Kind ein?“, warf Kriminalrat Wendling ein.

Dr. Gabriel schaute dem Leiter der Soko fest in die Augen. „Sehr gering!“

Staatssekretär Armin von Rösch, der in der Runde vor allem die Interessen der Ministerin vertrat, wiegte zweifelnd den Kopf. „Woher nehmen Sie diese Sicherheit?“

Der Profiler warf einen Blick zwischen Beleidigtsein und Mitleid quer über den Tisch zu dem Fragesteller.

„Es gibt drei Stufen von Täterrisiken“, klärte er ihn auf. „Am gefährlichsten und unberechenbarsten sind Einzeltäter. Je mehr Täter an einer Entführung beteiligt sind, umso mehr nimmt das Risiko bereits ab. Parallel dazu läuft die Zeit. Mit jedem Tag nimmt das Risiko weiter ab. Und diese beiden Faktoren addieren sich. Ersparen Sie es mir, diese kriminologischen Erfahrungen im Moment genauer zu kommentieren oder belegen.“

Von Rösch hatte den tadelnden Unterton in der Antwort deutlich gehört, ließ aber nicht locker: „Ich muss Sie trotzdem bitten, jeden Schritt vorher mit uns abzustimmen."

Hauptkommissar Schaust spürte die sich anbahnende Spannung im Krisenstab. Er stand auf und ging langsam auf die Karte von Rheinland-Pfalz zu, die man auf seinen Wunsch hin aufgehängt hatte.

„Wir werden noch einen weiteren Partner mit ins Boot nehmen, wenn es losgeht." Er zeigte auf die Karte. „Wenn wir davon ausgehen, dass die Entführer sich tatsächlich noch in diesem Bereich aufhalten, wofür vieles spricht, müssen wir einen gezielten indirekten Kontakt zu ihnen nutzen, der sie – hoffentlich unbewusst – beeinflusst, ja vielleicht sogar lenkt."

Alle schauten den Kriminalhauptkommissar erwartungsvoll an.

„Die Medien", fuhr er bestimmt fort. „Und hier bieten sich nicht nur die Zeitungen und das Fernsehen an, sondern vor allem der Rundfunk, den die Entführer problemlos überall, auch auf einer eventuellen Flucht, empfangen können. Wenn die Meldungen überzeugend genug sind, werden die Entführer zumindest weiter verunsichert sein, wenn nicht sogar darauf hereinfallen."

„Das heißt ...?", warf der Kriminalrat ein.

„Es kommt zunächst eigentlich nur der SWR in Frage. Und zwar die Programme, die Verkehrsnachrichten bringen, weil man die in der Regel im Auto hört."

„Lässt sich schnell feststellen. Ich schalte immer SWR 1 ein, wenn ich im Auto fahre." Ministerialdirektor Bernheimer, der Leiter der Pressestelle, blätterte eifrig in einem kleinen Büchlein. „Da ist zuständig ... Programmchef ... Jens Huppert." Er klappte das Büchlein zu. „Den Kontakt stelle ich her!"

Dr. Gabriel machte sich einige Notizen.

„Gut", übernahm er wieder das Wort, „dann stellen Sie auch mal fest, inwieweit der SWR mitspielt, wenn morgen nach Erscheinen der Anzeige ein Anruf der Entführer kommt und uns der Übergabeort mitgeteilt wird. Dann werden wir anfangen müssen zu zaubern, damit die Entführer mal so richtig ins Schwitzen kommen! Aber uns wird schon etwas einfallen."

Rolf war von seinem Erlebnis in Alken noch so geschockt, dass er in Gedanken mit seinem Voyager direkt vor Günters Haustür parkte. Von unterwegs aus hatte er sich über Handy bereits bei seinem Freund angekündigt.

Günter wirkte abgespannt. Seine Kinder hatten ihn übers Wochenende offenbar ordentlich auf Trab gehalten.

„Erzähl, was gibt es Neues?“, begrüßte er Rolf und ging ins Wohnzimmer voraus.

„Da musst du dich erst setzen.“

„So schlimm?“

„Noch schlimmer!“

Günter stutzte, deutete dann aber auf einen Sessel und ging zurück in die Küche, um die beiden Flaschen Bier aus dem Kühlschrank zu holen. Aber sie waren verschwunden! Kopfschüttelnd machte er im Keller auf die Suche nach einem anderen passenden Getränk.

Rolf wartete mit geschlossenen Augen im Sessel und versuchte sich auf das zu konzentrieren, was er seinem Freund mitteilen musste. Am besten war es wohl, wenn er alles der Reihe nach erzählte.

„Rot oder weiß?“

Rolf riss die Augen auf. Günter hielt ihm zwei Weinflaschen entgegen. Sofort hatte Rolf wieder das Bild von vor einer Stunde in Alken vor Augen.

„Egal!“

Er ließ seinen Kopf zurück auf die Rückenlehne des Sessels fallen und hörte mit geschlossenen Augen, wie Günter eine Flasche entkorkte und zwei Gläser einfüllte.

„Prost!“

Als er das Glas entgegennahm, zitterte seine Hand so sehr, dass einige Tropfen des Weines überschwappten und Flecken auf seiner Hose bildeten. Er nahm einen großen Schluck und ließ sich fast willenlos von Günter das Glas wieder abnehmen.

„Muss ja einiges geschehen sein“, murmelte Günter und ließ sich voll düsterer Vorahnungen auf die Couch sinken.

Rolf redete fast eine Viertelstunde, erst zögernd, dann immer rascher und schließlich so schnell und erregt, dass ihm Günter kaum folgen konnte. Trotzdem unterbrach er Rolf nicht. Von Zeit zu Zeit schüttelte er den Kopf oder rieb sich mit der Hand über das Gesicht, als wolle er einen bösen Traum wegwischen.

Nachdem Rolf seinen Bericht beendet hatte, schwiegen beide minutenlang. Günter versuchte zu begreifen, was in den letzten Stunden alles geschehen war.

„Und jetzt?“, fragte er schließlich leise.

Rolf zuckte mit den Schultern. „Wir müssen weitermachen. Es kann doch nicht alles umsonst gewesen sein! Oder willst du das Kind einfach wieder in Morbach abgeben und sagen: ‚Verzeihung, es hat nicht geklappt'?"

„Scheiße!" Günter schlug mit der Faust auf die Sofalehne, die eine kleine Staubwolke von sich gab.

„Ich werde die Arbeit von Piotr übernehmen", sagte Rolf ruhig.

„Warum bist du nicht ins Bad gegangen?", brüllte Günter plötzlich los. „Du musstest doch wissen, was passieren kann, wenn jemand im Vollrausch in eine Wanne steigt!"

„Auf die Idee, dass jemand in einer Badewanne ertrinken kann, bin ich nicht gekommen."

„Du nicht!" Günter betrachtete den beleibten Rolf von oben bis unten. „Bei dir würde das auch nicht funktionieren. Aber Piotr war doch nur eine halbe Portion."

„Davon habe ich nichts gemerkt, als ich ihn geschleppt habe", protestierte Rolf.

„Jetzt fang nicht auch noch an zu jammern!" Günter sprang auf und baute sich vor Rolfs Sessel auf. „Das war wohl das einzig Vernünftige, was du gemacht hast! Nur darf Usch nichts davon erfahren. Jetzt nicht und niemals."

„Das weiß ich auch!"

„Also …!" Günter ging in die Hocke, um in gleicher Augenhöhe zu sein wie Rolf. „Du übernachtest hier, morgen holen wir die Zeitung. Dann bringen wir Usch und der Kleinen etwas zu essen und beratschlagen, wie wir weiter vorgehen."

„Und Piotr? Usch wird sofort nach Piotr fragen!"

Günter setzte eine gleichgültige Mine auf. „Piotr? Der wird zu Hause sein und sich schon melden, wie immer. Dass er mal nicht ans Telefon geht, ist doch nichts Ungewöhnliches, oder? Vielleicht hat er auch die Hosen voll und ist ausgestiegen. Klingt doch glaubwürdig, nachdem er aus Angst vor der Polizei darauf bestanden hat, den Aufenthaltsort von dieser Kleinen zu wechseln. Hat vielleicht Schiss bekommen und ist abgehauen, wer weiß?"

Rolf schaute Günter fassungslos an. Im Grunde hatte er den arbeitslosen Elektronikingenieur immer für ein reichliches Weichei gehalten. Jetzt schien erst sein wahres Ich ans Tageslicht zu kommen. Vielleicht hatte Carola gar nicht so Unrecht gehabt, wenn sie über ihn hergezogen war? Sie hatte ihn immer als Intriganten und Ignoranten und als berechnend tituliert. Nur wenn es um seine Kinder ginge, spiele er den besorgten und liebevollen Vater.

„Was schaust du mich so verwundert an?“, fragte Günter belustigt. „Wir müssen so reagieren, sonst sitzt du schneller im Knast, als du denkst. Nicht wegen Entführung oder Erpressung, sondern wegen ... Mord!“

„Aber ich habe doch ...“

„Was hast du?“, schrie Günter. „Du wolltest nicht mit Piotr teilen, wird man behaupten. Du hast ihn besoffen gemacht, in die Wanne geschickt und dann unter Wasser gedrückt. Du hast ihn beseitigt. Meinst du wirklich, dir glaubt einer von der Kripo oder der Staatsanwaltschaft die Geschichte, die du dir nach dem Mord ausgedacht hast?!“

9.

Die Anzeige wirkte klein und unscheinbar, eingeklemmt im Wirtschaftsteil, da die FAZ montags über keinen separaten Immobilienteil verfügt. Kaum ein Leser würde ihr Beachtung schenken. Auch Rolf und Günter hatten lange suchen müssen. Und die Freude, als sie sie endlich gefunden hatten, hielt sich nach den vorangegangenen Ereignissen in Grenzen.

„Wer?", fragte Günter nur und blickte Rolf nachdenklich an.

„Ich kann anrufen, aber du musst die Übernahme des Geldes vornehmen, sonst nützt mein ganzes, feinsäuberlich vorbereitetes Alibi nichts! Wenn ich auch nur in der Nähe des Übergabeortes gesehen werde, dann wird man mein Alibi und alles andere drum herum genauer untersuchen."

„Mir ist da noch ein ganz anderer Gedanke gekommen ..."

Rolf horchte auf. Seit dem nächtlichen Gespräch war er vorsichtiger Günter gegenüber geworden. Er traute diesem Mann, den er all die Jahre ganz anders eingeschätzt hatte, nicht mehr so recht über den Weg.

Der Herr mit dem schwarzen Haar, der dunklen Sonnenbrille und einem Trenchcoat bekleidet machte einen sehr gepflegten Eindruck. Er stellte seinen braunen Reisekoffer vor der kleinen Rezeption im Union-Hotel Klinkner in Emmelshausen ab und öffnete die schwarze Aktentasche, die er in der anderen Hand trug.

„Ich würde gern noch ein Fax verschicken, bevor ich auf mein Zimmer gehe", sagte er höflich und lächelte die schlanke Frau, die ihm den Anmeldeschein vorgelegt hatte, über den Rand der Sonnenbrille freundlich an.

„Das erledigen wir gern für Sie. Wie lange wollen Sie bleiben?"

„Das hängt etwas von der Antwort auf das Fax ab. Allerdings würde ich es gern persönlich verschicken, wenn ich darf!" Er beugte sich etwas vor und fügte mit gedämpfter Stimme hinzu: „Es hat streng vertraulichen Charakter."

„Oh!“ Ohne dass sie es wollte, errötete die Frau und fuhr sich sichtlich verlegen über die kurzen Haare. „Dann kommen Sie bitte mit. Ich zeige Ihnen, wo unser Faxgerät steht.“

Der Mann folgte ihr. Den Koffer ließ er unbeaufsichtigt an der Rezeption zurück. Als man ihm das Faxgerät gezeigt hatte, wartete er, bis die Dame sich entfernt hatte, legte dann ein Blatt vorschriftsmäßig in das Gerät und tippte die Empfängernummer ein. Nach einer Weile begann das Gerät unter leisem Surren das Blatt einzuziehen und an der anderen Seite wieder auszuspucken. Der Mann ergriff die Seite, faltete sie rasch zwei Mal und steckte sie in die Innentasche seiner Jacke. Dann ging er schnellen Schrittes zur Rezeption zurück.

„Darf ich den Koffer kurz hier stehen lassen?“, fragte er. Er schien es plötzlich sehr eilig zu haben. „Mir ist gerade ein Termin eingefallen, den ich vergessen habe. Ich fülle die Anmeldung aus, wenn ich zurückkomme – so etwa in einer Stunde.“

Noch bevor die Frau eine Antwort geben konnte, schob er den kleinen Reisekoffer an die Wand und entfernte sich, die Aktentasche in der Hand.

„Ich lasse den Koffer schon auf Ihr Zimmer bringen“, rief sie ihm hinterher, doch der Gast war bereits aus dem Hotel geeilt.

„Eine bewundernswerte Selbstsicherheit!“, stellte Kriminalrat Wendling nicht ohne Anerkennung fest. „Die schicken das Fax doch tatsächlich direkt ins Ministerium! Sie müssen sich so sicher vorkommen, dass sie glauben, mit uns spielen zu können.“

„Aber damit ist bewiesen, dass sich die Entführer tatsächlich noch hier im Hunsrück aufhalten“, triumphierte Dr. Gabriel.

„Hoffen wir, dass auch Manuela noch hier in der Nähe ist. Das Ganze kann auch eine Finte sein“, gab von Rösch zu bedenken.

Der Profiler schüttelte energisch den Kopf. „Ich neige mehr dazu, Kriminalrat Wendling Recht zu geben. Die kommen sich unheimlich sicher vor. Mit Sicherheit werden unsere Beamten in Emmelshausen nichts vorfinden. Oder glauben Sie etwa, dass die Entführer in diesem Hotel mit dem Kind übernachten und auf uns warten?“

„Die Kripo Koblenz ist unterwegs und wird sich in Kürze melden. Vielleicht gibt es doch eine Spur oder zumindest einen kleinen Hinweis, der uns weiterbringt“, stöhnte Wendling.

Kaum war der erste Streifenwagen aus Brodenbach mit Blaulicht, Martinshorn und quietschenden Reifen vor dem Hotel vorgefahren, bildete sich eine neugierige Menschentraube und die Beamten hatten alle Hände voll zu tun, die Leute davon abzuhalten, das Hotel vor lauter Neugier zu stürmen.

Kurze Zeit später trafen auch zwei Zivilfahrzeuge mit den Kripobeamten aus Koblenz ein. Kommissar Wilfried Fuß, Kriminalhauptmeister Walter Wagner und drei Spezialisten der Spurensicherung stiegen aus. Sie hatten einige Mühe, sich einen Weg durch die Menschenmenge zu bahnen. Der sonst so besonnene, knapp zwei Meter große Kommissar konnte es sich nicht verkneifen, da und dort seine Ellenbogen einzusetzen.

Durch die Glastür hatte die Mitarbeiterin an der Rezeption erst einen und nach und nach zwei weitere Streifenwagen vorfahren sehen, und ihr blieb fast das Herz stehen, als plötzlich vier Polizisten fast gleichzeitig das Hotel stürmten. Mehr als einen Mann von gepflegtem Aussehen, mit schwarzen Haaren und Sonnenbrille, konnte sie nicht beschreiben. Dann fiel ihr der Koffer ein, den der Gast zurückgelassen hatte.

„Sie müssen sich irren", beteuerte sie erneut. „Der Herr kommt bestimmt in einer Stunde wieder, sonst hätte er doch den Koffer mitgenommen! Er hat nur einen Termin vergessen, deswegen ist er nochmals fortgegangen."

Einer der Uniformierten schaute sie mitleidig an, was sie veranlasste, ein trotziges „Bestimmt!" hinzuzufügen.

„Nicht anfassen!", schrie sie derselbe Polizist wenige Sekunden später an, als sie nach dem Koffer als Beweis für die Rückkehr des Mannes greifen wollte.

Seit diesem Aufschrei wagte sie sich kaum noch von der Stelle zu bewegen. Stumm und kreidebleich saß sie auf einem Stuhl im Restaurant und betrachtete das Geschehen durch die Glastür.

„Können Sie uns den Mann beschreiben?"

Die freundliche Stimme von Fuß wirkte wie ein Wunder. Die Frau taute langsam auf und bekam auch wieder Farbe ins Gesicht.

„Etwa eins achtzig groß, schmales Gesicht, tiefschwarze Haare, Sonnenbrille und Trenchcoat."

Kommissar Fuß lächelte sie dankend an und wählte mit seinem Handy eine Telefonnummer.

„Es war vermutlich der ‚Kommissar'", meldete er zum LKA nach Mainz. „Die Beschreibung ist mit der des Schulrektors und seiner Sekretärin identisch. Er war zumindest vor gut einer Stunde hier in Emmelshausen."

Verbindlich lächelnd beugte er sich zu der jungen Frau hinunter. „Könnten die schwarzen Haare auch eine Perücke gewesen sein?"

Die Antwort kam ohne Zögern: „Nein! Das hätte ich gleich bemerkt, weil ich Perücken oder Haarteile bei Männern ausgesprochen lächerlich finde. Aber gefärbt könnten sie gewesen sein."

„Möglicherweise gefärbt!", gab Fuß nach Mainz durch. Dann wartete er die Anweisungen der Soko ab.

„Haben Sie zwei Einzelzimmer frei?", fragte er die Dame.

Sie stand auf, ging an die Rezeption und warf einen Blick auf ihre Buchungsunterlagen. Fuß war ihr gefolgt.

„Wenn der Herr ..., ich meine, wenn Sie Recht haben und der Herr nicht mehr kommt, dann hätte ich noch ein Einzel und ein Doppel."

„Gebucht! Es kommen noch zwei Kollegen vom LKA", meinte Fuß kurz.

Er schaute seinem Kollegen von der Spurensicherung über die Schulter, der dabei war, behutsam den Koffer des Unbekannten zu öffnen. Drinnen lagen nur einige alte Ausgaben der Rhein-Hunsrück-Zeitung, die sich über mehrere Wochen hinweg zogen. Sie mussten also hier in der Umgebung gesammelt worden sein. Die Zeitungen wurden sorgfältig in blaue Plastiksäcke gelegt. Sie würden im Labor nach möglichen Hinweisen auf die Täter untersucht werden.

Fuß blickte auf und entdeckte im Hintergrund ein rundes Gesicht mit Stoppelhaaren und Dreitagebart, das ihm bekannt vorkam. Als sich ihre Blicke trafen, steuerte der Mann auf den Kommissar zu. Durch den Windschutz am Mikrofon mit dem SWR-Signet erkannte Fuß, wen er vor sich hatte: Andreas Krisam vom SWR-Studio Koblenz.

„Man sieht so viele Gesichter", entschuldigte er sich. „Gehen wir schnell nach drüben ins Restaurant und bringen es hinter uns."

Aus der Vergangenheit wusste er, dass Krisam kurze und gezielte Fragen stellen und dann die weitere Arbeit der Kripo vor Ort nicht behindern würde. Er machte seinem Kollegen Wagner ein Zeichen und zog sich mit dem SWR-Reporter in den hinteren Teil des Restaurants zurück.

Etwa zur gleichen Zeit erhielt Dr. Meyer-Liebrecht einen Anruf vom LKA mit der Nachricht, dass man per Fax die Übergabemodalitäten erhalten habe. Der Anwalt ließ sofort sämtliche Termine absagen und machte sich auf den Weg nach Mainz.

Die Ministerin erreichte die Nachricht in einer Besprechung mit zwei Mitarbeitern ihres Hauses. Sie brach die Zusammenkunft sofort ab und gab ihrer Sekretärin die Anweisung, Jensch zu rufen, der sie ins LKA bringen solle. Bei der Besprechung mit Kriminalrat Wendling wollte sie unbedingt dabei sein.

Ursula hatte von Rolf über Handy erfahren, dass die Anzeige erschienen war und Günter ihre Aufgabe übernommen hatte, das Fax aufzugeben und den Koffer abzustellen.

„Piotr hat sich immer noch nicht bei mir gemeldet und geht auch nicht ans Telefon", meinte sie besorgt. „Hat er einen von euch angerufen?"

Rolf verneinte, beruhigte sie aber mit dem Hinweis, dass Piotr sich sicherlich im Laufe des Tages wegen der Geldübernahme melden würde, die er ja planmäßig durchzuführen hatte.

„Wir sollten das Ganze so schnell wie möglich beenden", drängte Ursula. „Der Kleinen geht es nicht gut, sie hustet wieder mehr, röchelt vor sich hin und das Fieber steigt."

„Das hat sie sich selbst zuzuschreiben. Warum musste sie uns auch abhauen?", antwortete Rolf unwirsch.

Ursula warf einen Blick auf das Kind, das dick in eine Decke gewickelt in der Hütte lag und sie mit fiebrigen Augen anstarrte.

„Was habt ihr als Termin angegeben?"

„Wie vereinbart, morgen Abend."

„Die Übergabe soll mit dem kleinen Koffer stattfinden, den uns die mutmaßlichen Entführer in Emmelshausen in einem Hotel zugespielt haben", begann Wendling, als alle vollzählig versammelt waren.

Das Ehepaar Meyer-Liebrecht saß direkt neben ihm. Jeder der beiden hing seinen eigenen Gedanken nach. Die Ministerin versuchte sich vorzustellen, wo sich ihre Tochter im Moment aufhielt und wie es ihr gehen möge. Ihr Mann hingegen dachte darüber nach, wie er seinen Plan, die Polizei bei der Übergabe auszutricksen, unter den gegebenen Umständen realisieren konnte.

„Doktor Meyer-Liebrecht hat sich ausgebeten, die Geldübergabe selbst vorzunehmen, so wie es die Entführer auch verlangen", erläuterte unterdessen der Kriminalrat. „Wir werden natürlich dicht dabei sein, aber der Zugriff erfolgt erst, wenn wir wissen, wo das Kind ist. Doktor Meyer-Liebrecht wird also wie von den Entführern geplant mit einem

Regionalzug nach Koblenz fahren. Da man eine Handynummer verlangt hat, unter der man den Überbringer erreichen kann, gehen wir davon aus, dass er irgendwann den Koffer aus dem Fenster werfen soll oder in Koblenz umdirigiert wird. Das heißt, wir müssen entlang der Bahnstrecke präsent sein, um jederzeit die Entführer unauffällig verfolgen zu können. Wir werden natürlich versuchen, über die Netzbetreiber feststellen zu lassen, von wo der Anruf kommt. Alles Weitere entnehmen Sie bitte den von uns ausgearbeiteten Dienstanweisungen und dem Einsatzplan."

Wendling schaute in die Runde. Als keine Fragen und Einwände kamen, fuhr er fort:

„Zunächst aber wird heute die dritte Offensive unsererseits stattfinden, um möglicherweise die ganze Sache abzukürzen." Er machte eine einladende Handbewegung zu dem Profiler hin. „Dazu bitte ich jetzt Doktor Gabriel um seine Ausführungen."

Der Angesprochene erhob sich und dankte Wendling mit einem freundlichem Kopfnicken.

„Um genau 12.45 Uhr starten wir hier von Mainz aus das Unternehmen Hunsrückausflug", sagte er mit entschlossener Stimme. „Wir haben bereits heute Morgen von Trier, Koblenz und Mainz aus alles an Fahrzeugen in Position gebracht, was möglich war, ebenso unsere gesamte Hubschrauberstaffel in Winnigen mit ihrem neuen EC 135, wobei wir noch Verstärkung durch die Bundeswehr in Mendig bekommen und uns Hessen von Egelsbach aus mit vier Hubschraubern in der Luft unterstützen wird. Wir konzentrieren uns dabei ausschließlich auf das linksrheinische Gebiet bis zur Mosel hin. Ich bin sicher, dass sich hier die Entführer befinden, was ihr Auftreten heute Morgen in Emmelshausen wieder bestätigt."

Er rückte seine Krawatte zurecht und machte eine Kunstpause. „Die Besatzungen der Fahrzeuge haben zwei verschiedene Funktionen und Anweisungen", erläuterte er dann. „Ein Teil wird Straßensperren einrichten und sämtliche Fahrzeuge kontrollieren, der andere Teil wird deutlich sichtbar stille Beobachtungen vornehmen, teils an Kreuzungen oder Zufahrten, teils im rollenden Einsatz, vor allem in größeren Gemeinden wie Simmern, Bad Kreuznach, Idar-Oberstein und so weiter. Und von der Luft aus werden wir ganz genau beobachten, was sich am Boden tut, und die Entführer versuchen aufzuscheuchen."

Wieder machte er eine Pause und blickte abwartend in die Runde, ob Fragen auftauchten. Nachdem dies nicht der Fall war, fuhr er fort:

„Wir haben mit dem SWR einen Stufenplan für die Nachrichtengestaltung, aber auch für Einspielungen innerhalb der Nachmittagssendungen vereinbart, der jederzeit flexibel gehandhabt werden kann, je nachdem, wie das Unternehmen Hunsrückausflug greift. Die erste Meldung erfolgt in den 13-Uhr-Nachrichten, kurze Zeit später wird es ein Interview mit Kriminalrat Wendling geben. Das Gespräch ist bereits aufgezeichnet. Danach erfolgt alles in Absprache mit der Soko hier."

Mit nassen Haaren betrat Günter Rolfs Wohnzimmer. Er war wohlweislich von Emmelshausen nach Lingerhahn einen großen Umweg gefahren, bis er sicher sein konnte, dass ihm niemand folgte.

„Was glaubst du, wie lange werden wir Usch noch hinhalten können?", fragte er besorgt.

Rolf zuckte nur die Achseln. Insgeheim hoffte er, dass die Übernahme des Geldes noch stattfinden konnte, ohne dass Ursula Lunte roch. Danach würde sowieso alles seinen Lauf nehmen. Er lehnte sich zurück und gähnte. Je weniger Kontakt man zu ihr hielt, umso weniger Gelegenheit gab es, Fragen beantworten zu müssen.

Nachdenklich blickte er auf Günter, der sich mit einem Handtuch die wieder erblondeten Haare trocknete. Was war aus ihrem ursprünglichen Plan geworden? Alles hatte am Anfang so einfach, so risikolos ausgesehen! Hätte man damals geahnt, woher Piotr die Idee und die Informationen hatte! Er hatte immer von „eigenen Beobachtungen" gesprochen, für die er als Arbeitsloser ja genügend Zeit hatte. In Wirklichkeit hatte er diese Türkin geknackt und ausgehorcht! Und dann sein verlogenes Verhältnis zu Ursula. Was würde aus ihr, wenn alles vorbei war? Würde sich Günter nach der Entführung weiterhin für sie interessieren? Inzwischen zweifelte Rolf daran. Hatte Günter in ihr nicht nur einen weiblichen Halt und vorübergehenden Ersatz nach seiner Scheidung gesucht? Was aber würde sein, wenn er über genügend finanzielle Mittel verfügte, sich auch anderweitig umzuschauen?

„Sprichst du nicht mehr mit mir?"

Rolf schreckte auf und blickte Günter erstaunt an.

„Ich habe dich gefragt, wie wir es machen!"

„Aber das ist doch alles besprochen. Du übernimmst das Geld, kommst hierher, wir teilen und trennen uns für mindestens ein oder zwei Jahre."

Günter verzog das Gesicht. „So einfach wird das nicht sein. Hast du auch bedacht, dass dich Usch ein Leben lang fragen wird, was wirklich mit Piotr geschehen ist?"

Rolf blickte Günter fest in die Augen. „Dass Piotr ein Schwein war, habe ich begriffen. Dass du aber auch …"

„Vorsicht!", brüllte Günter völlig unerwartet. „Überleg dir, was du sagst, und vergiss nicht: Ich kenne die Wahrheit über Piotrs Tod!"

Rolf erhob sich mit seiner massigen Gestalt langsam aus dem Sessel und ging auf Günter zu.

„Du willst mich erpressen?", schnaubte er, und es hatte für einen Moment den Anschein, als wolle er Günter mit seinem ganzen Körpergewicht an die Wand drücken und zerquetschen.

Günter wich geschickt zur Seite und warf Rolf einen verächtlichen Blick zu. „Also gut. Aber du holst das Geld!"

„Kemmt net in Froje!" Rolf schüttelte behäbig den Kopf. „Es war ausgemacht, dass ich nur die Polizei mit meinem Manöver ablenke und selbst im Hintergrund bleibe."

„Es war auch nicht abgemacht, dass du Piotr beseitigst", zischte Günter und ging seinerseits auf Rolf zu, der allerdings breitbeinig stehen blieb.

Günter merkte, dass Rolf es offenbar darauf ankommen ließ. Unvermittelt hielt er inne, versuchte ein verbindliches Lächeln und meinte:

„Komm, lass uns nicht zanken. Wir haben es ja bald geschafft."

Als Jeannette Schindler das Studio betrat, hatte sie die 13-Uhr-Nachrichten bereits mehrfach durchgelesen. Sie nahm vor dem Mikrofon Platz und blickte auf die erste Meldung, die erst vor wenigen Minuten hereingekommen war.

Peter Hefner, der Techniker hinter der Glasscheibe, begrüßte sie über den Studiolautsprecher und bat, den ersten Text kurz anzusprechen, um das Mikrofon auszusteuern.

Dann setzte Jeannette die Kopfhörer auf und wartete das Ende des Nachrichten-Intros ab: „SWR 1 Nachrichten, 13 Uhr, im Studio Jeannette Schindler."

„Mainz!", begann sie. „Im Entführungsfall Manuela Meyer-Liebrecht hat die Polizei vor wenigen Minuten auf einer eilig einberufenen Pressekonferenz mitgeteilt, dass man bei der Suche nach den mutmaßlichen Entführern der siebenjährigen Tochter der Ministerin einen großen Schritt weitergekommen sei. Wie der Sprecher der Soko mitteilte, glaubt man den Entführern dicht auf den Fersen zu sein und den Aufenthaltsort von Manuela zu kennen. Mehr wollte der Sprecher derzeit aus ermittlungstechnischen Gründen nicht sagen. Allerdings hat der stellvertretende Leiter der Soko, Schaust, für 17 Uhr eine weitere Pressekonferenz angekündigt."

Zu diesem Zeitpunkt knatterte und brummte es bereits im Luftraum über dem Hunsrück. Alle Piloten hatten die Anweisung erhalten, möglichst die minimal zulässige Überflughöhe zu nutzen, um die Aufmerksamkeit auf sich zu richten. Die Zivilflughäfen Frankfurt und Hahn, die Militärflughäfen und die privaten Flughäfen waren vom LKA bereits am frühen Vormittag über den Großeinsatz der Hubschrauber informiert worden. Ryanair hatte sogar seine Piloten angewiesen, beim Landeanflug auf Hahn Auffälligkeiten am Boden umgehend dem Tower zu melden, um diese ans LKA weiterzugeben.

An den Kreuzungen der wichtigsten Verkehrsverbindungen sowie sämtlichen Autobahnausfahrten beobachteten Streifenbeamte den Verkehr. Auf der Hunsrückhöhenstraße bei Thalfang, Kappel und Buchholz, der Rheinuferstraße bei St. Goar und Bingen, der B 50 kurz hinter Simmern und der Moseluferstraße in der Nähe von Bernkastel und Niederfell wurden Straßensperren errichtet, was verständlicherweise zu einigen Verkehrsbehinderungen führte, die prompt auch in den SWR-Verkehrsmeldungen ihren Niederschlag fanden.

Ursula hatte sofort das Radio eingeschaltet, nachdem ein Streifenwagen mit Blaulicht und Martinshorn an der Wochenendhütte vorbeigerast war. Sie hatte sich dicht hinter die Büsche begeben, um durch die Blätter etwas sehen zu können. Nichts. Dann hörte sie in der Ferne ein Brummen, das immer lauter wurde. Am Himmel tauchte ein Hubschrauber auf, der direkt auf sie zuzufliegen schien.

Ursula bekam Panik. Sie sammelte alles Greifbare zusammen, eilte damit in die Hütte und verschloss die Tür hinter sich. Dann drehte sie das Radio voll auf, um trotz des Dröhnens und Knatterns unmittelbar über ihr die gerade beginnenden Nachrichten verfolgen zu können. Manuela hielt sich ängstlich die Ohren zu, als sich der Hubschrauber dicht über der Holzhütte befand und in der Luft stehen zu bleiben schien.

In dem Lärm drangen zwar nur Satz- und Wortfetzen aus dem Radio an Ursulas Ohr, aber es bestand kein Zweifel, dass da von einer offenbar erfolgreich verlaufenden Suche nach den Entführern gesprochen wurde.

Kaum waren die Verkehrsnachrichten zu Ende, griff Ursula verzweifelt nach dem Handy und wählte Piotrs Nummer. Er meldete sich immer noch nicht! Hastig wählte sie Günters Nummer, aber auch er hob nicht ab. Vielleicht war alles schon zu Ende?

Schließlich wählte sie Rolfs Nummer. Sie war erleichtert, als sie seine Stimme hörte.

„Hast du schon die Nachrichten gehört?"

Rolf verneinte. Er saß immer noch zusammen mit Günter in seinem Wohnzimmer und wusste von nichts. Eilig schaltete er nun ebenfalls das Radio ein und versprach, sich wieder zu melden, sobald man Genaueres wisse.

Inzwischen saß Moderator Lars Michael Storm im SWR-1-Studio. Während der Musik hörte er in die vorbereitete Einspielung des Telefongesprächs mit Kriminalrat Wendling hinein.

„Ich mache einen kurzen Übergang von rund zehn Sekunden", teilte er Hefner mit, „und hänge hinten nochmals etwa die gleiche Zeit dran, okay?"

„Klar!", bestätigte der hagere Techniker mit den lebhaften Augen und drückte die Taste zum langsamen Ausblenden der Musik.

„Wie wir eben in den Nachrichten gehört haben, scheint die Sonderkommission im LKA in Mainz im Entführungsfall Manuela Meyer-Liebrecht derzeit eine heiße Spur zu verfolgen. Ich begrüße am anderen Ende der Telefonleitung den zuständigen Leiter der Sonderkommission, Herrn Kriminalrat Peter Wendling, guten Tag. Herr Wendling, können Sie unseren Hörern sagen, um was für eine Spur es sich handelt und wie groß Sie die Erfolgschancen einschätzen, Manuela bald zu finden?"

Er gab Hefner ein Zeichen, der sofort die Einspielung startete. Die Hörer würden gar nicht bemerken, dass das Gespräch nicht live, sondern aus dem Computer kam.

Günter stand am geschlossenen Fenster von Rolfs Wohnzimmer und beobachtete den Hubschrauber, der von der Hunsrückhöhenstraße abgedreht hatte und sich langsam in Richtung A 61 bewegte. Dazu hörten er und Rolf das Gespräch mit Kriminalrat Wendling im Radio.

„Die machen Ernst!", meinte er und bekam ein nervöses Zucken um die Mundwinkel. „Ich kann mir nur nicht vorstellen, wann wir einen Fehler gemacht haben. Mich hat heute Morgen garantiert niemand erkannt und mir ist auch niemand gefolgt. Da bin ich mir ganz sicher."

„Sicher, sicher!", fluchte Rolf. „Sicher ist nur, dass da oben ein Polizeihubschrauber herumfliegt und Usch ebenfalls in der Falle zu sitzen scheint. Oder meinst du, das alles ist Zufall?"

„Vielleicht hat der Fritze, dem die Hütte gehört, Verdacht geschöpft und ist zur Polizei gegangen."

Rolf warf Günter einen strafenden Blick zu. „Da bin ich mir ganz sicher, dass der nichts ahnt. Glaubst du etwa, du kannst mir jetzt etwas in die Schuhe schieben, was du oder Usch verbockt habt? Das Beste ist jetzt wohl, du gehst und wir trennen uns, so wie es auch ursprünglich vorgesehen war."

Er trat neben Günter ans Fenster, konnte aber den Hubschrauber nicht mehr sehen. Er öffnete das Fenster und lauschte hinaus. Der Hubschrauber entfernte sich mehr und mehr. Als nichts mehr zu hören war, schloss Rolf das Fenster wieder.

„Also, geh jetzt!"

Günter zwängte sich an Rolfs Bauch vorbei und trat ihm dabei auf den Fuß. Ob versehentlich oder absichtlich, konnte Rolf nicht ausmachen. Es war ihm in diesem Moment auch egal. Hauptsache, Günter verschwand so schnell wie möglich aus seiner Nähe. Doch plötzlich fiel ihm etwas ein. Er erwischte Günter noch am Zipfel seines Jacketts und hielt ihn zurück.

„Was ist?", fragte Günter erschrocken und drehte sich zu Rolf um.

„Okay, ich hole das Geld ab!"

10.

Exakt um 13.47 Uhr kam die Meldung aus dem BO 105 der Polizeihubschrauberstaffel Rheinland-Pfalz, die von Winnigen aus gestartet war. Die Besatzung von „Sperber 2“ meldete, in einer Waldlichtung nahe der A 61 und der Gemeinde Laudert eine offenbar nackte Leiche entdeckt zu haben. Die Hubschrauberbesatzung erhielt von der Einsatzleitung die Anweisung, über dem Fundort zu kreisen, Fotos anzufertigen und das Eintreffen der Bodenkollegen abzuwarten.

Etwa fünf Minuten später dirigierte die Hubschrauberbesatzung die zwei Polizisten, die als Erste mit ihrem Streifenwagen den Wirtschaftsweg am Ortseingang von Laudert erreicht hatten, über Funk zum Fundort. Der Hubschrauber konnte wieder abdrehen und seine ursprüngliche Aufgabe fortführen.

Die beiden Polizisten bekamen kurze Zeit später Verstärkung aus Simmern und sicherten zunächst gemeinsam mit ihren Kollegen den Fundort ab. Gegen 14.30 Uhr trafen aus Koblenz auch Kommissar Fuß, sein Kollege Wagner und die Kollegen der Spurensicherung ein. An Hand der aufgefundenen Papiere und des in der Nähe befindlichen Fahrzeug stellten sie sehr schnell fest, dass es sich bei dem Toten um den 24-Jährigen Piotr Szalbowski handelte, der in Morbach gemeldet war.

Allein die Tatsache, dass der Tote in Morbach gemeldet war, führte dazu, dass sich bereits kurz vor 15 Uhr die Soko Manuela mit dem Fall beschäftigte und Kriminalhauptkommissar Schaust, der sich noch in Emmelshausen aufhielt, ebenfalls am Fundort auftauchte.

Gleichzeitig mit Schaust erschien auch SWR-Reporter Krisam mit seinem kleinen digitalen Aufzeichnungsgerät und suchte sich einen Interviewpartner.

„Sie haben wohl kein Zuhause?“, grinste Fuß, als er ihn sah.

„Diesbezüglich haben wir sicher etwas gemeinsam“, antwortete Krisam. „Sie trifft man auch überall.“ Schon hielt er dem Kommissar das Mikrofon entgegen. „Handelt es sich bei dem Toten um einen der Entführer im Fall Manuela Meyer-Liebrecht?“

„Das kann ich Ihnen zu diesem Zeitpunkt noch nicht sagen", meinte Fuß. „Wir wissen lediglich, dass der Tote aus Morbach stammt, was wiederum die Vermutung nahe legt, dass er einer der mutmaßlichen Entführer sein könnte."

„Weiß man schon etwas Genaueres über die Todesursache?"

„Dazu kann man im Moment noch gar nichts sagen, das wird der Gerichtsmediziner ermitteln müssen. Ich gehe davon aus, dass die Leiche in Kürze nach Mainz gebracht und man von dort aus all diese Fragen beantworten wird."

„Seit über einer Stunde kreisen über dem ganzen Hunsrück Hubschrauber – würden Sie sagen, dass sich durch das Auffinden des Toten schon die Aktion gelohnt hat?"

Fuß grinste und zwinkerte Krisam zu.

„Das kann ich nicht beurteilen. Wir sind nur für den Bereich des Polizeipräsidiums Koblenz zuständig. Diese Großaktion wird vom LKA in Mainz aus gestartet."

Er machte dem Reporter ein Zeichen, das Gerät abzuschalten, dann raunte er ihm zu: „Stell drüben dem Hauptkommissar vom LKA auch ein paar Fragen, sonst ist der beleidigt."

Er klopfte Krisam freundschaftlich auf die Schulter und deutete zu Schaust hin. Krisam verstand. Mit gezücktem Mikro machte er sich auf den Weg zu dem Hauptkommissar, der sich eben mit einigen Beamten der Spurensicherung unterhielt.

Kriminalrat Wendling hielt siegessicher den Daumen in die Höhe, als er den Besprechungsraum betrat. Seine Beamten und die Computer hatten in wenigen Minuten ganze Arbeit geleistet!

„Endlich!", seufzte er und machte keinen Hehl daraus, dass ihm ein schwerer Stein vom Herzen gefallen war. „Bei der Leiche handelt es sich um einen arbeitslosen Grafiker aus Morbach. Er lebte mit einer Frau namens Ursula Felten zusammen, die derzeit angeblich in Urlaub ist. Die Fahndung nach ihr läuft bereits. Außerdem wurde das Fahrzeug dieses Szalbowski von unserer Videokamera am Tag der Entführung auf der Hunsrückhöhenstraße aufgenommen, was bedeutet, dass es eine mögliche Verbindung zwischen dem Ort der Entführung, Morbach, und Emmelshausen gibt, wo einer der mutmaßlichen Entführer aufgetaucht ist."

„Ich habe also Recht behalten. Die Entführer befinden sich noch ganz in der Nähe!", fiel Dr. Gabriel dem Kriminalrat ins Wort, und der Stolz war ihm am Gesicht abzulesen.

Wendling schenkte ihm ein anerkennendes Kopfnicken.

„Die Kollegen sind im Moment dabei, die Umstände zu klären, die zum Tod dieses Szalbowski geführt haben“, erklärte er. „Die Leiche ist bereits auf dem Weg in die Gerichtsmedizin. Ich schätze, dass wir in drei bis vier Stunden mehr wissen.“

Dr. Hechter, der persönliche Referent der Ministerin, hatte die Hand gehoben, um eine Frage zu stellen.

„Was ändert der Fund der Leiche am ‚Unternehmen Hunsrückausflug‘?“

„Nichts!“, kam Dr. Gabriel energisch jeder anderen Äußerung zuvor. „Ich bin sogar der Meinung, dass wir vorerst zu diesem Fall nichts an die Presse weitergeben, solange wir nicht die genauen Umstände des Todes kennen. Denn wer sagt uns, ob die anderen Entführer überhaupt etwas von dem Tod dieses möglichen Mittäters wissen? Vielleicht handelt es sich ja um einen Unfall oder Selbstmord aus Gewissensbissen oder Aussichtslosigkeit heraus. Wer weiß das im Moment?“

In der Runde trat großes Schweigen ein. Jeder dachte über die Konsequenzen dieses Leichenfundes und der damit verbundenen Erkenntnisse nach.

Schließlich ergriff der Leiter der Soko, Wendling, wieder das Wort: „Also gut, dann warten wir ab und setzen uns wieder zusammen, wenn die Obduktion neue Erkenntnisse bringt.“

Langsam legte Dr. Erich Meyer-Liebrecht den Hörer auf. Man hatte also eine männliche Leiche gefunden …

Er konnte die Tränen nicht zurückhalten. Mit geschlossenen Augen begann er zu überlegen, welche Anweisungen er seinem Büro zu geben hatte, bevor er nach Mainz zu seiner Frau fuhr. Er hatte gebeten, ihr die Nachricht selbst überbringen zu dürfen. Rasch veranlasste er alles Notwendige und eilte hinunter in die Tiefgarage zu seinem Wagen.

Trotz seiner Bitte war die Ministerin bereits über die aktuelle Entwicklung informiert worden. Unruhig, zwischen Euphorie und Ängsten hin- und hergezerrt, saß sie an ihrem Schreibtisch. Als ihr Mann das Büro betrat, sprang sie auf und fiel ihm schluchzend in die Arme. Es vergingen fast fünf Minuten, bis sie sich voneinander lösten. Jetzt erst nahm Dr. Meyer-Liebrecht wahr, dass in der Besprechungsecke Frau Niebutte und Staatssekretär Armin von Rösch saßen, schweigend und sichtlich bewegt.

Der Staatssekretär stand auf und ging auf das Ehepaar zu.

„Wie es scheint, kommt die Polizei nun endlich vorwärts. Allerdings wurden wir noch um absolutes Stillschweigen gebeten. Außer Frau Niebutte und mir sowie Doktor Hechter, der drüben im LKA ist, weiß nur der Ministerpräsident Bescheid. Er lässt Sie herzlich grüßen und drückt mit uns allen die Daumen, dass es jetzt vorwärts geht."

„Wir werden nach Hause fahren", beschloss der Anwalt und wehrte mit einem nachdrücklichen Blick jeden Einwand seiner Frau ab. „Du fährst mit mir, Markmann oder wer auch immer Dienst hat, soll hinterher fahren."

Ursula saß schweigend auf der Bank neben dem Holzhaus und starrte vor sich auf den mit Tannennadeln übersäten Boden. Irgendetwas stimmte nicht. Warum meldete sich Piotr nicht? Was hatte es mit den Hubschraubern auf sich, die von Zeit zu Zeit über der Hütte kreisten? Warum waren inzwischen bereits drei Streifenwagen vorbeigefahren?

Am liebsten hätte sie Manuela auf den Arm genommen und wäre nach Starkenburg gelaufen. Doch sie traute sich nicht. Was würden die anderen sagen, wenn sie aus Angst alles vermasseln würde? Sie blickte auf ihre Armbanduhr. Die nächsten Radionachrichten durfte sie auf keinen Fall versäumen!

Manuela war wieder eingeschlafen, als sie die Hütte betrat. Vorsichtig legte sie ihre Hand auf die mit Schweißperlen übersäte Stirn des Kindes. Das Fieber war unverändert. Ursula nahm das kleine Kofferradio und schlich wieder ins Freie. In der Ferne brummte es schon wieder. Sie konnte am Horizont auch den Hubschrauber sehen, der das Geräusch verursachte.

Sie stellte das Radio neben sich auf die Bank und drehte den Lautsprecher nur so weit auf, dass sie das Zeitzeichen hören konnte, das den Beginn der Nachrichten signalisierte.

Hinter den Büschen fuhr wieder ein Auto vorbei. Sie lauschte, bis sich das Motorengeräusch entfernt hatte, und legte sich dann auf die Bank, das Radio direkt neben ihrem Ohr.

Günter war auf dem kürzesten Weg von Lingerhahn nach Emmelshausen gefahren. Erleichtert sah er, dass das graue Fahrzeug vor dem Union-Hotel in der Rhein-Mosel-Straße verschwunden war.

Zu Hause setzte er sich ins Wohnzimmer und schaltete den Fernseher und das Radio gleichzeitig ein. Er zappte durch die Programme und blieb schließlich bei n-tv hängen, der ihm am geeignetsten erschien, eine baldige Information über die Situation zu erfahren, die sich um ihn herum zusammenbraute.

Sollte er Ursula anrufen? Aber vielleicht wurde sein Handy bereits abgehört. Die technischen Möglichkeiten hierzu waren ihm als Elektronikingenieur hinreichend bekannt. Und wenn man tatsächlich bereits ahnte oder sogar wusste, wer hinter der Entführung steckte, würde man diese sicherlich wahrnehmen, um Manuelas Aufenthaltsort zu erfahren.

Rolf hatte sich auf das Sofa gelegt und versuchte etwas zu schlafen. Irgendwie hatte ihn eine gewisse Gleichgültigkeit überfallen. Oder war es nur die Müdigkeit als Folge der durchwachten Nacht?

Immer wieder hörte er Hubschrauber in der Luft. Ein oder zwei Mal war er aufgesprungen und hatte sie mit seinen Blicken verfolgt. Nachdem sie aber in völlig unterschiedliche Richtungen flogen, nahm er keine größere Notiz mehr von ihnen. So konkret, wie man aus den Nachrichten entnehmen konnte, schien man ihnen wohl doch nicht auf der Spur zu sein.

Im Nachrichtenstudio von SWR 1 warf Antje Feig noch einmal einen Blick auf die Blätter vor sich und spülte die Trockenheit in ihrem Hals mit einem Schluck Mineralwasser herunter. Irgendwie war das ganze SWR-Team vom Fahndungsfieber gepackt worden. Auf den Fluren und in den Studios gab es nur noch ein Thema: Wo sind die Entführer und wo wird Manuela festgehalten?

Das rote Licht leuchtete auf und Antje nahm noch einmal tief Luft.

„Mainz. Die Fahndung nach den mutmaßlichen Entführern der kleinen Manuela aus Morbach wurde in den frühen Nachmittagsstunden weiter intensiviert. Allgemein geht man davon aus, dass die Polizei kurz vor einer ersten Verhaftung steht. Dazu mein SWR-Kollege Andreas Krisam …“

Johannes Held hinter der Glasscheibe startete die vorbereitete Einspielung.

„Hubschrauber der Polizei aus Rheinland-Pfalz und Hessen und sogar von der Bundeswehr beobachten seit einigen Stunden das Geschehen im Hunsrück und den angrenzenden Gebieten aus der Luft“, war Krisams Stimme zu vernehmen. „Die Soko Manuela glaubt inzwischen die mutmaßlichen Entführer und den Aufenthaltsort der entführten siebenjährigen Manuela Meyer-Liebrecht zu kennen. Aus

Gründen der Sicherheit des Kindes scheint bisher ein Zugriff ausgeblieben zu sein. Offenbar will man die Entführer zunächst zu einer freiwilligen Aufgabe zwingen. Wie uns ein Polizeisprecher vor wenigen Minuten mitteilte, soll die Polizeiaktion bis in die frühen Abendstunden fortgeführt werden. Es ist davon auszugehen, dass dann die Einsatzleitung den Zugriff freigeben wird, sollten sich bis dahin die Entführer nicht ergeben haben. Die Bewohner im Hunsrück wurden nochmals dazu aufgerufen, jede verdächtige Wahrnehmung umgehend der nächsten Polizeidienststelle zu melden, aber auf keinen Fall selbst einzugreifen, da anzunehmen ist, dass die Entführer von der Schusswaffe Gebrauch machen ..."

Ursula packte das kleine Radio und schleuderte es wutentbrannt gegen den Stamm einer Tanne. Im gleichen Moment wurde ihr bewusst, dass sie sich damit die Möglichkeit genommen hatte, weiter die Nachrichten zu verfolgen. Sie rannte in die Hütte, um ihr Handy zu holen. Manuela schlief immer noch, wie sie mit einem flüchtigen Blick zu dem Lager feststellen konnte.

Der nächste Schock ereilte Ursula nur wenige Sekunden später. Der Akku ihres Handys war leer! Ein Aufladen war nicht möglich, da die Hütte über keinen Stromanschluss verfügte. Wie sollte sie jetzt mit einem ihrer Partner Kontakt aufnehmen? Sie setzte sich wieder auf die Bank und begann zu überlegen. Es blieb ihr nichts anderes übrig, als ins Dorf zu gehen und von dort aus zu telefonieren.

Sie wartete noch ein paar Minuten und dachte nach, welche Vorbereitungen sie treffen musste, wenn sie ihr Versteck verließ. Schließlich krempelte sie eine Plastiktüte um und schrieb, so gut es ging, mit einem Kugelschreiber auf die weiße Innenseite: Komme gleich wieder, Karin! Die Tüte legte sie in die Nähe von Manuelas Lager, so dass sie beim Aufwachen sofort informiert war und keine Angst bekommen musste.

Dann überzeugte sie sich davon, dass sie vor der Hütte keine Spuren hinterlassen hatte, schloss die Tür hinter sich ab und machte sich auf den Weg nach Starkenburg. Der Gasthof „Zur schönen Aussicht" hatte geöffnet. Ursula gab eine Autopanne vor und bat, telefonieren zu dürfen.

Rolf schreckte auf. Er war tatsächlich eingeschlafen. Noch gar nicht richtig wach hob er den Hörer ab und meldete sich mit einem Grunzen.

„Piotr? Weiß ich auch nicht, wo der steckt. Günter und ich haben es auch schon ein paar Mal bei ihm versucht. Aber es hat keinen Zweck nach Morbach zu fahren, solange wir nicht wissen, was tatsächlich Sache ist."

Schlecht gelaunt hörte er sich das ängstliche Gejammer von Ursula an. Jeder hatte im Moment seine Probleme und er wahrscheinlich sogar die größten. Warum musste sie auch ihr Radio zerschlagen?

„Du bleibst, wo du bist, und rührst dich nicht vom Fleck", schärfte er ihr ein. „Ich werde dich holen kommen, wenn alles vorbei ist. Wenn sich Piotr bis morgen früh nicht meldet, wird er gekniffen haben und abgehauen sein. Dann holen Günter oder ich das Geld. Unser Plan ist perfekt, ich glaub nicht an die Meldungen. Ich glaube an einen ganz simplen Bluff, den man uns da vorführt."

Ursula schien nicht überzeugt zu sein, aber was blieb ihr anderes übrig, als einzuwilligen? Rolf legte auf und schaltete das Radio ein. Sicherlich würde sich auch Günter gleich melden. Es lag nun an ihm, klaren Kopf zu bewahren.

Monika Meyer-Liebrecht und ihr Mann hatten im Wohnzimmer Platz genommen. Ihre Mutter war auf ihre Bitte hin mit Robert nach oben ins Kinderzimmer gegangen und las ihm vor. Markmann hatte sich in den Container zurückgezogen; nur Kriminalmeister Merkelbach, der den direkten Kontakt mit der Soko in Mainz hielt, war im Wohnzimmer geblieben. Sein Kollege nahm im Großraum Morbach an dem Unternehmen Hunsrückausflug teil. Aysha nahm die frühe Rückkehr der Meyer-Liebrechts zum Anlass, das Abendessen zeitig vorzubereiten, in der Hoffnung, dass sie dafür ein bisschen früher Feierabend machen und sich mit Piotr treffen konnte.

„Meine Nerven halten das lange Warten nicht mehr aus!"

Das Gesicht der Ministerin war aschfahl und sie knetete unentwegt ihre Hände ineinander. Ihr Mann hatte den Arm um sie gelegt, fühlte sich aber nicht minder hilflos.

Auch Merkelbach wusste nicht so recht, wie er sich verhalten sollte. Solche Situationen zu meistern, hatte ihnen niemand auf der Polizeischule beigebracht. Viel lieber hätte er am Unternehmen Hunsrückausflug teilgenommen und seinem Kollegen diese Aufgabe hier überlassen!

„Soll ich einen Kaffee oder Tee machen?" Aysha stand plötzlich in der Tür. Niemand hatte ihr Kommen gehört.

Monika Meyer-Liebrecht und ihr Mann nickten fast gleichzeitig. Irgendetwas tun, egal was, und wenn es nur das Nippen an einer Tasse war!

„Tee!", fügte Erich Meyer-Liebrecht hinzu und stand auf, um das Geschirr aus dem Schrank zu holen.

Aysha verschwand wieder und man hörte in die Stille hinein, wie sie in der Küche hantierte. Der Hausherr verteilte Tassen auf dem Couchtisch und stellte die Zuckerdose dazu. Kaum hatte er wieder Platz genommen, begann das Handy des Kripobeamten zu piepsen. Alle richteten sich wie elektrisiert auf.

Merkelbach hob ab und lauschte aufmerksam. Dann griff er sich den bereitgelegten Block und notierte ein paar Zeilen darauf.

„Ich rufe so schnell wie möglich zurück", versprach er und legte auf. Er drehte sich zu den anderen im Raum um.

„Sagt Ihnen der Name Szalbowski etwas? Piotr Szalbowski?"

Die Ministerin schüttelte stumm den Kopf.

„Wer soll das sein?", erkundigte sich Dr. Meyer-Liebrecht.

„Der Mann, dessen Leiche man gefunden hat. Er konnte jetzt eindeutig identifiziert werden, und der Anfangsverdacht, dass er zu den Entführern gehört, scheint sich zu bestätigen."

Ein hysterischer Schrei, gefolgt von einem dumpfen Schlag und dem Zersplittern von Glas, ließ die drei aufschrecken. Merkelbach eilte sofort in Richtung Küche. Sein Kollege Markmann hatte den Schrei bis nach draußen gehört und stürzte ebenfalls herbei.

Aysha lag mit geschlossenen Augen auf dem Boden, regungslos. Merkelbach riss ihr das Tuch vom Kopf, um eine mögliche Verletzung festzustellen. Durch das dichte, lange, dunkle Haar sickerte ein kleines Rinnsal Blut.

„Einen Arzt!", rief Merkelbach hinter sich.

Markmann hatte bereits das Handy am Ohr und forderte einen Notarzt an.

Aysha war mit einer kleinen Platzwunde am Kopf und dem Schrecken davongekommen. Der Notarzt hatte vorsorglich gleich auch der Ministerin eine Spritze gegeben. Sie hatte sich große Vorwürfe gemacht, dass sie nicht die Möglichkeit eines Zusammenhanges von Ayshas Schwangerschaft und der Entführung von Manuela ins Auge gefasst und ihr Wissen gegenüber der Kripo mit Rücksicht auf Aysha verschwiegen hatte.

Dr. Meyer-Liebrecht hatte sich dafür eingesetzt, dass Aysha nicht verhaftet wurde, nachdem sie, wieder zu sich gekommen, schluchzend und stotternd ein umfangreiches Geständnis abgelegt hatte.

„Ich habe nichts davon gewusst, das müssen Sie mir glauben. Bitte!", flüsterte sie, als ihre Augen dem enttäuschten Blick der Ministerin begegneten. „Eher hätte ich mich umbringen lassen, als so etwas zu tun!"

Merkelbach hatte sofort seine Meldung nach Mainz gemacht, von wo aus Oberkommissar Schrieder umgehend zur weiteren Vernehmung ins Haus Meyer-Liebrecht beordert wurde.

Gerichtsmediziner Dr. Franzen war direkt nach der Obduktion ins LKA geeilt, um dem Krisenstab einen ersten Bericht zu erstatten.

„Die Identität des Toten ist allseits bekannt", kam er unverzüglich zur Sache. „Zum Zeitpunkt des Todes stand der von mir und meinen Kollegen Untersuchte unter starkem Alkoholeinfluss, nach ersten groben Berechnungen im Zustand der Volltrunkenheit, also um die zwei Promille, eher mehr."

Der kleine, kahlköpfige Gerichtsmediziner ließ die Information einen Augenblick wirken und schaute mit seinen wässrigen Augen in die aufmerksame Runde.

„Der Fundort ist nicht der Tatort", fuhr er fort, „obwohl der Tote Wasser in der Lunge hatte. Außerdem weist der Tote postmortale Verletzungen auf, die auf einen nicht sehr sanften Transport schließen lassen. Darüber hinaus hat der Tote eine rückwärtige Schädelverletzung, möglicherweise durch einen Schlag mit einem flachen Gegenstand. Der Zeitpunkt des Todes ist schwer festzulegen, da die Leiche unterschiedlichen klimatischen Verhältnissen ausgesetzt war. Hierzu werden wir aber sicherlich noch mehr erfahren. Kurz vor seinem Tod hat der Untersuchte sich erbrochen. Noch unverdaute Speisereste, die wir im Mund- und Speiseröhrenbereich gefunden haben, werden noch im Labor untersucht. Haben Sie noch Fragen?"

„Gibt es irgendwelche Hinweise auf den möglichen Tatort?", wollte Wendling wissen.

„Es gibt ein paar Hinweisvermutungen, die aber noch genauer untersucht werden müssen", sagte der Gerichtsmediziner vorsichtig. „Die Leiche scheint zum Zeitpunkt des Todes bereits entkleidet gewesen zu sein. Ein späteres Entkleiden hätte andere typische postmortale Merkmale ergeben. Aber, wie gesagt, das wird noch von meinen Kollegen untersucht."

11.

Günter hatte lange überlegt, wie er sich verhalten sollte. Noch schien ihm nichts verloren, wenn er in Ruhe darüber nachdachte. Mit Beginn der Dämmerung hatte er tatsächlich keinen Hubschrauber mehr über Emmelshausen gehört oder gesehen. Stimmte der Bericht im Radio, würde in Kürze der Zugriff erfolgen. Somit hatte eine Flucht wenig Sinn. Oder war alles nur eine Irreführung in den Medien? Dann konnte er sich frei bewegen. Es gab also nur ein Entweder-oder. Unter diesem Aspekt konnte er auch das Risiko eingehen, vorzeitig verhaftet zu werden, wenn er jetzt das Haus verließ. Und das wollte er tun. Er wollte Ursula aufsuchen und mit ihr gemeinsam besprechen, was zu tun sei.

Er wählte ihre Handynummer und erhielt die Ansage, dass der Teilnehmer zurzeit nicht erreichbar sei. Verdammt, dann musste er Rolf um den Weg zum Versteck fragen! Verärgert packte er eine kleine Reisetasche mit dem Notwendigsten für zwei oder drei Tage zusammen und rief Rolf an. Er ließ sich kurz beschreiben, wie Ursula und die Wochenendhütte zu finden waren, stieg in den alten angerosteten VW und fuhr aus der Garage.

Nichts geschah – keine Verfolger, schon gar keine blinkenden Polizeiwagen! Hinter Emmelshausen bremste er ab und fuhr in Richtung Thörlingen. In dem kleinen Ort hielt er an und wartete. Nirgends tauchten Scheinwerfer auf. Also wendete er und fuhr zurück zur Hunsrückhöhenstraße.

Ursula hatte aus der Gaststätte in Starkenburg zwei Flaschen eiskaltes Mineralwasser mitgebracht. Damit konnte sie Manuela nun kalte Umschläge machen. Von Zeit zu Zeit wimmerte und stöhnte das Kind im fiebrigen Schlaf.

Langsam gingen ihr auch die Kerzen aus. Rolf musste ihr unbedingt weitere Sachen besorgen, wenn die Entführung nicht wie geplant am nächsten Abend zu Ende gehen würde! Als die letzte Kerze abgebrannt war, legte sich Ursula hin. Auch sie verspürte inzwischen ein Kratzen im Hals. Das fehlte noch, dass sie ebenfalls krank würde! Alles war so anders gelaufen als geplant. Sie waren von einem „Spaziergang“ ausgegangen, wie Piotr es immer nannte. Und jetzt saßen sie ganz schön unter Druck!

In die Stille hinein hörte sie plötzlich den Motor eines Wagens, der beim Näherkommen immer langsamer wurde. Fast hatte sie das Gefühl, der Wagen hielt auf der Straße an. War es nun so weit? Hatte die Polizei ihr Versteck ausgemacht? Oder war es nur Rolf, der nochmals nach ihr schauen wollte?

Sie richtete sich vorsichtig auf und schlich zur Tür. Hinter ihr begann Manuela wieder zu wimmern. Hastig eilte sie zurück an das Lager des Kindes, zog noch einmal die Decke zurecht und strich der Kleinen über die glühend heißen Wangen. Dann tastete sie sich im Dunkel wieder zur Tür zurück und öffnete sie, so leise es ging. Ein unüberhörbares Knarren war allerdings nicht zu vermeiden.

Inzwischen hatte sich das Motorengeräusch wieder entfernt. Vielleicht war alles nur Zufall? Draußen war es stockfinster, eine dicke Wolkendecke verhinderte jegliches Mondlicht. Es dauerte eine ganze Weile, bis sich Ursulas Augen an die Dunkelheit gewöhnt hatten. Die Luft war drückend schwül, vielleicht war ein Gewitter im Anzug. Da drüben im Westen über der Mosel, hatte sie da nicht gerade ein Wetterleuchten gesehen? Wie würde Manuela darauf reagieren, wenn jetzt auch noch ein Unwetter über die Behausung hinwegzog? Ob das Dach der Hütte wohl dicht war?

Wieder näherte sich ein Motorengeräusch. Vom Klang her konnte es derselbe Wagen sein, der kurz zuvor in Höhe der Hütte langsamer gefahren war. Wieder schien es ihr, als würde das Fahrzeug abbremsen. Durch die Büsche konnte sie nun Scheinwerfer sehen, war aber nicht in der Lage, das Fahrzeug, geschweige denn seinen Fahrer zu erkennen.

Tatsächlich fuhr der Wagen wieder im Schritttempo an dem Grundstück vorbei. Ursula lauschte in die Nacht. Nach etwa fünfzig Metern, so schätzte sie, wurde der Motor plötzlich abgestellt. Da musste der Feldweg sein, der ihr am ersten Abend aufgefallen war, als sie Manuela gesucht hatten. Offenbar war der Wagen in diesen Feldweg hineingefahren und parkte nun da.

Ursula fühlte deutlich ihr Herz pochen. Wer war das in dem Wagen, was wollte er hier? Rolf konnte es nicht sein, der hätte hinter dem Haus gehalten. Günter wusste nicht, wo ihr Versteck war. Also doch Polizei! Mit gespreizten Fingern tastete sie sich an der Hütte entlang in Richtung Straße. Schließlich erreichte sie die Büsche und versuchte sich mit beiden Händen etwas Sicht durch die Blätter und Äste zu verschaffen. Doch die Büsche waren so dicht, dass sie keine Chance hatte. Wahrscheinlich hätte es auch nicht viel genutzt, da man ohnehin kaum die Hand vor den Augen sehen konnte.

Sie schlich zurück zu der Stelle hinter der Hütte, an der sie und Rolf das Gelände betreten hatten, einem kleinen Durchgang hinten bei der Bank und den Tannen. Von dort trat sie auf den Feldweg und blickte hinüber zur Straße. Nur vage konnte sie den Verlauf des Asphalts erkennen, bis zum Feldweg reichte die Sicht aber nicht.

Ursula ging wieder zurück. Plötzlich glaubte sie vor der Hütte ein Knacken zu hören. Sie blieb erschrocken stehen. Polizei konnte es kaum sein, die würden sicherlich Taschenlampen einsetzen, wenn sie sich bereits auf dem Grundstück befanden. Außerdem wären wahrscheinlich mehrere Wagen eingetroffen. Da, schon wieder! Ein leises Knacken, als trete jemand auf kleine Äste.

„Günter?“, rief sie leise in die Dunkelheit und hielt den Atem an.

Niemand antwortete. Sie wartete eine Weile, doch nichts regte sich mehr. Vielleicht war alles doch nur Einbildung gewesen und der Wagen war gar nicht in den Feldweg eingebogen. Sie tastete sich an der Holzwand entlang um die Ecke zur Tür hin. Merkwürdig, sie hatte geglaubt, sie hätte die Tür weit offen stehen lassen, damit sie nicht wieder so knarrte …

Im gleichen Moment legte sich eine riesige Pranke auf ihren Mund, ein gewaltiger Arm umfasste sie und drückte sie fest an den Körper, der hinter ihr stand. Ursula versuchte sich zu wehren, doch es half nichts. Die Person hinter ihr war sehr groß und kräftig.

„Halt den Mund, dann passiert dir nichts!“, keuchte eine bärige Männerstimme hinter ihr.

War das der Besitzer des Grundstücks, der gekommen war, um zu sehen, wem er Gastrecht gewährte? Oder war er gekommen, um sie zu vergewaltigen? Die Gedanken rasten wie wild durch ihren Kopf. Ganz langsam ließ der Druck auf ihren Mund nach, ebenso der Griff um ihren Körper.

„Wehe, wenn du schreist. Das überlebst du nicht!“

Sie kannte die Stimme nicht. Jetzt hieß es, einen klaren Kopf zu bewahren. Zuerst musste sie herausfinden, was der Mann von ihr wollte. In jedem Fall schien er es mit seinen Drohungen ernst zu meinen. Sollte sie sich umdrehen? Das hatte wohl wenig Zweck, denn erkennen würde sie bei der Dunkelheit sowieso nichts.

„Wo ist das Kind?“, fragte die Stimme.

Manuela! Woher wusste der Mann hinter ihr von Manuela? Instinktiv drehte sie sich um und wollte in die Hütte stürzen. Da verspürte sie einen heftigen Schlag gegen den Kopf. Sie versuchte sich noch festzuhalten und bekam irgendein Stück Stoff zu fassen. Es folgte ein zweiter Schlag. Sie flog mit dem Kopf gegen die Holzwand, dann verlor sie das Bewusstsein.

Rolf hatte Günter den Weg zum Versteck gut beschrieben. Schon von ferne konnte er die Abfahrt zu der Hütte erkennen. Er bog ab und ließ den Wagen ausrollen. Sollten Ursula und Manuela schlafen, mussten sie nicht unbedingt geweckt werden. Er nahm seine Reisetasche, schaltete die Taschenlampe an und richtete sie auf den Durchgang, der zur Hütte führte. Dann marschierte er los. Alles war, wie Rolf es ihm beschrieben hatte: an der Bank vorbei um die Ecke zur Tür …

Zu seinem Erstaunen war die Tür nur angelehnt. Er blieb stehen.

„Usch?“

Nichts rührte sich. Vielleicht hatte sie wegen der Schwüle die Tür offen gelassen. Er öffnete sie knarrend und leuchtete in die Hütte. Der Lichtkegel fiel zuerst auf Manuelas Lager, dann huschte er durch den Raum und erreichte Ursula, die gefesselt und geknebelt am Boden lag und an der Stirn blutete.

„Usch!“, schrie Günter erschrocken und stürzte zu der bewusstlos am Boden Liegenden. „Was ist passiert?“

Im gleichen Moment hörte er ein Geräusch hinter sich. Er ließ sich mit einer blitzschnellen Drehung auf den Rücken fallen und richtete die Taschenlampe in Richtung des Geräuschs. Das Licht erfasste das kantige Gesicht eines etwa dreißigjährigen Mannes, der sich sofort auf den am Boden Liegenden stürzte. Ein Fausthieb traf ihn am Kinn, die Taschenlampe fiel ihm aus der Hand. Kräftige Hände zerrten ihn hoch, ein zweiter Fausthieb traf ihn. Günter spürte, wie seine Oberlippe platzte und sofort anschwoll, er hatte Blutgeschmack im Mund und begann zu taumeln. Ein Hieb in die Magengegend zwang ihn wieder zu Boden, doch die riesigen Hände packten ihn erneut und zerrten ihn hoch, zerrten ihn aus der Hütte hinaus. Es folgte ein weiterer Schlag, diesmal ins Genick und schließlich nochmals in den Magen. Das Letzte, was Günter spürte, war ein Tritt, der ihn vor Schmerzen aufschreien ließ. Dann verlor er das Bewusstsein.

Kriminalrat Wendling rieb sich die Augen. Zu viert hatten sie die ganze Nacht gewartet und gehofft, die erlösende Meldung zu bekommen, dass sich irgendwo etwas Verdächtiges getan hätte. Dr. Hechter sah nicht besser aus. Seine Augen waren gerötet, ein dunkler Stoppelbart zierte sein sonst so gepflegtes Kinn. Hauptkommissar Schaust gähnte herzhaft, streckte sich und warf einen deutlich enttäuschten Blick auf Dr. Gabriel, der noch den fittesten Eindruck machte.

„Schauen Sie mich nicht so grimmig an", brummte der Profiler. „Sie werden sehen, letztendlich behalte ich Recht. Die sind nur verdammt zäh, zäher, als ich gedacht habe."

„Wir werden uns wohl oder übel heute Abend auf die Geldübergabe einrichten müssen", antwortete Schaust. „Gestern hatte ich die Hoffnung, dazu kommt es erst gar nicht mehr."

Wendling schaute auf die Uhr. „Was machen wir jetzt? Irgendwann sollten wir einen Entschluss fassen und dann erst einmal schlafen gehen. Denn wenn die Geldübergabe stattfindet, wovon ich jetzt auch ausgehe, dann sollten wir ausgeschlafen sein."

Für eine Weile trat wieder Schweigen ein. Langsam richteten sich alle Blicke auf Dr. Gabriel, den das aber nicht zu stören schien. Im Gegenteil, er genoss es, dass man die Entscheidung von ihm erwartete.

„Also gut", begann er, erhob sich und warf einen Blick auf seine Armbanduhr. „Man soll den Dienst habenden Headliner von SWR 1 anrufen. In etwa einer halben Stunde übernehmen die wieder den Sendeablauf. Wir heben die Informationssperre bezüglich der aufgefundenen Leiche auf, damit haben wir erst einmal eine positive Meldung. Vermelden auch den bekannten Umstand, dass es sich hierbei um einen der mutmaßlichen Entführer handelt, dass es eine Kontaktperson zu den Entführern gibt, sagen aber hier aus ermittlungstechnischen Gründen nichts Genaueres und begründen das damit, dass noch kein Zugriff erfolgt ist, weil wir über diese Person die größeren Chancen sehen, das Kindeswohl zu wahren."

„Aber das stimmt doch vorn und hinten nicht!", empörte sich Dr. Hechter. „Dieses Hausmädchen der Ministerin kannte doch nur den Toten."

„Wissen wir, ob das wirklich stimmt? Ich glaube nicht, dass die Überprüfungen schon so perfekt sind. Bisher galt die Türkin doch auch als absolut clean. Und wenn sie wirklich nur diesen Szalbowski kannte, könnte man bei den anderen Entführern wenigstens Zweifel schüren, ob das Mädchen nicht doch auch ihre Namen kennt. Denken Sie bitte immer daran, dass alles dazu beiträgt, die Schlinge enger zu ziehen."

Dr. Hechter machte nicht unbedingt den Eindruck, mit dieser Erklärung glücklich zu sein. Trotzdem zog er es vor, seine Bedenken nicht weiter zu vertiefen, zumindest nicht hier innerhalb des Krisenstabs.

„Gut – Schaust, Sie übernehmen den SWR und wir lassen das Ganze bis Mittag laufen wie gestern", bestimmte der Kriminalrat. „Alle verfügbaren Hubschrauber gehen wieder in die Luft, und auch unten gilt das, was gestern angesagt war: beobachten, beobachten und nochmals beobachten."

Es war eine schweigsame Runde am Frühstückstisch im Hause Meyer-Liebrecht. Selbst der kleine Robert schien von der gedrückten Stimmung angesteckt und verhielt sich ungewöhnlich still.

Merkelbach hatte sich bereit erklärt, frische Brötchen zu holen, da das Hausmädchen auf Wunsch der Ministerin zu Hause geblieben war. Außerdem sollte es heute noch einmal verhört werden.

Dr. Meyer-Liebrecht hatte Aysha tags zuvor beiseite genommen und ein langes Gespräch mit ihr geführt. Er hatte genug Menschenkenntnis, um sicher zu sein, dass die Türkin wirklich ohne ihr Wissen und irgendeine Absicht in etwas hineingezogen worden war. Sie hatte in diesem Toten tatsächlich nichts anderes gesehen als einen jungen Mann, der ihr gefiel und in den sie sich Hals über Kopf verliebt hatte. Am meisten schämte sie sich wohl aus religiösen Gründen, dass sie ausgerechnet an einen solchen Menschen ihre Unschuld verschenkt hatte. Immer und immer wieder beteuerte sie geglaubt zu haben, er meine es ernst. Und sie habe auch nicht bemerkt, dass er sie über die Familie ausgehorcht hatte.

Mit dieser Begründung hatte der Anwalt auch ihre Verhaftung verhindern können. Denn nichts, außer der Tatsache, dass die Entführer wahrscheinlich durch ihr Verhältnis zu dem Toten auf die Idee der Entführung gekommen waren, hatte sie zum Gelingen der Entführung beitragen können oder beigetragen.

„Ich halte das nicht mehr aus!" Die Ministerin ließ plötzlich das angebissene Brötchen auf ihren Teller fallen und rannte weinend aus dem Zimmer.

Sofort stürzte ihr Mann hinterher. Er umfasste seine Frau von hinten und zog sie ganz fest an sich.

„Liebes, beruhige dich! Wenn alles klappt, ist Manuela morgen früh wieder bei uns. Und es wird klappen, das garantiere ich dir!"

„Und wie willst ... du das ... garantieren?", fragte seine Frau unter Schluchzen.

„Vertrau mir!" Er warf einen Blick ins Wohnzimmer. Die beiden Kripobeamten mussten seine Worte nicht unbedingt mitbekommen. „Ich werde die Anweisungen der Entführer exakt befolgen, auch was die Polizei betrifft", flüsterte er ihr ins Ohr.

Sie drehte sich ruckartig um und schaute ihm direkt in die Augen.

„Du willst ...?"

Meyer-Liebrecht legte ihr blitzschnell den Zeigefinger auf den Mund. „Pssst!"

Das Erste, was Ursula sah, als sie wieder zu sich kam, war die offene Hüttentür, durch die graues Tageslicht fiel. Sie spürte, dass man ihr irgendetwas in den Mund gesteckt und diesen verklebt hatte. Ihre Handgelenke waren steif und taten ihr weh, ebenso die Fußgelenke. Sie wippte mit ihrem Körper so lange hin und her, bis sie in eine Seitenlage kam und einen Blick auf Manuelas Lager werfen konnte. Es war leer.

Erschöpft und ratlos schloss sie die Augen und dachte nach. Was war geschehen? Wer war der Mann, der sie überfallen und gefesselt und dann offenbar Manuela mitgenommen hatte? Doch so sehr sie sich auch bemühte, es gelang ihr nicht, sich auf das alles einen Reim zu machen. Von der Statur her konnte dieser Mann weder Rolf noch Günter gewesen sein – und Piotr erst recht nicht! Fast musste sie bei dem Gedanken lachen. Wer außer dem Besitzer der Hütte wusste überhaupt, dass sie hier war, und wer wusste etwas von Manuela? Aber der Mann hatte sie nach dem Kind gefragt!

Wie auch immer, sie musste sich jetzt als Erstes einmal von ihren Fesseln befreien. Aber wie? Ohne fremde Hilfe würde das nicht möglich sein. Wieder begann sie zu wippen, um Schwung zu bekommen, damit sie sich bis zur Tür rollen konnte. Denn in der vorbeiführenden Straße sah sie ihre einzige Chance, jemanden zu finden, der die Fesseln lösen konnte.

Doch auch dieses Vorhaben erwies sich als äußerst schwierig. Zwar konnte sie sich bis zu Tür rollen, aber dann erblickte sie die Büsche, die wie eine unüberwindbare Wand den Weg zur Straße versperrten. Sie nutzte den Höhenunterschied zwischen Türschwelle und dem ausgetretenen Boden vor der Tür, um in eine günstige Position zu kommen. Mühsam richtete sie sich Millimeter für Millimeter am Türrahmen auf und konnte sich endlich in eine sitzende Position bringen.

Sie blickte um sich und erschrak. Neben der Hütte ragten die Hosenbeine eines Mannes hervor! Das waren doch Günters Schuhe! Wie kam Günter hierher? Hatte man ihn auch niedergeschlagen? Sie überlegte, ob sie sich zu ihm bewegen sollte, damit sie versuchen konnten, sich gegenseitig zu befreien. Da sich aber die Beine nicht bewegten, ließ sie von dieser Idee ab.

Sie versuchte, auf die Knie zu kommen, aber erst beim dritten Versuch gelang es ihr endlich. Jetzt war sie etwas beweglicher. Die Fußfesseln ließen ihr so viel Spiel, dass sie Schub für Schub jeweils zwei oder drei Zentimeter mit den Knien vorrutschen konnte. Dabei musste sie darauf achten, nicht das Gleichgewicht zu verlieren, denn sonst würde sie kaum wieder hochkommen.

Es dauerte fast eine Stunde, bis Ursula die Büsche erreicht hatte. Aber wie sollte sie das Gebüsch nun überwinden? Sie ging leicht in die Hocke, um nachzudenken. Dabei drückten sich ihr die Fußfesseln tief ins Fleisch. Sie versuchte den Schmerz zu verdrängen. Plötzlich entdeckte sie eine Stelle am Boden, an der die Büsche weniger Äste hatten. Es sah aus wie ein Durchschlupf von Tieren, von Katzen vielleicht oder Füchsen. Wieder arbeitete sie sich Zentimeter für Zentimeter vor.

Der Durchschlupf war kleiner, als sie gedacht und gehofft hatte. Die Äste bohrten sich von allen Seiten in ihren Körper, als wollten sie es nicht zulassen, dass man auf diese Weise das Grundstück verließ. Der Boden roch nach Tierkot, Staub und Sand setzten sich in ihre Augen und Nase. Sie schloss die Augen und robbte darüber, immer tiefer in den Busch hinein. Ihre Haare verfingen sich im Geäst, aber sie wusste, sie musste durch, es war ihre einzige Chance, Hilfe zu finden. Sie sah nicht die Asseln, Käfer, Ameisen und Spinnen ringsum, spürte nicht die Schnitte in ihrem Gesicht, hörte nicht, wie der Stoff ihrer Bluse zerriss.

Irgendwann hatte sie das Gefühl, ihr Kopf schaute aus dem Busch heraus, aber sie traute sich nicht, die Augen zu öffnen. Sie brannten zu sehr. Ihr Schädel brummte, in ihren Ohren rauschte und pfiff es. Wie in Trance robbte ihr Körper weiter und weiter.

Plötzlich glaubte sie zwei Hände in ihrem Gesicht zu spüren, und eine zitternde Stimme krächzte: „Em Himmels welle, Mädche, watt es dann met dir passert?"

Kriminalrat Peter Wendling hatte sich gerade todmüde zu Bett begeben und den Wecker auf 10 Uhr gestellt, als das Telefon neben ihm zu läuten begann. Leise fluchend hob er ab.

Vier Worte genügten, um ihn augenblicklich hellwach werden zu lassen: „Wir haben das Versteck!"

Kriminaloberkommissar Schrieder ließ es sich nicht nehmen, die Meldung persönlich vorzunehmen. Über Funk war er informiert worden, dass ein Fahrradfahrer auf der Straße in der Nähe von Starkenburg, nur knapp eine Viertelstunde von Morbach entfernt, eine Frau gefunden hatte. Augenblicklich war ihm klar gewesen, dass dieser Fund etwas mit der Entführung zu tun hatte. Er spürte es einfach. Als er an der beschriebenen Stelle ankam, waren bereits zwei Streifenwagen, der Notarzt und ein Rettungsfahrzeug des Roten Kreuzes eingetroffen.

„Weiträumig absperren!", war sein erster Befehl. „Totale Umleitung!"

Dann eilte er zum Rettungswagen, in dem der Notarzt gerade dabei war, eine erste Notversorgung der Verletzten vorzunehmen.

„Wie sieht's aus?"

Der Notarzt drehte sich zu ihm um. „Nur geringfügige Verletzungen, wie es scheint. Überwiegend durch eine Fesselung an Händen und Füßen, kleinere Schnittwunden im Gesicht und an den Händen, eine offene Wunde am Kopf. Aber weiter ist zumindest im Moment nichts festzustellen."

„Ist sie ansprechbar?"

Der Notarzt schüttelte den Kopf. „Wenn keine weiteren Verletzungen festgestellt werden, frühestens gegen Mittag."

Schrieder schaute sich um und sah, dass ein Uniformierter ihm zuwinkte. Im Laufschritt eilte er zu dem Beamten.

„Da gibt es noch eine männliche Leiche!" Der Beamte deutete um die Büsche herum.

„Hat man auch ein Kind gefunden?"

„Negativ, aber es könnte eines hier gewesen sein."

Als Schrieder das Grundstück betrat, sah er sofort den leblosen Männerkörper, der mit dem Gesicht nach unten neben der Hütte lag. Auf dem Erdboden oberhalb des Kopfes war eine Blutlache zu sehen. Schrieder zog Latexhandschuhe an, kniete sich neben den Mann und drehte den Kopf zur Seite. Der Schuss hatte ihn mitten in die Stirn getroffen.

Von der Straße her hörte er den Rettungswagen mit Signalhorn abfahren. Er stand wieder auf.

„Alle Kollegen sollten das Grundstück verlassen, bis der Erkennungsdienst alles abgesucht hat“, ordnete er an. „Wo ist der Radfahrer, der die Frau gefunden hat?“

„Wir haben ihn drüben in unseren Wagen gesetzt, der Mann ist fast achtzig.“

„Soll warten, komme gleich.“

Er ging vorsichtig um die Hütte herum und sah die offen stehende Tür. Auf dem Boden lag eine Reisetasche. Er öffnete sie und wurde sofort fündig: In der Seitentasche steckten die Papiere und ein Handy. Es war noch eingeschaltet.

Schrieder zog sein eigenes Handy aus der kleinen Ledertasche am Gürtel und wählte seinen Kollegen Eckert an. Dann drückte er an dem gefundenen Handy die Wahlwiederholungstaste und gab die letzten fünf angewählten Rufnummern durch, die das Gerät gespeichert hatte.

Eckert bestätigte ihm an Hand einer vorliegenden Vergleichsliste, dass drei Nummern identisch mit den gespeicherten Nummern jenes Handys waren, das man tags zuvor unter den am Ufer verstreuten Sachen der Leiche von Piotr Szalbowski gefunden hatte. Jetzt gab es für Schrieder keinen Zweifel mehr: In dieser Hütte hatten sich die Entführer versteckt gehalten!

Er rief zunächst das LKA und dann, als man ihm sagte, der Leiter der Soko sei zu Hause, Kriminalrat Wendling privat an.

Die Nachricht verbreitete sich im LKA, den Mainzer, Trierer und Koblenzer Polizeipräsidien und in der Landesregierung wie ein Lauffeuer. Jeder informierte jeden, immer mit dem Hinweis: Kein Wort vorerst an die Presse! Sowohl Kriminalrat Wendling als auch Heiner Bernheimer, der Leiter der Presseabteilung des Ministeriums, ahnten jedoch, dass dies nicht funktionieren würde, und so vereinbarten sie, dass Bernheimer umgehend über alle zur Verfügung stehenden Kommunikationswege eine Pressekonferenz einberufen sollte.

Übernächtigt und mit reichlich starkem Kaffee saßen Wendling und die Mitglieder von Krisenstab und Soko wenig später beim Vorgespräch zusammen. Inzwischen lag auch der komplette Obduktionsbericht über Piotr Szalbowski vor.

„Es steht also fest, dass der Tote offenbar mit einem flachen Gegenstand niedergeschlagen wurde, daran aber nicht gestorben ist“, erläuterte Wendling. „Die Todesursache wird mit Ertrinken angegeben. Allerdings geschah dies nicht an der Fundstelle! Das Wasser, das in der Lunge des Toten gefunden wurde, hat Trinkwasserqualität und könnte unter Vorbehalt Leitungswasser sein. Hier laufen die Untersuchungen, bei denen auch der Zweckverband Rhein-Hunsrück-Wasser involviert ist, um die Herkunft festzustellen. Damit wäre auch der Tatort eingrenzbar.“

Er machte eine kurze Pause, wechselte die notierten Seiten vor sich und überflog ein weiteres Blatt.

„Nun zu der aufgefundenen weiblichen Person von heute früh. Es handelt sich um die 36-Jährige Ursula Felten, wohnhaft in Morbach und Lebensgefährtin dieses Piotr Szalbowski …“ Er deutete mit der Hand auf den vor ihm liegenden Aktenstapel. „Sie ist nach Auskunft der Ärzte leicht verletzt, hat eine Gehirnerschütterung und ist in Kürze vernehmungsfähig. Bei dem am gleichen Ort gefundenen Toten handelt es sich um einen in Emmelshausen wohnenden, arbeitslosen Elektronikingenieur namens Günter Berger. Er wurde aus nächster Nähe mit einer 9-mm-Pistole erschossen, direkt in den Kopf. Vermutete Tatzeit etwa um Mitternacht. Die Kollegen vom Erkennungsdienst sind in beiden Fällen bei der Arbeit.“

Er legte das Blatt zu den Akten und blickte seinen Stellvertreter, Kriminalhauptkommissar Schaust, an.

„Vielleicht berichten Sie, was derzeit läuft.“

Schaust nickte müde. „Wir konnten an Hand unserer Liste feststellen, dass sowohl der ertrunkene Tote als auch der Erschossene einige Telefonnummern von ihren Handys aus angewählt haben, die identisch waren. Dazu gehört auch die Handynummer und die Festnetzrufnummer der verletzt vorgefundenen Frau, aber auch eine Festnetznummer im Ortsbereich südlich von Emmelshausen. Der Teilnehmer wird gerade ermittelt.“

Er nahm einen kräftigen Schluck Kaffee zu sich.

„Vor Ort in diesem Wochenendhaus haben wir feststellen können, dass sich Manuela dort aufgehalten hat“, fuhr er mit merklich frischerer Stimme fort. „Es wurden Spiele gefunden, Kleidungsstücke in ihrer Größe, aber auch Medikamente, die darauf schließen lassen, dass das Kind erkältet ist und Fieber hat. Der Besitzer des Hauses wurde verhaftet und befindet sich auf dem Weg zur Vernehmung. Wir werden bei der Pressekonferenz alle Fakten auf den Tisch legen, damit der noch mit dem Kind flüchtige vierte Täter erkennt, dass er keine Perspektive mehr für sie hat. Doktor Gabriel schließt eine Erhöhung der Gefahr für das Kind bei dieser Vorgehensweise aus."

„Wie konnte das passieren?"

Monika Meyer-Liebrecht saß fassungslos im Morgenmantel auf der Couch, eine Tasse Tee vor sich.

Ihr Mann hielt ihre Hände und starrte vor sich ins Leere.

„Es wird alles gut, Liebes", sagte er tonlos, doch jeder im Raum spürte, dass er wie automatisch sprach, während seine Gedanken ganz woanders weilten.

Auch er war der Meinung, dass man die Flucht des vierten Entführers mit ihrer Tochter hätte verhindern können. Warum hatten die vielen Hubschrauber und Streifenwagen nichts bemerkt? Ein Einsatz, der viele Hunderttausend Euro gekostet hatte! Seine ganze Hoffnung setzte er jetzt darauf, dass es ihm gelingen würde, am Abend bei der Geldübergabe die Polizei abzuschütteln und mit der Übergabe Zug um Zug die Herausgabe von Manuela zu erzwingen.

Monika Meyer-Liebrechts Mutter hatte die Hände gefaltet und betete, Merkelbach und Jensch saßen wortlos neben ihr in den Sesseln um den Couchtisch. Merkelbach fixierte das Telefon, als wollte er es mit Hypnose zum Läuten bringen. Und Jensch, als hätte er die Gedanken des Anwalts erraten, überlegte, wie er heute Abend auf eigene Faust Meyer-Liebrecht begleiten konnte, um ihm im Notfall beiseite stehen zu können.

Doch welchen Gedanken man auch nachhing, allen war klar: Man musste abwarten. Und das war das Schlimmste, nichts tun zu können!

Es läutete an der Haustür. Merkelbach sprang sofort auf, zog seine Pistole aus dem Halfter und machte eine Kopfbewegung zu Jensch, ihm zu folgen.

„Ich hätte draußen bleiben sollen", fluchte Jensch und riss die Tür zur Gästetoilette auf, von deren Fenster aus man die Eingangsstufen einsehen konnte.

„Entwarnung!", rief er dem Kripobeamten erleichtert zu. „Es ist Aysha."

Merkelbach öffnete und blickte in ein versteinertes, ausdrucksloses Gesicht. Das sonst so hübsche Mädchen hatte alle Ausstrahlung verloren.

„Darf ich reinkommen?“, hauchte sie.

Unwillkürlich packte Merkelbach sie am Arm, da er den Eindruck hatte, sie könnte jeden Moment zusammenbrechen. Er wollte sie ins Wohnzimmer führen. Doch Aysha blieb in der offenen Wohnzimmertür stehen und schaute die Eheleute Meyer-Liebrecht wortlos an.

„Kommen Sie herein, Aysha“, forderte sie der Anwalt freundlich auf. „Sie wissen, was heute früh geschehen ist?“

Aysha nickte, drehte einen Stuhl zum Couchtisch und setzte sich zögernd darauf.

„Man hat mir schon Fotos gezeigt, aber ich kenne niemanden außer …“, die Stimme versagte ihr.

Es fiel ihr schwer, sich an den Gedanken zu gewöhnen, dass Piotr ein Verbrecher gewesen war. Sie hatte ihm vertraut. Er war ihre erste große Liebe gewesen.

„Darf ich weiter bei Ihnen arbeiten? Ich möchte alles wieder gut machen!“, brach es plötzlich aus ihr heraus und sie fing an, laut zu weinen.

Rolf hatte lange geschlafen. Immerhin hatte er einen anstrengenden Abend vor sich, bei dem es ums Ganze ging. Er durfte nicht versagen, nun, da er die Aufgabe von Piotr übernommen hatte. Bewusst hatte er bisher weder Ursula noch Günter angerufen. Man würde ihn nur mit Fragen überhäufen, die er nicht beantworten wollte und konnte. Es war besser, wenn er sich jetzt nur auf die Geldübernahme konzentrierte.

Als Erstes spähte er nach dem Aufstehen aus den Fenstern zur Straße hin und auch hinüber zu den Nachbarn. Nichts Verdächtiges war zu entdecken. Auch Hubschrauber waren keine zu hören. Nachdem er sich geduscht hatte, schaltete er das Radio ein. Vielleicht wurde in den Nachrichten doch noch etwas durchgesagt, was ihm Aufschluss über den Stand der Ermittlungen gab.

Zuversichtlich deckte er sich in der Küche den Frühstückstisch. Morgen, so Gott wollte, war er ein reicher Mann und konnte all seine Träume verwirklichen! Der einzige Schönheitsfehler an der Sache war der Tod von Piotr, den man Ursula noch schonend beibringen musste. Aber vielleicht hatte Günter es ihr ja bereits gesagt und der erste Schock war überwunden, wenn er ihr das erste Mal gegenübertrat?

Bevor er zu frühstücken begann, ging er an den Briefkasten und holte die Zeitung. Die Entführung von Manuela hatte inzwischen die Titelseite verlassen und war ins Blattinnere gerückt. Der kurze Bericht, der dort zu lesen war, enthielt nichts Neues. Also tappte die Polizei immer noch völlig im Dunkeln und demonstrierte nur Aktivismus!

Es läutete an der Haustür. Rolf blickte auf seine Armbanduhr – wahrscheinlich kam Günter zurück und wollte ihm von Ursula und dem Kind berichten oder ihm den Kopf voll quatschen, was noch zu machen und worauf zu achten sei …

Er öffnete die Tür. „Komm ren!"

Im gleichen Moment verspürte er einen wuchtigen Stoß gegen die Brust, der ihn rückwärts gegen die Wand taumeln ließ. Er sah drei Mündungen auf sich gerichtet. Seine Arme wurden gepackt und ihm in Sekundenschnelle auf den Rücken gedreht, so dass er vor Schmerz aufschrie. Hände tasteten seinen Körper ab, dann klickten Handschellen. Erst jetzt, als er sich wieder aufrichten konnte, blickte er in drei Gesichter hinter schussgesicherten Helmscheiben. Es war nicht Günter, dem er die Tür geöffnet hatte, sondern ein Sondereinsatzkommando!

Wütend blickte er sich um und entdeckte plötzlich hinter den Vermummten ein Gesicht, das ihm bekannt vorkam. Es grinste ihn fast schadenfroh an.

„So schnell sieht man sich wieder! Hätte ich auch nicht gedacht. Eigentlich hätten Sie gleich bei mir bleiben können."

Jetzt fiel Rolf ein, woher er das Gesicht kannte: Es war der Wirt aus der Straußwirtschaft in Alken, der ihn so freundlich hereingewunken hatte.

„Mein Name ist Kriminaloberkommissar Fuß. Ich habe einen Haftbefehl gegen Sie, was Sie sicherlich nicht wundern wird. Sie werden verdächtigt, an einer Kindesentführung beteiligt zu sein. Sie haben das Recht, die Aussage zu verweigern, wenn Sie sich selbst damit belasten …"

Aus!, schoss es Rolf durch den Kopf. Er nickte wortlos.

12.

Als Ursula die Augen öffnete, spürte sie sofort das Brummen in ihrem Kopf. Man hatte ihr einen Verband angelegt, und irgendwie schienen Schläuche an ihrem linken Arm angeschlossen zu sein. Verschwommen erkannte sie eine Schwester, die damit beschäftigt war, irgendetwas neben ihrem Bett zu machen. Im Hintergrund sah sie jemanden auf einem Stuhl sitzen, der offenbar in einem Buch las.

„Bitte!“ Ursula spürte, dass ihr Hals ganz trocken war und ihre Stimme sehr schwach. Sie räusperte sich und wiederholte das „Bitte!“, jetzt etwas lauter.

Die Schwester beugte sich über sie. Sie hatte ein sehr freundliches Lächeln, wie Ursula erleichtert zur Kenntnis nahm.

„Was ist ... mit der Kleinen ... mit ... Manuela?“ Das Sprechen fiel ihr schwer. „Wasser, bitte!“

Die Schwester schob eine Hand unter ihren Kopf und führte eine Schnabeltasse an ihren Mund. Der Tee war bitter, zumindest kam es Ursula so vor. Dennoch schluckte sie gierig, bis die Schwester den Becher vorsichtig zurückzog.

„Nicht so viel auf einmal“, hörte sie die Schwester sagen.

Neben ihr tauchte eine Frau auf. Sie musste dieser Jemand sein, der vorher im Buch gelesen hatte. Ihre Stimme war streng, aber nicht unangenehm.

„Können Sie mich verstehen?“, fragte sie langsam und deutlich.

Ursula nickte und schloss die Augen, sie brannten immer noch.

„Wollen Sie mir ein paar Fragen beantworten?“

Wieder nickte Ursula, ließ aber die Augen geschlossen. „Das Licht ... tut weh.“

Sie spürte durch die Augenlider hindurch, dass es etwas dunkler im Raum wurde. Vorsichtig öffnete sie die Augen wieder. Die Schwester hatte die Vorhänge zugezogen und die Frau saß nun neben ihr auf einem Stuhl.

„Wo ist Manuela?“, wollte die Frau wissen.

Manuela! Ursula versuchte sich zu erinnern. Das Letzte, was sie von Manuela wusste, war, dass das Kind auf dem provisorischen Lager schlief, Fieber hatte und, als Ursula wieder zu sich kam, weg war. Es dauerte eine Weile, bis sie diese Erinnerungen formulieren konnte. Mit jedem Wort wurde ihre Stimme fester und geschmeidiger.

„Ich werde alles tun, damit Sie das Kind schnell finden“, fügte sie schließlich hinzu.

Die Kriminalbeamtin glaubte, für einen Moment ein Lächeln in dem blassen und geschundenen Gesicht zu entdecken.

„Wo könnte Manuela sein?“, war die nächste Frage.

„Bei Rolf oder bei Günter“, antwortete sie und versuchte sich auf die Nachnamen und Adressen der beiden zu konzentrieren.

„Meinen Sie Günter Berger und Rolf Meissner?“

Ursula zuckte zusammen. Wieso kannte die Polizistin bereits die Namen? Dann war wahrscheinlich alles zu Ende! In ihrem Kopf begann sich alles zu drehen. Alles zu Ende, alles umsonst.

Die Kripobeamtin wiederholte ihre Frage.

„Ja!“, hauchte Ursula. „Wahrscheinlich in Emmelshausen bei Günter im Keller.“

„Manuela ist weder in Emmelshausen bei Günter Berger noch bei Rolf Meissner“, stellte die Kripobeamtin fest. „Wo kann sie noch sein?“

Nicht bei …?! Piotr – aber wieso bei Piotr? Ursula wurde unruhig, irgendetwas stimmte hier nicht. Sie öffnete die Augen und sah die Frau an. Jetzt konnte sie schon schärfer sehen.

„Sind Sie von der Polizei?“, fragte sie leise.

„Kriminalhauptkommissarin Mössinger“, stellte sich die Frau vor. „Sie müssen uns helfen, das Kind zu finden. Das kann nur in Ihrem Interesse sein, Frau Felten.“

„Piotr Szalbowski“, stieß sie ängstlich aus. „Dann kann Manuela nur bei Piotr sein, in Morbach.“

„Bei Herrn Szalbowski ist sie auch nicht. Wir haben auch Ihre Wohnung durchsucht. Gibt es eine andere Möglichkeit? Wer hat noch an der Entführung mitgewirkt?“

„Niemand!“

Die Antwort kam schnell, so schnell, dass die Kripobeamtin überzeugt war, die Frau hatte nicht gelogen. Und doch konnte es nicht die ganze Wahrheit sein.

„Wer hat Sie so zugerichtet und gefesselt?“

„Ein großer, sehr großer, starker Mann …“

Die Beamtin überlegte. Piotr konnte es nicht gewesen sein, der war zum Zeitpunkt der Verletzungen bereits tot. Günter Berger war zwar nicht groß und wirkte nicht sehr stark, konnte es aber gewesen sein. Wenn diese Frau ihn nicht erschossen hatte, bevor sie ein Dritter fesselte, dann blieb nur noch dieser Meissner übrig.

„War es Rolf Meissner?"

Ursula schüttelte so energisch den Kopf, dass er sofort wieder stärker zu brummen begann.

Man merkte es Michael Lueg an der Stimme an, wie sehr er sich über den Erfolg im Entführungsfall Meyer-Liebrecht freute, wenn auch mit der Verhaftung von zwei und dem Tod zweier weiterer mutmaßlicher Entführer das Versteck des Kindes noch nicht gefunden war. Jetzt, nachdem die Wohnorte der Täter bekannt waren, galt es, die Bevölkerung zu mobilisieren. Er stülpte die Kopfhörer wieder auf und legte sich die Notizen zurecht, die er sich während des Werbe- und Nachrichtenblocks gemacht hatte.

Johannes Held hinter der Scheibe kontrollierte, ebenso erfreut über die Entwicklung, beschwingt nochmals die vorgesehenen Einspielungen.

„Wie lange brauchst du?", fragte er ins Studio.

„Heute zwanzig, es kann auch etwas mehr sein", kam Luegs Stimme über den Lautsprecher.

Der Bildschirm zeigte noch 23 Sekunden „Über sieben Brücken musst du gehen" von Karat an. Lueg schlug mit dem Kugelschreiber den Takt mit, dann nahm er einen Schluck Mineralwasser. Das rote Licht leuchtete über ihm auf.

„Ob es sieben Brücken gibt zwischen Mainz und Lingerhahn, Emmelshausen oder Starkenburg, weiß ich nicht", begann er in seiner gewohnt lockeren Art, „aber der Sonderkommission des LKA Mainz ist heute in den frühen Morgenstunden im Hunsrück ein gewaltiger Brückenschlag gelungen! Zwei mutmaßliche Entführer der kleinen Manuela Meyer-Liebrecht, eine Frau und ein Mann, wurden verhaftet, ein weiterer erschossen aufgefunden. Noch nichts Genaues weiß man allerdings über den Aufenthaltsort der siebenjährigen Tochter unserer Ministerin. Was sich heute genau ereignet hat, wird uns der Leiter der Soko, Kriminalrat Peter Wendling, sagen, den ich jetzt in Mainz am Telefon begrüße ..."

Lueg hatte die Hand gehoben und Held fuhr die vorbereitete erste Einspielung ab, ein vor der Sendung aufgezeichnetes Telefonat.

„Guten Tag, Herr Lueg!" Wendlings Beitrag kam wie live rüber. „Ja, wir sind sehr glücklich, dass wir davon ausgehen dürfen, die mutmaßlichen Entführer der kleinen Manuela gefasst zu haben. Wie Sie ja schon in den Nachrichten berichtet haben, wurde vorgestern ein mutmaßlicher Entführer tot aus einem Gewässer in der Nähe von Laudert geborgen. Heute Morgen nun, kurz nach 5 Uhr, entdeckte ein Radfahrer auf der Landstraße nahe Starkenburg im Hunsrück eine gefesselte Frau im Straßengraben. Die eintreffenden Kollegen fanden in unmittelbarer Nähe auf dem privaten Grundstück einer Wochenendhütte eine weitere männliche Person. Sie war tot. Wir gehen von Mord aus. Auf Grund gezielter Ermittlungen, auf die ich jetzt nicht näher eingehen möchte, konnten wir etwas später eine weitere männliche Person in Lingerhahn verhaften, die sich auch anstandslos abführen ließ. Diese Person und der Besitzer der Hütte werden derzeit von Kollegen vernommen. Die gefesselte und verletzte Frau wurde in ein Krankenhaus gebracht. Wir gehen davon aus, dass auch sie noch im Laufe des Tages vernommen werden kann. Durch diese werden wir sicherlich auch den aktuellen Aufenthaltsort beziehungsweise das Versteck von Manuela erfahren."

„Wissen Sie denn jetzt, wie sich alles abgespielt hat?"

„In groben Zügen ja. Aber darüber möchte ich im Moment auch noch nicht sprechen, um den noch laufenden Ermittlungen nicht vorzugreifen."

„Glauben Sie denn, dass es unter den Entführern zu einem Krach gekommen ist, oder wie erklären Sie sich die beiden Toten?"

„In diese Richtung gehen unsere Vermutungen, denn in beiden Fällen müssen wir von einem Mord ausgehen. Wir rufen deshalb die Bevölkerung in den genannten Gebieten auf, uns jeden Hinweis zu geben, der im Zusammenhang mit der Ermordung und der Entführung stehen kann …"

„Achtung!", rief Johannes Held über das Mikrofon ins Studio.

„… Zumindest im Fall Starkenburg muss man den Schuss gehört haben."

Die Einspielung war zu Ende. Michael Lueg ging wieder live on Air.

„Danke für das Gespräch. Sie melden sich wieder, wenn Sie Genaueres wissen. – Das war der Leiter der Soko, Kriminalrat Peter Wendling. Und jetzt habe ich in der anderen Leitung Herrn Ministerialdirektor Heiner Bernheimer, den Pressesprecher der Ministerin. Guten Tag ins Ministerium …"

Wieder vollzog sich die gleiche Prozedur. Held startete exakt die Einspielung.

„... Wie hat denn die Ministerin die Nachricht von den Verhaftungen aufgenommen, Herr Bernheimer?“

„Nun, Sie werden verstehen, dass dies nur mit gedämpfter Freude geschehen ist“, kam die aufgezeichnete Antwort des Pressesprechers. „Immerhin hat die Polizei noch keine Spur von der Tochter der Ministerin. Bisher ging man davon aus, dass es sich bei den Entführern um zwei Frauen und zwei Männer handelt, inzwischen konnten jedoch drei Männer und eine Frau ermittelt werden. Deshalb geht man jetzt von einer fünften Person aus, einer weiteren Frau, nach der man fahndet, und man hofft, sie zusammen mit Manuela zu finden.“

„Gibt es denn Hinweise, wer diese Frau ist? Man hat in der Zeitung lesen können, dass eine Hausangestellte der Ministerin möglicherweise in die Entführung verwickelt ist ...“

„Diese Vermutung hat sich nicht bestätigt. Zwar hat es zwischen einer Hausangestellten der Familie und einem der mutmaßlichen Entführer einen Kontakt gegeben, der aber zumindest aus der Perspektive der Hausangestellten nichts mit der Entführung zu tun hatte. Nein, soweit mir bekannt ist, kennt die Polizei die noch flüchtige Frau nicht. Aber in dieser Hinsicht wissen wir hier im Ministerium auch nicht mehr als die allgemeine Öffentlichkeit.“

Wieder ging Lueg live auf den Sender und bedankte sich für das Gespräch. Dann überflog er kurz seine Notizen.

„Ja, es sind also alle SWR-1-Hörer im Hunsrück aufgerufen, bei der Suche nach dem Versteck der kleinen Manuela mitzuwirken“, sagte er ins Mikrofon. „Wenn Sie glauben, etwas Verdächtiges beobachtet zu haben, rufen Sie die nächste Polizeiinspektion an oder unser SWR-1-Studio hier in Mainz unter 06131/372700. Wir leiten Ihre Beobachtungen sofort an die jeweils zuständige Polizeidienststelle weiter. Bitte unternehmen Sie aber nichts auf eigene Faust! Sie wollen doch auch weiterhin SWR 1 hören, oder?“

Die Männer von der Spurensicherung hatten alle Hände voll zu tun. Nachdem man Rolf Meissner in Handschellen abgeführt hatte, stellte die Crew sein Haus auf den Kopf. Keine Schublade blieb ungeöffnet, kein Schrank ohne gründliche Durchsuchung. Allerdings war das Ergebnis recht mager – bis man schließlich das Badezimmer unter die Lupe nahm. Sehr schnell entdeckte man mit einer Speziallampe Blutpartikel in den Fugen der Badewannenverkleidung und der Bodenfliesen. Auch an der Dichtung des Wannenabflusses waren sie zu finden, ebenso Haarreste am Gitter des Wannenüberlaufes. Daraufhin wurde eine Wasserprobe entnommen, die im Labor mit dem Wasser aus der Lunge von Piotr verglichen werden sollte.

Erfolgreich war auch die Crew in Emmelshausen. Trotz des aufgeräumten Kellerraums wurden sehr schnell Abdrücke kleiner Finger gefunden, die Rückschlüsse auf den Aufenthalt von Manuela zuließen. Außerdem fand man auf einem kleinen Schreibblock neben dem Telefon durchgedrückt eine flüchtige Notiz, die sich bei genauerem Betrachten als die Wegbeschreibung zur Holzhütte bei Starkenburg erwies.

In Morbach schloss sich schließlich der Kreis der Indizien. Auf einer Ablage neben der Couch fand man den Taschenkalender von Ursula, in dem nicht nur die Telefonnummer des Morbacher Dekanatsbüros verzeichnet war, sondern auch der Text entdeckt wurde, den Ursula auf den Anrufbeantworter gesprochen hatte.

In allen drei Fällen verließen die Beamten mit etlichen Kartons die Wohnungen, die anschließend versiegelt wurden.

Rolf hatte man direkt zum LKA nach Mainz gebracht, wo Kriminalrat Wendling es sich nicht nehmen ließ, ihn persönlich in Gegenwart von zwei weiteren Beamten zu vernehmen. Dabei hatte Wendling leichtes Spiel. Rolf war vom ersten Moment an klar, dass er die besten Chancen hatte, wenn er sich auf die aufklärende Seite der Polizei schlug. Immerhin würde man ihn für den Tod von Piotr verantwortlich machen, und da sah er nur Vorteile, wenn er sich als aussagebereit und glaubwürdig darstellte.

So erfuhr Wendling in knapp einer Stunde alle Details der Entführung, vom Plan angefangen, den Piotr ihnen unterbreitet hatte, bis hin zu Günters Anruf mit der Frage, wie man zu dem Holzhaus finden würde. Ganz geschickt baute Rolf den Badewannenunfall von Piotr ein und beteuerte, an dem Abend selbst reichlich Alkohol getrunken zu haben, was man ihm nicht widerlegen können würde und wovon er sich einige Vorteile versprach.

Wendling hatte sich neben der Bandaufzeichnung einige Notizen gemacht. Stimmten die Angaben, so gab es bei den Entführern nur eine Frau. Trotzdem musste es noch eine fünfte Person gegeben haben, wenn nicht Meissner der Mann war, der Berger erschossen hatte.

„Dann kommen wir jetzt nochmals zum gestrigen Abend. Herr Berger wollte also nach Starkenburg. Was haben Sie nach diesem Anruf unternommen?“

„Nichts, gar nichts. Ich habe mir zwar Gedanken gemacht, was wohl dahinter stecken würde, aber da mir bekannt war, dass Günter und Ursula ein Verhältnis hatten, gingen meine Überlegungen in diese Richtung."

„Sie haben also nach diesem Anruf das Haus nicht mehr verlassen?"

„Nein! Warum sollte ich? Oder glauben Sie, ich wollte den beiden beim Bumsen zuschauen?"

Rolf machte auf Wendling einen ruhigen und gefassten Eindruck. Wenn seine Aussagen nicht stimmten, dann war der Mann ein perfekter Schauspieler. Das allerdings hatte er bereits bei seiner Vernehmung in Trier bewiesen! Also war Vorsicht geboten.

„Was sagen Sie denn, wenn ich Ihnen vorhalte, dass Ihr Wagen in der Nacht in der Nähe von Starkenburg gesehen wurde?"

Kein nervöses Zucken, keine Veränderung in Rolfs Gesicht. Seine Antwort war ruhig und gelassen.

„Dann ist das von Ihnen ein Bluff oder es liegt eine Verwechslung vor. Mein Wagen hat in dieser Nacht die Garage nicht verlassen. Außerdem werden Usch und Günter Ihnen das bestätigen."

Wendling überlegte, ob er bereits die Katze aus dem Sack lassen und Rolf mit den nächtlichen Vorfällen an der Hütte konfrontieren sollte. Dr. Gabriel war dagegen gewesen … Vielleicht war es wirklich noch zu früh, denn immerhin fehlte noch eine Person. Die, die jetzt Manuela in ihrer Gewalt hatte!

„Wo ist Manuela jetzt?", fragte er unvermittelt und betrachtete sein Gegenüber genau.

„Bei Usch und wahrscheinlich Günter. Aber die werden Sie ja auch schon verhaftet haben, sonst wären Sie sicherlich nicht bei mir aufgetaucht oder hätten mich sofort nach dem Aufenthaltsort gefragt."

Eins zu null für dich, dachte Wendling. Der Mann schien wirklich die Wahrheit zu sagen und nicht zu wissen, was sich in der Nacht bei Starkenburg ereignet hatte.

„Da haben wir also diesen Szalbowski, diesen Berger und die Frau Felten. Wer war denn noch an der Entführung beteiligt?"

„Bei der Durchführung selbst nur die drei. Ich habe wie gesagt nur indirekt geholfen. Inwieweit dieses Mädchen eingeweiht war, die Piotr, ich meine Herr Szalbowski, geschwängert hat, weiß ich nicht. Von ihr war ja bis vor kurzem nie die Rede."

„Da gab es doch außer der Hausangestellten noch eine weitere Person, die uns als groß und kräftig beschrieben wurde."

Rolf schaute den Kripobeamten irritiert an. „Also von der Beschreibung her kann nur ich das gewesen sein."

Er stand auf und deutete auf seine Größe und Fülle.

„Eben nicht!", entgegnete Wendling. „Setzen Sie sich wieder hin."

Rolf setzte sich und schüttelte den Kopf. „Dann kann ich Ihnen auch nicht weiterhelfen. Mehr Leute gab es nicht!"

„Lassen Sie mich mit ihr reden!", flehte die Ministerin am Telefon. „Ich glaube, von Frau zu Frau kann man eher etwas erreichen."

„Eine sehr erfahrene Kollegin ist mit der Vernehmung beschäftigt, die auf Grund des Zustandes der Patientin immer nur zeitweise durchgeführt werden kann", erwiderte Schaust, der die Ministerin über den Stand der Ermittlungen informiert hatte. „Glauben Sie mir, wir haben bereits dieses Von-Frau-zu-Frau-Verhältnis!"

Er hatte zwar Verständnis für die Bitte der Ministerin, aber er sah keinen Vorteil darin. Außerdem würde eine Gegenüberstellung der beiden Frauen die Ministerin zu stark belasten, solange man nicht wusste, wo sich Manuela befand und wie es ihr ging.

„Haben Sie denn inzwischen Anhaltspunkte, wo meine Tochter festgehalten wird?"

Genau das war der neuralgische Punkt. In dieser Hinsicht hatte sich nichts geändert, und es sah wieder so aus, als stehe man vor einer Betonwand aus Rätseln.

„Die Vernehmungen laufen noch", meinte der Kriminalhauptkommissar zögernd, „und wenn ich richtig informiert bin, verlaufen sie recht positiv, das heißt, die Verhafteten sind geständig. Wir werden also in Kürze das Versteck Ihrer Tochter kennen."

Enttäuscht hängte Monika Meyer-Liebrecht ein, schaute ihren Mann an, der neben ihrem Sessel stand und das Telefonat einseitig verfolgt hatte.

„Ich bin sicher, dass alles bald zu Ende sein wird!", tröstete er sie. „Wenn bis heute Abend nichts geschehen ist, dann übergebe ich das Geld, und es wird ja jemand da sein, der es entgegennimmt. Und über den wird die Polizei auf jeden Fall das Versteck finden."

„Und wenn etwas schief geht?" Monika Meyer-Liebrechts Augen wurden wieder feucht. Warum war man in solchen Situationen so hilflos?

„Es wird nichts schief gehen", versicherte Erich Meyer-Liebrecht ihr. Hilfe suchend blickte er zu Merkelbach, der seiner Frau gegenüber saß.

„Ihr Mann hat Recht", bestätigte der Kriminalmeister sofort. „Meine Kollegen haben solche Situationen oft genug geübt."

Der Ministerin war anzusehen, dass sie sich damit nicht zufrieden geben konnte.

„Es ist kaum zu fassen, aber es ist so!"

Kriminalrat Wendling stand mit hochrotem Kopf am Besprechungstisch und schaute aufgebracht in die Runde. Sie waren alle zusammengekommen, man hatte noch zusätzliche Stühle herbeischleppen müssen: Schaust, Schrieder, Eckert und natürlich Dr. Gabriel. Auch das Ministerium und die Staatskanzlei hatten alle geschickt, die hofften und glaubten, einen Beitrag leisten zu können, um die Entführung so schnell und so risikolos wie möglich zu beenden: Ministerialdirektor Walter Schumacher vertrat den Ministerpräsidenten, auch Dr. Hechter, von Rösch und Katharina Niebutte waren anwesend. Selbst Kardinal Lehmann hatte einen Vertreter abgesandt, um gegebenenfalls seitens der Kirche eingreifen zu können. Er hatte sich sogar persönlich als neutraler Vermittler angeboten.

„Wir stehen wieder völlig am Anfang", donnerte Wendling weiter. „Wir haben diese Felten so lange verhört, bis die Ärzte eingegriffen haben. Und diesen Meissner habe ich persönlich in die Zange genommen. Es scheint wirklich so, dass die inhaftierten mutmaßlichen Entführer nicht wissen, wo sich Manuela derzeit befindet. Und angeblich war außer ihnen und den beiden Toten niemand an dem Coup beteiligt. Was wir aber nicht ernsthaft glauben", fügte er schnell hinzu. „Das hat man so abgesprochen, um uns den großen Unbekannten vorzuspielen. Unsere einzige Chance herauszufinden, was Sache ist, wird darin bestehen, die Geldübergabe wie gefordert durchzuführen. Und dann, meine Herren …", er blickte eindringlich von einem Augenpaar zum anderen, um sich zu vergewissern, dass sich alle auf das Folgende konzentrierten, „dann darf nichts schief gehen!"

Ein leises Klopfen an der Tür unterbrach ihn. Eine junge Beamtin trat ein.

„Herr Doktor Meyer-Liebrecht ist gekommen."

„Wir lassen bitten!"

Der Anwalt betrat mit einer braunen Lederjacke und Jeans bekleidet den Raum. Er wirkte erstaunlich ruhig und gelassen. Kriminalrat Wendling eilte auf ihn zu und streckte ihm seine Hand zur Begrüßung entgegen.

„Dort drüben haben wir noch einen Platz für Sie frei gelassen."

Er deutete auf die andere Tischseite, wo man bereits dabei war, noch enger zusammenzurücken.

„Ich hatte gerade festgestellt", fuhr Wendling sogleich fort, „dass uns keine andere Möglichkeit bleibt, als die Geldübergabe tatsächlich wie gefordert durchzuführen. Allerdings möchte ich Ihnen, lieber Doktor Meyer-Liebrecht, noch einmal anbieten, dass wir statt Ihrer einen meiner fähigsten Beamten in entsprechender Maske als Boten auf die Reise schicken und …"

„Auf keinen Fall", unterbrach ihn der Anwalt. „Man will mich sehen. Keiner weiß, wie gut man mich kennt. Wir gehen kein Risiko ein."

Der Leiter der Soko zuckte mit den Schultern und nahm einen Schluck Mineralwasser.

„Irgendwie kann ich Sie verstehen. Sie dürfen aber sicher sein, dass sie heute Abend der bestbeobachtete Mann der Welt sein werden. Das garantiere ich Ihnen!"

Pünktlich um 21.15 Uhr betrat Dr. Meyer-Liebrecht Gleis elf des Mainzer Hauptbahnhofs. Die Regionalbahn 22810 stand schon bereit, und Meyer-Liebrecht war sicher, dass es sich bei einem Viertel der auf dem Bahnsteig Wartenden und Zuggäste um zivile Polizeibeamte handelte.

Seit einer halben Stunde war er verkabelt. Ein Knopfdruck genügte, um über Funk die Einsatzleitung zu informieren, die den Zug in einem Funkmobil auf der parallellaufenden Bundesstraße begleitete. Alle waren sich sicher, dass irgendwann auf der Strecke der Anwalt über das Handy einen Anruf der Entführer erhalten und man ihm mitteilen würde, wann er den Koffer mit den drei Millionen aus dem Fenster zu werfen habe. Es würde ein Bahnübergang, eine Brücke oder ein uneinsehbares Gelände sein, in dem sich die Entführer bestens auskannten und von wo aus sie schnell in verschiedene Richtungen verschwinden konnten. Bisher hatten sie alles so exakt geplant, da würden sie sich auch trotz der erlittenen Schlappen und internen Streitigkeiten auf diese Phase besonders gut vorbereitet haben.

Am Nachmittag hatte Dr. Meyer-Liebrecht die Ankunfts- und Abfahrtzeiten des Zuges an allen Stationen auswendig gelernt. Bis Koblenz würde der Zug insgesamt zwanzig Mal halten. Der Anwalt hatte sich von der Bahnstrecke einen Plan mit großem Maßstab besorgt und jeden Bahnhof, an dem der Zug halten würde, genau begutachtet. Er war sich sicher, man würde mit dem Anruf warten, bis es dunkel genug geworden war. Also durfte er davon ausgehen, dass der Anruf frühestens hinter Bingen, also nach 22 Uhr, erfolgte. Die Bahnhöfe Bacharach, Oberwesel, St. Goar und den Boppearder Hauptbahnhof hatte er für sein Vorhaben gestrichen. Hier war um diese Zeit noch zu viel Publikum. Andererseits musste er agieren, bevor die Entführer sich meldeten. Also hatte er Trechtingshausen oder Niederheimbach für sein Vorhaben anvisiert. Die endgültige Entscheidung würde er kurzfristig vom Grad der Dunkelheit abhängig machen.

Der Lautsprecher knackte und eine blecherne Stimme verkündete: „Zum Regionalzug nach Koblenz, Abfahrt 21.32 Uhr, bitte einsteigen und die Türen schließen. Der Zug fährt in Kürze ab."

Meyer-Liebrecht umfasste entschlossen den Griff des Koffers, in dem sich die drei Millionen befanden, und stieg in den Zug. Aus den Augenwinkeln beobachtete er, dass gleichzeitig etliche andere bisher Wartende in verschiedene Wagen auf der Gesamtlänge des Zuges einstiegen.

Er schlenderte durch den Gang zu einem leeren Abteil. Da er selbst nicht wusste, wer Polizist war und wer nicht, war ihm das unbesetzte Abteil angenehmer.

Die Tür begann mit dem Anfahren des Zuges zu klappern und nebenan im Abteil grölten ein paar Jugendliche, die offenbar bereits reichlich Alkohol zu sich genommen hatten. Der Anwalt überlegte, wann er das letzte Mal mit der Bahn gefahren war. Kindheitserinnerungen wurden in ihm wach, die er jedoch immer wieder verdrängte, um sich auf seine Aufgabe und sein Vorhaben zu konzentrieren.

„Wie ist die Verständigung?", kam es aus dem Knopf in seinem Ohr.

Er drückte den kleinen Knopf in seiner Hosentasche. „Einwandfrei!"

„Wir machen zwischendurch immer wieder einmal eine Verständigungsprobe, es reicht, wenn Sie immer nur kurz mit ‚Ja' reagieren."

„Okay!"

Meyer-Liebrecht lehnte sich in den Sitz zurück, den kleinen Koffer auf dem Schoß, und betrachtete die Häuser, die an ihm vorbeizogen.

In der Enge des Funkmobils saßen dicht nebeneinander ein Techniker, Kriminalhauptkommissar Schaust, Kriminaloberkommissar Schrieder und zwei Beamte des SEK, des Sondereinsatzkommandos, in schusssicherer Kleidung. Immerhin bestand die Möglichkeit, dass die Einsatzleitung als Erste an der Abwurfstelle des Koffers eintreffen würde. Schaust hatte ein Headset auf und kontrollierte den Kontakt zu den bereitstehenden Streifenwagen und Zivilfahrzeugen.

„Alle Kollegen im Einsatzabschnitt A bitte melden und die Verständigung prüfen."

Sehr diszipliniert meldeten sich rund zwanzig Fahrzeuge nacheinander und gaben ihren Standort an, den Schrieder auf einer mitgeführten Karte verfolgte.

„Hannes 43 soll noch bis zur Binger Brücke vorziehen", ordnete er an.

Über Funk gab Schaust den Befehl an das Einsatzfahrzeug weiter. Die beiden Zivilbeamten im Fahrerhaus hatten die der Bahnlinie entlangführenden Straßen am Nachmittag bereits zwei Mal abgefahren und insbesondere daraufhin überprüft, wo es möglicherweise Probleme geben könnte, mit der Geschwindigkeit des Zuges mitzuhalten. Als einen neuralgischen Punkt hatten sie die Ortsdurchfahrt von Bingen ausgemacht. Immerhin konnten sie nicht einfach Blaulicht aufsetzen, um rote Ampeln oder Ähnliches zu meistern, denn sie durften nicht auffallen.

Der Beifahrer hatte für alle Fälle eine Straßenkarte auf den Knien liegen und verfolgte mit einem Kugelschreiber genau die Fahrposition, um seinem Kollegen bei Problemen jederzeit eine Ausweichstrecke angeben zu können. Außerdem bestand Sprechverbindung in das hintere Wageninnere, um unvorhergesehene Richtungsänderungen übermittelt zu bekommen.

„Herr Doktor Meyer-Liebrecht, bitte noch einmal Verständigungsprobe!"

„Alles klar, noch kein Anruf!", kam es deutlich aus dem Lautsprecher.

Auf ein Handzeichen von Schaust hin schaltete der Techniker auf eine andere Frequenz.

„Wir kommen jetzt langsam in den Einsatzabschnitt B. Bitte alle Kollegen in diesem Einsatzabschnitt melden und die Verständigung prüfen."

Monika Meyer-Liebrecht saß wie versteinert neben ihrer Mutter auf der Couch, Merkelbach und Markmann saßen ihnen schweigend gegenüber. Seit Beginn der Entführung hatte es kein Lebenszeichen von Manuela gegeben. Warum? Wann würde der erlösende Anruf kommen?

Die Minuten wurden zu Stunden. Niemand hatte bisher das Licht im Wohnzimmer eingeschaltet. Vielleicht, weil keiner dem anderen in diesem Moment ins Gesicht schauen wollte.

„Möchte jemand etwas zu trinken?" Die Stimme von Monika Meyer-Liebrechts Mutter durchbrach die Stille.

„Jetzt nicht!", flüsterte ihre Tochter, ohne aufzublicken.

Von den beiden Beamten war im Halbdunkel des Raumes nur ein wortloses Kopfschütteln zu erkennen.

Die Mutter der Ministerin verließ den Raum, und aus der Küche war zu hören, wie sie etwas aus dem Kühlschrank herausnahm, in ein Glas einfüllte und wieder zurückstellte.

Mit dem Glas in der Hand betrat sie wieder das Wohnzimmer und schaltete das Licht an. Sofort vergrub ihre Tochter das Gesicht in den Händen. Auch Markmann und Merkelbach begannen zu blinzeln. Die plötzliche Helligkeit brannte in den Augen.

„Es nützt niemandem, wenn wir hier sitzen und Löcher in die Luft starren und uns selbst verrückt machen!", sagte sie energisch. „Erich wird einen klaren Kopf behalten, und ich bin sicher, die Polizei weiß, was sie tut!"

Die Reaktion ihrer Tochter war genau das Gegenteil dessen, was sie bezweckt und erwartet hatte. Sie fing hemmungslos zu weinen an.

Markmann stand auf. „Ich werde mal draußen nach dem Rechten schauen", meinte er leise.

Merkelbach sah dem Sicherheitsbeamten hinterher. Ihm blieb nichts anderes übrig, als in der Nähe des Telefons sitzen zu bleiben.

Ingelheim, Abfahrt 21.51 Uhr. Dr. Meyer-Liebrecht warf einen Blick auf die langsam vorbeiziehende Bahnhofsuhr. Der Zug hatte zwei Minuten Verspätung. Die grölenden Jugendlichen waren aus dem Nachbarabteil ausgestiegen.

Als der Zug den Bahnhof verlassen hatte, stellte der Anwalt kurz den Koffer auf den Boden und trat dicht ans Fenster. Draußen war es schneller dunkel geworden, als er erwartet hatte. Also entschied er sich für Trechtingshausen. Je früher, desto besser.

„Verständigungsprobe!", hörte er zum vierten oder fünften Mal Schausts Stimme, und wieder antwortete er mit einem schlichten „Ja!".

Er ergriff wieder den Koffer und setzte sich hin. Noch etwa zwanzig Minuten bis Trechtingshausen.

Schaust hatte kurz über Handy einen Bericht nach Mainz gegeben, wo Wendling, Dr. Gabriel und die anderen der Sonderkommission, ferner der Abgesandte der Kirche und die Vertreter des Ministeriums angespannt warteten. Frau Niebutte kämpfte sichtlich mit den Tränen.

Dr. Gabriel stand schweigend am Fenster und blickte auf die letzten hellen Streifen am abendlichen Horizont. Auch er war mit seiner Weisheit so ziemlich am Ende. Wer war der oder die Unbekannte, die jetzt die Geldübernahme vollzog? Er hatte nochmals in Eile die Aussagen von Frau Felten und Herrn Meissner abgehört. Es gab auch für ihn keine noch so kleinen Anzeichen, dass beide logen, wenn sie über den Aufenthaltsort von Manuela Auskunft gaben. Er hatte darauf gedrungen, dass man bei den Verhören nichts vom aktuellen Stand der Situation andeutete. Frau Felten versicherte bei der Vernehmung glaubhaft, dass sie nicht wisse, wo und bei wem sich Manuela derzeit aufhalten würde. Und Meissner war der festen Überzeugung, das Kind befände sich noch mit Frau Felten in der Hütte. Frau Felten wusste also immer noch nicht, das Szalbowski seit Sonntagnacht tot war, und man hatte auch Meissner nicht gesagt, dass seine Komplizin im Krankenhaus lag und der Komplize Berger erschossen aufgefunden worden war.

Mit steinerner Miene trat der Kriminalrat neben Dr. Gabriel.

„Ich hoffe, dass wir nicht im Begriff sind, eine Leiche zu kaufen“, sagte er mit eiskalter Nüchternheit. „Das könnte ich mir nie verzeihen.“

„Sicherlich gibt es immer ein Restrisiko“, räumte der Psychologe ein. „Aber besonders in diesem Fall bin ich mir sicher, dass es dem Kind den Umständen entsprechend gut geht. Es ist alles raffiniert ausgedacht, aber nicht professionell durchgeführt. Was wissen wir denn inzwischen von den Entführern? Zwei waren arbeitslos, die Frau ist die Freundin und der Vierte im Bund ist ebenfalls ein alter Schulkamerad. Meine Überlegungen stimmten also bisher. Da war keine eiskalte Absicht dahinter. Die wollten alle einfach nur einmal reich sein.“

„Aber wer ist der Fünfte?“

„Ich gehe davon aus, dass den Ihre Leute in spätestens einer Stunde in Handschellen hier vorführen!“, lächelte Dr. Gabriel.

„Lieber wäre mir, man würde uns dann erst einmal ein gesundes Kind vorführen!“, antwortete Wendling ernst.

Dr. Meyer-Liebrecht warf noch einmal einen Blick auf seine Armbanduhr. Die Verspätung eingerechnet waren es noch drei Minuten bis Trechtingshausen. Er erhob sich, holte noch einmal tief Luft und öffnete die klappernde Abteiltür, die zu allem Unglück jetzt auch noch klemmte. Hastig zwängte er sich auf den Gang und erblickte sogleich in jeder Richtung einen Fahrgast, der gelangweilt gegen die Zugwand gelehnt den Weg versperrte. Er entschied sich für den Weg in Fahrtrichtung.

Als er an dem zigaretterauchenden Fahrgast vorbeiging, raunte der ihm zu: „Ist es so weit?"

„Nee, ich muss nur mal", raunte Meyer-Liebrecht zurück und machte sich auf den Weg zur Toilette.

Nachdem er von innen abgeschlossen hatte, warf er erneut einen Blick auf die Uhr. Bisher hatte der Zug an den Stationen zwischen dreißig Sekunden und einer Minute gehalten. Trechtingshausen war ein kleiner Bahnhof, also würde er dort wahrscheinlich nur kurz halten. Schon verringerte der Zug seine Geschwindigkeit. Jetzt galt es, die Nerven zu behalten!

Knirschend und quietschend bremste der Zug bei der Einfahrt in den Bahnhof. Meyer-Liebrecht begann innerlich zu zählen. Bei dreißig würde er die Toilette verlassen. Von draußen war keine Ansage zu hören, offenbar lohnte sich das um die Uhrzeit nicht mehr. Zehn. Irgendwo hörte er eine Wagentür schlagen. Er versuchte, durch die kleine Fensterklappe zu erkennen, auf welcher Seite der Bahnsteig war. Zwanzig. Wieder hörte man das Schlagen einer Tür. Vielleicht waren dreißig Sekunden für diesen kleinen Bahnhof zu lange? Er konnte auch noch draußen etwas verzögern.

Rasch öffnete Meyer-Liebrecht das Schloss und schaute aus dem schmalen Spalt in den Vorraum. Niemand war zu sehen. Er verließ die Toilette und schaute, soweit möglich, in den Gang des Nachbarwaggons. Der Mann, der sich dort aufhielt, drehte ihm Gott sei Dank den Rücken zu.

Erich Meyer-Liebrecht legte die Hand an den Griff der Tür, die nicht zum Bahnsteig führte, und drückte ihn herunter. Seine Hände waren feucht, sie glitten etwas ab. Aber die Tür öffnete sich leicht. Hoffentlich kam jetzt kein Gegenzug! Ein leichtes Rucken im Zug, Meyer-Liebrecht stieß die Tür vollends auf, drehte sich blitzschnell um und stieg rückwärts, den Koffer in der einen Hand und sich mit der anderen an den Griff klammernd, die Stufen hinab. Mit Wucht schlug er die Tür zu, denn soweit er wusste, blockierten offene Türen aus Sicherheitsgründen die Anfahrt des Zuges.

Er schaute rechts und links. Kein Gegenzug. In gebückter Haltung stieg er rasch über die Gleise auf den gegenüberliegenden Bahnsteig. Hinter ihm setzte sich der Zug leise rollend wieder in Bewegung. Niemand schien sein Aussteigen bemerkt zu haben. Er erblickte vor sich ein altes, etwas vergammeltes Wartehäuschen und schlüpfte geduckt hinein. Die erleuchteten Fenster huschten an ihm vorbei.

„Verständigungsprobe!“, hörte er wieder.

Schnell drückte er den Knopf und bestätigte. Man sollte ruhig noch einige Zeit glauben, dass er sich im Zug befinde. Die letzten Wagen des Zuges ratterten an ihm vorbei und langsam verschwanden die roten Schlussleuchten im Dunkel der Nacht.

Meyer-Liebrecht stellte den Koffer zwischen die Beine und befreite sich von seiner Verkabelung. Er wollte verhindern, dass man ihn möglicherweise anpeilen konnte. Den Sender samt Kabel und Ohrhörer warf er in einen Busch am Bahndamm und eilte auf den beleuchteten Bahnübergang zu, dessen Schranken sich in diesem Moment wieder öffneten.

Er überquerte die Schienen und blickte zu den erleuchteten Fenstern eines Restaurants hoch. Niemand schien ihn bemerkt zu haben. Erleichtert richtete er sich auf und sah sich um. Er brauchte jetzt nur noch einen Unterschlupf, wo er auf den Anruf der Entführer warten und sicher sein konnte, bis zur Übergabe des Koffers nicht von der Polizei behelligt zu werden.

„Die Hälfte der Strecke haben wir in etwa hinter uns, jetzt wird es aber langsam Zeit“, stöhnte Schaust und ließ sich von Schrieder auf der Karte den Standort zeigen.

Schrieder suchte die nächsten Stationen. „Vielleicht wartet man in Bacharach oder St. Goar auf den Zug, um schnell mit dem Koffer im Touristengetümmel zu verschwinden.“

„Wenn das der Plan ist, dann wird es Bacharach sein. In den anderen Weinorten liegt die Bahnstrecke zu weit von den belebten Straßen entfernt.“

Schaust setzte sich wieder das Headset auf. „Achtung an die Kollegen. Wir kommen jetzt in den Einsatzabschnitt K. Alle Kollegen im Einsatzabschnitt K bitte melden und die Verständigung prüfen.“

Wieder erfolgten die Meldungen der Fahrzeuge.

„Bitte besondere Aufmerksamkeit bei der Durchfahrt des Zuges in Bacharach. Erhebliche Fluchtmöglichkeit durch Untertauchen in der Menschenmenge“, gab Schaust durch.

Auf sein Handzeichen hin ging der Techniker auf die Frequenz von Dr. Meyer-Liebrecht.

„Herr Doktor, wir nähern uns jetzt Bacharach. Hat es inzwischen ein Telefonat oder irgendwelche Anzeichen gegeben?“

Er wartete auf eine Antwort, dann wiederholte er seine Frage.

„Scheiße", brüllte er, „ausgerechnet jetzt klappt die Funkverbindung nicht!" Er riss sich das Headset vom Kopf. „Schalten Sie auf Lautsprecher und drehen Sie auf, was das Zeug hergibt!"

Er griff nach dem bereitliegenden Handmikrofon. „Hallo Eckert, hier Schaust. Wir haben den Funkkontakt zu der Zielperson verloren, überbrücken Sie sofort das Problem."

Eckert sprang von seinem Abteilplatz auf und begann durch den Wagen zu laufen. Durch die Fahrt des Zuges wurde er im Gang hin und her geworfen. Er wusste, dass Meyer-Liebrecht im nächsten Wagen saß. Der Kollege im Gang hatte den Funkverkehr mitbekommen und machte Eckert den Durchgang frei.

„Musste ja so kommen!", murmelte er, als Eckert an ihm vorbeihastete.

Eckert riss die Verbindungstür auf, torkelte durch die beiden Vorräume der Wagen und landete schließlich an der Tür zum nächsten Gang.

„In welchem Abteil sitzt er?", rief er Kollegen entgegen.

„Gar nicht!", lachte der. „Die Zielperson sitzt auf dem Klo! Vielleicht hat er beim Scheißen den Stecker aus dem Sender gezogen!"

Eckert drehte sich rasch um, eilte zum Vorraum zurück und riss die Toilettentür auf. Die Toilette war leer.

„Das gibt es doch nicht!" Zurück im Gang brüllte er seinen Kollegen an. „Wann ist die Zielperson auf die Toilette gegangen?"

Der sah dem hochroten Gesicht von Eckert an, dass es keinen Grund für eine witzige Bemerkung gab. Er blickte auf die Uhr.

„Vielleicht fünf Minuten. Auf jeden Fall vor dem letzten Halt."

Eckert warf ihm einen vernichtenden Blick zu.

„Einsatzleitung, bitte melden …"

„Hört!"

„Zielperson ist verschwunden …"

Weiter kam er nicht. Schaust begann im Funkmobil zu toben.

Im Bahnhof von Bacharach rannte Eckert, so schnell er konnte, zum Lokführer vor, der am offenen Fenster stand und auf das Zeichen zur Abfahrt wartete. Er hielt dem Mann seinen Ausweis entgegen.

„Kriminalpolizei! Was muss unternommen werden, damit die Abfahrt des Zuges verzögert werden kann?"

Der Mann verschwand in seinem Führerstand und Eckert hörte, wie er sich offenbar über Funk mit jemandem unterhielt. Nach wenigen Sekunden tauchte er wieder in dem Fenster auf.

„Da ist nichts zu machen, wir müssen das Gleis räumen."
Eckert gab die Information an Schaust weiter.
Fünf Minuten später wurden sämtliche im Einsatz befindlichen Wagen auf der Strecke zwischen Bingen und Bacharach vom stellvertretenden Leiter der Soko Manuela auf die Suche nach Dr. Meyer-Liebrecht und dem kleinen Koffer geschickt.

Wendling traute seinen Ohren nicht, als er über Telefon die Nachricht vom Verschwinden des Anwalts erhielt. Mit kreidebleichem Gesicht gab er die Information an die anderen Anwesenden weiter.
„Der hat uns ganz schön ausgetrickst!", war Dr. Gabriels spontaner Kommentar. „Der glaubt, im Alleingang ohne uns das Risiko des Kindes zu verringern. Ich gestehe, damit habe ich nicht gerechnet. Aber es ist die gleiche Denke wie die der Entführer. Vielleicht hat er ja Glück!"

Hastig drückte Meyer-Liebrecht die Empfangstaste, als sein Handy zu piepsen begann. Hinter einem Busch unterhalb des Bahndamms hatte er Schutz vor der nach ihm suchenden Polizei gefunden.
„Meyer-Liebrecht!"
„Sie verdammter Narr!"
Der Anwalt hielt rasch das Handy vom Ohr weg. Die Stimme von Schaust überschlug sich förmlich.
„So etwas war nicht abgesprochen. Glauben Sie denn, wir sind alle Vollidioten?"
Mit so einem Anruf hatte er gerechnet. „Lassen Sie diese Anrufe", brüllte er zurück. „Ich habe mich entschieden. Wenn ich durch Sie keinen Kontakt zu den Entführern bekomme, weil der Anschluss besetzt ist, mache ich Sie dafür verantwortlich!"
Energisch drückte er die Trenntaste. Hoffentlich hatte der Mann begriffen, wie ernst ihm die Sache war.

Schaust hatte begriffen. Er griff erneut zu dem Headset und stülpte es sich über.
„Achtung an alle Einsatzfahrzeuge. Sofort OWL und Signal abschalten und in Observationsgeschwindigkeit fahren. Aufenthaltsort der Zielperson ist zurzeit unbekannt. Sollte die Zielperson aufgefunden werden, bitte sofort Standort durchgeben und nur observieren. Sollte es zu einer Beobachtung der Kofferübergabe kommen, nur Empfänger des Koffers verfolgen. Ich wiederhole …"

Meyer-Liebrecht atmete auf, als nicht sofort ein weiterer Anruf erfolgte. Er warf einen Blick auf seine Uhr. Der Zug musste jetzt in Höhe von St. Goar sein. Wenn ihn die Person nicht in Koblenz zur Geldübergabe erwartete, musste der Anruf in den nächsten dreißig Minuten erfolgen. Er würde dann einen für die Person und die Übergabe sicheren Ort aushandeln, aber nur Zug um Zug mit Manuela das Geld übergeben. Dass er die Polizei ausgetrickst hatte, musste Beweis genug dafür sein, dass er niemanden in eine Falle locken wollte.

Er hockte sich auf einen am Boden liegenden Baumstamm und wartete, den Koffer zwischen die Waden geklemmt. Der Himmel war sternenklar, die Temperatur auf erträgliche fünfzehn Grad gesunken, und von einem nahe gelegenen Campingplatz drangen Musik und ausgelassenes Lachen an sein Ohr. Hoffentlich würde man nicht seine Frau über seinen Alleingang informieren!

Minute um Minute vergingen. Immer wieder blickte Meyer-Liebrecht auf das Display des Handys, ob eine Netzverbindung bestand. Was würde geschehen, wenn bis zur Ankunft des Zuges in Koblenz um 23.01 Uhr kein Anruf erfolgt war? Musste man dann davon ausgehen, dass die Täter mitbekommen hatten, dass die Polizei im Spiel war? Welche Folgen würde das für Manuela haben?

Mehr und mehr verlor er die Hoffnung, dass sein Plan funktionieren würde. Was, wenn die Annahme, dass der Koffer aus dem Zug geworfen werden sollte, irrig war? Vielleicht war das alles nur eine Finte und er erhielt gar keinen Anruf, sondern man beabsichtigte, ihm in Koblenz am Bahnhof einfach den Koffer zu entreißen? Wie sollte er dann seiner Frau beibringen, dass er die ganze Aktion vermasselt hatte? Die Zeitungen würden voll davon sein, er würde sein Ansehen als Rechtsanwalt verlieren!

Er blickte beschwörend auf das Display. Doch nichts rührte sich.

Seine Gedanken wanderten zu seiner kleinen Tochter, die er so sehr herbeisehnte. Insgeheim hatte er gehofft, sie heute noch in seine Arme schließen und mit nach Morbach nehmen zu können. Wo mochte sie sein? Lebte sie überhaupt noch?

Eine Träne löste sich aus dem Augenwinkel, rann seine Wange hinunter und blieb in den leichten Bartstoppeln hängen. Er blickte auf die Uhr. Es war 23.10 Uhr, und nichts war geschehen. Enttäuscht und entmutigt verließ er sein Versteck und machte sich auf den Weg zu dem an den Bahnschranken gelegenen Restaurant, dessen Fenster immer noch hell erleuchtet waren. Er würde sich ein Taxi kommen und nach Mainz fahren lassen.

Nach dem Anruf der Koblenzer Einsatztruppe, der Zug sei eingefahren, aber nichts habe auf eine Person schließen lassen, die das Geld übernehmen sollte, sank die Stimmung im LKA auf den Nullpunkt.

Dr. Hechter erklärte sich bereit, die Ministerin in Morbach anzurufen und über das negative Ergebnis zu informieren. Staatssekretär Armin von Rösch hatte die undankbare Aufgabe, dem Ministerpräsidenten, der ausdrücklich um einen Anruf gebeten hatte, die Nachricht zu überbringen. Katharina Niebutte hatte gleich eine ganze Liste von Leuten, die angerufen werden mussten. So zog sich jeder in eines der umliegenden Büros zurück.

Dr. Gabriel hatte sich einen Stuhl ans Fenster gezogen und starrte nachdenklich in den Sternenhimmel, der ein so friedliches Bild bot. Dabei bereitete er sich gedanklich auf das vor, was er Wendling aus der Sicht des Profilers und Psychologen für den morgigen Tag empfehlen würde.

Wendling war am Besprechungstisch sitzen geblieben und unterhielt sich leise mit dem Abgesandten von Kardinal Lehmann. Der Kardinal hatte gebeten, sein Angebot, sich als Vermittler bereitzuhalten, an die Öffentlichkeit zu geben. Aber Wendling wusste, welch zweischneidiges Schwert eine solche Entscheidung war. Zum einen wurden Nachahmungstäter ermuntert, mit ähnlichen Forderungen ein risikoloseres Spiel zu treiben, zum anderen wurde so etwas in der breiten Öffentlichkeit immer als ein Eingeständnis der Polizei interpretiert, ohnmächtig solchen Aufgaben gegenüber zu stehen, und letztlich geriet die Kirche in den Geruch, mit Straftätern zu kungeln.

Der Kriminalrat spürte plötzlich eine Hand auf seinen Schultern. Dr. Gabriel war hinter ihn getreten.

„Was machen wir?“, fragte er den Psychologen.

„Nichts!“, war die kurze Antwort.

Dr. Gabriel war überzeugt, dass sich der oder die noch unbekannten Beteiligten melden würden. Eine weitere Chance für die Polizei, sie zu entlarven. Man musste weiterhin auf Zeit spielen.

Markmann hatte den Notarzt gerufen, was zur Folge hatte, dass sich trotz der späten Stunde sofort eine Menge Nachbarn um das Haus versammelten, die wissen wollten, was geschehen war. Merkelbach hatte vom Revier Verstärkung angefordert, um die Neugierigen zurückzuhalten.

„Nun sind Sie doch vernünftig! Es ist nichts geschehen. Die Ministerin hat lediglich einen Schwächeanfall erlitten.“

„Hätt mer die Leich gefunne?“, krächzte eine alte Frau mit Tränen in den Augen. „Ich hann et jo immer gesot, dat giet nit gut. Die Welt is heit su schlääch.“

Selbst als der Notarzt wieder das Haus verlassen und abgefahren war, blieben die Leute stehen und diskutierten weiter.

„Wenn unsereiner einen Notarzt braucht, ist keiner so schnell zur Stelle“, schimpfte ein Mann. „Als meine Frau vor vier Wochen einen Schlaganfall erlitt, habe ich fast eine Viertelstunde herumtelefoniert, bis ich überhaupt einen Arzt erreichen konnte. Jetzt liegt sie halbseitig gelähmt in Idar-Oberstein.“

Markmann, der hinter dem Gartenzaun stand, schüttelte nur den Kopf. Der Mangel an Notärzten im Hunsrück war allgemein bekannt. Aber sicherlich gab es für Leute wie die Ministerin keine bevorzugte Behandlung. Auch er hatte an drei verschiedenen Stellen anrufen müssen, bis er den Arzt erreicht hatte, der rein zufällig in Gonzerath unterwegs gewesen war.

„Das ist doch der Anwalt!“

Alle Blicke richteten sich auf den dunklen Mercedes, der kaum hörbar auf das Haus zugerollt kam. Markmann sprang sofort über den Zaun und eilte auf die Toreinfahrt zu, um die Zufahrt freizumachen.

Er wusste, dass Dr. Meyer-Liebrecht eine Fernbedienung im Wagen hatte, um das Garagentor zu öffnen. Also galt es nur, die Leute daran zu hindern, den Wagen zu stoppen.

Meyer-Liebrecht blinkte kurz dankend auf und verschwand mit seinem Wagen in der Garage. Markmann postierte sich breitbeinig in der Zufahrt. An ihm würde keiner vorbeikommen, um den Anwalt zu belästigen! Er hörte, wie sich hinter ihm das Garagentor wieder mit einem leisen Surren schloss. Bis zur Haustür waren es nur etwas mehr als fünf Meter. Als er die Tür ins Schloss fallen hörte, ging er zu seiner Containerwache zurück und meldete die Ankunft des Anwalts nach Mainz.

13.

Monika Meyer-Liebrecht schlief noch, als ihr Mann aufstand. Die Spritze, die ihr der Notarzt gegeben hatte, zeigte nachhaltig Wirkung.

Leise schlich Erich Meyer-Liebrecht ins Bad. Als er anfing sich zu rasieren, wurde die Tür aufgedrückt und Robert stand mit verschlafenen Augen vor ihm.

„Schläft die Mama noch?", fragte er und wollte ins Elternschlafzimmer gehen. Sein Vater konnte ihn gerade noch an einem Zipfel seines Schlafanzuges festhalten.

„Lass die Mama noch schlafen, Robbie. Du kannst rüber zur Oma gehen, wenn du willst. Sie ist bestimmt schon wach."

Tatsächlich war die Oma schon angezogen, hatte sich aber wieder aufs Bett gelegt, um noch etwas zu ruhen. Als ihr Enkel den Raum betrat, schreckte sie auf, strahlte dann aber über das ganze Gesicht. Barfuß und im Schlafanzug stand Robert im Türrahmen, mit seinem Teddy unter dem Arm.

„Oma, ich hab vom Christkind geträumt!", sagte er und gähnte.

Sie richtete sich vergnügt auf.

„Mein süßer Engel, bis das Christkind kommt, ist noch sooo lange hin. Jetzt ist erst mal Sommer. Was hast du denn vom Christkind geträumt?"

Der Fünfjährige hüpfte neben sie aufs Bett und schmiegte seinen blonden Lockenkopf an ihre Schulter.

„Das Christkind hat mir einen gaaanz großen Schulranzen gebracht, mit lauter Schokolade drin!"

„Na, das war aber ein toller Traum", amüsierte sich seine Großmutter. Sie zog die Nachttischschublade auf und entnahm ihr ein Überraschungsei. „Schau mal, ein bisschen Schokolade kannst du auch jetzt schon haben. Dann wird dir die Zeit bis Weihnachten nicht ganz so lang!"

Robert strahlte und nahm das Ei entgegen. Doch während er daran ging, das Papier abzuwickeln, wurde sein rundes Gesichtchen schlagartig ernst.

„Oma, wann kommt denn die Ela endlich nach Hause?“, fragte er mit weinerlicher Stimme. „Sie hat mir immer die Sachen aus dem Überraschungsei zusammengebaut und mit mir gespielt. Jetzt ist niemand da, der mit mir spielt.“

„Aber, Schatz, das ist doch gar nicht wahr. Ich habe doch zum Beispiel gestern den ganzen Tag mit dir gespielt und auch Aysha spielt oft mit dir.“

„Ich will aber mit der Ela spielen!“, beharrte Robert.

Seine Großmutter nahm ihn tröstend in die Arme. „Manuela wird bald wiederkommen, da bin ich ganz sicher. Und dann spielen wir zu dritt. Das wird sicherlich sehr lustig.“

„Spielen wir dann im Haus Verstecken?“, rief Robert begeistert aus. „Die Ela findet mich nie, weil ich mich immer unter dem Sofa verstecke oder in der Besenkammer.“

„Ich weiß auch noch ein paar ganz tolle Verstecke“, versicherte ihm die Großmutter. „Wenn Manuela wieder da ist, dann zeige ich sie dir. Da wird sie uns auch nicht finden.“

„Au fein. Aber dann musst du jetzt die Ela anrufen und ihr sagen, sie soll kommen, jetzt gleich!“

„Jetzt gleich geht nicht“, klärte die Oma ihren Enkel auf. „Jetzt muss Manuela erst in die Schule, das weißt du doch.“

„Aber dann gleich nach der Schule, versprich mir das!“

Seine Großmutter seufzte traurig. Könnte Roberts Wunsch doch nur in Erfüllung gehen!

Langsam füllte sich der Besprechungsraum im LKA in Mainz. Ringsum schaute man in übernächtigte Gesichter, kaum einer hatte mehr als vier oder fünf Stunden geschlafen.

Entgegen der Empfehlung von Dr. Gabriel hatte Wendling für 10 Uhr eine Pressekonferenz anberaumt. Er hielt es für notwendig, die Öffentlichkeit zu informieren und unnötigen Gerüchten und Vermutungen entgegenzutreten. Allerdings war er wie der Psychologe der Meinung, allen Äußerungen über neue Möglichkeiten einer Geldübergabe aus dem Weg zu gehen. Die Entführer selbst, oder wer davon übrig geblieben war, mussten von sich aus reagieren.

Kriminaloberkommissar Schrieder hatte sich vor seiner Fahrt nach Mainz noch mit seiner Kollegin, Frau Mössinger, getroffen und war mit ihr ins Krankenhaus zu Ursula gefahren.

Ursula hatte die Nacht gut überstanden und fühlte sich, abgesehen von starken Kopfschmerzen, schon wieder einigermaßen fit. Sie erkannte die Kriminalhauptkommissarin sofort.

„Haben Sie Manuela gefunden?“, fragte sie, kaum dass die Beamten ihr Krankenzimmer betreten hatten.

Frau Mössinger schüttelte den Kopf, worauf Ursula erregt versuchte sich aufzurichten.

„Aber sie muss doch irgendwo sein! Was sagen denn Piotr, Günter oder Rolf? Bei einem muss sie doch sein!“

Der Oberkommissar zog sich einen Stuhl neben das Bett und betrachtete einen Moment lang die Gesichtszüge der Frau, um ihre Reaktion einschätzen zu können, wenn er ihr jetzt die Tatsachen mitteilen musste. Kurz zuvor auf dem Weg zum Krankenzimmer hatte er sich beim Stationsarzt über den Zustand der Patientin informiert. Der Arzt meinte, sie sei jetzt stabil genug, um die Wahrheit zu verkraften.

Ursula spürte, dass etwas geschehen sein musste. Sonst wären sicherlich nicht zwei Beamte zu so früher Stunde zu ihr gekommen.

„Ist Manuela schwer krank?“, flüsterte sie.

„Wie es Manuela geht, wissen wir nicht. Aber ich muss Ihnen mitteilen, dass es zwei Tote gegeben hat.“

Ursulas Oberkörper schnellte hoch. Sofort hielt sie sich den Kopf und ließ sich wieder in das Kissen zurücksinken.

„Wer?“, fragte sie ängstlich.

„Herr Berger und Herr Szalbowski.“

Mit einem leisen Aufschrei drehte sich Ursula von Schrieder und der Beamtin ab und vergrub ihr Gesicht im Kissen. Ihr ganzer Körper begann zu beben.

„Etwas einfühlsamer hätte das auch sein können“, murmelte die Kripobeamtin ihrem Kollegen zu.

„Die Kleine und ihre kindliche Seele hat man auch nicht mit Glaceehandschuhen angepackt“, antwortete Schrieder wütend und versuchte Ursula zu bewegen, sich wieder ihm zuzuwenden.

Ursula ließ es geschehen. Langsam richtete sie ihren Blick wieder auf die beiden. Tränen liefen über ihre Wangen.

„Hat … hat man sie … ich meine … wurden sie erschossen?“

„Herr Berger wurde gestern ganz in Ihrer Nähe bei der Hütte erschossen aufgefunden. Herr Szalbowski wurde bereits am Montag in einem kleinen Teich tot aufgefunden. Nach Aussagen Ihres Freundes Meissner ist er im Vollrausch in dessen Badewanne ertrunken."

Beide konnten beobachten, wie Ursula versuchte, die Informationen zu begreifen. Ihre Augen wanderten durch den Raum und ihre Lippen bewegten sich leicht. Dann drehte sie sich ruckartig zu Schrieder.

„Wer hat Günter erschossen?"

„Herr Meissner sagt, er war es nicht."

Ursula schaute Schrieder fest in die Augen.

„Nein, Rolf war es nicht", sagte sie bestimmt. „Der Mann, der mich überfallen hat, war größer als Rolf und bulliger, nicht so fleischig. Das habe ich deutlich gespürt."

„Aber Sie müssen ihn doch kennen!", fauchte Schrieder, den dieses Versteckspiel langsam nervte. Warum wurde von allen die fünfte Person verschwiegen? Glaubte man wirklich, auf diese Art und Weise doch noch an das Geld zu kommen und es später, nach einer Gefängnisstrafe, teilen zu können?

„Ich habe den Mann wirklich nicht gekannt", beschwor Ursula den Kripobeamten.

„Was bezwecken Sie damit, wenn Sie ihn decken? Lassen Sie doch dieses Spiel mit dem großen Unbekannten! Wenn Ihre Geschichte stimmt, so wie Sie sie erzählen, wer sollte dann gewusst haben, dass Sie und Manuela sich in dem Holzhaus versteckt hielten? Der Besitzer kann es nicht gewesen sein, der war zur fraglichen Zeit über dreihundert Kilometer entfernt bei seinem Bruder auf der Jagd. Da gibt es eine Menge Zeugen. Außerdem ist der Mann klein und schmächtig."

Ursula sah die Kripobeamtin flehend an. „Bitte, Sie müssen mir glauben! Ich habe diesen Menschen nicht gesehen. Er hat mich von hinten angefallen. Außerdem war es dunkel. Außer uns vier hat auch niemand gewusst, wo wir Manuela versteckt hielten."

Schrieder sah seine Kollegin ratlos an. So kamen sie nicht weiter. Entweder log die Frau, dass sich die Balken bogen, oder sie standen alle vor einem Rätsel.

Monika Meyer-Liebrecht kämmte sich gerade im Bad die Haare, als sie hörte, dass ihr Mann nach ihr rief. Noch im Morgenmantel eilte sie nach unten. Erich und Merkelbach standen neben dem Telefon und dem Aufzeichnungsgerät. Sofort machte Erich Meyer-Liebrecht ihr ein

Zeichen zu schweigen, denn der Kripobeamte hatte soeben das Band neu gestartet.

„Hören Sie mir gut zu“, sagte eine raue Männerstimme, „Ihrer Tochter geht es gut. Aber Sie werden schon fünf Mille loseisen müssen, wenn Sie sie lebend wiedersehen wollen. Alles hat seinen Preis. Ich hoffe, Ihnen ist das Leben des Kindes das Geld wert. Alles in kleinen Euroscheinen verschiedener Länder, Zwanziger, Fünfziger und Hunderter, keine größeren Scheine! Sie finden heute in der Post einen Plan vom Flughafen Hahn. Dort ist die Stelle eingezeichnet, wo Sie den Koffer heute Punkt 16 Uhr abstellen – und keine Polizei!“

Dann war die gefasste Stimme des Anwalts zu hören, der offensichtlich versuchte, das Gespräch zu verlängern.

„Was ist, wenn die Post erst morgen ankommt?“

„Die kommt heute an!“, versicherte die Stimme.

„Gut, nehmen wir mal an, die Post kommt tatsächlich heute an, dann will ich aber erst einmal ein Lebenszeichen von Manuela, sonst läuft gar nichts.“

Man hörte am anderen Ende ein Rascheln und ein Geräusch. Dann war Manuelas apathische und weinerliche Stimme zu hören.

„Mama, bitte, komm. Ich bin hier …“

Sie brach ab, offenbar wurde ihr der Mund zugehalten. Es folgte ein leises Klicken, dann war nur noch das Grundrauschen des Bandes zu hören.

„Ich werde das Band sofort nach Mainz bringen lassen“, versprach Merkelbach.

„Mein Gott!“ Monika Meyer-Liebrecht ließ sich verwirrt auf einen Stuhl nieder. Sie zitterte wie Espenlaub und drohte zur Seite zu kippen.

Ihr Mann und Merkelbach sprangen fast gleichzeitig auf sie zu.

„Ich mach das schon, erledigen Sie die Sache mit dem Band“, sagte Meyer-Liebrecht hastig.

Der Kriminalbeamte nahm das Band aus der Maschine und legte rasch ein neues ein. „Für alle Fälle!“, meinte er und eilte aus dem Haus.

Der Anwalt hielt den Oberkörper seiner Frau fest im Arm und rief laut nach Aysha, die von alledem nichts mitbekommen hatte, da die Türen zwischen Wohnzimmer und Küche geschlossen waren.

Das Hausmädchen kam herein und sah sofort, was geschehen war.

„Soll ich einen Arzt rufen?“, fragte sie erschrocken.

„Nein. Bringen Sie mir nur mal bitte ein Glas Wasser und rufen Sie dann meine Frau Schwiegermutter. Sie soll bitte herunterkommen.“

Das Band war per Streifenwagen mit Blaulicht und Signalhorn von Morbach direkt ins LKA nach Mainz gebracht worden. Im Labor hatte man sofort eine Kopie angefertigt und diese an den Profiler weitergeleitet. Jetzt spielte Dr. Gabriel der eilig zusammengerufenen Einsatzleitung der Soko Manuela die Kopie vor.

„Ich habe bereits mit der Ministerin telefoniert. Es besteht kein Zweifel daran, dass die Kinderstimme die von Manuela ist", erklärte er dann. „Das Labor geht auch davon aus, dass das Kind tatsächlich live gesprochen hat, also wirklich lebt. Eine diesbezügliche Manipulation mit einem zweiten Tonband oder Ähnlichem kann mit höchster Wahrscheinlichkeit ausgeschlossen werden."

Eine steile Stirnfalte zeichnete sich in seinem hageren Gesicht ab. „Der Mann und seine Art und Ausdrucksweise passen nicht in das bisherige Profil der Entführer", fuhr er besorgt fort. „Erstaunlich ist, dass er direkt bei den Eltern angerufen hat. Schon das weicht von dem Bisherigen ab. Hierfür kann es mehrere Gründe geben. Entweder war dieser Mann immer schon der Kopf im Hintergrund, der jetzt in Erscheinung treten muss, weil die anderen tot beziehungsweise verhaftet sind. Das halte ich aber für unwahrscheinlich, denn dann hätte er diese Situation selbst herbeigeführt, was kaum glaubhaft ist. Die zweite und sehr viel wahrscheinlichere Möglichkeit ist, dass es sich um einen Trittbrettfahrer handelt, der rein zufällig oder auf Umwegen auf die Entführer gestoßen ist. Hierfür spricht, dass er weder die gestrige gescheiterte Übergabe noch die bisherige Summe des Lösegeldes erwähnt. In jedem Fall, und das macht mir Sorgen, wirkt er professioneller in seinem Denken und in seiner Kaltblütigkeit. Bisher wurde in dieser Form nie mit dem Tod des Kindes gedroht!"

Er machte eine Pause und warf dabei einen Blick auf den Plan, den man dem LKA vor wenigen Minuten gefaxt hatte.

„Von dem im Telefonat erwähnten Plan des Flughafens lasse ich Ihnen allen gleich eine Kopie anfertigen. Die Stelle und Uhrzeit, die sich der Mann ausgesucht hat, deuten darauf hin, dass er zum einen hofft, durch die Kurzfristigkeit ein Markieren oder Registrieren der Scheine zu verhindern, und zum anderen, dass er sich auf dem Hahn gut auskennt. Fast scheint es wie eine Herausforderung uns gegenüber, eine Stelle zu markieren, die voll einsehbar ist, und das auch noch am helllichten Tag …"

Wieder machte er eine Pause und schaute kopfschüttelnd in die Runde. „Den einzigen Reim, den ich mir darauf machen kann, ist, der Täter kommt mit einem Überraschungseffekt und aus der Luft!"

„Oder er geht davon aus, dass wir so denken, und hat etwas ganz anderes vor!“

Alle Blicke richteten sich überrascht auf Hauptkommissar Schaust, der den Einwurf gemacht hatte. Dr. Gabriel warf dem stellvertretenden Soko-Leiter einen anerkennenden Blick zu.

„Sehr richtig. Das wäre eine weitere Möglichkeit. Was ist also zu tun?“

Im Hause Meyer-Liebrecht herrschte größte Anspannung. Jeder beschäftigte sich mit irgendetwas, um seine Nervosität in Schranken zu halten und die Zeit kürzer werden zu lassen.

Die Ministerin hatte begonnen ihren kleinen Sekretär aufzuräumen, während ihr Mann über sein Handy versuchte, mit der Landeszentralbank ein Arrangement für das Lösegeld zu finden. Die Schwierigkeit bestand nicht nur in der Beschaffung von Euros verschiedener Länder, sondern vor allem in deren kurzfristiger Präparierung. Auf jeden Fall, so hatte man im LKA in Mainz bereits entschieden, würde sich im Griff des Koffers ein Minisender befinden, der so schnell nicht entdeckt werden konnte.

Aysha räumte zum zweiten Mal an diesem Morgen den Küchenschrank aus und putzte gründlich die Einlegeböden. Merkelbach, der sich inzwischen schon wie zu Hause fühlte, saß wieder in der Nähe des Telefons und studierte eine Kopie des Plans, der mit der Post gekommen war.

Die Mutter der Ministerin saß mit Robert am Couchtisch und spielte Quartett mit ihm.

Das Telefon klingelte. Merkelbach schaltete sofort den Recorder ein und stellte über Handy den Kontakt zur Telekom her, die versuchte, in ihrer Schaltzentrale den Anrufer zu ermitteln.

Auf ein Zeichen Merkelbachs hin hob der Anwalt ab.

„Na, ist der Plan angekommen?“, fragte die raue Männerstimme.

Monikas Mutter richtete sich erschrocken auf und hielt die Hand vor den Mund, als wolle sie einen Schrei unterdrücken.

„Der Plan ist angekommen, aber ich komme damit nicht klar“, antwortete Meyer-Liebrecht.

„Machen Sie keinen Unsinn. Oder glauben Sie, ich falle auf den Trick rein? Also, pünktlich 16 Uhr oder Manuela stirbt.“

Es klickte in der Leitung. Das Gespräch war beendet.

Merkelbach zuckte mit den Schultern. Natürlich war der Anruf wieder zu kurz gewesen. Dann fiel sein Blick auf Roberts Großmutter, die kreidebleich und wie erstarrt in ihrem Sessel saß. Rasch eilte er zu ihr.

„Ist alles in Ordnung?“

Sie ließ die Hand sinken, die sie sich vor den Mund gehalten hatte, und flüsterte: „Die Stimme … ich kenne die Stimme. Das darf nicht wahr sein! Das ist … die Stimme von … Reiner, unserem Reiner!“

„Reiner?“

Alle Augenpaare wendeten sich erschrocken zu Monika Meyer-Liebrecht, die lautlos die Treppe hinuntergekommen war.

„Mutter, wieso Reiner?“ Die Ministerin schaute ihre Mutter verwirrt an.

„Wer ist Reiner?“, erkundigte sich Kriminalmeister Merkelbach.

Monika stürzte auf ihre Mutter zu und fiel ihr mit einem Aufschrei in die Arme. Beide Frauen umklammerten sich fest und weinten.

Dr. Meyer-Liebrecht machte Merkelbach ein Zeichen ihm zu folgen. „Nehmen Sie das Band mit!“

Er nahm seinen Schlüsselbund in der Diele vom Haken und betätigte die Gegensprechanlage zu Jensch, der im Container seinen Dienst schob.

„Kommen Sie rein, ich muss mit Herrn Merkelbach nach Mainz!“

Wortlos war Merkelbach dem Anwalt in die Garage gefolgt. Sie fuhren aus Morbach hinaus auf die Hunsrückhöhenstraße, immer noch schweigend.

Erst, als sie Morbach hinter sich gelassen hatten, fragte Merkelbach: „Wer ist denn nun dieser Reiner?“

Der Anwalt räusperte sich und schaltete in den fünften Gang.

„Das ist eine lange Geschichte“, begann er vorsichtig. „Ich werde versuchen, es kurz zu machen. Reiner ist der ältere Bruder meiner Frau. Er ist oder besser gesagt war so etwas wie das schwarze Schaf in der Familie. Nach der Schule meldete er sich freiwillig bei der Bundeswehr, wo ja auch sein Vater in exponierter Position als Major war. Reiner hat alles Mögliche getrieben, nur nichts Vernünftiges. Da gab es Schlägereien, Einbruchsdiebstähle, Rauschgift war im Spiel – schlicht, eine riesige Palette an Straftaten. Dann kam auch noch das mit den Neonazis. Reiner schloss sich einer rechtsradikalen Gruppe an und wurde unehrenhaft aus der Bundeswehr entlassen. Er entzog sich einer Strafverfolgung, indem er ins Ausland flüchtete. Die Staatsanwaltschaft hat lange überlegt, ob man ihn dorthin verfolgen sollte. Kurzzeitig wurden sogar Zielfahnder eingesetzt. Doch dann – vielleicht hat sein Vater in seiner Position auch etwas daran gedreht, ich weiß es nicht – wurde gesagt, die Beweise reichten nicht aus, um ihn ernsthaft zu verfolgen. Er ist dann auch nie wieder hier in Deutschland aufgetaucht, soweit ich weiß. In der Familie wurde sein Name totgeschwiegen, und wenn einmal eine Frage nach ihm aufkam, weil Leute ihn von früher als kleinen Jungen kannten, hieß es einfach, er sei bei einem Autounfall ums Leben gekommen."

„Scheiße!", entwich es dem Kripobeamten.

Der Anwalt zuckte die Achseln. „So wird man von der Vergangenheit eingeholt. Ich hoffe nur, dass unserer Tochter nichts geschieht. Der Mann scheint zu allem fähig. Und jetzt, wo seine Schwester Karriere macht, spielen sicherlich zusätzlich zu seiner kriminellen Energie auch noch Neid und Rache eine große Rolle."

Der Mercedes hatte die Abfahrt zur B 50 erreicht. Dr. Meyer-Liebrecht drückte das Gaspedal voll durch.

„Melden Sie uns in Mainz an. Ich möchte persönlich mit den Leuten von der Soko sprechen."

Betroffenes Schweigen machte sich rund um den Besprechungstisch breit, nachdem Dr. Meyer-Liebrecht seine Ausführungen beendet hatte.

Auf Geheiß der Ministerin hatte Jensch von Morbach aus den Kriminalrat bereits informiert. Wendling hatte daraufhin sofort Rücksprache mit dem BKA in Wiesbaden genommen und von dort auch inzwischen aktuelle Informationen über Reiner Liebrecht erhalten.

„Gemäß den Unterlagen des BKA geht man davon aus, dass sich Reiner Liebrecht seit geraumer Zeit in der rechten italienische Szene aufhält, aber weder dort noch sonst wo auffällig oder straffällig geworden ist", durchbrach er die betretene Stille im Raum. „Wenn die Stimme auf dem Band die von Reiner Liebrecht ist, dann muss er sich derzeit in Deutschland aufhalten. Motive für ihn gibt es genug. Wir vernehmen gerade noch einmal diese Ursula Felten und den inhaftierten Rolf Meissner und konfrontieren beide mit unseren neuen Erkenntnissen. Vielleicht bricht jetzt endlich einer das Schweigen!"

Dr. Gabriel deutete auf die Uhr an der Wand. „Die Zeit läuft uns davon! Wir müssen etwas unternehmen."

„Wir sind bereits dabei!", versicherte Schaust. „Nachdem wir jetzt wissen, mit wem wir es zu tun haben, haben wir inzwischen bundesweit eine Fahndung nach Reiner Liebrecht herausgegeben. Inzwischen müssten eigentlich alle diesen Fahndungsaufruf haben. Allerdings haben wir bisher die Medien noch nicht informiert, da zu befürchten ist, dass damit unsere Chancen geringer und die Risiken für das Kind größer werden."

„Das ist richtig!", stimmte Dr. Gabriel zu.

„Ich werde den Koffer wie vorgesehen um 16 Uhr nach Hahn bringen", versicherte Dr. Meyer-Liebrecht.

„Aber bitte nicht so wie heute Nacht", warf der Kriminalrat mit unverhohlenem Ärger ein. „Sind Sie mit der Landeszentralbank klar gekommen?"

„Ab 15 Uhr steht mir das Geld zur Verfügung."

Die Vorbereitungen auf dem Flugplatz Hahn liefen auf Hochtouren. Wendling hatte angeordnet, dass außer dem normalen uniformierten Sicherheitspersonal rund um das Flughafengebäude kein uniformierter Polizist auftauchen durfte. Dafür begannen Bau- und Fernmeldetrupps eifrig mit ihren Erdarbeiten, Funkmesswagen und Zulieferfahrzeuge jeglicher Art kreuzten über die unterschiedlichsten Straßenverbindungen von und zur Cargoabfertigung, und etliche Ausflügler begannen ausgiebige Wanderungen entlang des neuen Flughafens über die alten Straßen und Wege zwischen den Ortschaften Hahn und Lautzenhausen ...

Kurz nach 15 Uhr hatte Dr. Meyer-Liebrecht den präparierten Koffer mit dem Geld überreicht bekommen und sich auf den Weg gemacht. Man hatte ihm vorsichtshalber geraten, eine schusssichere Weste unter dem Wettermantel anzuziehen. Auch diesmal war er wieder verkabelt worden, und Wendling hatte ihn noch einmal eindringlich ermahnt, nicht wieder eigene Wege zu gehen. Trotzdem war sich der Anwalt nicht sicher, ob er diesen Rat befolgen sollte. Er würde die Situation entscheiden lassen.

Als er sein Haus verließ, wunderte er sich, dass neben dem Dienst habenden Markmann immer noch Jensch im Container saß, der eigentlich seit Mittag dienstfrei hatte. Er öffnete das Garagentor und erschrak, als Jensch plötzlich neben ihm stand.

„Nehmen Sie mich bitte mit runter in die Stadt?", fragte der Sicherheitsbeamte, und sein rundes Gesicht rötete sich vor Verlegenheit. „Ich will für Markmann und mich etwas einkaufen, dann brauche ich nur den Rückweg zu Fuß zu gehen."

„Alkohol im Dienst ist verboten!", lächelte der Anwalt, froh, etwas abgelenkt zu werden.

„Kein Alkohol", berichtigte Jensch. „Markmann und ich stehen mehr auf Süßes!"

Einige Soko-Mitarbeiter hatten einen Raum des neuen Flughafenterminals als Einsatzzentrale eingerichtet. Selbst Wendling wunderte sich bei seinem Eintreffen, welche Leistungen die Techniker in der kurzen Vorbereitungszeit vollbracht hatten.

„Wir haben eine kleine Fingerkamera mit Funk an einem Baum installiert, von wo aus die Stelle eingesehen wird, an der der Überbringer den Koffer abstellen soll", informierte ihn einer der Techniker. „Dort auf dem Monitor ist die Bildübertragung zu sehen. Es läuft auch ein Band mit."

„Ist der Tower informiert?", fragte Wendling kurz.

„Schaust sitzt oben im Tower und hat ebenfalls einen Monitor mit dem gleichen Bild. Außerdem besteht Funkkontakt zum Tower und zu fünfzehn Zivilpersonen auf dem Gelände. Das SEK sitzt einsatzbereit auf drei Stellen verteilt."

Wendling nickte zufrieden und ließ sich auf einem Stuhl nieder. Er blickte auf die Uhr. Es war kurz nach 15.30 Uhr. Die Anspannung wuchs.

„Der Ministerpräsident!"

Merkelbach hielt der Ministerin eilends den Telefonhörer entgegen.

Monika Meyer-Liebrecht stand schwankend vom Sofa auf und ergriff den Hörer. Sofort erkannte sie die väterliche Stimme von Kurt Beck.

„Ich wollte Ihnen nur sagen, dass wir in dieser schweren Stunde alle in Gedanken bei Ihnen sind und mit Ihnen die Hoffnung teilen, dass alles schnell und gut zu Ende geht. Wir stehen in ständigem Kontakt mit der Soko in Hahn und werden die Entwicklung des Einsatzes direkt verfolgen können."

„Das tut gut", flüsterte die Ministerin in die Sprechmuschel. „Ich danke Ihnen für den Anruf."

Ohne anzuklopfen stürzte eine junge Zivilbeamtin mit einem Zettel in der Hand in den Raum und blickte sich Hilfe suchend um.

„Kriminalhauptkommissar Schaust?"

„Schaust ist oben im Tower. Mein Name ist Wendling, ich bin hier der Einsatzleiter, was gibt es?"

„Hier!"

Die junge Beamtin eilte um den Tisch und übergab Wendling den Zettel, den er eilends überflog.

„Ich glaube, wir wissen jetzt, wie es ablaufen soll!", rief der Kriminalrat in die Runde. „Bei der Rainbow Helicopters am Airfield Layenhof drüben in Mainz-Finthen hat soeben ein Italiener namens Mario Bocci einen Hubschrauber vom Typ AS 355-F-2 für einen einstündigen Rundflug gemietet. Die Beschreibung des Mannes passt exakt auf Reiner Liebrecht. Liebrecht wird fließend italienisch sprechen und möglicherweise auch einen gefälschten italienischen Pass haben."

Er ergriff das Mikrofon. „Schalten Sie alles zu, was mich hören kann", befahl er dem Funktechniker.

Auf ein Handzeichen des Technikers hin drückte er die Sprechtaste.

„Achtung, Einsatzleitung an alle. Auf Grund gerade eingegangener Erkenntnisse wird die Übernahme des Koffers voraussichtlich aus der Luft erfolgen. Eine Person, auf die die vorliegende Beschreibung von Reiner Liebrecht passt, sitzt in einem zivilen Hubschrauber und ist möglicherweise im Anflug auf Hahn. Bitte sofort Meldung, wenn sich ein Hubschrauber dem Flughafen nähert."

„Den bekommen wir hier als Erste zu sehen!", meinte der Mann von der Flugsicherung im Tower zu Schaust, der mit einem Feldstecher gerade wieder einmal das Gelände absuchte.

„Solange wir nicht das Kind haben, werden wir nicht viel machen können", fluchte Schaust und griff seinerseits nach dem Mikrofon.

„Hier Schaust. Was machen wir, wenn der Hubschrauber hier landet, jemand den Koffer holt und der Hubschrauber abhebt?"

„Nicht viel!", kam es als Antwort zurück. „Solange das Kind nicht in Sicherheit ist, gehen wir kein Risiko ein."

„In dem Moment, wo die Person den Hubschrauber verlässt, könnte doch das SEK eingreifen."

„Nein!", kam es wie ein Donner aus dem Lautsprecher. „Der Hubschrauber könnte auch eine Finte sein … Moment … ich höre gerade, die Zielperson ist mit dem Koffer am Übergabeort angekommen."

Dr. Meyer-Liebrecht fuhr langsam über die Schlaglöcher zu der Stelle, die auf der Karte eingezeichnet war. Durch die Ungenauigkeit der

Karte hatte er einen Spielraum von knapp zehn Metern. Er entdeckte eine Stelle, an der über einen Meter hoch Gras und Unkraut wucherten. Dicht daneben hielt er an und stieg aus. Langsam ging er um den Wagen herum. Der Koffer stand auf dem Fondsitz der Beifahrerseite. Etwas umständlich öffnete er die Tür.

„Keine Angst", murmelte er, „es gibt keine Brennnesseln oder Disteln hier."

Er zerrte den Koffer aus dem Wagen und blickte sich suchend um. Dann trat er zwei Schritte hinter den Mercedes und stellte den Koffer gut sichtbar ab. Noch einmal blickte er sich um, ging zum Wagen zurück, schloss die Beifahrertür, ging wieder um den Wagen herum, stieg ein und fuhr langsam an.

Zufrieden warf er einen Blick in den Seiten- und dann in den Rückspiegel. Der Koffer stand für alle deutlich sichtbar am Wegrand.

„Gut gemacht!", brummte Wendling und blickte auf die Uhr. Es waren noch genau fünf Minuten bis 16 Uhr.

„Dr. Meyer-Liebrecht, können Sie mich hören?"

„Ich habe guten Empfang!", kam es aus dem Lautsprecher.

„Dann kommen Sie jetzt hier ins Flughafengebäude, damit Sie nicht wieder eigene Wege gehen." Die Stimme von Wendling klang schon versöhnlicher als am Mittag. „Man wird Sie unten in der Empfangshalle erwarten und hierher bringen."

„Die Boeing 727 der Ryanair aus Perpignan kommt früher rein als vorgesehen. Sie ist bereits im Landeanflug und wird ziemlich genau um 16 Uhr hier eintreffen."

Der Fluglotse deutete auf den Radarschirm vor sich. Der herbeigerufene Chef der Flugsicherung, der hinter ihm stand, nahm erneut sein Fernglas zur Hand und begann den Himmel in östlicher Richtung abzusuchen. Auch Schaust nahm sein Fernglas. Tatsächlich konnte man in nördlicher Richtung die Maschine der Ryanair bereits deutlich erkennen. Das Fahrwerk war schon ausgefahren. Er hatte nicht viel Erfahrung mit der Einschätzung von Entfernungen in der Luft, aber ein Blick auf seine Uhr sagte ihm, dass es knappe zwei Minuten vor 16 Uhr war. Er war allerdings im Moment zu angespannt, um auszurechnen, wie weit dann die Maschine noch weg sein musste.

Der Fluglotse übermittelte dem Piloten der Boeing seine letzten Anweisungen und gab dann die Landebahn frei.

Schaust richtete seinen Feldstecher in die Richtung, in der der Koffer stehen musste. Von hier aus aber konnte er ihn nicht sehen. Dann blickte er auf den Monitor. Nichts regte sich dort. Vielleicht war alles ein Bluff und Reiner Liebrecht wollte nur testen, ob sein Schwager wirklich keine Polizei eingeschaltet hatte? Der Zeiger der großen Uhr über ihm sprang auf 15.59 Uhr.

Die Boeing 727 war jetzt schon mit bloßem Auge deutlich zu sehen. Sie hatte die Scheinwerfer eingeschaltet. Wollte Reiner Liebrecht etwa die Landung der Maschine nutzen, um sich des Koffers zu bemächtigen? Die vorgegebene Stelle lag verdammt nahe an der Landebahn.

„Verdammt, da …!"

Der Mann von der Flugsicherung deutete hektisch in südöstliche Richtung. Hinter dem Wald tauchte im Tiefflug ein Hubschrauber auf und steuerte direkt auf den Flugplatz zu.

„Informieren Sie den Ryanair-Piloten. Es kommt zu einer Katastrophe, wenn der Hubschrauber weiter den Kurs beibehält!"

„Bitte identifizieren Sie sich. Sie haben keine Anflug- oder Überflugerlaubnis!", forderte der Mann im Tower den anfliegenden Hubschrauberpiloten auf.

Doch die Antwort blieb aus. Der Mann startete einen zweiten Versuch, wobei seine Stimme deutlich Nervosität erkennen ließ.

Inzwischen hatte der Hubschrauber Lautzenhausen dicht über den Dächern überflogen und das Flughafengelände erreicht. Immerhin, wenn sich Liebrecht in dem Hubschrauber befand, war er pünktlich.

„Wir kriegen ein Problem!", schrie der Fluglotse neben Schaust.

Schaust drehte sich um und blickte auf die Stelle des Radarschirms, auf die der Lotse deutete.

„Sagen Sie dem Ryanair-Piloten, er soll sofort hochziehen, wieder abdrehen und eine Warteschleife fliegen", befahl der Mann der Flugsicherung und suchte den Himmel in nördlicher Richtung ab. Tatsächlich setzte die Boeing bereits zur Landung an. Der Pilot hatte offenbar den seitlich hereinkommenden Hubschrauber noch nicht gesehen.

Während der Fluglotse dem Ryanair-Kapitän seine Anweisungen gab, überflog der Hubschrauber den Parkplatz des Flughafens immer noch im Tiefflug. Eine dichte Staubwolke wurde aufgewirbelt. Einige Leute, die sich auf dem Boden aufhielten, rannten fluchtartig in Richtung Flughafengebäude. Erst jetzt drehte der Hubschrauber ab und steuerte direkt auf die Stelle zu, an welcher der Koffer stand.

Im gleichen Moment schien der Hubschrauberpilot die einfliegende Boeing bemerkt zu haben, die unaufhaltsam auf ihn zukam. Er versuchte abzudrehen, flog aber dann doch, offenbar unter den Zwängen seines Passagiers, wieder in Richtung Koffer und damit direkt auf die Ryanair-Maschine zu. Schaust hielt den Atem an.

„Was ist los?“, kam Wendlings Stimme aus dem Lautsprecher.

Schaust gab keine Antwort. Er war dazu gar nicht fähig. Der Hubschrauber schwebte über der Stelle, an der sich der Koffer befand, senkte sich langsam ab und verschwand teilweise aus Schausts Blickfeld. Er konnte durch sein Fernglas nur noch die Rotoren sehen. Deshalb richtete er seine Aufmerksamkeit auf den kleinen Monitor der Fingerkamera. Tatsächlich, da war deutlich zu erkennen, dass ein Mann in geduckter Haltung zu dem Koffer lief, ihn ergriff und wieder zu dem Hubschrauber zurückrannte. Das Ganze dauerte kaum eine halbe Minute.

Im gleichen Moment donnerte die Boeing in einer gewagten Schräglage über den Tower hinweg und nahm wieder Höhe auf. Schaust, immer noch unfähig etwas zu sagen, sah nur, dass der Fluglotse und der Chef der Flugsicherung blass geworden waren.

„Das war knapp!“, meinte der Lotse erleichtert.

„Da!“, schrie Schaust entsetzt auf und deutete auf den kleinen Monitor.

Der Hubschrauber hatte abgehoben, aber an den Kufen kauerte eine Person. War der Pilot ohne Reiner Liebrecht gestartet und hatte dieser nur noch die Kufen erwischt? Dann sah Schaust, wie irgendetwas aus dem Hubschrauber fiel. Im gleichen Moment verschwand der Hubschrauber aus dem Blickfeld der Fingerkamera und damit vom Monitor.

Sofort zückte Schaust das Fernglas. Tatsächlich, unten an den Kufen hing ein Mann, der in halsbrecherischer Weise versuchte, in geduckter Haltung auf den Kufen eine sicherere Position einzunehmen.

Jensch, der unbemerkt im Dickicht neben dem Koffer gekauert hatte, musste alle Kräfte aufwenden, um sich halb sitzend, halb hängend auf der Kufe des Hubschraubers zu halten. Er traute sich nicht, sich aufzurichten. Zum einen war er nicht sicher, ob er dann nicht in den Sog der Rotoren kommen könnte, dafür kannte er sich in Physik zu wenig aus, zum anderen wollte er auf keinen Fall von den Insassen des Hubschraubers gesehen werden. So klammerte er sich an die Verbindungsstrebe zwischen Kufe und Korpus und harrte der Dinge. Der knatternde Motorenlärm, die pfeifenden Rotorenblätter und der eisige Flugwind zwangen ihn zu einer schier unmenschlichen Selbstbeherrschung. Er schloss die vom Wind tränenden Augen. Aber er hatte im Voraus geahnt, worauf er sich einließ. Nun musste er durchhalten.

Nach etwa zehn Minuten Flug, die ihn der Ohnmacht nahe brachten, spürte er plötzlich, wie sich der Hubschrauber nach vorne neigte. Er öffnete wieder die Augen und sah verschwommen, dass der Hubschrauber offenbar zur Landung ansetzte. Unter ihnen waren Wiesen und Getreidefelder, zu denen die Maschine fast senkrecht herunterging. Liebrecht hatte offenbar vor, den Hubschrauber hier zu verlassen.

Vorsichtig stützte sich Jensch mit einem Fuß auf der Kufe ab und schob sich, fest die Strebe umklammernd, langsam hoch. So konnte er zum ersten Mal einen kurzen Blick in das Innere der Maschine werfen. Er sah einen Mann von hinten, der eine Pistole auf den Piloten gerichtet hielt. Das musste Liebrecht sein! Langsam ließ Jensch sich wieder auf die Kufe nieder. Sobald der Hubschrauber weniger als zwei Meter über dem Boden schwebte, würde er abspringen. Die Wiese und das Getreidefeld kamen unaufhaltsam näher. Der Pilot des Hubschraubers schien eine geeignete Stelle zu suchen, da der Boden unter ihnen recht hügelig war. Als der Hubschrauber knapp über dem Boden schwebte, glaubte Jensch den Sprung wagen zu können.

Er landete auf den Füßen, ließ sich aber gleich seitlich wegrollen und erreichte so den Rand des Feldes. Mit einem Hechtsprung landete er im Dickicht des Getreides und kroch sofort tiefer in das Feld hinein. Dann richtete er sich langsam auf und konnte sehen, wie etwa zehn Meter entfernt der Hubschrauber aufsetzte und Liebrecht rückwärts ausstieg, immer noch die Pistole auf den Piloten gerichtet. Als er einen sicheren Stand hatte, zerrte er den Koffer aus der Maschine und eilte in gebückter Haltung unter den Rotoren durch, um aus dem Gefahrenbereich zu kommen. Am Feldrand stehend wartete er, bis der Hubschrauber abgehoben hatte, und steuerte dann auf einen Feldweg zu, der zu einer alten Scheune führte.

Jensch konnte von seinem Standort das ganze Gelände überblicken. Liebrecht machte keine Anstalten, sich umzusehen. Er fühlte sich offenbar sehr sicher, zumal der Hubschrauber abgedreht hatte und nach kurzer Zeit auch nicht mehr zu hören war.

Der Sicherheitsbeamte verweilte noch ein paar Sekunden zwischen den Halmen, dann richtete er sich auf und versuchte sich einen Weg zu bahnen, um Liebrecht zu folgen. Liebrecht steuerte genau auf die Scheune zu, an der der Feldweg endete. Als er sie erreicht hatte, drehte er sich erstmals um. Jensch ging sofort wieder in die Hocke.

Als er sich nach wenigen Sekunden wieder langsam aufrichtete, war Liebrecht verschwunden. Dafür stand die eine Hälfte des Scheunentores halb offen. Liebrecht war offenbar dort hineingegangen.

Jensch sprang auf und eilte dem Mann hinterher. Er durfte ihn auf keinen Fall aus den Augen verlieren! Auf halber Strecke hörte er plötzlich ein Motorengeräusch. Aber es kam nicht aus der Luft, sondern aus der Scheune, in der Liebrecht verschwunden war. Jensch reagierte blitzschnell und verschwand wieder in dem Getreidefeld.

Durch die Halme konnte er beobachten, wie Liebrecht das Scheunentor öffnete. Im Scheuneninneren wurde ein roter Sportwagen mit italienischer Zulassung sichtbar.

Als Liebrecht in den Wagen einstieg, hatte Jensch bereits seine Pistole gezogen und sich am Rande des Feldes auf den Boden geworfen. Wenn Liebrecht mit dem Sportwagen flüchten wollte, würde er den Feldweg nehmen, der am Getreidefeld vorbeiführte.

Jensch wartete, bis der Wagen nahe genug herangekommen war, dann folgten im Sekundenabstand zwei gezielte Schüsse. Der Sicherheitsbeamte war mit sich zufrieden. So schnell er konnte, robbte er wieder rückwärts in das schützende Feld. Beide Vorderreifen des Sportwagens wirbelten in Fetzen um die Felgen und zwangen Liebrecht zum Anhalten.

Jensch drückte sich fest auf den Boden und wartete. Dann hob er langsam seinen Kopf hoch, aber nur so weit, dass er über den unebenen Boden und zwischen dem Getreide hindurch den Oberkörper von Liebrecht sehen konnte.

Der Mann war ausgestiegen und blickte sich mit gezogener Pistole suchend um. Rasch drückte sich Jensch wieder auf den Boden. Jetzt hieß es Nerven behalten. Er zählte bis zehn, dann hob er wiederum den Kopf und sah, dass Liebrecht sich einige Meter vom Wagen entfernt hatte.

Im gleichen Moment war in der Ferne das Knattern von Motoren zu hören, das Jensch nur allzu gut kannte. Vorsichtig suchte er mit den Augen den Himmel ab und entdeckte über einem benachbarten Wald zwei Hubschrauber im Anflug. Er stand langsam auf und reckte seinen Kopf aus dem Feld.

Auch Liebrecht hatte die Hubschrauber bemerkt und eilte zum Wagen, offenbar um den Koffer zu holen. In diesem Moment ergriff

Jensch seine Chance. Er richtete sich vollends auf und zielte. Ein dritter Schuss fiel. Die Kugel traf Liebrecht in den rechten Arm. Hastig versuchte er, die Pistole in die linke Hand zu wechseln. Da schoss Jensch ein viertes Mal. Liebrecht ließ die Pistole fallen und stürzte vornüber ins Gras.

Der Sicherheitsbeamte sprang auf und rannte auf den am Boden Liegenden zu. Mit dem Fuß trat er Liebrechts Waffe aus dem Zugriffsbereich und winkte den herannahenden Hubschraubern.

Oliver Böhm, von allen nur Oli genannt, sortierte die Musikwünsche der SWR-1-Hörer. Bis zu den Nachrichten konnte er nur noch vier Titel spielen, einige Leute würden heute leer ausgehen. An kühleren Tagen war deutlich zu spüren, dass sich mehr Hörer an dem Aufruf beteiligten, sich einen Musikwunsch erfüllen zu lassen.

„Für den Sasha-Titel ‚I feel lonely' gibst du mir den Hörer live rein", meinte er zu Andreas Lambert, dem Techniker hinter der Scheibe.

Im gleichen Moment öffnete Ulrike Alex die Studiotür. Oli schaute die Nachrichtenredakteurin erstaunt an und warf automatisch einen Blick auf seine Uhr.

„Hast du dich in der Zeit vertan?", lachte er ihr entgegen. „Du bist noch nicht dran!"

„Doch, wir haben eine gute aktuelle Nachricht. Huppert hat mit Wolfgang telefoniert und grünes Licht gegeben – wir dürfen sogar deine Wunschmusik unterbrechen!" Ulrike Alex wedelte vergnügt mit der Textseite.

Hastig aktualisierte Oli per Maus den Monitor mit den Meldungen der Presseagenturen. Bei fast allen blinkte es. Er klickte die Deutsche Presse Agentur an und las:

„Eilmeldung. Mainz/Morbach. Heute gegen 17 Uhr fand die Entführung der siebenjährigen Manuela Meyer-Liebrecht, Tochter der rheinland-pfälzischen Ministerin, ein glimpfliches Ende. Nach einer vom LKA Mainz überwachten Geldübergabe auf dem Flughafen Hahn im Hunsrück konnte der letzte der insgesamt fünf mutmaßlichen Entführer auf seiner Flucht in der Nähe von Simmern verhaftet werden. Bei der Verhaftung wurde der 38-Jährige mutmaßliche Entführer von einem Sicherheitsbeamten angeschossen und in die Hunsrückklinik nach Simmern gebracht. In unmittelbarer Nähe des Ortes, an dem der mutmaßliche Entführer verhaftet werden konnte, fand die Polizei kurze Zeit später das entführte Kind in einer Scheune vor, wo es die letzten

Tage offenbar versteckt gehalten wurde. Der Gesundheitszustand des Kindes ist nach Mitteilung der Ärzte den Umständen entsprechend zufriedenstellend. Manuela Meyer-Liebrecht wurde mit dem Verdacht auf Lungenentzündung, in das Bundeswehrzentralkrankenhaus nach Koblenz geflogen. Bei dem vermutlichen Entführer handelt es sich nach Angaben des LKA um einen Italiener namens Mario Bocci, der früher in Rheinland-Pfalz gewohnt hat und dort mit dem bereits am vergangenen Montag tot aufgefundenen mutmaßlichen Entführer Piotr Szalbowski eng befreundet gewesen sein soll."

Oli rieb sich vergnügt die Hände. „Na, Ulrike, dann leg mal los", lachte er und warf einen Blick auf den Ablauf-Monitor der Sendung. „Du hast noch genau 14 Sekunden Zeit, tief Luft zu holen – so lange läuft noch der Musiktitel!"

Leserstimmen zu Baeckers Büchern:

„Mir gefallen in den Geschichten die gezielten psychologischen Anspielungen und Seitenhiebe und die trockene Ehrlichkeit ...“

Johannes Held, Mainz

„Der Krimi war einfach faszinierend. Ich konnte das Buch nicht aus der Hand legen. Selten einen so spannenden deutschen Krimi gelesen.“

Helene Faßbender, Reichartshausen

„... schön, dass ein Autor mal einen Krimi schreibt, der in heimischen Landen spielt und nicht in Großstädten.“

Gertrud Schneider, Koblenz

„Ein Krimi mit Gefühl, geschickt und penibel recherchiert, hart an der Realität ...“

H.-Fr. Hoffmann, Leverkusen

„Die Schilderungen sind außerordentlich realitätsbezogen und detailgenau und vermitteln selbst im fernen Bayern, außer der packenden Spannung, einen wirkungsvollen Eindruck von Land und Leuten zwischen Rhein und Mosel.“

Uwe Moebus, München

„Genauigkeit der Recherche, Gefühl für das Regionaltypische und Gespür für die Charaktere vereinen sich in Baeckers Büchern. So entstehen folgerichtige, fesselnde und fantasievolle Krimis.“

Dr. Ludwig Lamp, Augsburg

Bisherige Veröffentlichungen von Heinz-Peter Baecker:

Hunsrück-Krimis

„Herzflimmern in Simmern“
Kriminalroman, ISBN 3-922929-90-7

„Koblenzer Schängel jagt Hunsrücker Bengel“
Kriminalroman, ISBN 3-934524-06-0

„Die Mädchenleiche unter der Hunsrückeiche“
Kriminalroman, ISBN 3-934524-19-2

„Der Zirkusclown von Kastellaun“
Kriminalroman, ISBN 3-934524-27-3

„Das Kleid der Lüge“
Roman, ISBN 3-935286-08-2

„Der Tod des Lächelns“ (Pseud. Peter Brighton)
Roman, ISBN 3-612-27445-7

„Schwarze Konten, Rote Köpfe, Gold’nes Schweigen“
Politsatire, ISBN 3-935286-04-X

„Heut’ fall ich über Linda her“
Satire, ISBN 3-935286-21-X